MW00682996

OCTOBRE II

ANDRÉ SOUSSAN

OCTOBRE II

roman

ROBERT LAFFONT

ISBN 2-266-04578-4

A la mémoire de mes parents.
A Maurice, à Christian.

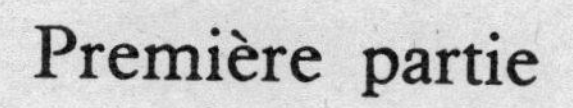

Première partie

Langley. Immeuble de la CIA,
22 décembre 1993.

La salle de projection s'éclaira. Robert Nelson, le directeur des opérations clandestines de la CIA, la cinquantaine, le regard bleu et dur, se dirigea en silence vers le magnétoscope et retira la cassette vidéo. Il s'approcha de Dahlia, qui écrasait sa dixième cigarette.

– Question ? demanda-t-il d'une voix neutre.

Dahlia prit son paquet de Marlboro light, hésita un instant et le reposa sur la table.

– Piotr Karstov a la beauté d'un Caucasien, lâcha-t-elle, le regard vide.

– Et la brutalité aussi. C'est un mégalomane ! La cassette vidéo est on ne peut plus claire. Question ? répéta-t-il.

Devant le visage pensif de Dahlia, il attendit quelques secondes.

– Très bien, fit-il en lui tendant une enveloppe marron. Tu pars ce soir. Tout est là. Billets d'avion, passeport, cartes de crédit, argent. Le reste, tu le connais par cœur.

Dahlia se leva, prit l'enveloppe, qu'elle enfouit dans son sac, et se dirigea vers la porte.

– Tu es sûre que tu n'as pas de questions ? demanda-t-il une dernière fois, presque suppliant.

– Tout est clair comme l'eau d'une source polluée.

Elle lui offrit son plus beau sourire et ferma la porte.

Paris, 23 décembre.

Depuis Roissy, le chauffeur n'avait pratiquement pas baissé les yeux de son rétroviseur. Dahlia faillit hurler plus d'une fois, mais à quoi bon... dans quelques minutes, le taxi entrerait dans Paris. Le vol depuis Washington l'avait exténuée. Impossible de dormir, de s'intéresser au film. Après avoir sèchement remis à sa place le dragueur habituel qui était assis près d'elle dans la cabine de première classe, elle avait pensé pendant tout le vol à l'objet de sa mission. Malgré des chances de succès assez minimes, il était trop tard pour reculer. Elle devait aller jusqu'au bout et jouer le jeu qu'elle avait accepté. Tout compte fait, c'était une expérience, une aventure formidable...

Le taxi s'engagea dans l'avenue de la Grande-Armée. Dahlia eut un frisson quand elle découvrit l'Arc de triomphe, éclatant sous le ciel bleu pâle de décembre. A hauteur de l'Étoile, le taxi voulut prendre l'avenue Victor-Hugo, mais Dahlia lui ordonna de descendre les Champs-Élysées.

– Roulez lentement, s'il vous plaît.

Ce 23 décembre 1993, l'avenue ressemblait à quelques détails près à celle qu'elle avait parcourue pour la première fois à Noël 1972. Elle avait alors à peine huit ans. Depuis, chaque fois qu'elle revenait, le même plaisir la saisissait comme si, sur la plus belle avenue du monde, le temps s'était arrêté une fois pour toutes.

Subitement, elle eut envie de marcher, de se promener, de se fondre dans cette foule matinale, anonyme et insouciante. Mais elle n'avait pas le temps. Quelques instants plus tard, le taxi s'arrêta devant un petit hôtel de luxe, le Victor-Hugo, rue Copernic. Dahlia laissa un billet de cinq cents francs au chauffeur en lançant :

– Gardez la monnaie et la prochaine fois regardez devant vous quand vous conduisez !

Elle jeta un rapide coup d'œil autour d'elle et entra dans l'hôtel, suivie du chauffeur qui portait ses deux valises.

Dans sa chambre, elle se précipita devant le miroir et observa minutieusement son visage. Depuis l'opération esthétique qu'elle avait dû subir, elle était hantée par son nouvel aspect. Elle s'arrêtait devant chaque miroir comme pour se reconnaître, se convaincre que derrière cette jeune femme de vingt-huit ans aux courts cheveux noirs, aux yeux bleu foncé, enveloppés de longs cils noirs, à la poitrine provocante, c'était bien elle qu'elle contemplait.

– Tu es somptueuse! s'était exclamé Nelson en la revoyant un mois après l'opération. Dommage que...

Certes Dahlia ressemblait davantage maintenant à une future star de cinéma qu'à l'obscure agent du Mossad et de la CIA qu'elle était en réalité!

Les chirurgiens de l'agence lui avaient légèrement retroussé le nez et fait ressortir les pommettes. Sa bouche était moins boudeuse et ses yeux s'étaient agrandis. Mais elle avait insisté pour garder sa petite fossette au creux du menton, malgré l'opposition de Robert Nelson :

– C'est trop facilement mémorisable!

– C'est toute ma personnalité! avait-elle répliqué. L'atout décisif de mon charme. Si vous le supprimez, je n'existe plus!

Nelson s'était incliné.

Dahlia tira de son sac une cassette vidéo et l'introduisit dans le magnétoscope qu'on venait d'installer dans sa suite à sa demande. Elle voulait voir, une dernière fois, l'homme dont dépendait la réussite ou l'échec de sa mission. Elle appuya sur « play » et s'allongea sur le lit. Le film avait été tourné en Afghanistan dix ans plus tôt, exactement le 17 mai 1983. Les services techniques de la CIA avaient réalisé un montage digne de Hollywood. Quelques secondes plus tard, les images qu'elle avait déjà vues en compagnie de Robert Nelson envahirent le petit écran.

On apercevait deux hélicoptères Mi-24 surgissant au-dessus des montagnes, déchirant la nuit dans un fracas d'enfer. Ils effectuèrent un virage à angle droit et se stabilisèrent à deux mètres du sol. Les hommes sautèrent à terre sous les rotors vrombissants qui soulevaient des nuages de poussière et coururent se mettre à l'abri derrière les rochers. Les hélicos s'élevèrent de nouveau vers le ciel noir et disparurent en direction du nord-est. Les trente Spetsnaz, en tenue de camouflage, leurs Kalachnikov munies de silencieux, formaient un cercle autour de leur chef, le lieutenant-colonel Piotr Karstov. Agenouillé devant une carte, lampe électrique et boussole à la main, il désigna du doigt les deux véhicules tout terrain, largués quelques minutes auparavant par deux autres hélicos. Il fit un signe à l'homme assis devant l'un des camions et qui s'approcha d'un pas souple et rapide. Son visage, protégé par un turban sombre, laissait à peine deviner son regard. Karstov, les yeux fixés sur la carte, se mit à parler d'une voix grave :

– Je sais que vous êtes impatients de connaître l'objet de notre mission. Elle est simple. Neuf généraux et sous-généraux de l'armée ont été capturés lors d'une embuscade, il y a deux mois, par les bandits afghans de Jalloud. Le monde entier le sait, sauf le peuple soviétique. Nous allons les libérer.

Il marqua une pause et jeta un regard circulaire sur ses hommes.

– Le Politburo a refusé catégoriquement de négocier leur libération. Andropov a même donné des ordres pour qu'on les considère comme morts... Ils le seront très certainement dans quelques jours. J'ai décidé de désobéir.

Dans la pénombre, Karstov scruta les visages. Aucun n'avait frémi.

– Nous allons donc les libérer cette nuit.

Il aperçut quelques sourires dans les rangs.

Il braqua la torche électrique sur la carte et donna aussitôt ses instructions.

– Nous sommes ici, à côté d'Orgum. Les nôtres se trouvent à trente kilomètres de l'autre côté de la frontière pakistanaise, à proximité de Miriam Shah. Il est exactement 22 h 7. Réglez vos montres. Ali sera notre guide. C'est notre agent du GRU infiltré dans la résistance afghane. Il connaît les lieux où sont détenus nos camarades. Les camions s'arrêteront à cinq kilomètres du camp ennemi. On fera le reste du chemin au pas de course. L'opération doit commencer à 0 h 15 et durer cinq minutes au maximum. Nous devons être de retour ici avant 2 h 30. Les hélicos seront là. Pour des raisons évidentes de sécurité, ils ne nous attendront pas, mais reviendront toutes les heures, jusqu'à l'aube. Après, nous serons considérés comme disparus...

Il retint son souffle un moment et ajouta :

– Camarades, c'est l'opération la plus spectaculaire que l'Armée rouge ait jamais montée. Aucun responsable du parti ou de l'état-major n'est au courant. Nous n'avons donc pas le droit d'échouer. Bonne chance!

Piotr Karstov donna ensuite des ordres aux différents groupes, expliqua le plan d'assaut et fit embarquer ses hommes.

Trois minutes plus tard, les deux véhicules, leurs phares colorés en bleu, se mirent en route. La nuit était glaciale. Serrés les uns contre les autres, les Spetsnaz restaient de marbre.

Dahlia savait que tous étaient des anciens de la fameuse école des troupes aéroportées de Riazan et qu'ils constituaient l'élite de l'armée soviétique. Pendant quatre ans, ils suivaient une formation pratique et théorique complète. Entraînés aux arts martiaux, aux opérations de sabotage, aux sauts de nuit, au-dessus de la mer, sur les toits, dans les forêts, par tous les temps, avec ou sans équipement lourd, ils étaient dispersés dans l'infanterie ou les troupes aéroportées. Les meilleurs d'entre eux rejoignaient les quarante mille Spetsnaz, fierté de l'Armée rouge et cauchemar de l'OTAN. De toutes les armées occidentales, seul Israël possédait l'équivalent de l'école de Riazan : les fameux commandos des parachutistes et des Golanis.

Soudain, dix minutes plus tard, l'un des véhicules s'immobilisa. Aussitôt les hommes sautèrent à terre et s'éparpillèrent sur le terrain. Le chauffeur, la tête enfouie sous le capot, tentait de localiser la panne. Karstov courut vers lui.

– Que se passe-t-il?

– Comprends pas. Le moteur s'est arrêté d'un coup. Ça doit être l'allumage... Ces moteurs ne valent rien! dit-il en crachant de rage.

– Laisse tomber. On n'a pas le temps de réparer. On continue avec l'autre.

D'un signe de la main, il appela ses hommes.

– Répartissez-vous dans l'autre camion. Nous n'avons pas le choix...

Il donna un coup de pied dans le camion en panne et jura entre ses dents : « Gavno! » Une minute plus tard, ils reprenaient la route cahotique et escarpée. Karstov regarda sa montre : ils étaient encore dans les temps.

Après quarante-cinq minutes de course en territoire inconnu d'où à chaque instant on pouvait leur tirer dessus, le véhicule quitta la piste et s'immobilisa dans une petite dépression de terrain. Les hommes sautèrent à terre et se rassemblèrent en quatre groupes. Karstov donna ses derniers ordres.

– Dans moins d'une heure, nous serons sur place. Soyez sans pitié, les gars. Nous faisons ça pour l'honneur de l'armée. Je ne veux aucun prisonnier.

Ils se mirent à courir, chaque groupe séparé par une distance de dix mètres. Ali, en tête du premier, semblait connaître chaque obstacle, chaque rocher. Karstov, derrière lui, jetait constamment des regards à ses hommes. Subitement, Ali leva un bras, Piotr l'imita, et tout le monde se jeta à plat ventre.

– A cent mètres devant nous, la frontière, murmura-t-il.

La frontière pakistanaise, déserte à cet endroit, fut franchie sans difficulté. L'obscurité était totale.

Peu après, ils arrivaient en vue du camp afghan. Dans la nuit, Karstov distinguait des feux à deux cents mètres de l'endroit où ils étaient immobilisés. Apercevant une sentinelle en avant-poste, il rampa jusqu'à elle et l'égorgea avec une rage qui le surprit lui-même. Puis il fit signe au capitaine Boukovski et aux lieutenants Korolenko et Leonov d'entamer leur progression, l'un à l'est, les deux autres à l'ouest. Dans cinq minutes, les Afghans seraient pris en tenaille.

Karstov et ses hommes s'étaient rapprochés en formation en V, laissant six Spetsnaz en protection à l'arrière. Avec ses jumelles à infrarouges, il finit par localiser la grotte où les otages étaient détenus. Deux Afghans, armés jusqu'aux dents, montaient la garde à l'entrée. Il jeta un coup d'œil à sa montre : 11 h 53. Dans sept minutes, les deux gardes seraient remplacés par un seul. Karstov, les yeux fixés sur sa montre, savait que les Afghans n'avaient pas la ponctualité des militaires. La pensée de rester figé dans cette position à quelques mètres seulement des otages, pendant dix, voire vingt minutes, l'irritait, mais il se força au calme.

D'après les renseignements d'Ali, les officiers de l'Armée rouge étaient gardés par une cinquantaine de moudjahidin, répartis dans des petites tentes. Karstov réussit à repérer huit tentes contenant normalement trois hommes. Cela ne représentait donc que vingt-quatre hommes. Même à quatre par tente, il arrivait au chiffre de trente-deux. Où étaient les autres ? Soudain, un doute l'assaillit : Ali avait-il menti, ou bien... ? Un bruit de pas interrompit ses pensées.

Un Afghan se dirigeait vers la grotte. Karstov donna un petit coup de pied à son voisin. Celui-ci répéta le geste au deuxième et ainsi de suite. Tous les hommes retinrent leur souffle.

Les trois Afghans parlaient et riaient à haute voix. Karstov en profita pour se rapprocher à moins de dix mètres de la grotte. Il consulta de nouveau sa montre : 0 h 12. Dans trois minutes, il devrait passer à l'assaut. Karstov donna cette fois deux petits coups de pied à son voisin : les six tireurs d'élite munis de silencieux et de viseurs à infrarouges se tinrent prêts. Les gardes n'étaient visiblement pas pressés de se séparer. Piotr comptait les secondes. A 0 h 15 précise, il fit un geste du bras. Les coups de feu partirent simultanément : les trois Afghans s'écroulèrent sans un bruit. Alors, Karstov donna le signal général. Il courut à toute allure, suivi par trois hommes, vers la grotte, pendant que les autres fonçaient vers les tentes. Quelques secondes plus tard, l'enfer se déchaîna. Au pistolet, à la Kalachnikov, au poignard, les hommes de Karstov ne laissaient aucune chance aux Afghans. La surprise était totale.

Alors qu'il entrait dans la grotte, Karstov eut l'impression que son bras droit se détachait de son corps : une balle lui avait transpercé le muscle. Il plongea à terre et hurla de toutes ses forces :

– Ne bougez pas, camarades, nous allons vous sortir d'ici ! Surtout ne bougez pas !

Il resta collé au sol quelques secondes pour observer ce qui se passait derrière lui.

Un des trois hommes qui le suivaient était mort à quelques mètres de lui, d'une balle en plein dos. Il appela des renforts, et deux hommes le rejoignirent. Karstov se faufila à l'intérieur de la grotte. Avec sa torche, il éclaira et identifia rapidement les otages : amaigris, affaiblis, le regard terrifié, ils étaient enchaînés les uns aux autres. Un Spetsnaz, se précipitant sur Karstov, lui fit un garrot et voulut lui panser le bras.

– On n'a pas le temps de traîner ici ! Après, après. Va libérer les autres.

A l'extérieur, les tirs cessèrent d'un coup. Karstov sortit et découvrit un spectacle terrifiant. Des dizaines de cadavres gisaient ici et là. Un homme lui dressa un bilan rapide.

– Trente et un Afghans tués. Deux de nos gars tués et trois blessés dont deux graves.

– Alexandre a été abattu devant la grotte. Tu l'as compté ?

– Oui. Toi aussi tu fais partie des blessés.

Il donna l'ordre de ne laisser personne sur le terrain. Puis, cherchant autour de lui, il demanda où était Ali.

– Disparu, répondit une voix. On ne l'a pas vu pendant toute l'opération.

– Le salaud! jura Piotr. Allez, on file sans lui, tant pis.

Il chercha le cameraman du regard. Vladimir était derrière lui.

– Tu as tout filmé ?

Vladimir hocha la tête et tapota fièrement sa Bétacam.

– Même quand j'ai été touché ?

– Oui, j'étais à deux mètres de toi. Tout est en boîte.

– O.K., les enfants, on y va. Je ne sais pas comment nous pourrons retrouver le chemin et tous monter dans le camion. Dieu nous aide!

Piotr Karstov et ses hommes n'eurent aucun mal à reconnaître la piste dans la nuit. Les points de repère étaient plus nombreux qu'il ne l'avait cru. Ici un arbre, là une petite colline, un puits, la carcasse d'un hélicoptère... Les neuf hommes libérés, les blessés et les deux tués ralentissaient leur progression. Une heure plus tard, ils repassaient la frontière sans encombre. Le camion attendait au même endroit. Ils se ruèrent sur la piste à toute allure. Cinquante-cinq minutes après, à la hauteur du camion en panne, Karstov fit stopper le convoi.

– Mikhaïl, fais-moi sauter ce bahut! Je ne tiens pas à ce que ces fils de chiens puissent le récupérer et l'utiliser contre nous. Ils sont capables de le transformer en turbo en dix minutes...

Une explosion troua la nuit. Quand ils repartirent, la montre de Piotr indiquait 2 h 10.

– Roule à fond! Il nous reste à peine vingt minutes...

– Je sais, mais je ne peux pas aller plus vite. Le camion est surchargé, c'est déjà un miracle qu'on roule à cette vitesse.

Karstov fixa un moment l'objectif de la caméra qui ne cessait de tourner. Puis il consulta sa montre.

– On n'y arrivera jamais, maugréa-t-il.

Il était 2 h 56 quand ils parvinrent à leur point de départ. Les hommes sautèrent du camion et se dispersèrent sur le terrain. Karstov, impassible, scruta l'horizon. Le silence était absolu. Il n'y avait plus qu'à attendre.

Il s'allongea. Un Spetsnaz alluma une Pall Mall et la lui tendit.

– Tiens, une blonde! Marché noir! fit-il en riant.

Un infirmier voulut lui panser sa plaie, mais il l'arrêta d'un geste.

– Occupe-toi plutôt des autres. Je peux attendre.

On lui amena les officiers libérés. Encore sous l'effet du choc, ils avaient du mal à se tenir debout.

– Camarades, dit-il, nous vous avons libérés contre les ordres d'Andropov. Comme du temps de Staline, les prisonniers sont encore considérés comme des traîtres... L'opération est réussie. Vous êtes libres et vivants. Moi, avec un peu de chance, j'en prendrai pour dix ans. Mais j'ai tenu à filmer l'opération au nom de l'armée. On ne sait jamais...

– Avec ce genre de propos, c'est pas dix ans que tu vas prendre, c'est les couilles qu'ils vont t'arracher, lança le lieutenant Andreï Leonov.

Karstov eut un sourire.

– On supprimera les insultes au montage, n'est-ce pas, Vladimir ?

D'une voix étouffée, l'un des libérés se présenta :

– Général des blindés, Igor Vassili Nikolaïevitch. Du fond du cœur, merci...

Il voulut en dire plus, mais sa voix s'étrangla. Karstov se leva et l'embrassa. Aussitôt, les autres l'imitèrent. La rapidité de l'action avait empêché les sentiments. Ils comprenaient seulement maintenant qu'ils étaient libres.

– Dans moins de quinze minutes, les hélicos devraient...

Karstov n'eut pas le temps d'achever sa phrase. Un tonnerre de feu se déchaîna soudain. Deux hommes furent fauchés. Des grenades explosèrent à quelques mètres de Karstov. Tous se jetèrent à terre. Des cris, des gémissements montaient au milieu des tirs d'armes automatiques.

– Dispersez-vous, bon Dieu! Dispersez-vous! hurla Karstov. Ils viennent du nord.

Impossible de se lever. Ils étaient cloués au sol par des rafales bien ajustées. Les Spetsnaz ripostèrent en désordre, étouffés par les détonations et les crachotements des Kalachnikov.

Il reconnaissait les tirs ultra-rapides des M16 américains que les Afghans maniaient avec dextérité.

– Salauds de Yankees! jura-t-il.

Une grenade explosa derrière lui. Il eut juste le temps de voir le corps déchiqueté d'un des hommes qu'il venait de libérer. Karstov réussit à lancer une fusée lumineuse au-dessus de l'endroit d'où partaient les tirs et compta quatre silhouettes. Elles furent aussitôt abattues par ses tireurs d'élite.

Le vrombissement des hélicos couvrit soudain le vacarme. Enfin! Karstov sortit sa torche de sa poche, rampa derrière un arbuste et, oubliant toute prudence, envoya quelques signaux lumineux pour indiquer leur position exacte. Une balle lui effleura le front; le sang l'aveugla. Cette fois, ils étaient trois. A part les deux Mi-24 – des hélicoptères de combat –, il y avait un gros transporteur de troupes, le fameux Mi-6/Hook. Aussitôt, un Mi-24 se tourna vers les Afghans et tira une salve de roquettes. La terre trembla sous l'impact et un nuage de fumée s'éleva vers le ciel.

Le Mi-6/Hook en profita pour se poser, et les hommes se précipitèrent en portant sur leurs épaules les morts et les blessés.

Karstov rameuta ses hommes :

– Ne laissez personne sur le terrain!

Les balles se remirent à siffler dans leur direction. Ils n'étaient plus qu'une dizaine à terre, tirant comme des fous. Sous la protection des deux Mi-24, qui déchargeaient leur arsenal de bombes et de missiles dans la direction des Afghans, les derniers hommes foncèrent sur l'appareil à une vitesse inouïe. Un otage tomba, foudroyé par une balle en pleine tête. Le capitaine Boukovski se dirigea vers lui et s'effondra à son tour, juste au moment où il s'apprêtait à le hisser à bord. Karstov se pencha vers lui; une balle lui avait transpercé la nuque. Il demanda de l'aide. Un homme sauta à terre, rampa vers le corps de l'otage et le transporta à bord. Piotr chargea Boukovski sur ses épaules et plongea à l'intérieur de l'appareil, hissé par Andreï Leonov. Le Mi-6 monta dans la nuit et fila vers le nord, suivi à distance par les deux Mi-24.

Dahlia arrêta le magnétoscope, sortit la cassette, la démonta et en tira le film, qu'elle découpa aussitôt en mille morceaux. Elle irait les jeter dans une décharge publique, plus tard. Le fait d'avoir revu la cassette vidéo seule lui fit changer d'avis sur Karstov. Non, ce n'était pas la brute et le mégalomane décrit par Nelson, mais exactement le contraire : un grand soldat, un patriote. Ce qui donnait une physionomie toute différente à sa mission...

Elle se déshabilla et entra dans la salle de bains illuminée. Elle se contempla une nouvelle fois nue devant la glace avant de prendre une douche brûlante. Dix minutes plus tard, elle était allongée sur le lit, en peignoir de bain, le regard vide, récitant l'essentiel de son curriculum vitae :

– Je m'appelle Eva Dumoulin, j'ai vingt-huit ans, je suis française, née à Francfort de mère allemande et de père français. Mon père était ingénieur chez Mercedes. A l'âge de six ans, nous sommes partis en Italie où nous sommes restés cinq ans, puis en Angleterre où j'ai vécu jusqu'à l'âge de seize ans. Après la mort de mes parents dans un accident d'avion, je suis partie aux États-Unis, à Los Angeles. J'ai fait mes études de russe et d'économie politique à San Diego et j'ai obtenu mes MBA en 1992. Retournée en Europe aussitôt après, j'ai été embauchée comme journaliste stagiaire au *Herald Tribune*. Six mois plus tard, le journal *Le Soir de Bruxelles* m'a engagée au service étranger, secteur pays de l'Est. Articles signés sous pseudonyme. Voyages en Union soviétique et dans les pays du pacte de Varsovie. Je viens d'être nommée à Moscou comme chef de bureau de l'APE, l'Agence de presse européenne que les douze viennent de créer. Je parle le français, l'allemand, l'italien, l'anglais et le russe.

Tout cela était en partie vrai. En partie seulement... Dahlia avait été abandonnée à l'âge de un mois devant un orphelinat dans la banlieue de Hambourg. Sa mère, une jeune Allemande de dix-neuf ans, avait fait la connaissance d'un Israélien lors d'un séjour dans une île grecque. Un mois plus tard, elle s'aperçut qu'elle était enceinte. Folle amoureuse de l'Israélien de vingt ans son aîné, elle avait décidé de garder l'enfant. Deux mois avant l'accouchement, l'Israélien disparut et ne donna plus signe de vie. Sa mère l'abandonna. Trois mois seulement après sa découverte, Dahlia fut adoptée par un industriel français d'origine juive, marié à une

Allemande de religion protestante. A sa majorité, ses parents lui apprirent la vérité et lui remirent la lettre que sa véritable mère avait laissée à côté du corps du bébé. Cette lettre, manuscrite, justifiait l'abandon dans des termes confus. Deux ans plus tard, elle reçut par la poste la photo d'un homme, sans commentaire. Il devait avoir la soixantaine, le cheveux gris et les yeux bleus. Une vague ressemblance...

Son père ? La lettre avait été envoyée de Rhodes. Elle rangea la photo dans son dossier « personnel ».

Avant de se lancer dans une carrière d'avocate, Dahlia se rendit à Jérusalem dans le but de compléter sa formation historique pour mieux comprendre les racines de ses deux pères et celles du pays qu'elle considérait comme sien.

Agée alors de vingt-deux ans, elle avait déjà en poche ses deux diplômes de l'université de San Diego. Le test d'inscription tomba entre les mains du directeur des études d'histoire, ancien officier supérieur au Mossad, les services secrets israéliens. Devant le formidable quotient intellectuel de Dahlia, il ne put s'empêcher d'envoyer une copie à ses anciens patrons.

Elle ne commença jamais ses études. En octobre 1990, elle fut recrutée par le Mossad, deux semaines après son inscription à la faculté d'histoire de l'Université de Jérusalem.

Trois ans plus tard, elle était entièrement métamorphosée. Les meilleurs instructeurs des services secrets d'Israël la prirent en main et, grâce à un entraînement aussi intense que complet, ils firent d'elle un agent de très haut niveau.

Pendant trois ans, elle s'était levée à 5 heures du matin. Après une heure de gymnastique et de natation, elle avalait un copieux petit déjeuner. Les cours du matin comportaient l'apprentissage intensif du russe, de l'histoire et de la civilisation soviétiques, du journalisme, de la psychologie appliquée, ainsi que l'étude de la voyance et des phénomènes paranormaux. L'après-midi était consacré aux techniques de l'espionnage, de la sécurité, des transmissions, des arts martiaux, etc. Au bout de deux ans, on lui fit faire des stages de survie : on la lâchait seule dans le désert du Néguev, à Beyrouth, à Bagdad ou à Téhéran. Pas une seule fois, on ne lui avait parlé d'une mission.

Elle en arrivait à croire, les soirs où elle se retrouvait seule et épuisée dans sa baraque du camp spécial n° 2 du Mossad, qu'aucune mission ne lui était destinée et qu'elle endurait tout cela pour le plaisir de quelques détraqués paranoïaques.

Enfin, un beau matin de mai, elle se retrouva dans une résidence de luxe où un inconnu, qui n'était autre que le général Aron, lui révéla que son travail allait consister en la plus grande opération de pénétration jamais réalisée à l'Est par des services secrets occidentaux.

Trois mois durant, elle peaufina certaines techniques plus particulières à son sexe. Et, un beau jour, on lui annonça qu'elle partait pour Washington afin de compléter sa formation. Le Mossad et la CIA avaient monté l'opération ensemble dans le plus grand secret, sans même en informer leurs gouvernements respectifs.

Ce jour-là, elle eut l'exceptionnel privilège de rencontrer le patron du Mossad, connu seulement de quatre ou cinq personnes. Le rendez-vous eut lieu dans une petite maison anonyme, un soir d'été, dans la banlieue de Haïfa où il lui expliqua enfin l'objet de sa mission dans tous les détails.

– La face du monde sera définitivement changée si tu mènes à bien ta tâche, lui dit-il. Et, pour notre pays, ta mission est une question de survie! Je pense que tu peux réussir. Tu en es capable. Tu dois réussir, il le faut!

Il parlait d'une voix lente et calme.

– Ta mission n'est connue que de quatre personnes : toi, Nelson, le directeur des opérations clandestines de la CIA, que tu vas rencontrer la semaine prochaine, le général Aron et moi. Pas une de plus. Je dois avouer, à mon grand regret, que l'idée vient de Nelson. Mais nous, on fournit l'oiseau rare... sans lequel son idée, aussi géniale soit-elle, et elle l'est effectivement, ne vaut rien.

Pendant qu'il lui parlait, il ne la quittait pas du regard. Dahlia non plus.

– En cas d'urgence ou de danger, tu appelles le numéro que te donnera Nelson. On exécutera tes ordres, quels qu'ils soient, y compris tuer, si nécessaire. Évidemment, ces gens-là ne connaissent pas l'objet de ta mission.

Le mot *tuer* provoqua en elle un frisson. Elle faillit poser une série de questions à ce propos, mais n'en fit rien.

– Tu as des questions ? demanda-t-il.

– Non.

– Très bien, c'est la réponse que j'espérais.

Elle se leva et s'avança vers lui, la main tendue. Il alla à sa rencontre, la prit dans ses bras et l'étreignit comme un père étreint sa fille.

– Dieu te protège, Dahlia. *Shalom.*

Moscou, le 26 décembre.

Piotr Karstov consulta sa montre de chevet : 3 heures du matin. Il jura entre ses dents et prit le combiné.

– Gorchkov. Venez tout de suite, je vous attends dans mon bureau.

Karstov sauta de son lit et courut droit à la salle de bains. Dix minutes plus tard, il démarrait sa Volvo et fonçait à toute vitesse en direction du Kremlin.

Ce n'était pas la première fois que le Président le réveillait en pleine nuit. Depuis qu'il avait été nommé « chef du Conseil national de sécurité » en mai 1991 et « conseiller spécial » du Président un an plus tard, il avait rarement eu l'occasion de faire la grasse matinée. Par expérience et aussi par intuition, il savait qu'une nouvelle catastrophe venait ou était sur le point de se produire. On comptait donc sur « le pompier », comme la presse internationale l'avait surnommé, pour éteindre l'un de ces nombreux incendies qui menaçaient d'éclatement l'Union soviétique. Quel parcours depuis l'Afghanistan ! Le jour même de la libération des otages, il avait été renvoyé à Moscou, jugé par un tribunal militaire pour désobéissance et condamné à quinze ans de prison. Au cours de son procès éclair, il avait quand même eu le temps de traiter Andropov « de minable, de petit bureaucrate pervers, et de petit Staline ». Ce qui lui avait coûté l'isolation et, bien sûr, d'être renvoyé de l'armée pour « atteinte à l'honneur » !

Quant aux sept otages libérés, ils furent mis à la

retraite anticipée et regagnèrent, eux aussi, la patrie. Dispersés aux quatre coins du pays, sans possibilité de communiquer.

Piotr dut attendre trois ans avant d'être amnistié par Mikhaïl Gorchkov. Le 15 mai 1986, au petit matin, le chef d'état-major en personne fit irruption dans sa cellule :

– Camarade Karstov, une grande et impardonnable injustice a été commise à votre égard. Le cauchemar est fini. Une ère nouvelle commence, le pays a besoin de tous ses héros et vous en êtes l'un des plus grands.

Piotr l'observa d'un œil ironique, sans broncher, et se contenta de s'enquérir du sort des otages.

– Ils seront bientôt libres...

– Alors, j'attendrai qu'ils le soient effectivement. Pas avant.

– Vous avez ma parole d'honneur...

– J'en ai rien à foutre de votre parole d'honneur. Si mes souvenirs sont exacts, vous faisiez bien partie de la junte qui m'a condamné, non ?

– C'était une autre époque. Je comprends votre amertume, mais, cette fois, je vous dis que nous sommes...

– Je vous ai dit ce que j'avais à vous dire.

Deux jours plus tard, Piotr sortit de prison et fut reçu, en compagnie des sept camarades, par le nouveau leader du Kremlin. Piotr Karstov fut décoré de l'ordre de Lénine et de l'ordre de la Victoire, la plus haute distinction militaire, puis nommé général par la même occasion. Il exigea et obtint des funérailles officielles avec les mêmes distinctions à titre posthume pour les commandos et les deux otages morts au cours de l'opération. Les autres réintégrèrent leurs fonctions avec promotion.

Trois mois plus tard, après un repos bien mérité, Karstov rejoignit l'état-major général et, en avril 1988, il fut chargé d'organiser et de coordonner le retrait des troupes d'Afghanistan. Karstov avait toujours pensé que cette guerre était non seulement insensée et inutile, mais que, malgré les avantages dont bénéficiait le système soviétique – guerre secrète, opinion nationale et internationale indifférente –, l'Armée rouge n'avait aucune chance de l'emporter de manière décisive. De plus, Karstov, il n'était pas le seul, avait été le témoin de la dégradation morale et physique des troupes. C'était le seul point commun entre l'Armée rouge d'occupation et les Américains au Viêt-nam. Même sur le plan stratégique, il s'était à plusieurs reprises opposé à ses supérieurs. L'argument clé de l'état-major, selon lequel l'aviation soviétique n'était qu'à quatre cents kilomètres du Golfe et des puits de pétrole, était ridicule à plus d'un titre. D'abord, l'aviation avait les moyens d'atteindre l'Arabie Saoudite, directement de ses bases rapprochées, sans même devoir être approvisionnée en vol. Ensuite, il pensait que la flotte soviétique, grâce à ses bases dans l'océan Indien et au Yémen du Nord, avait les moyens, si nécessaire, de faire plier les pays du Golfe en l'espace de quelques heures.

Les bruits couraient que c'était lui, Karstov, qui avait convaincu Gorchkov de se retirer de ce bourbier. Un soir qu'il dînait en compagnie des Gorchkov, Karstov lui aurait dit à propos de l'Afghanistan :

« L'alternative est on ne peut plus claire; soit vous restez et vous vous en donnez les moyens, économiques, politiques et militaires, et même dans ce cas, nous ne réglerons pas la question afghane de manière décisive, soit on se retire et, au moins, nous limitons les dégâts et les ravages que la drogue est en train de causer dans notre armée. Je crains même que ce ne soit déjà trop tard. Les dizaines de milliers d'hommes qui ont servi là-bas ne sont plus les mêmes aujourd'hui. Ils ont perdu leur virginité marxiste, ne croient plus en l'armée. Tous ceux qui vous diront le contraire sont soit des imbéciles, soit des escrocs. Nous éviterons surtout de nouvelles pertes qui deviennent de plus en plus insupportables à notre opinion publique. Quant aux avantages politiques d'un tel retrait, vous êtes seul en mesure de les apprécier. »

Toujours selon les rumeurs, Tania Gorchkov aurait soutenu Karstov de toutes ses forces...

Piotr Karstov était le type même du Caucasien, réputé pour sa beauté, sa bravoure, sa manière d'être chevaleresque et farouche. Un mètre quatre-vingt-sept, un physique d'athlète, les yeux vert foncé, les cheveux blonds, une mèche cachant un regard d'acier, Karstov entrait dans sa quarante-quatrième année. A l'âge de vingt-sept ans seulement, il avait été nommé à la tête de la fameuse école secrète des troupes aéroportées de Riazan, et il fut l'un des premiers à poser le pied sur le sol afghan avec ses troupes d'élite, le 27 décembre 1979. A l'âge de trente-deux ans, il avait été promu lieutenant-colonel. Le plus jeune de l'Armée rouge.

La Volvo se gara dans le parc réservé aux personnalités du Politburo. Mikhaïl Gorchkov se tenait debout sur le perron.

– Ça va mal, très mal, fit-il en lui tendant une main lasse que Karstov serra énergiquement, comme pour lui donner courage.

A peine entré dans le bureau de Gorchkov, Karstov lança :

– La guerre sainte ?

– Exact... Je viens de recevoir un rapport du KGB : dans les jours qui viennent, les leaders musulmans clandestins vont déclencher le Djihad dans tout l'Azerbaïdjan et exiger l'indépendance. Je voulais avoir votre avis avant de réunir le comité de crise.

Il parlait vite, d'une voix saccadée. Karstov remarqua son visage défait, rongé par la fatigue et l'inquiétude.

– C'était prévisible, monsieur le Président. Avec toutes les manifestations que nous avons dû réprimer dans le sang, les centaines de morts et de blessés, les demi-concessions, les promesses non tenues, les provocateurs, cette radicalisation des chefs islamiques était prévisible. Il faut agir tout de suite et avec une très grande fermeté. Aujourd'hui même. Il faut déclarer l'état d'urgence et interdire l'accès à la presse. Instaurer une nouvelle fois la loi martiale et liquider tous ces fous d'Allah. Que fait le KGB ? Depuis le temps qu'on leur demande de les infiltrer. On avait plutôt bien réussi en Afghanistan, pourquoi pas ici ?

Il marqua une pause et ajouta, le regard absent :

– Il faudra remplir les magasins, la faim est toujours mauvaise conseillère.

– Le mieux serait que vous alliez sur place dès maintenant pour évaluer de près la situation et me faire un rapport...

– J'allais vous le proposer, monsieur le Président. Je dois impérativement me rendre à l'ambassade d'Israël en fin de soirée pour m'entretenir avec le ministre israélien de la Défense. Il a demandé à me rencontrer. Mais je repartirai aussitôt.

– Très bien. J'attendrai votre rapport avant de réunir le cabinet de crise.

Karstov prit congé. Près de la porte, le Président l'arrêta. Sa voix avait retrouvé toute sa vigueur :

– Général, cette fois, il faudra aller jusqu'au bout. Il

faudra leur briser la colonne vertébrale. Avec la guerre sainte, on ne joue pas, on tire dans le tas.

– Je suis de votre avis, monsieur le Président. Si le KGB avait été plus efficace, on n'en serait pas là aujourd'hui. J'espère qu'il va arrêter de me mettre des bâtons dans les roues...

– Je sais, je sais. Mais maintenant, il faut faire vite. Je n'ai plus le choix. C'est la victoire ou la mort de l'Union.

L'Airbus A320 d'Air France atterrit sur la piste du nouvel aéroport Gorchkov. « La mission commence vraiment, pensa Dahlia. Maintenant, je suis Eva Dumoulin... » Le cœur battant, elle se présenta au contrôle des passeports, qui s'avéra beaucoup plus rapide et moins tatillon que par le passé : deux minutes à peine. Même chose pour la fouille des bagages. Le douanier, un jeune homme au teint pâle, après avoir examiné nonchalamment son passeport, lui demanda d'ouvrir son sac à main, y jeta un bref coup d'œil et lui souhaita la bienvenue à Moscou.

Dans le hall, elle vit son nom en lettres majuscules sur une petite pancarte que tenait un homme d'un certain âge.

– Bienvenue au pays de la perestroïka, fit celui-ci. Je m'appelle Hans, Hans Mahnfieldt. C'est moi que vous remplacez. Je vous envie. Pour notre profession, l'URSS est l'endroit le plus fascinant de cette fin de siècle. Mais vous le savez déjà, non ?

Eva lui sourit en signe d'approbation et l'embrassa sur les deux joues, à la française.

– A la russe, c'est meilleur..., fit-il avec un œil malicieux.

Il s'empara des deux valises, et l'entraîna vers le parking.

– Quelles sont les dernières rumeurs de Moscou ? demanda Eva, installée dans le coupé Honda.

– L'agonie de l'Union ! La libanisation de l'Azerbaïdjan, la pagaille, grèves, manifestations, délinquance, les boutiques plus vides que jamais, plus de charbon, plus de cahiers d'écolier, inflation, chômage... Le bordel, partout. L'intendance ne suit toujours pas. Depuis les deux tentatives d'assassinat contre Gorchkov, il vit pratiquement isolé au Kremlin. L'année 1994 sera décisive pour son avenir. Vous aurez peut-être la chance d'assister à son évincement. L'opposition du comité central se durcit, et les conservateurs alliés aux néo-staliniens et aux nationalistes passent leur temps à le critiquer éhontément. C'est pour cette raison que j'aurais aimé rester encore une année...

– Si je comprends bien, rien de nouveau. Depuis qu'il dirige le pays, chaque année est l'année décisive...

– C'est vrai, mais cette fois, je crois bien que...

Eva changea de sujet :

– Nous allons au Méridien, n'est-ce pas ?

– Oui. On vous a réservé une suite à l'hôtel. Vous y serez très bien. Ça n'a pas été facile. Tous les hôtels sont complets. Les hommes d'affaires occidentaux, allemands, américains, japonais et italiens, raflent toutes les chambres. On a dû faire appel à la direction générale à Paris. Après mon départ, dans dix jours, vous pourrez vous installer dans mon appartement. Il est petit, mais bien situé. J'habite la maison d'un diplomate russe en poste à Berlin, dans la rue Donskaïa.

La circulation était dense, et ils mirent une heure et demie pour gagner le centre de Moscou. Ces dernières années, le trafic dans les grandes villes soviétiques avait été multiplié par dix. Une nouvelle classe d'entrepreneurs, de petits commerçants, de professions libérales, mais aussi de trafiquants de toute sorte avait émergé à une vitesse ahurissante.

Encouragés par Gorchkov, qui s'appuyait sur eux, ces « nouveaux riches » avaient transformé la capitale soviétique de fond en comble. Restaurants, pizzerias, croissanteries, burgers, bistrots et discothèques y poussaient comme des champignons et éclairaient les grandes artères moscovites de leurs néons criards. La plupart de ces endroits étaient cependant réservés aux privilégiés, c'est-à-dire les possesseurs de devises étrangères, en particulier le dollar et le mark. Le contraste entre l'opulence des uns et la misère accrue de la majorité indignait beaucoup de vieux communistes qui l'exprimaient tous les jours dans le courrier des lecteurs de la *Pravda*, des *Izves-*

tia et surtout d'*Ogoniok*. Mais le mouvement était irrésistible, et les jeunes Soviétiques, malgré les privations, s'en donnaient à cœur joie.

Les journaux maniaient avec une subtilité toute jésuitique l'art de l'autocensure. Ils devaient trouver un équilibre raffiné entre la critique et le commentaire « objectif » de l'information générale. Les privilégiés et notamment les « nouveaux riches » étaient de plus en plus nombreux à voyager à l'étranger, sans trop de difficultés ou de restrictions. Mais la contrepartie de ces avantages avait pris avec les années une ampleur inquiétante : les grèves, le chômage, la hausse des prix et l'inflation continuaient de menacer les bases du régime. Cependant, le plus grave pour la cohésion du système et de l'Union restait les révoltes à répétition des minorités nationalistes, religieuses ou écologistes, et l'instabilité des pays « frères ». Pis encore, les « tares occidentales » étaient devenues monnaie courante : la drogue, les hold-up, la criminalité ambiante faisaient la une des journaux. Et puis il y avait les Afghans... le souci majeur de la milice, complètement impuissante devant cette race de « nouveaux bandits » le plus souvent armés. Les vétérans, endurcis par une guerre terrible, déçus par le marxisme, abandonnés et traités comme des chiens à leur retour au pays, malgré quelques mesures en leur faveur, semaient la terreur dans toutes les grandes villes de l'Union. Organisés en bandes ou en familles, comme la mafia, ils n'hésitaient pas à tuer en plein jour, à dévaliser les banques ou les transports de fonds, à agresser les citoyens soviétiques « décadents » et les touristes... « On ne peut pas jouir des bienfaits de la démocratie et du capitalisme sans en subir les inconvénients », proclamait la presse internationale quand elle évoquait ces problèmes. Mais le mal était beaucoup plus profond qu'elle ne l'imaginait...

Le bagagiste ouvrit la porte de la suite 907. Eva entra et alla tout droit inspecter la salle de bains. « Impeccable », se dit-elle, rassurée. Elle aimait les grandes salles de bains des hôtels de luxe. Elle donna dix dollars au porteur, qui rougit de plaisir. Une fois seule, elle examina consciencieusement le salon et la chambre. Elle défit sa montre Rolex 2000 à affichage digital et à aiguille, appuya sur une des trois minuscules touches : des chiffres se succédèrent jusqu'à celui qui déclenchait une des multiples fonctions de ce petit bijou de la technologie occidentale.

La « montre » détectait la plus infime des impulsions électromagnétiques. Celle des appareils d'écoute, par exemple, ou des micros caméras dissimulés dans les murs. Puis Eva marcha lentement, en effleurant les murs et les objets. Les bip-bip lumineux de la montre ne laissaient aucun doute : la suite était infectée de micros...

Eva sourit en silence et quelques instants plus tard se plongea dans un bain brûlant tout en se contemplant dans le grand miroir qui lui faisait face. Une demi-heure plus tard, elle sortait de sa baignoire. Elle s'habilla chaudement, prit le carton d'invitation posé en évidence sur la table, à côté d'un magnifique bouquet de fleurs, et sortit se promener dans les rues de Moscou.

La réception à l'ambassade d'Israël commençait à 19 heures. Mais elle devait auparavant aller saluer ses confrères à l'agence, située dans la rue Rezina, à quelques minutes à pied du Kremlin. Il était 15 heures. Le ciel était gris et un vent sibérien soufflait sur la capitale.

« Mlle Eva Dimounlin ! »

L'aboyeur avait eu du mal à prononcer son nom, mais tous les regards se tournèrent vers elle.

– Ah, enfin une jolie femme !

L'ambassadeur d'Israël lui fit un baisemain un peu appuyé.

– Je vous prédis beaucoup de succès à Moscou, mademoiselle. Je crois savoir que c'est vous qui allez diriger la nouvelle Agence de presse européenne. Félicitations, et bienvenue à Moscou. Si je peux faire quoi que ce soit pour vous, n'hésitez pas. Et appelez-moi Dov. Cela signifie « ours » en hébreu, mais je n'en suis pas un...

Eva le remercia avec son plus beau sourire et se dirigea vers les salons brillamment éclairés et déjà bondés.

Une heure plus tard, elle avait déjà de quoi remplir un copieux carnet d'adresses : hauts fonctionnaires, diplomates, journalistes, son sac regorgeait de cartes de visite et d'invitations à dîner...

– Le général et Mme Karstov !

Ce fut aussitôt la bousculade. Les journalistes se précipitèrent vers Karstov, qui leur fit signe de rester à l'écart. Il prit le ministre israélien de la Défense par le bras et l'entraîna vers un coin isolé, pendant que l'ambassadeur s'entretenait avec son épouse. Eva s'approcha :

– Excusez-moi de vous interrompre, fit-elle d'une voix douce. Je dois partir...
– Partir? Vous n'êtes pas sérieuse?
L'ambassadeur se retourna vers Olga Karstov :
– C'est Eva, elle est française, et vient tout juste d'arriver à Moscou. Elle prétend être journaliste, mais je suis convaincu qu'elle devrait faire du cinéma! A moins qu'elle ne soit une nouvelle Mata...
Les deux femmes se serrèrent la main.
– J'aime beaucoup la France, s'écria la femme du général. C'est un pays formidable. Et Paris! Ah! mon Dieu, Paris! Vous êtes parisienne?
– Oui, répondit Eva en russe. Mais Moscou, aussi, est une ville irrésistible. Je sens que je vais beaucoup m'y plaire.
– Mais vous parlez parfaitement notre langue! J'aimerais tant parler la vôtre aussi bien. Appelez-moi Olga, je vous en prie, je sens qu'on va devenir amies... Venez.
Elle la conduisit jusqu'au buffet.
– Racontez-moi tout. Sur vous, la vie à Paris. Vous êtes très belle, vous savez?
– Merci, vous aussi, vous êtes très belle. J'ai vu une photo de vous dans un magazine allemand, il y a quelques mois.
– Oui, c'était dans *Stern.* Mon mari n'aime pas tellement que je m'expose ainsi. Moi, j'adore ça, dit-elle avec un regard plein de malice. Vous êtes mariée?
– Non, je m'en garde bien. Dans mon métier, il vaut mieux être célibataire.
– Ah! quelle chance, je vous envie.
– Le général Karstov semble être pourtant un homme de grande valeur.
– C'est ce qu'on dit... Moi, je ne le vois pas beaucoup. Il est toujours par monts et par vaux. Venez, je vais vous présenter à lui.
Elle se pencha vers Eva et lui souffla au creux de l'oreille :
– Il n'est pas aussi viril qu'il en a l'air...
Bras dessus, bras dessous, elles rejoignirent le général et le ministre israélien qui discutaient à l'écart.
– Me permettez-vous de récupérer mon mari une minute?
Piotr Karstov s'excusa auprès de l'Israélien en murmurant en anglais :

– Impossible, elle ne comprendra jamais...

Il serra la main d'Eva, pendant qu'Olga la présentait.

– Enchanté, mademoiselle. Je n'arrive jamais à faire le baisemain, encore moins aux femmes telles que vous.

Eva se contenta de sourire, et lui serra vigoureusement la main. En l'observant à la dérobée, Eva constata la ressemblance avec l'homme de la cassette vidéo et les différentes photos qu'elle avait examinées à Jérusalem et à Langley. Digne, un peu raide. Seul son beau visage, creusé par la fatigue, semblait un peu vieilli.

– Vous avez une épouse merveilleuse, général. Vous avez beaucoup de chance.

– Je vois qu'Olga vous a déjà conquise. C'est une grande séductrice. Méfiez-vous!

– Je ne veux pas vous importuner, je crois que vous êtes très sollicité, dit Eva. J'espère que j'aurai le plaisir de vous revoir. De toute façon, je m'apprêtais à partir...

– Restez avec moi, Eva, supplia Olga. Piotr retourne en Azerbaïdjan dès ce soir, nous pourrions dîner ensemble.

Eva remarqua l'irritation de Karstov sur son visage.

– Je vous remercie, mais je suis tellement fatiguée que je risque de m'endormir à table. Je préfère rentrer.

– Je comprends. Voici ma carte, Eva. Appelez-moi vite.

Elle se faufila parmi les invités, les laissant seuls.

Eva voulut prendre congé à son tour, mais Karstov lui fit signe de rester. Depuis le début, il ne l'avait pas quittée du regard, cherchant à deviner qui était cette femme et pourquoi on lui avait confié la direction de l'Agence de presse européenne. Généralement, ce genre de poste était occupé par des types confirmés, vieux bourlingueurs de la presse internationale connaissant bien le pays. Pour Moscou, il fallait en outre quelqu'un qui maîtrisât sur le bout des doigts l'organisation du parti, la composition du Politburo du comité central. Eva Dumoulin paraissait bien jeune. A moins qu'elle ne fût un de ces très brillants produits formés par les universités occidentales, un de ces cerveaux redoutables, capables des analyses les plus fines. A moins que...

– Quelle est votre spécialité ? lui demanda-t-il soudain d'une voix aimable.

– L'économie, et particulièrement celle de votre pays. Il se passe tant de choses ici dans ce domaine que l'agence n'a pas eu le choix, dit-elle en affichant un sourire désarmant.

Karstov eut l'air d'apprécier. Il sourit à son tour.

– Combien de temps... ?

– Trois ans, selon mon contrat. Mais peut-être sera-t-il écourté. Tout dépend d'hommes comme vous, sans doute.

– Ah bon ?

– Ce n'est un secret pour personne, général, que vous êtes le conseiller le plus écouté du Président. On vous appelle « le pompier », n'est-ce pas ?

Il sourit.

– Vous commencez une interview ? dit-il d'une voix amusée.

– Seriez-vous prêt à m'en accorder une ? En exclusivité ?

– Vous ne perdez pas de temps, mademoiselle...

– Dumoulin, Eva Dumoulin. Alors, c'est oui ? Je sais que vous n'en donnez plus depuis deux ans. Peut-être pourriez-vous rompre ce vœu de silence ?

– Je n'ai pas besoin des journalistes pour faire mon travail !

– Dommage pour moi..., soupira Eva en souriant de nouveau. Il est temps que je rentre. Si je ne vous ai pas convaincu, c'est que je dois être très fatiguée... Mais je reviendrai à la charge.

Elle lui tendit la main. Karstov la saisit avec plus de douceur qu'il l'aurait souhaité. La peau fine de ses doigts le troubla. Eva le fixait des yeux avec un mélange de regret et d'ironie. Elle retourna la main du général dont elle observa les lignes d'un air amusé. Celui-ci resta imperturbable, mais son cœur se mit à battre plus fort.

– Ne regrettez rien, Eva. Au train où vont les choses ici, il est possible que je change un jour d'avis. Dans ce cas, je vous promets que vous serez la première à l'apprendre.

Il la regarda s'éloigner sous les regards envieux de ses collègues occidentaux. Une étrange impression le gagna.

Dehors, le froid était polaire, mais Eva eut envie de marcher pour retrouver son calme et se dirigea vers Donskoï Preiezd. Elle n'en revenait pas ! Piotr Karstov en chair et en os! Le Mossad ne reculait devant rien : faire venir à Moscou le ministre israélien de la Défense spécialement pour établir le contact! Un sourire de fierté sur les lèvres, Eva se sentait euphorique. Elle aspira une grande bouffée d'air glacé et marcha d'un pas plus rapide. A la hauteur du parc Gorki, elle traversa l'avenue Leninski et passa devant le Musée de géologie et de paléontologie.

Elle ne vit pas les quatre hommes qui s'approchaient d'elle. Elle eut à peine le temps de distinguer les chaussures de jogging des Afghans qu'elle sentit un violent coup au crâne. Une douleur fulgurante l'éblouit et elle s'effondra, sans avoir eu le temps de comprendre et encore moins de réagir.

Quand elle rouvrit les yeux, des têtes tournoyaient au-dessus d'elle. Elle entendit des voix et voulut se lever, mais elle n'en eut pas la force. Elle se sentait cotonneuse, il lui semblait que sa tête allait éclater. Une voiture freina en faisant hurler ses pneus, une porte claqua, et elle vit un milicien se pencher au-dessus d'elle. Il demandait ce qui s'était passé. Eva reprenait peu à peu connaissance. Elle chercha son sac : il avait disparu. Elle posa la main autour de son cou et constata qu'on lui avait arraché son collier en or. Instinctivement, elle leva sa main gauche. Sa montre aussi avait disparu. Catastrophée, au prix d'un énorme effort, elle se leva en titubant.

Le milicien l'y aida. Il avait appelé une ambulance par radio, qui allait arriver d'un moment à l'autre. Eva assura que ce n'était plus la peine, qu'elle allait beaucoup mieux, qu'elle pouvait rentrer seule. Elle parlait en évitant de regarder le milicien dans les yeux. Mais il ne voulait rien entendre.

– Vous avez été attaquée par des Afghans, vous n'êtes pas la seule, il y a déjà eu trente agressions ce soir. Restez là, on va s'occuper de vous.

En désespoir de cause, Eva fouilla dans une poche dissimulée à l'intérieur de son tailleur et en tira un billet de cent dollars. Elle prit le milicien à part et, glissant le billet dans sa main, lui souffla :

– Tenez, c'est cent dollars. Il faut absolument que je m'en aille. On m'attend chez moi, c'est mon anniversaire, dit-elle avec un petit sourire, malgré la douleur qui lui vrillait le crâne. Ils ne m'ont rien volé, j'ai encore mon argent. Je vais marcher un peu, j'habite de l'autre côté du parc.

Le milicien prit le billet et l'enfouit dans sa poche, mais il insista pour la raccompagner. Eva avait beau lui expliquer que ce n'était pas la peine, rien n'y fit. Il commençait à devenir soupçonneux, et elle comprit qu'elle devait accepter. Il lui ouvrit la portière, et Eva s'installa à contrecœur, le visage toujours caché. Avant de démarrer, le milicien voulut se brancher sur sa centrale, mais elle lui demanda soudain s'il était libre : elle l'invitait à son anniversaire. Visiblement troublé, il mit son moteur en marche. Il avait à peine la trentaine et semblait de type géorgien.

– Où habitez-vous ?

– Je ne me souviens pas du nom de la rue. C'est à côté du parc Sokolniki. Mais je connais l'endroit...

– Sokolniki ? Mais c'est de l'autre côté de la ville ! Et c'est un des endroits les plus dangereux. Et vous vouliez marcher ? Ici, c'est le parc Gorki. Vous avez dû confondre. Vous êtes étrangère ? Vous parlez bien notre langue.

– Je suis professeur de russe à Paris. Je suis venue avec deux classes d'élèves pour dix jours. Vous venez à mon anniversaire ?

– Je ne peux pas, je suis de service jusqu'à minuit.

Il la regarda d'un air intéressé. La Lada roulait vers la place Rouge. Elle contourna le Kremlin et se dirigea vers la place de la Révolution.

– Que faisiez-vous dehors à cette heure ?

– Je sortais de chez un ami. Je voulais marcher un peu. J'aime marcher. A Paris, je marche toujours. Et puis des hommes, quatre je crois, se sont précipités sur moi. Après, je ne me souviens de rien.

– Ils voulaient probablement aussi vous violer.

Il scruta son visage, et elle sourit.

– Quatre, c'est un peu trop, non ?

Elle sourit de nouveau, et il eut un petit rire bizarre. La voiture tourna sur la droite et prit la rue Tchernychevskovo.

– Nous y sommes dans cinq minutes. Vous êtes mariée ?

– Non, je préfère rester libre.

Elle regardait droit devant elle, l'air de rien. Elle sentait l'impatience gagner le milicien, et elle insista :

– Venez après votre service. Je serai seule... J'ai tout un appartement pour moi. Un ami me l'a prêté. Ou bien...

Elle lui passa un doigt sur la joue. Il rougit. La voiture arrivait en bordure du parc Sokolniki.

Eva lui proposa de chercher un coin tranquille et discret. Elle voulait le remercier avant de rentrer chez elle...

Le milicien n'en revenait pas. Il fit le tour du parc et gara la voiture entre deux arbres, dans la partie la plus déserte. Puis il coupa le contact et se tourna vers Eva. Dans l'obscurité, il ne vit pas arriver le tranchant durci de la main gauche avec lequel elle frappa sa pomme d'Adam de toutes ses forces. Sans un cri, il s'affaissa sur le volant. Puis, posément, elle mit ses deux mains autour de son cou, se concentra et l'étrangla.

Elle sortit et jeta un coup d'œil autour d'elle. La nuit était glaciale. Elle hésita un instant et alla ouvrir le coffre. Elle y trouva un bidon d'essence et en aspergea le moteur et l'intérieur. Elle reprit son souffle, guetta les environs et mit le feu.

Elle avait déjà rejoint la rue Roussakovskaïa quand le bruit d'une explosion se fit entendre. Elle marchait d'un pas rapide et arriva à la place Komsomolskaïa. Elle croisa des badauds, passa devant un café coopératif et continua vers la place Lermontovskaïa. Elle hésita devant une station de métro, et décida de continuer à pied. Elle avait besoin de marcher. « Si ta vie est en danger, n'hésite pas une seconde. » Ces paroles de son instructeur de karaté lui revenaient en mémoire... Elle n'était plus qu'à deux kilomètres du Méridien, situé à l'angle des rues Volkhonka et Frounze, à cinq minutes de marche du Kremlin. Elle entendit le hurlement des sirènes, et vit deux voitures de pompiers et une ambulance, précédée par une voiture de la milice, qui roulaient à toute allure, gyrophares allumés, en direction du parc. Elle grelottait et transpirait à grosses gouttes. Place Dzerjinski, elle ralentit le pas. Un homme, coiffé d'une casquette à bord bleu, des épaulettes et des boutons bleus fixés sur son manteau, s'approcha d'elle. Elle reconnut l'uniforme du KGB. Son cœur fit un bond. La peur lui avait fait oublier qu'elle se trouvait à quelques dizaines de mètres de l'état-major du KGB, installé dans la Loubianka, place Dzerjinski, àquelques rues du Kremlin. Mais l'homme passa à côté d'elle sans lui prêter attention et entra dans l'immeuble gothique de six étages. Quand elle vit les lumières de la place Rouge, Eva se sentit enfin en sécurité. Elle était à bout de souffle. Elle eut subitement envie de vomir et accéléra de nouveau le pas. Elle avait tout imaginé lors de son entraînement, tout, sauf ce qui venait d'arriver : tuer froidement un être humain! Un doute traversa son esprit. Elle eut envie de courir. La nausée lui coupait la respiration.

Des pensées confuses martelaient son esprit. Sa montre, la montre la plus sophistiquée, le dernier cri de l'espionnage américain... Qu'allaient-ils en faire? Se rendraient-ils compte des capacités de l'enjeu? Des curieux l'avaient-ils vue monter dans la voiture du milicien? Pourraient-ils la reconnaître? Il faisait nuit, et elle avait dissimulé son visage. Mais avant qu'elle reprenne connaissance, combien l'avaient tranquillement observée? Elle se sentait terriblement coupable. On l'avait pourtant avertie : « Pas de promenade nocturne, Moscou est devenu une ville dangereuse. Ne jamais prendre de risques inutiles... » Le sac n'avait aucune valeur. Elle avait pris l'habitude de garder sur elle ses papiers, son argent et les cartes de crédit.

Devant le Méridien, elle remit un peu d'ordre dans sa coiffure et s'efforça de prendre une attitude désinvolte. La grande horloge murale marquait 22 h 10. Sitôt entrée dans sa chambre, elle courut vomir aux toilettes. Elle resta longtemps sous la douche, espérant que l'eau bouillante effacerait son crime...

Pour la première fois, Eva évita le miroir. Pour n'avoir pas à rencontrer les yeux de Dahlia? Elle se glissa sous les couvertures, épuisée, et éteignit la lumière. Elle resta éveillée longtemps et ne trouva le sommeil qu'à l'aube.

Les rumeurs sur l'imminence d'une sécession de l'Azerbaïdjan allaient bon train. La presse internationale s'en faisait l'écho depuis quelque temps. On n'osait parler d'indépendance, mais tout le monde savait qu'elle était inéluctable, à moins de déclencher une guerre civile incontrôlable dans toutes les provinces de l'Union. La réforme d'une grande décentralisation économique et politique à l'échelle de l'Union, proposée par le Président, avait été catégoriquement rejetée par les chefs clandestins du Djihad islamique. Un de leurs leaders, le fameux Ahmad Khan, avait promis, dans un entretien secret avec un journaliste de *News- week*, « une guerre de cent ans aux athées du Kremlin ». Et il avait ajouté : « Si les Palestiniens ont fini par obtenir leur État, alors qu'ils étaient face à la meilleure armée du monde, nous, nous n'aurons aucun mal à y parvenir. Nous avons servi dans l'Armée rouge. Nous la connaissons de l'intérieur avec ses forces et surtout ses faiblesses. Nos enfants sont prêts à mourir pour la patrie. Comme les jeunes Palestiniens qui ont fait plier l'armée juive. Nous irons jusqu'au bout. Écrivez-le. Et le bourreau, Karstov, ne nous fait pas peur. Je vous garantis qu'il ne finira pas ses jours dans son lit... » Ahmad Khan avait conclu par un terrible avertissement aux citoyens des grandes villes soviétiques : « La terreur va s'abattre sur vous ! »

Le jour même de la publication dans l'hebdomadaire américain, la milice faisait irruption dans les locaux ultramodernes que le magazine occupait à Moscou et, avec une brutalité inhabituelle, s'emparait des archives. Le journaliste qui avait réalisé l'interview avec Ahmad Kahn, un certain Roger Kaplan, avait eu l'intelligence de regagner les États-Unis deux jours auparavant. Les journalistes étrangers devaient dorénavant soumettre leurs articles à la censure militaire avant publication, et ce jusqu'à nouvel ordre.

D'aucuns se demandèrent si les journaux occidentaux n'allaient pas de nouveau être interdits... Des protestations s'élevèrent de toutes parts et l'ensemble de la presse internationale à Moscou menaça de faire la grève.

Eva se leva. Elle avait dormi une heure, quelques minutes, elle l'ignorait. Un horrible cauchemar avait agité son éphémère sommeil : le milicien, transformé en torche vivante, lui courait après, sous les acclamations hystériques de la foule. Elle tombait, se relevait, tombait de nouveau, et il s'approchait de plus en plus près, en hurlant d'une voix qui résonnait dans toute la ville : « C'est une espionne, c'est une espionne ! » Avait-elle crié pendant son sommeil ? La question la glaça.

Sous la douche, elle essaya de se ressaisir. Sa mission ne faisait que commencer. Elle commanda un petit déjeuner, s'habilla et appuya sur la télécommande. Elle tomba sur la chaîne américaine CNN. La présentatrice du journal commentait l'interview de *Newsweek* parue la veille. Elle avait raté le début, mais comprit l'essentiel. On frappa à la porte. Le garçon d'étage entra en poussant un superbe chariot. En plus d'un copieux petit déjeuner à l'américaine, elle reçut les quatre journaux qu'elle avait commandés : le *Wall Street Journal*, le *Herald Tribune*, *Le Monde* et la *Pravda*.

Elle feuilleta rapidement le quotidien soviétique, mais ne trouva rien sur son aventure de la veille. Ils n'avaient pas eu le temps de publier l'information, car la *Pravda* bouclait à 20 heures. La radio n'y avait fait aucune allusion non plus. C'était plus étonnant. Elle tourna rapidement les pages des autres journaux et les laissa tomber sur la moquette. Puis elle établit le plan de la journée. Elle enverrait aujourd'hui même une carte postale à Antonella, à Rome : elle lui dirait combien elle était contente de sa première rencontre avec ce « grand pays », un vrai « coup de foudre », et, comme promis, elle lui achèterait la fameuse montre des militaires soviétiques, toujours à la mode. Elle signerait *Annette*...

Ensuite, elle déposerait un communiqué à l'AFP et à l'AP pour revendiquer le meurtre, au nom de Ahmad Khan, de la « Jamiat islami », en précisant que ce n'était qu'un début. Elle devrait aussi se débarrasser des vêtements qu'elle portait la veille et surtout de son manteau de fourrure trop facilement identifiable. Elle changerait quelques détails dans son maquillage et sa coiffure pour éviter d'être reconnue, même si cette éventualité était peu probable. Dans l'obscurité, nul n'avait sans doute discerné les traits de son visage. Eva alla affronter le miroir. Les yeux... C'était toujours dans les yeux qu'elle réussissait, après un long moment de concentration, à voir Dahlia, l'espace d'une seconde. C'était devenu une sorte de jeu, et maintenant une nécessité. Mais Eva ne retrouva pas Dahlia ce matin-là. Elle se sentit misérable, au plus profond d'elle-même, et finit par baisser les yeux. Elle prit une profonde inspiration et sortit en claquant la porte.

30 décembre.

L'inspecteur Boris Plioutch entra dans son étroit bureau, aux peintures défraîchies, et, comme tous les jours, il lança sa chapka sur le portemanteau. Comme tous les jours, il rata son coup et jura entre ses dents en allant se servir une tasse de café. Le breuvage brûlant n'en avait ni le goût ni l'odeur. Il s'installa et appuya sur le bouton de l'interphone, après avoir jeté un coup d'œil rapide sur le courrier posé devant lui. La porte s'ouvrit, et son adjoint, un colosse d'un mètre quatre-vingt-dix, entra, une tasse de café à la main.

– A quelle heure, l'enterrement de Sokolov ?

– 11 heures.

Il lui tendit une feuille. Plioutch la lut attentivement. Elle émanait de « Petrovka », le quartier général de la milice, au 38, rue Petrovka. Faute d'indices, le rapport concluait à l'attentat terroriste et préconisait des mesures de sécurité immédiates. La milice obtiendrait incessamment du nouveau matériel, des gilets pare-balles et des talkies-walkies. Les miliciens devraient dorénavant patrouiller par groupe de quatre, et avaient l'autorisation d'arrêter toute personne suspecte. Un certain nombre de descentes dans les quartiers afghans étaient programmées pour le lendemain. D'autres instructions seraient transmises le moment venu.

Boris Plioutch croisa le regard de son adjoint. Nikitine découvrit la chapka de son patron sur le sol et il eut un petit sourire. Plioutch haussa les épaules et le congédia d'un mouvement de tête.

Après trente ans de service, la réputation de l'inspecteur Boris Plioutch était bien établie. Spécialiste des enquêtes criminelles, on le considérait comme l'un des meilleurs. A cinquante-sept ans, les cheveux gris, les yeux bleus dissimulés sous d'épais sourcils noirs, il avait un physique de jeune grand-père. La presse l'avait surnommé le « Maigret » de Moscou. Un surnom qui le flattait.

Derrière son dos, les collègues, eux, l'appelaient le « vieux Bond », parce qu'il ratait souvent le portemanteau... Plioutch le savait et s'en amusait. Il replongea dans le rapport de la veille : six crimes, dix-huit vols à main armée, cinquante-trois agressions, sur des touristes pour la plupart, quatre-vingt-neuf vols d'autoradio, deux incendies criminels avaient été commis dans son secteur du 1er-Mai. De plus, sept morts par overdose avaient été découverts dans des caves ou des endroits isolés. Il soupira et appela par l'interphone le sergent chargé de la presse. Aucune réponse. Il fit alors lui-même le numéro de la *Pravda* et demanda à parler au rédacteur de la rubrique criminelle. On lui répondit qu'il était en voyage en Suède.

– Alors, passez-moi son adjoint.

– Il n'est pas encore arrivé...

– Alors, n'importe qui dans la rédaction!

Il avait élevé le ton. La jeune femme lui répondit qu'il n'y avait encore personne, mais qu'il pouvait ressayer dans une heure.

Il raccrocha, furieux. La sonnerie du téléphone coupa court aux injures qu'ils commençaient à débiter. Il arracha le combiné :

– Inspecteur Plioutch?

– Lui-même. Qui est à l'appareil?

Il entendit une forte respiration. Et un long silence.

– Je vous écoute. Parlez!

Il appuya sur le bouton du magnétophone, par réflexe. Il s'attendait à une dénonciation anonyme. Son commissariat en recevait une trentaine par jour en moyenne. Généralement, c'était le numéro central qui enregistrait ce genre d'appel. Mais, parfois, de « bons communistes » réussissaient à le joindre directement pour se plaindre de tel « spekuliant » ou de tel « dealer »...

– Je vous écoute, répéta-t-il avec patience.
Il entendit des bruits de circulation. Son interlocuteur devait l'appeler d'une cabine publique. Celui-ci se décida enfin à parler :
– Monsieur l'Inspecteur, je sais que vous êtes... que vous êtes un type bien... Je lis les journaux... (Silence.) Je ne suis pas coupable, je ne savais pas... Je n'ai...
Plioutch commençait à s'énerver. Il avait envie de crier, mais il retint sa colère. Il maîtrisa sa voix et encouragea l'inconnu :
– Je vous crois. Mais, je vous en prie, parlez! Je n'ai pas beaucoup de temps.
– Voilà, il s'agit d'une montre... Je vous jure que je ne l'ai pas volée...
Plioutch explosa de colère :
– Écoutez-moi bien, camarade! Votre montre, vous pouvez vous la foutre où je pense!
Il raccrocha violemment et tapa du poing sur la table.
Nikitine ouvrit la porte et lui annonça que tout le monde était prêt pour la réunion de 10 heures.
– Quel imbécile! Bon, commencez la réunion, j'arrive. Attendez-moi avant de vous brancher sur Petrovka. Eh! attendez, mon vieux, oui, c'est vous qui communiquerez le rapport quotidien à la *Pravda*... Moi, ces messieurs les journalistes me fatiguent...
La sonnerie du téléphone retentit à nouveau. Il prit le combiné en faisant signe à Nikitine de disparaître.
– Oui, inspecteur Plioutch à l'appareil!
Il reconnut aussitôt le même bruit de voitures, les mêmes hésitations, et faillit raccrocher.
– Je vous écoute, dit-il pourtant d'une voix qui se voulait calme.
– C'est moi... La montre est une montre d'espion, inspecteur.
Boris déclencha le magnétophone.
– Continuez, je vous écoute.
– Je l'ai achetée, il y a deux jours, à un type dans la rue... Je ne savais pas, vous comprenez, tout le monde fait ça... Mais je me suis aperçu que ce n'était pas une montre ordinaire...
– Écoutez-moi bien. Si ce que vous dites est vrai, je vous promets une récompense. Venez me voir tout de suite avec la montre. Je vous attends.

– Non! Je ne veux pas que vous me voyiez... Je ne veux pas de dossier... Je peux vous la laisser quelque part, dans une enveloppe. Dites-moi où, et je le ferai...

– Cher camarade, insista l'inspecteur. Vous êtes un bon citoyen. Je vous donne ma parole d'honneur que vous serez récompensé. Venez, ne craignez rien. Vous avez ma parole. Je vous attends.

Il raccrocha, pour couper court au dialogue qui risquait de s'éterniser. Puis il sortit de son bureau et marcha pesamment vers le hall de la réception.

– Un homme va venir ici d'un moment à l'autre. Vous le conduirez aussitôt à mon bureau. Ne lui posez aucune question, et soyez aimable avec lui. Très aimable!

Il s'éloigna, s'arrêta, se retourna et cria :

– C'est un ordre!

De retour dans son bureau, il se dirigea, pensif, vers la fenêtre. La tempête de neige s'était arrêtée. Le ciel était gris et lourd. La météo avait promis des éclaircissements en fin de matinée et quelques jours de soleil. Mais il n'en croyait pas un mot. Comme si on pouvait faire confiance aux spécialistes de la météo! Il vit soudain un homme de taille moyenne debout sur le trottoir d'en face. Il battait la semelle pour lutter contre le froid. Plioutch fut persuadé qu'il s'agissait de son interlocuteur anonyme. L'homme avait dû téléphoner de la cabine publique, à quelques centaines de mètres de là. Il hésitait visiblement à entrer dans le commissariat. Plioutch s'apprêtait à donner l'ordre d'aller le chercher, quand l'inconnu traversa la chaussée. Une minute plus tard, un milicien frappa à sa porte.

L'homme avait gardé son manteau en peau de mouton, et, dans son regard, une peur certaine se lisait.

L'inspecteur lui fit signe de s'asseoir et, sans lui demander son avis, lui versa du café dans un gobelet. Il le lui tendit d'un geste aimable, poussa vers lui un sucrier et lui proposa de se mettre à l'aise. L'homme se leva avec crainte et enleva son manteau. Plioutch l'observa d'un œil discret. Vêtu d'un costume de marque étrangère, il portait une chemise et une cravate luxueuses. Il devait avoir la quarantaine. Une grosse bague en or ornait l'annulaire de sa main gauche. Il comprit qu'il avait affaire à un petit « farsovtchik », un de ces nombreux trafiquants de devises qui hantaient les rues de Moscou, à toute heure du jour et de la nuit. L'homme hésita, puis finit par sortir la montre de sa poche. Il la lui tendit, sans un mot, en baissant les yeux. Plioutch l'examina. L'objet n'avait apparemment rien d'anormal. Il regarda l'homme dans les yeux.

– Alors? Qu'est-ce qu'elle a de spécial, cette Rolex?

– Je vais vous montrer, monsieur l'Inspecteur.

L'homme la reprit et la posa sur la table. Puis il fit lentement tourner le cadran sur lui-même. Une minuscule lumière rouge s'alluma sous le chiffre 12 et une succession de bip-bip résonna dans le bureau. On aurait dit du morse. Plioutch comprit aussitôt. Ce petit bijou ne pouvait qu'appartenir à un étranger, probablement à un espion. Plusieurs questions lui vinrent immédiatement à l'esprit. Cette affaire relevait du KGB. Pourtant quelque chose, une intuition peut-être, l'incitait à s'en occuper lui-même.

– Qui t'a vendu ça? interrogea-t-il, en tutoyant l'inconnu pour le mettre en confiance. Ta récompense, tu l'auras, c'est promis.

– Je ne le connais pas. Je ne l'ai jamais vu. Je l'ai achetée sur la Krasnaïa Plochtchad. On fait beaucoup de trafic là-bas... J'y vais de temps en temps...

– Dresse tes oreilles et écoute-moi bien. Je t'ai fait une promesse. Je la tiendrai. Tu serais allé à Petrovka, on t'aurait déjà cassé en deux pour te faire parler. Ensuite, on t'aurait démoli le visage pour te remercier. Avec moi, tu ne risques rien. Mais il faut en échange que tu m'aides à retrouver l'homme qui t'a vendu cette montre. Il doit souvent venir sur la place Rouge avec sa camelote, non? Tu n'auras qu'à me le montrer de loin. C'est sans risque. Après, tu seras libre. Je t'en donne ma parole.

L'homme avala une gorgée de café.

– Je peux fumer?

Sans attendre la réponse, il sortit un paquet de Marlboro et voulut en offrir une à l'inspecteur, qui refusa d'un geste sec. Ce petit trafiquant commençait à l'énerver. Que pouvait-il bien faire, officiellement, dans la vie? L'espace d'une seconde, Plioutch eut envie de lui foutre sa main sur la figure.

– D'accord, je ferai ce que vous me demandez, répondit l'homme. (Il ajouta, en baissant la voix :) C'est combien la récompense?

L'inspecteur le fixa droit dans les yeux pendant un long moment. L'homme prit peur et se mit à bégayer :

– Je ne demande rien... Juste qu'on me rembourse le prix...

– Tu auras quelque chose. Allez, viens, on va faire une petite promenade sur la place Rouge, dit Boris Plioutch en le soulevant de sa chaise.

Ce n'est que trois jours plus tard que la *Pravda* et les *Izvestia* annoncèrent qu'une voiture de la milice avait été pulvérisée par une explosion avec son occupant, un dénommé Sokolov, et qu'un groupe islamique avait revendiqué l'attentat. Le tout ne prenait que quelques lignes. Visiblement, ni les autorités ni les rédactions ne savaient à quoi s'en tenir exactement. Eva fut soulagée que son communiqué eût été pris au sérieux. Sa montre l'inquiétait davantage. Elle avait pensé se porter dès le lendemain à sa recherche sur un des marchés aux voleurs qui existaient à Moscou, même sur la place Rouge, mais son instinct l'en avait dissuadée. Elle avait jugé plus prudent de sortir le moins possible, au cas, même improbable, où quelqu'un la reconnaîtrait. Elle avait dû refuser les nombreuses invitations à dîner que lui avait values sa présence très remarquée à l'ambassade d'Israël et elle s'était contentée de faire un tour à l'agence pour se mettre peu à peu au courant de son travail. Elle avait trois semaines devant elle pour organiser sa nouvelle vie, prendre ses premiers contacts avec les officiels soviétiques et emménager dans l'appartement de Hans Mahnfieldt.

Elle fut convoquée dès le 29 décembre, trois jours à peine après son arrivée, au ministère des Affaires étrangères pour être interrogée en vue de son accréditation. Après trois heures d'un entretien très serré, le fonctionnaire du bureau de presse finit par lui promettre sa carte de presse pour le jour de son entrée en fonctions.

Le soir même, elle dînait chez Olga et Piotr Karstov.

– Qu'avez-vous pensé de ce foie gras ? demanda Olga. Je le fais acheter chez Maxim's à Moscou.

– Il est presque meilleur qu'à Paris!

L'enthousiasme d'Eva n'était pas feint. Le foie gras était vraiment excellent. Tout comme le dîner à la française qu'Olga avait préparé en l'honneur de son invitée et qui avait été servi par deux ordonnances en veste blanche.

L'appartement des Karstov était grand et luxueux, mais sans excès. Des lustres en cristal illuminaient les pièces, meublées avec goût et recouvertes de magnifiques tapis persans. Eva avait revêtu un ensemble rouge qui laissait sa gorge dénudée. Un double collier de perles entourait son cou et contrastait avec sa peau lisse et légèrement mate. Pourtant, le général restait impassible et n'avait pas prononcé dix mots pendant le dîner. Malgré les efforts d'Eva, la conversation entre les deux femmes l'ennuyait visiblement. Elle parla de Paris, des États-Unis, de mode, évitant soigneusement les sujets politiques. Elle voulait lui faire oublier son métier et, en lui donnant une image très féminine d'elle-même, faire craquer ce bloc de granit que semblait être Piotr Karstov.

Ils étaient maintenant au salon, confortablement installés dans des canapés en cuir de Russie. Un grand feu flambait dans la cheminée de marbre aux lignes pures. Aux murs, des tableaux d'artistes contemporains. Eva reconnut un Mitia Kantorov et un Ovtchinnikov dont les œuvres à Londres et à New York valaient aujourd'hui des fortunes. Leur inspiration contrastait avec l'immense toile qui lui faisait face et qui représentait la bataille de Borodino.

– D'après vous, général, Koutouzov aurait-il pu gagner cette bataille ? fit-elle en désignant le tableau du menton.

Karstov, qui était en train de leur verser du cognac géorgien,suspendit son geste, surpris. Il hésita quelques secondes, et répondit :

– On ne refait pas l'histoire. Et si je contemple souvent cette peinture, ce n'est pas pour y puiser je ne sais quel héroïsme, mais pour me souvenir que cette gigantesque bataille a d'abord été un gâchis monstrueux : quatre-vingt mille morts pour rien.

– Pourquoi ?

– Relisez Clausewitz. Napoléon avait objectivement perdu le jour où il mit le pied sur notre territoire.

Eva voulut répondre, mais Karstov continua :

– Vous vous intéressez au *Kriegskunst*, à l'art de la guerre ? C'est peu fréquent chez une femme, même journaliste.

– Y aurait-il des sujets réservés aux hommes ? C'est vrai, je me passionne pour l'histoire militaire... même si je n'ai jamais touché une arme de ma vie !

Le général Karstov eut un léger sourire. Eva poursuivit :

– Y a-t-il des tueries utiles ?

– Bien sûr. Dites-moi, c'est mon interview que vous commencez, une fois de plus ?

Ils éclatèrent de rire et levèrent leurs verres, en s'adressant un clin d'œil complice.

Plus tard, Olga insista pour que le général raccompagne Eva. Mais elle refusa. Devant l'insistance d'Olga, Eva finit par accepter que le chauffeur la reconduise. Elle embrassa Olga en lui promettant de revenir. Karstov l'accompagna dehors. Au moment de partir, ils se serrèrent la main. Eva hésita un instant, puis retourna la main du général. Elle examina sa paume quelques secondes sous la lumière du lampadaire.

– En plus, vous lisez les lignes de la main ? Si mes souvenirs sont exacts, vous y avez déjà jeté un petit coup d'œil lors de notre première rencontre...

– Non, pas vraiment, mais je voulais voir si les vôtres évoquaient pour moi des images.

– Vous jouez à la chiromancienne ?

– Je ne joue jamais, général, répondit-elle sèchement. Surtout quand j'éprouve des... intuitions, si vous voulez, avec quelqu'un que je connais à peine.

Karstov parut osciller entre le scepticisme et la fascination.

– Et qu'est-ce que vous voyez, si ce n'est pas trop indiscret ?

– Un grand destin !

Elle lâcha sa main et se dirigea vers la voiture.

Eva ouvrit les yeux. Il était 7 heures du matin, ce 31 décembre. Elle avait accepté de passer le réveillon avec l'équipe de l'agence. Elle avait eu beaucoup de mal à dormir. La soirée du 29 chez les Karstov avait été une réussite. Malgré le désintérêt manifeste du général en début de soirée, il avait plus d'une fois posé son regard sur elle, sur sa poitrine. Ensuite, quand elle avait enfin réussi à attirer son attention sur les problèmes stratégiques, son regard n'avait plus quitté le sien. Elle avait bien fait de refuser qu'il l'accompagne, c'eût été par trop rapide! Elle se leva et but lentement un verre d'eau devant le miroir.

Elle enfila sa tenue de jogging et descendit dans la salle de musculation de l'hôtel. Une heure plus tard, elle commandait un copieux petit déjeuner. S'il n'avait tenu qu'à elle, elle aurait habité l'hôtel durant tout son séjour.

Pour la première fois depuis son arrivée, elle décida d'aller flâner dans les rues de Moscou. Elle s'habilla chaudement, mit son nouveau manteau de fourrure acheté le lendemain du crime dans une boutique de luxe de l'hôtel Hilton et sortit.

Instinctivement, elle se dirigea vers la place Rouge. Pour retrouver la montre? A peine arrivée sur la place, un couple de touristes lui demanda de les prendre en photo. Elle accepta.

Un jeune homme l'accosta et lui proposa des roubles, dix fois le taux de change officiel. Eva s'éloigna sans lui répondre et s'enfonça dans la rue Razina où était située l'agence, à la recherche de petits cadeaux pour la soirée. Vers 4 heures de l'après-midi, elle rentra épuisée à l'hôtel. Elle avait sillonné la ville, visité deux musées, testé un numéro de téléphone pour les cas d'urgence, et observé de très près les monts Lénine où elle pouvait laisser un message codé. Elle passa une bonne demi-heure dans sa baignoire et s'allongea nue sur le lit.

Elle venait de finir de se maquiller quand on frappa à la porte. Trois petits coups secs. Pourtant, le carton « ne pas déranger » était accroché à la porte. Elle s'en approcha et regarda à travers l'œilleton grossissant. Son cœur battit plus fort.

Elle ouvrit et, le souffle coupé, découvrit devant elle le général Piotr Karstov, en civil, un petit bouquet de roses à la main. Elle n'eut pas le temps de parler.

– Je suis venu vous souhaiter la bonne année. Tenez.

Il entra, et, du doigt, lui fit comprendre qu'il y avait des micros.

– Venez, je vous invite à faire une petite promenade. Il fait un temps magnifique, je vous attends dans ma voiture. C'est une Volvo bleu nuit.

Il remit la chapka qu'il tenait à la main et une paire de lunettes noires, puis il s'esquiva. Il était 18 heures, et Eva devait rejoindre ses collègues dans une heure. Elle posa les fleurs dans le lavabo, enfila son nouveau manteau de fourrure et prit l'ascenseur. Son cœur martelait sa poitrine. Karstov avait dû prendre des risques pour venir ici...

Aucun regard soupçonneux ne se posa sur elle quand elle remit les clés au concierge. Elle sortit de l'hôtel.

La Volvo l'attendait quelques dizaines de mètres plus loin. Elle s'approcha d'un pas hésitant et vit Karstov au volant. Elle monta.

– Vous êtes un drôle de gentleman, dit-elle, tremblante. Et vous êtes venu sans chauffeur?

– J'ai beaucoup pensé à vous depuis notre dernière rencontre. Je...

Eva le coupa :

– Vous êtes un homme marié, général. Et votre femme...

– Oubliez ma femme. Je sais qu'elle vous a plu, répondit-il en démarrant. Mais, vous aussi, vous m'avez séduit, Eva. (Il se tourna vers elle et la fixa.) Vous êtes ravissante.

– Merci. Où allons-nous, général? A moins que ce ne soit un kidnapping?

Karstov éclata de rire. Pour toute réponse, il alluma la radio et enclencha une cassette. Quelques secondes plus tard, la voix de Ray Charles résonnait dans la voiture. *I can't stop loving you.*

– C'est mon chanteur préféré, dit Karstov.

– Je sais.

Il la regarda, surpris. Elle sourit, candide, et enchaîna :

– J'ai fait un rêve cette nuit. Exactement ce qui se passe maintenant.

– Vous êtes sérieuse? Ah, c'est vrai, j'avais oublié, vous êtes aussi voyante! dit-il en souriant. Et comment s'est terminé ce rêve?

– Pas comme vous le croyez. Écoutez, général, je dois me rendre chez des amis pour fêter le réveillon. Je vous serais reconnaissante de me ramener à l'hôtel. Ce n'est pas parce que je suis seule que vous devez croire... Il serait préférable pour nous deux que vous vous arrêtiez maintenant.

Elle avait parlé d'une voix troublée, sans le quitter du regard. Mais Karstov continua de rouler comme si de rien n'était. Il n'ouvrit pas la bouche, le regard fixé sur la route. Aux feux, il ne s'arrêtait qu'à peine et se faufilait dans la circulation avec une aisance étonnante. Aucune occasion de descendre de voiture. La Volvo sortit bientôt de la ville et prit la direction de Podolsk, à trente kilomètres au sud de Moscou. Vaincue, Eva préférait se taire. Karstov lui lançait parfois des regards amusés. Ils traversèrent Podolsk une demi-heure plus tard et continuèrent vers Kresty. Vingt minutes après, Karstov tourna à droite et s'engagea dans un petit chemin qui serpentait dans les bois enneigés jusqu'à une datcha devant laquelle ils s'arrêtèrent.

Il descendit le premier. Sans un mot, il se dirigea vers la porte, l'ouvrit et alluma à l'intérieur. Il se retourna : Eva était restée dans la voiture. Il revint sur ses pas, ouvrit la portière et, toujours sans prononcer une seule parole, l'invita à descendre. Elle se laissa faire quand il passa son bras autour de sa taille pour la faire entrer dans la datcha. La pièce était vaste et bien chauffée. Sur les murs étaient accrochés des sabres cosaques, deux fusils de guerre et de larges tentures aux dessins géométriques. Des meubles de bois peint, une grande table rustique, des chaises et des bancs étaient disposés avec goût le long des murs. Un grand poêle de fonte émaillée occupait de sa masse imposante un coin de la pièce. Eva, debout, se laissa gagner par cette atmosphère chaleureuse et se détendit d'un coup.

Karstov la saisit doucement par les épaules et plongea ses yeux dans les siens.

– Je ne sais pas ce qui m'arrive, murmura-t-il d'une voix douce. Je ne suis pas maître de mes gestes, comprenez-moi. J'avais envie de passer cette nuit avec vous. C'est la première fois que je fais ça... J'ai pris des risques, je suis venu sans gardes du corps... Personne ne sait où je suis.

Il avait l'air sincère. Eva se dégagea et alla vers le téléphone. Elle fit un numéro, attendit sans le quitter du regard et dit :

– Eva Dumoulin. Ne m'attendez pas, j'ai un empêchement.

Elle raccrocha. Le visage de Piotr Karstov s'éclaira d'un coup. Il la rejoignit et l'embrassa tendrement sur la joue.

– J'ai dans le coffre plein de choses délicieuses. Je vais les chercher.

Quelques instants plus tard, la cuisine regorgeait de caviar rouge et noir, de foie gras importé, de saumon, d'esturgeon, de vodka polonaise, de champagne, de vin de Géorgie, le fameux Tvichi, de blinis. Il y avait même un bouquet de roses. Emportée par l'enthousiasme du général, Eva se mit au travail. Cinq minutes plus tard, la table était dressée. Karstov, comme un enfant émerveillé, courait dans tous les sens, allumait le feu dans la cheminée, faisait sauter un bouchon de champagne. Eva alluma elle-même les bougies et annonça d'une voix enjouée :

– Le général est servi !

– Appelez-moi Piotr, je vous en prie, dit-il en lui faisant un long baisemain.

Eva sourit et prit la flûte de champagne qu'il lui tendait.

– Vous êtes un vrai gentleman, maintenant. J'espère que vous le resterez toute la soirée.

– A votre beauté, fit-il en levant son verre.

Ils s'attablèrent. Piotr mangea d'un bon appétit. Il n'arrêtait pas de parler de lui, de sa guerre en Afghanistan, de son pays. Il était chaleureux, enthousiaste. Il la fit rire en lui racontant quelques travers comiques de la bureaucratie soviétique.

Eva se laissait gagner par sa joie communicative. Elle découvrait un autre homme, séducteur, sympathique, plus beau encore que celui qu'elle avait vu dans le film vidéo. Subitement, l'air grave, Piotr lui demanda ce qu'elle avait lu dans les lignes de sa main, l'autre soir. Elle attendait cette question. Elle sourit et lui demanda sa main. Il lui tendit la droite.

– La gauche.

Elle l'examina un long moment en silence, ferma les yeux comme pour mieux se concentrer. Quand elle les rouvrit, ses pupilles étaient dilatées. Elle plongea un regard vide dans le sien et se mit à parler d'une voix monocorde. Elle lui raconta quelques-uns des grands événements de sa vie, son frère aîné, mort tragiquement, sa mère, une femme hors du commun, son père qu'il n'avait pas connu.

Piotr, fasciné, buvait ses paroles sans oser l'interrompre.

Elle hésita soudain, comme si elle tentait de cacher quelque chose de grave.

– Je ne sais pas si...

– Si ?

– Votre femme. Elle ne veut pas d'enfant... Mais je crois... qu'elle est stérile. C'est cela, elle ne peut pas en avoir.

Piotr ne la quittait pas des yeux. Brusquement, elle s'affaissa sur sa chaise.

– C'est tout, dit-elle d'une voix lasse. Je suis épuisée.

Elle ferma les yeux et aspira une énorme bouffée d'air. Un long silence s'établit, qu'il n'osa rompre.

– Depuis quand avez-vous ce don ? lui demanda-t-il enfin. Tout ce que vous avez dit est vrai.

– Je tiens cela de mon père. On dit que c'est héréditaire. Mon grand-père, aussi. Mais lui était, paraît-il, un vrai médium. J'ai découvert que je l'étais aussi presque par hasard. Par moments, je savais ce que les gens allaient dire. Un jour, j'avais dix ans, je vis un homme qui s'apprêtait à traverser la rue. C'était à Munich. Subitement, j'eus une espèce de vision : une voiture l'écrasait. Il traversa et je courus pour l'arrêter. Trop tard... Ce fut terrible. Je me sentis longtemps coupable. Je décidai d'en parler à mon père. Il m'expliqua que lui aussi était sujet à ces flashes, que j'étais sans doute une extra-lucide. Il me tranquillisa et, plus tard, m'apprit comment contrôler ce pouvoir. Heureusement, car sinon je deviendrais folle!

Piotr l'écoutait attentivement.

– Comment cela se produit-il ? Je veux dire, comment... ?

– Uniquement vis-à-vis de certaines personnes, et dans certaines situations. L'autre jour à l'ambassade, quand je vous ai rencontré, j'ai eu brusquement une vision... mais je n'ai pas osé vous le dire.

– Pourquoi ?

– Vous m'auriez prise pour une folle. Et puis ce n'était pas l'endroit...

– Qu'avez-vous vu ?

– Je ne sais plus précisément. Une image floue... Il y avait trop de monde, trop de bruit... J'ai vu un grand destin, oui. Un grand destin.

– Est-ce que ce n'est pas déjà le cas ?

– Si, mais vous allez encore avancer, vous êtes destiné à jouer un plus grand rôle. Que vous le vouliez ou non !
– Pouvez-vous être plus précise ?
– Non. C'est une image. J'en aurai certainement d'autres...
Piotr lui confirma que son frère aîné était mort au cours d'un entraînement militaire, que son père avait disparu à sa naissance sans laisser de trace, et que sa mère les avait, lui et son frère, élevés dans l'amour de la patrie. Elle avait pendant longtemps fait des ménages dans une usine des environs de Koutaïssi, en Géorgie, et s'était privée de tout pour qu'il devienne quelqu'un. Il lui raconta aussi que sa femme Olga avait toujours repoussé l'idée d'avoir des enfants, qu'elle était la fille d'un membre important du comité central, qu'il ne l'aimait pas vraiment, mais qu'il avait dû l'épouser comme cela se pratiquait beaucoup au sein de la nomenklatura : un des « héros » de l'armée ne pouvait pas rester célibataire...
– Je sais aussi une chose, Piotr, murmura-t-elle. On dit que vous êtes impitoyable, brutal, sanguinaire même. Je sais, moi, que c'est faux. Quand je vous ai vu, j'ai tout de suite su qu'ils se trompaient.
Elle ne l'avait pas quitté du regard, et Piotr, profondément ému, lui prit la main et la porta à ses lèvres. Il la désirait. Eva le sentait. Mais le moment n'était pas encore venu. Elle ferma les yeux et lança :
– Vous avez eu un accident étant jeune ?
Et, sans attendre la réponse, elle lui raconta une scène en fermant les yeux :
– Vous deviez avoir cinq ou six ans, votre mère courait avec vous à l'hôpital, vous pleuriez, il y avait du sang... (Elle montra son ventre du doigt :) Là, la cicatrice est là quelque part.
Piotr fut visiblement secoué. Il se souvint de la scène. Exactement celle qu'Eva venait de raconter. Il se leva, déboutonna sa chemise, baissa légèrement son pantalon et lui montra la cicatrice :
– L'appendicite...
– Excusez-moi, mais c'est plus fort que moi, quand ça vient comme ça, subitement, alors je ne peux pas...
Elle but une gorgée de champagne. Piotr la désirait passionnément, mais quelque chose l'empêchait de la prendre dans ses bras et de la jeter sur le lit, comme il en mourait d'envie depuis le début de la soirée. Le visage

pur et juvénile d'Eva, ses yeux brillants d'intelligence le troublaient infiniment. Il essayait de deviner son corps et, pour la première fois de sa vie, il se sentit totalement désarmé devant une femme. Elle provoquait en lui un flot de tendresse et de respect qu'il n'avait jamais éprouvé.

– Voulez-vous rentrer ? demanda Piotr pour briser cette emprise.

Eva baissa les yeux.

– Oui et non, dit-elle. Oui, parce que je n'aime pas cette situation. Vous êtes marié et je connais votre femme. Vous êtes un homme important et je risque d'être expulsée avant même d'écrire mon premier article... Et non...

Elle resta silencieuse quelques secondes, puis leva les yeux et les posa sur lui. Ils brillaient. Piotr, subjugué, attendait.

– Non, parce que vous êtes un homme attirant... Très attirant.

Elle lui sourit. Ils se levèrent en même temps, et Piotr la prit enfin dans ses bras. Son parfum était irrésistible. Il l'embrassa doucement, puis la passion l'emporta. Soudain, il l'enleva dans ses bras et la porta jusqu'au lit. Il s'émerveillait de découvrir son corps fin et magnifique, ses seins ronds au creux desquels il enfouit son visage, ses cuisses d'une douceur incomparable. Le cœur battant, il voulut la prendre sans attendre. Mais elle le retint.

– Laissez-moi vous faire l'amour, chuchota-t-elle à son oreille.

Elle se mit à le caresser. Son corps était musclé. Ses mains le frôlaient et lui arrachaient des frémissements inconnus. Sa bouche parcourait sa peau, audacieuse et brûlante. Piotr croyait devenir fou, plongé dans ce jeu érotique dont Eva lui imposait les règles. Il avait l'impression de découvrir le plaisir pour la première fois. N'y tenant plus, il s'empara d'elle et la renversa sous lui. Elle ferma les yeux et tressaillit quand il la prit.

– Eva, on ne t'expulsera pas. Tu sais pourquoi ? Parce que tu vas devenir ma femme.

Les trois Lada de la brigade criminelle du commissariat de la place du 1er-Mai roulaient en direction de Koubina, situé à quarante kilomètres à l'est de Moscou. L'inspecteur Boris Plioutch consulta sa montre : 5 heures du matin. Il lui avait fallu neuf jours pour identifier l'homme. Avec son petit « mafioso », comme il l'appelait, il avait écumé tous les hauts lieux du marché noir, sous l'œil complice de la milice. En particulier les grands marchés de la ville, le fameux Tsvetni, à quinze minutes à pied de Moscou, le Tcheremouchenski, près du paradis de la nomenklatura, au sud-ouest, le Tichinsk, à deux pas de la station de métro Aéroport, et près du « ghetto rose », où vivaient les écrivains officiels, et d'autres endroits moins connus, fréquentés seulement par la mafia et les Afghans. Ensuite, il avait fait discrètement filer l'homme et avait fini par découvrir où il habitait. A Koubina, les voitures s'approchèrent d'un complexe de HLM récemment construit et se garèrent à proximité du jardin resté en friche, pour bloquer la sortie. Plioutch sortit le premier. Deux minutes plus tard, les huit miliciens pénétraient dans l'immeuble et montaient sans bruit jusqu'au cinquième étage. Ils défoncèrent la porte sur un simple geste de leur chef et se ruèrent à l'intérieur.

L'Afghan était au lit avec une femme. Il fit le geste de vouloir prendre une arme sous son oreiller, mais deux colosses lui tombèrent dessus et le neutralisèrent. Il les injuria, les traita de fascistes, de sales flics corrompus. Plioutch hurla de toutes ses forces :

– Ferme-la, espèce de fils de pute! Je vais te coller au noir pour dix ans si tu continues à crier.

L'Afghan se calma aussitôt.

– Écoute-moi bien, reprit l'inspecteur. Tu as vendu une montre volée à quelqu'un sur la place Rouge, il y a deux semaines exactement. Je veux savoir comment tu te l'es procurée.

Il tira la montre d'Eva de sa poche et la lui mit sous le nez.

– Je ne sais pas de quoi vous voulez parler. Je n'ai jamais vu ça.

– Très bien. Passez-lui les menottes, on l'embarque. Faites-moi une fouille complète et n'oubliez pas de prendre son arme. Je vous attends dehors.

Une heure plus tard, l'Afghan était assis sur une mauvaise chaise, dans le bureau de Boris Plioutch, les poignets attachés derrière le dossier par les menottes. Il continuait de nier toute relation avec cette histoire. L'inspecteur l'observait sans rien dire. L'homme devait avoir la trentaine. Costaud, il avait un regard chargé de haine et de mépris. Un milicien entra sans frapper et donna une feuille à Plioutch qui, après l'avoir lue, se tourna vers l'homme.

– Nous allons conclure un marché, dit-il d'une voix douce. Je ne suis pas obligé de le faire. Avec tout ce qu'on a trouvé chez toi et ce que je viens de lire dans ton casier judiciaire, tu en as pour dix ans minimum. En attendant, je peux donner des instructions et, dans cinq minutes, ta mère ne te reconnaîtra plus. Il y a une dizaine de jours, un milicien a été tué dans l'explosion d'une voiture. Rien ne m'empêche de te soupçonner. Et là, c'est la peine de mort. Tout cela, je peux le faire si tu m'y obliges.

Il marqua une pause. L'homme semblait se moquer de ses menaces et contemplait la pièce, l'air visiblement dégoûté.

Plioutch reprit calmement :

– Le marché que je te propose est simple. Tu me dis tout, je dis bien *tout*, dans les moindres détails. Et je passe l'éponge.

L'homme explosa soudain :

– Mais qu'est-ce qu'elle a, cette montre, pour que vous vous acharniez sur moi? On en vole des comme ça tous les jours. Pourquoi n'arrêtez-vous pas les fils des nomenklaturistes qui se droguent à longueur de journée?

– Cette montre est importante. Alors, décide-toi. Tu as exactement cinq minutes pour te mettre à table. Après, tu regretteras deux choses : le jour de ta naissance et mon offre.

Le suspense dura trois minutes. Puis il réclama une cigarette. Plioutch en tira une du paquet de Marlboro qu'il conservait dans son tiroir pour les occasions de ce genre et la lui alluma. Il décida de le détacher et lui offrit un verre de café. Son regard se radoucit un peu. Boris Plioutch avait horreur de la violence. Les rares fois où il avait été obligé d'en user, il n'avait pas été fier de lui. D'une voix rauque, l'homme finit par demander :

– Quelle garantie... ?

– Aucune. Juste ma promesse.

L'autre le dévisagea en tirant nerveusement sur sa cigarette.

– C'est bon. J'ai couru des risques plus graves en Afghanistan. J'ai été blessé trois fois. Je suis décoré de la médaille du courage...

L'inspecteur faillit exploser, mais ne dit rien.

– Cette montre, je ne l'ai pas volée. Je ne m'attaque jamais aux femmes. C'est un ami, un petit-bourgeois de merde...

Plioutch avait imperceptiblement sursauté, mais il se contenta de demander d'une voix neutre :

– Une femme ?

L'homme raconta tout ce qu'il savait. Non, il était incapable de la reconnaître, il faisait nuit. Elle avait l'air d'une touriste, elle était assez grande, environ sa taille, un mètre soixante-dix-huit, et portait un manteau de fourrure et des bottes. Elle avait les cheveux courts et noirs, mais il n'en était pas sûr. Un de ses copains voulait la violer. Mais des gens étaient sortis du parc, et ils avaient préféré se sauver.

– On lui a pris juste la montre et son collier en or. Elle avait aussi un petit sac en velours noir, il n'y avait rien dedans, juste quelques trucs de femme et des cartes de visite, on l'a jeté dans la Moskova. Le collier, on l'a vendu à un touriste italien et la montre à un trafiquant... C'est tout.

Il but une gorgée de son café et demanda une autre cigarette. Puis il parut se souvenir d'autre chose.

– De loin, on a vu une voiture de flics s'arrêter près de la fille. On s'est séparés, mais je suis retourné voir. Je vous l'ai dit, je ne m'attaque jamais aux femmes et j'avais peur qu'on l'ait tuée. Le type qui l'a assommée est champion de karaté. En Afghanistan...

Plioutch lui coupa la parole :

– Tu me raconteras vos exploits une autre fois. Pourquoi as-tu fait demi-tour ? Tu n'avais pas peur d'être reconnu ?

– Je vous l'ai dit. J'avais peur que mon ami l'ait tuée. J'ai eu une sorte de remords, alors je voulais me rassurer.

– Je vois. Continue.

– Je marchais lentement et, quand je suis arrivé, elle était déjà montée dans la voiture du flic. Juste après leur départ, une ambulance est arrivée. Le chauffeur était fou de rage...

Le cœur de Plioutch se mit à battre plus vite. Selon le rapport, qu'il avait lu, le milicien Sokolov avait donné son dernier contact radio à 20 h 37. Il avait dit : « J'aperçois un rassemblement à proximité du parc Gorki. Je vais voir ce qui se passe. Ça m'a l'air d'une agression. » Il ne pouvait pas croire qu'il y eût un rapport entre l'explosion de la voiture – un attentat terroriste d'après « Petrovka » et la presse – et le vol de cette montre. Pourtant...

– Quelle heure était-il ? Sois le plus précis possible.

– Environ 9 heures du soir. Entre 8 et 9 heures. Je m'en souviens, parce que j'avais donné rendez-vous à mes copains à 8 heures devant l'hôtel Saliout de l'avenue Leninski. De là, on est montés pour faire un... une promenade au parc Gorki et... c'est là qu'on...

– Bon, maintenant tu vas m'écouter attentivement. Je vais avoir encore besoin de toi. Et pour longtemps. Inutile de faire cette tête. Je t'ai fait une promesse, non ? Je la tiendrai. Mais toi aussi, tu vas m'en faire une. Il faut que je sache où te joindre à tout moment car j'aurai besoin de ton témoignage. Je peux te le dire maintenant, il s'agit d'une affaire de la plus haute importance pour la sécurité du pays. Si tu essaies de me tromper, je te retrouverai et je serai sans pitié. Tu imagines que je ne plaisante pas.

Il écrivit son numéro professionnel et privé sur un morceau de papier et le lui tendit.

– C'est quoi déjà ton prénom ?

– Alexandre.

– Alexandre, appelle-moi tous les jours à n'importe quelle heure, pour me dire où tu te trouves. Quand cette affaire sera terminée, tu seras libre. En attendant, tiens-toi tranquille et ne trimbale plus d'armes sur toi ! Pars maintenant, tu es libre.

Alexandre se leva, comme hypnotisé, et disparut sans un mot.

Plioutch le suivit du regard jusqu'à la porte et s'enfonça en soupirant dans son fauteuil. Cela avait été moins compliqué qu'il ne l'avait craint. Il tenait enfin une piste, même faible, et il se sourit à lui-même. Cette affaire l'excitait, après tout. Il se leva et fila dans le bureau de son adjoint Chimanski.

– Va aux urgences et demande à voir le chauffeur d'ambulance qui s'est rendu au parc Gorki le 26 décembre entre 20 et 21 heures. Demande aussi le type qui a enregistré l'appel et le nom du correspondant. Et ramène-moi tout ce beau monde ici, sans les inquiéter, évidemment. Ah oui ! Chimanski, pas un mot, à personne. C'est un ordre ! Je n'ai pas envie que les abrutis de Petrovka viennent mettre leur nez dans nos affaires !

Chimanski lui fit un clin d'œil en riant doucement. Ce n'était pas la première fois que son patron lui demandait d'agir sans faire de vagues. Boris Plioutch devait sans doute sa réussite professionnelle à son art de mettre la bureaucratie policière à l'écart de ses enquêtes jusqu'à leur terme. Et personne n'y trouvait trop à redire, puisqu'elles étaient le plus souvent couronnées de succès.

Plioutch rentra dans son bureau et ferma la porte. Il s'assit et appuya sur l'interphone :

– Je ne veux être dérangé sous aucun prétexte.

Puis il prit une cigarette dans son tiroir et l'alluma avec un geste presque cérémonial. C'était sa première cigarette depuis le jour de ses trente ans, il y avait de cela vingt-sept ans !

Moscou, 15 janvier.

En dépit du froid et de la neige, malgré le verglas, les congères accumulées au cours des jours précédents et les rafales qui la fouettaient sans répit, la capitale soviétique avait des airs de fête. Les rues débordaient de monde. Les Moscovites, ceux qui avaient des devises, se pressaient dans les restaurants coopératifs, les théâtres, les cinémas, les bistrots français récemment ouverts.

Eva traversa la place Sverdlov et passa devant l'imposant Bolchoï Téatr, bâti au XIXe siècle dans un style « vieux russe » et qui avait été restauré l'année précédente. Elle resta un instant à contempler le bâtiment. Elle savait, sans y être jamais allée, que c'était là l'une des meilleures scènes du monde. Eva adorait cet endroit, le vrai centre de la vie théâtrale de Moscou. Elle habitait à proximité, en bas de la rue Tchekhova. De sa fenêtre, elle pouvait admirer la place Pouchkine. La place Rouge n'était qu'à dix minutes à pied de chez elle.

Depuis la fameuse conférence sur les droits de l'homme, qui avait eu lieu à Moscou en 1991, les journalistes étrangers avaient enfin obtenu leur « émancipation »... Ils pouvaient habiter où bon leur semblait, comme dans n'importe quelle capitale occidentale, et non plus dans le ghetto qui leur était réservé depuis des décennies. L'appartement qu'Eva occupait était petit, mais elle avait réussi à le meubler et à le décorer selon son goût. La difficulté de se loger dans la capitale avait contraint la quasi-totalité de la presse étrangère à rester dans le « ghetto », et Eva était considérée comme une privilégiée. Ce qui était parfaitement exact. Qui aurait pu deviner que le général Piotr Karstov était à l'origine de cette chance?

Après leur nuit d'amour, Piotr lui avait avoué qu'il l'aimait plus que tout. Qu'il ne voulait plus la quitter et que, quels que pussent être les obstacles, il voulait faire d'elle sa femme.

A l'aube, ils étaient partis, enlacés, heureux. Le visage de Piotr avait perdu sa gravité. Il paraissait illuminé, comme celui d'un homme perdu en mer qui vient de découvrir une île. Ils avaient regagné Moscou à vive allure et s'étaient quittés sur une longue étreinte, dans une rue déserte, près du Méridien. Une semaine plus tard, un homme de l'agence immobilière d'État convoquait Eva pour lui remettre les clefs de l'appartement qui lui était affecté...

Elle contourna l'immense file d'attente qui s'était formée devant le Burger King – le plus grand d'Europe – dans la rue du 25-Octobre, à trois minutes de la place Rouge, et se dirigea vers la station de métro Prospekt Marxa par le souterrain de la place de la Révolution. Elle s'arrêta un instant devant le Musée d'histoire, quand elle vit deux miliciens sortir de leur loge et gagner la station de métro. Elle se plaça à la fin de la longue queue du musée. Son cœur battait de plus en plus fort. Ses yeux ne quittaient pas l'horloge. La grande aiguille indiqua 16 h 30. Un Farts s'approcha d'elle et lui proposa des roubles au marché noir. Elle refusa d'un geste de la tête. Il s'éloigna sans insister, indifférent aux regards haineux des gens. Une femme d'un certain âge, la traditionnelle « donneuse de leçons », le traita de bandit et de parasite. Elle allait dire quelque chose à Eva, quand l'explosion se produisit. Un bruit terrible fit trembler le sol et les murs du musée. Après un bref instant de silence qui sembla durer une éternité, des hurlements leur parvinrent de la station. Aussitôt, elle vit une foule paniquée sortir dans le plus grand désordre du souterrain. Des voix criaient à l'attentat, à la bombe, au terrorisme... Des gens couraient en tous sens, dans une bousculade indescriptible, et des dizaines de curieux se pressaient devant l'entrée du métro, empêchant les autres de sortir. Quand elle entendit les sirènes des voitures de la milice fonçant à travers la ville, Eva se fraya un chemin et regagna l'avenue Karl-

Marx. La nuit commençait à tomber. Elle prit la rue Gertsena à droite et, après un rapide coup d'œil autour d'elle, glissa trois enveloppes dans la boîte aux lettres. Puis elle reprit sa marche d'un pas léger. Elle longea le boulevard Tverskoï et parcourut les derniers huit cents mètres d'un pas nonchalant.

Eva avait obtenu une semaine supplémentaire avant de commencer son travail. Elle ne prendrait ses fonctions que le 1er février. Quinze jours s'étaient écoulés depuis la nuit passée avec Piotr. Elle devait le revoir le surlendemain, le 18 janvier. Il viendrait la chercher ou dépêcherait un homme de confiance pour la conduire dans un endroit secret. Le jour où elle avait emménagé, une équipe était venue lui installer une deuxième ligne de téléphone. A minuit, la sonnerie de la nouvelle ligne retentit pour la première fois. C'était Piotr :

– Je voulais essayer le téléphone rouge, dit-il en riant.

Il lui expliqua que c'était un numéro sûr, qu'elle pouvait parler sans crainte et même lui dire qu'elle l'aimait... Devant le silence d'Eva, il lui répéta qu'il voulait qu'elle devienne sa femme.

– C'est impossible, finit-elle par dire. Totalement exclu. Je pense que nous devrions arrêter de nous voir. Je n'aime pas cette situation. Il faut être raisonnable...

Par prudence et malgré les assurances de Piotr, elle évitait de prononcer son nom.

Mais, devant son insistance, elle finit par accepter de le revoir le 18. Ce serait la dernière fois...

Selon plusieurs sources, un véritable bain de sang avait eu lieu en Azerbaïdjan une semaine plus tôt. La presse étrangère avait avancé le chiffre de trois mille morts, des enfants pour la plupart. En Arménie, la grève générale, qui avait commencé à Noël, durait toujours. Eux aussi demandaient l'indépendance...

Eva ouvrit le frigo et se servit un verre de lait. Elle retourna au salon et alluma la télé. La publicité vantait les mérites de la nouvelle Lada coupé, aussi performante qu'une Porsche... Après un spot sur la machine à laver Philips, Eva coupa le son en attendant les nouvelles de 20 heures.

Le 1er janvier au matin, aussitôt rentrée chez elle, Eva

avait dressé un bilan méticuleux de la situation. Elle n'était pas satisfaite de la facilité avec laquelle les choses avaient évolué. Elle entendit la voix d'un de ses instructeurs du Mossad : « Avant, pendant et après chaque acte, et chaque situation, réfléchis, analyse les faits, un par un, et passe en revue toutes les hypothèses, surtout les plus fantaisistes. Puis agis en conséquence... »

Les revendications des mouvements terroristes avaient apparemment fait mouche. On n'avait jamais vu autant de miliciens dans les rues de la capitale. La presse soviétique avait accusé les leaders islamiques et leur culpabilité ne faisait pas de doute : aucun mouvement n'avait nié l'« attentat ». Elle n'avait donc pas à s'angoisser. Mais la montre continuait à la torturer.

De toutes les hypothèses, elle avait retenu la plus crédible à ses yeux : les agresseurs l'avaient revendue à un trafiquant. Celui-ci finirait par découvrir son « originalité » et, par esprit patriotique ou pour une raison quelconque, en ferait part à la milice. La milice avertirait tout naturellement le KGB, qui commencerait une enquête. Il retrouverait les Afghans, ces derniers donneraient un signalement flou mais assez précis sur certains points : femme, grande, étrangère, plutôt jeune, manteau de fourrure... Eva s'en voulut amèrement d'avoir acheté un nouveau manteau dès le lendemain de l'« attentat » à la boutique de luxe de l'hôtel Hilton. Elle avait agi comme un amateur. Elle avait découpé l'ancien manteau en plusieurs morceaux, les avait enfouis dans un sac plastique et jetés dans la poubelle du parc Dzerjinski. Un ivrogne pourrait les trouver...

Le milicien avait certainement averti son commissariat par radio avant d'appeler les urgences et donc... indiqué aussi l'heure et le lieu de l'agression. Plusieurs témoins l'avaient vue monter dans la voiture du milicien... Le KGB pourrait-il faire le lien entre tous ces éléments? Retrouver les témoins, ou l'un d'entre eux?

Il fallait absolument fausser les pistes... dissuader le KGB de s'engager dans cette voie...

Le 2 janvier, elle écrivit un message codé dans lequel elle proposait une vague d'attentats et le déposa à l'endroit indiqué, sur les hauteurs des monts Lénine. Deux jours plus tard, elle trouva la réponse positive dans la boîte aux lettres morte proche du monastère de Novo Dievitchi, à côté du cimetière où sont enterrés les membres importants du parti.

Égarée dans ses pensées, elle faillit rater le début du journal télévisé. Elle monta le son. Le visage du journaliste disparut sous les images de l'attentat du métro. Le bilan provisoire était particulièrement meurtrier : cinq morts et dix-sept blessés, dont deux très gravement atteints. Le visage du journaliste reparut à l'écran quand une jeune femme lui remit un télex. Il hésita un instant et lut le contenu d'une voix cassée : « Un coup de téléphone anonyme vient de revendiquer l'attentat au nom des " Combattants de la décadence ". » Eva appuya sur le bouton de la télécommande. Le téléphone sonna. C'était Bruno, de l'agence :

– Tu as entendu ? On dit que Gorchkov a appelé Karstov. Ça va barder, cette fois.

– Justement, je m'apprêtais à t'appeler. C'est de la télépathie ! Oui, j'ai vu. C'est dramatique...

– Je viens de faxer un papier à Bruxelles avec les dernières précisions... Les fameux « Combattants de la décadence ». Qu'est-ce que tu en penses ? L'extrême droite ?

– Aucune idée. J'espère qu'ils vont bientôt mettre la main sur ces fous... On se croirait en Europe, il y a dix ans !

Elle refusa son invitation à dîner, sous prétexte qu'elle était un peu grippée, et décida d'aller faire de la natation dans la grande piscine de l'hôtel Hilton. Elle prit son sac, s'attarda devant le miroir de la salle de bains et sortit.

L'avion militaire atterrit dans le petit aéroport de Vnoukovo à vingt kilomètres de la capitale. Piotr descendit et monta dans la Tchaïka noire qui l'attendait au bas de la passerelle, moteur en marche. Le chauffeur démarra aussitôt. Il composa le numéro d'Eva sur son radiotéléphone, mais n'obtint aucune réponse. Il essaya plusieurs fois, en vain, et finit par renoncer, furieux. Trente minutes plus tard, il se retrouvait face à un Gorchkov vieilli par la fatigue. Après une brève analyse de la situation, ils rejoignirent le cabinet de crise réuni pour la circonstance. La réunion fut houleuse dès le début. Le chef d'état-major de l'Armée rouge, le maréchal Terekhov, rival notoire de Piotr Karstov, faillit en venir aux mains avec lui. Il lui reprocha avec hargne sa modération, ses hésitations, le manque de résultats en Azerbaïdjan.

– Pourquoi ne pas tirer sans pitié sur ces chiites ? Pourquoi ne pas donner une bonne leçon aux Iraniens qui les approvisionnent en armes ? Pourquoi ne peut-on pas mater ces Arméniens et les empêcher de faire la grève ? Qu'espérez-vous ? Un miracle ? L'exemple des pays Baltes ne vous suffit pas ?

Trouchenko, le patron du KGB, approuvait le maréchal Terekhov par des signes de tête qui exaspéraient Piotr. Il se défendit mal, plus mal que d'habitude. Comme dans la plupart des réunions de ce genre, des accrochages souvent virulents se produisaient entre les partisans de ce que l'on appelait publiquement « la révolution Gorchkov » et les opposants. C'était le jeu, et Piotr en connaissait les règles. Mais, ce soir, il pensait trop à Eva pour prouver sa pugnacité. Il sentait en outre un certain flottement chez le Président gorchkov et pensa un instant être le seul à prêcher une relative modération.

La décision de mener une politique de très grande fermeté à l'égard de tous les subversifs fut prise à l'unanimité, comme aux meilleurs jours, à 2 heures du matin.

Piotr leva la main en s'écriant :

– Si j'ai bien compris, vous voulez plus de sang ? Plus de terreur ? Un retour au stalinisme ?

Un silence de plomb lui répondit. Il éclata de rire et quitta la salle du conseil.

Il resta encore une demi-heure en tête à tête avec Gorchkov qui, paraissant convaincu que la conclusion de la réunion était la bonne, voulait l'en convaincre. Piotr lui dit prudemment qu'il était persuadé du contraire, mais ne chercha même pas à plaider. Il préférait partir. Il était 3 h 10 quand il frappa à la porte d'Eva. Son chauffeur l'avait laissé au coin de la rue et devait venir le rechercher à 5 heures précises, au même endroit.

Eva lui ouvrit la porte et se blottit dans ses bras.

– Je savais que vous viendriez, je vous attendais.

Il lui fit une petite scène de jalousie, il avait téléphoné plusieurs fois... Où était-elle ? Elle le fit asseoir et remarqua la fatigue sur son visage. Alors seulement, il sourit et lui raconta l'échec qu'il venait d'essuyer.

– Mon cher, si vous ne vous débarrassez pas de vos ennemis rapidement, ce sont eux qui auront votre peau et plus vite que vous ne le pensez...

Elle lui caressa la joue en l'attirant contre elle. C'était la première fois qu'elle le voyait en uniforme.

– Cela vous va mieux qu'un costume civil, lui dit-elle quand il ôta sa pelisse.

Puis elle alla lui chercher quelques zakouski au frigo et une bouteille de vodka polonaise.

– Tu as un ami ? Dis-moi la vérité, Eva, lui demanda-t-il subitement.

Elle éclata de rire.

– Voyons, Piotr, je vous en prie. Soyez sérieux. Vous m'avez déjà posé cette question, et je vous ai répondu. J'ai eu un ami, un seul, il est mort dans un accident d'avion.

Elle avait parlé d'un ton las, comme pour lui faire comprendre que son insistance l'agaçait. Piotr avala un verre de vodka d'une seule traite et s'en servit un autre.

– Je vous l'ai dit l'autre fois, poursuivit-elle, il vaut mieux arrêter. Notre relation est dangereuse. Je suis heureuse avec vous, mais il est préférable que nous cessions de nous voir. Je ne suis plus moi-même depuis l'autre soir, Piotr...

– Je vais divorcer.

– Tout cela est ridicule. Je ne peux pas être la femme d'un... non, c'est impossible. J'aime mon métier, j'aime mon pays... C'est totalement exclu.

Elle se détourna, les larmes aux yeux.

– Je t'aime, Eva, murmura-t-il. Je t'aime comme je n'ai jamais aimé une femme. Je n'ai jamais autant désiré, admiré, voulu une femme. Je te veux!

Eva sentit une sorte de désespoir dans sa voix. De la sincérité aussi. Un lourd silence s'installa entre eux. Eva cacha sa tête entre ses mains. Elle releva son visage vers lui, des larmes plein les yeux.

– C'est impossible, Piotr. Restons amis, je vous en prie. Je vous connais si peu...

Après une hésitation, elle reprit :

– Vous êtes entré dans ma vie par effraction. Et vous ne pouvez pas non plus... pour votre carrière...

– Je n'ai plus de soucis de carrière! s'écria-t-il. Je ne peux pas aller plus haut. Ministre? On me l'a proposé plus d'une fois. Cela ne m'intéresse pas!

Eva le contempla en remuant la tête en signe de désaccord.

– Si, Piotr. Mais...

Elle s'essuya les yeux.

– Mais?

Eva ne répondit pas. Elle continua de remuer la tête et changea de sujet :

– Votre frère... J'ai fait un rêve, récemment. Il était brun aux yeux verts, il ressemblait à votre mère, je crois... Vous, vous êtes blond comme votre père.

– Pourquoi me dis-tu ça?

– Parce que... sa mort n'était pas un accident... Je l'ai vu dans mon rêve...

Le visage de Piotr se figea. Eva crut un instant qu'il allait s'effondrer. Du regard, il lui fit signe de continuer.

– Cela se passait dans son bureau. Je voyais un homme couvert de médailles lui tirer dessus à bout portant. Votre frère s'effondrait en criant. Il y avait du sang partout.

Piotr était livide. Il se servit une troisième vodka, l'air

absent. Eva feignit de se sentir coupable, et poussa vers lui l'assiette de zakouski. Elle décida de le tutoyer :

– Mange, il ne faut pas boire le ventre vide.

Piotr restait muet, le visage défait. Eva savait qu'il pensait à son frère.

– Je n'ai pas faim, dit-il enfin.

Il se leva et se mit à arpenter le salon en silence. Puis il s'arrêta et la fixa droit dans les yeux.

– Ma femme m'a avoué qu'elle était stérile. Mais... pourquoi as-tu parlé de mes ennemis tout à l'heure?

– Parce que tu en as beaucoup. Ils sont jaloux, très jaloux de toi.

Piotr alla s'asseoir près d'elle. Il l'étreignit pendant qu'Eva continuait à parler :

– Toute la soirée, j'ai eu le cœur qui battait très fort. Je savais que tu allais venir. J'ai senti une hostilité autour de toi.

Elle se libéra et lui dit gravement:

– Fais attention. Sois prudent, je t'en prie. Entoure-toi de gens sur qui tu puisses compter, des amis, des vrais... Si tu en as...

Elle attira son visage vers le sien et baisa sa bouche.

– Tu me rends folle, je ne sais plus quoi penser. Depuis que tu es entré dans ma vie, je sens des choses, je fais des rêves, j'ai peur, constamment peur...

Elle se leva et, le prenant par la main, l'entraîna vers la chambre à coucher. Il la déshabilla avec lenteur, mais, quand elle fut nue, il la prit avec une violence qui la fit aussitôt défaillir. Elle ne perçut pas les phrases incohérentes qu'il prononçait et se sentit emportée dans une étreinte rageuse. Quand ils eurent recouvré leurs esprits, elle lui mit la main sur la bouche pour l'empêcher de parler et lui murmura au creux de l'oreille :

– Piotr, tu as devant toi une grande destinée. Sois prudent!

L'inspecteur Boris Plioutch embrassa son épouse et partit en promettant, comme tous les matins, qu'il rentrerait tôt. Il monta dans sa Volga noire, privilège exclusivement réservé aux membres les plus élevés de la nomenklatura, mais dont on lui avait fait cadeau pour « services rendus à la patrie », et démarra.

C'était la seule voiture de ce type qui fût dotée d'un gyrophare sur le toit. Il l'avait fait installer uniquement pour se distinguer de la classe dirigeante, « les vampires », comme il les nommait dans ses rares moments de colère. Tous les miliciens de Moscou, qui, instinctivement, tournaient la tête à la vue des Volga noires, le saluaient chaleureusement au passage. Les envieux, les jaloux, bien que nombreux, évitaient de trop le montrer, et pour une bonne raison : par son intégrité, Boris Plioutch, inspecteur en chef du commissariat n° 31 de l'arrondissement du 1er-Mai à Moscou, était devenu une légende vivante. On ne lui connaissait aucun luxe et il vivait modestement dans un deux-pièces situé au 13, rue Piatnitskaïa, contrairement à nombre de ses collègues qui trempaient plus ou moins dans des trafics de toutes sortes. Boris était si à cheval sur les principes qu'il avait d'abord refusé la Volga, mais s'était finalement laissé convaincre par sa fille, et surtout par les hommes de son commissariat : « Acceptez ! Nous serons, nous aussi, reconnus ! »

Il arriva quelques minutes plus tard au 38, rue Petrovka, devant un immeuble de dix étages fraîchement repeint en jaune, sa couleur d'origine. On lui avait souvent proposé un poste important dans le « centre nerveux de la capitale », le quartier général de la milice. Il avait toujours refusé : « Je suis très bien où je suis. »

Boris Plioutch appréciait modérément ces réunions hebdomadaires où étaient convoqués les patrons des cent quarante-neuf commissariats de la capitale. Il avait toujours l'impression d'assister à une séance du comité central. Il monta deux par deux les marches qui menaient à la salle de conférences, au troisième étage. Pour une fois, on ne s'était pas contenté de faire du « cosmétique », c'est-à-dire, en langage moscovite, de repeindre les façades sans toucher à la pourriture intérieure. Tout avait été récemment modernisé et, avec ses nouveaux meubles finlandais, sa moquette en laine d'Allemagne, ses lampes d'Italie, la vaste salle de conférences n'avait rien à envier à celle d'une grande société occidentale.

Plioutch s'installa à sa place habituelle et salua ses voisins. L'atmosphère était lourde et les visages graves. Les rumeurs de l'arrivée à titre exceptionnel de Baranov, ministre de l'Intérieur, se confirmèrent cinq minutes plus tard. Quand il entra, tendu, les sourcils froncés, tous les participants se levèrent en silence. L'inquiétude, l'étonnement pouvaient se lire dans les yeux. Baranov monta à la tribune, suivi par le responsable suprême des forces de la milice de Moscou, le général Moïssev, et, sans perdre un instant, commença son discours. Pendant deux heures, ne s'arrêtant que pour boire une gorgée d'eau et s'éponger le front avec un mouchoir de soie bleu ciel, il exprima les « vives inquiétudes du Président », et exigea en son nom que tout fût mis en œuvre pour débusquer les terroristes. Il se fit plus précis dans ses accusations : Moscou devenait l'une des villes les plus dangereuses du monde. La presse étrangère regorgeait de reportages alarmants et faisait fuir les touristes et, par conséquent, les devises. Cette situation ne pouvait plus durer. Le Kremlin exigeait des résultats.

Plioutch écoutait d'une oreille distraite. Ses pensées étaient ailleurs. En trois jours, il avait fait des progrès considérables dans son enquête. La jeune femme des urgences qui avait reçu l'appel de Sokolov lui avait confirmé l'heure et le lieu, et, surtout, elle avait donné un début de signalement de la victime : « Une belle et grande brune, certainement une touriste ou une diplomate... »

Le chauffeur de l'ambulance, de son côté, lui avait assuré qu'elle était bien partie avec Sokolov. Deux hommes qui se trouvaient sur les lieux à son arrivée lui avaient dit, en riant : « Il est allé avec elle, il a de la chance... Superbe, l'étrangère... même si elle essayait de cacher son visage ! »

C'est cette dernière phrase qui l'intriguait le plus. Pourquoi se dissimuler, sinon pour rester anonyme ?

Qui à Moscou pouvait avoir ce réflexe : une prostituée de luxe ? La fille d'un officier supérieur du KGB ? Ou d'un membre influent du parti ? Une étrangère en situation irrégulière ? Ou une espionne... « Si c'est une espionne et si elle doit rester dans la capitale pour un bon moment, elle va ou a déjà changé d'apparence. »

Ce fut la première pensée de Plioutch. Instinctivement et comme s'il s'agissait d'une affaire courante, il envoya deux de ses meilleurs hommes faire le tour des boutiques de luxe et des coiffeurs « chics » de la capitale. Sans trop y croire. Mais il avait besoin de commencer quelque part.

Le 15 janvier, un jour avant le « carnage du métro », comme avait titré la presse, un de ses hommes découvrit, à l'hôtel Hilton, la femme qui avait vendu un manteau de fourrure à « une touriste grande, brune, style mannequin, le lendemain même de l'attentat contre Sokolov. Elle portait une chapka, des lunettes noires, et parlait anglais. Elle semblait pressée et paya en dollars. Elle devait avoir vingt ou vingt et un ans, maximum. Oui, la vendeuse pensait pouvoir la reconnaître »...

Un bruit de porte interrompit les pensées de Boris. Un jeune milicien en uniforme entra, se dirigea en hâte vers la tribune et y posa un télex. Le visage du ministre pâlit brusquement. Puis il fixa l'assemblée. Son émotion était visible.

– Deux miliciens viennent d'être découverts... assassinés, dit-il d'une voix altérée. Ils ont été poignardés, alors qu'ils patrouillaient près du parc de l'Académie...

Il s'épongea le front et ajouta :

– Ce crime est revendiqué par le Djihad islamique...

Dans sa voiture, Plioutch était travaillé par le doute. Il n'avait pas vraiment envisagé que l'« espionne » puisse être l'auteur du meurtre de Sokolov. Ce qui l'inquiétait était le nombre de coïncidences liées à l'attentat.

Comme ses collègues, il était convaincu que tous les

attentats émanaient d'un mouvement terroriste islamique. Il voyait mal une jeune femme de l'âge de sa fille, à peine vingt-deux ans, étrangler un milicien avant de mettre le feu à sa voiture, placer une bombe dans le métro et poignarder encore deux autres miliciens. Pourtant, cette belle et grande jeune femme aux lunettes noires, touriste ou diplomate, portait une montre d'espion, était montée dans la voiture de Sokolov en cachant son visage, et, une heure plus tard, un crime était commis. « Il serait sage d'abandonner cette affaire au KGB », songea-t-il en sortant de sa voiture. Mais, une fois dans son bureau, il changea d'avis. Quelque chose, qu'il avait du mal à définir, le fascinait dans cette affaire. Espionnage ?

Il envisagea d'en parler à son seul ami au sein du KGB, un de ses anciens adjoints, recruté trois ans plus tôt et aujourd'hui capitaine, responsable du service des étrangers. Il le voyait de temps en temps et avait pour lui une grande estime. Mais l'idée que ce dernier lui fît le reproche – même affectueux – de ne pas avoir tout de suite averti le KGB l'en dissuada. Plioutch était en outre persuadé qu'il finirait par découvrir cette jeune femme. Peut-être n'était-elle qu'une victime ? Elle ne savait peut-être même pas qu'elle portait une montre d'espion ! Et si c'était le cadeau d'un agent qui la manipulait ? Un type du KGB ? Pourquoi pas ? Boris Plioutch connaissait mieux que quiconque la puissance tentaculaire du comité pour la Sécurité d'État et son omniprésence. Machinalement, il sortit de son tiroir la liste des différentes ambassades étrangères à Moscou et chercha celles qui étaient situées à proximité du parc Gorki. Juste derrière la rue Donskaï, dans la rue Chabolovka, il y en avait deux. L'ambassade de la République démocratique de Palestine et, deux rues plus loin, l'ambassade d'Israël. Cela le fit sourire. A huit cents mètres de là, dans la rue Dimitrova, de l'autre côté de la place Octiabrskaïa, se trouvait l'ambassade de France. L'inconnue marchait vers la place, donc, si elle était diplomate, les chances étaient grandes qu'elle sortît de l'ambassade d'Israël...

Mais elle pouvait tout aussi bien sortir de l'ambassade de France pour aller rencontrer un contact au parc Gorki et redescendre ensuite l'avenue Leninski. Il chercha l'ambassade des États-Unis. La rue Tchaikovskovo était à quatre kilomètres de là... Il jeta la carte sur son bureau et jura entre ses dents. « Non, raisonnement idiot, pensa-t-il.Tous les diplomates sont filés jour et nuit. On l'aurait aperçue, et la chose ne serait pas arrivée. Les diplomates savent qu'ils sont surveillés. Seuls les plus malins ou les plus audacieux arrivent à semer le KGB... » Il voyait mal, à la lumière de ce raisonnement, une fille de l'âge de la sienne jouer les espionnes dans la ville la plus périlleuse du monde pour les agents étrangers. « Après Pékin », ajouta-t-il avec amertume.

Peut-être était-elle simplement secrétaire dans une de ces ambassades ? Cela ne changeait rien. Celles-ci étaient non seulement surveillées, mais aussi la cible des « tombeurs » du KGB. Ce pouvait être une touriste, bien sûr. Mais comment le savoir, depuis que les étrangers entraient en URSS sans visa, conformément aux accords signés en 1991 ? De tous les Occidentaux, seuls les Américains devaient obligatoirement en avoir un. Simple mesure de réciprocité !

Auparavant, il aurait pu consulter les dossiers, les fiches d'entrée, examiner les photos et les soumettre à Alexandre ou à la vendeuse du Hilton. De toute façon, il lui fallait un portrait-robot de la jeune femme. Il avait assez d'éléments pour demander au spécialiste de Petrovka de faire quelques esquisses. Il était curieux de voir son visage.

Il appela lui-même la vendeuse et l'informa qu'elle recevrait dans la journée la visite d'un portraitiste. Il la pria expressément d'être le plus précis possible et la remercia de sa collaboration. Il demanderait la même chose à Alexandre dès que celui-ci, comme chaque jour, lui téléphonerait. Son adjoint entra sans frapper et lui tendit un télex.

– Ce sont les revendications pour la bombe du métro, hier. Les fous d'Allah ! Trois lettres ont été envoyées aux agences de presse étrangères. Leur contenu a été confirmé par des coups de téléphone anonymes, ce matin. C'était une voix d'homme à l'accent fort, peut-être un Azerbaïdjanais... Deux des agences ont enregistré l'appel et nous l'ont communiqué. Boris, vous voulez mon avis ? La bombe atomique ! Voilà ce qu'il leur faut, à ces chiens !

L'inspecteur lut le télex et le reposa sur la table. Ce pourrait être une journaliste, pensa-t-il. Pourquoi pas ? Malgré son âge. Peut-être est-elle plus âgée ?

– Vous rêvez, patron ? demanda Nikitine.
Plioutch leva son regard et dit :
– Non, je pensais à votre proposition. Elle est excellente. Vous avez certainement raison. Oui, je le crois sincèrement...
– Quelle proposition ?
– La bombe, Nikitine. La bombe, voyons.

L'enquête du KGB à son propos allait ou avait déjà commencé. Allongée sur son lit, Eva tentait de voir clair. La paranoïa dont souffrent tous les agents l'avait atteinte de plein fouet. Mais un sentiment profond, une intuition lui dictaient de partir, de quitter Moscou le plus vite possible. Le temps de se métamorphoser, de colorer ses cheveux...

Elle se leva et entama sa demi-heure d'exercices physiques, avant de prendre une douche bouillante. Puis elle se prépara un petit déjeuner à la russe : café, lait, fromage blanc, yaourt, le fameux *riajenka* fabriqué à partir de lait jaune cuit au four et dont elle raffolait, saucisson, pain de seigle. Elle mangea comme tous les matins face au miroir. Dahlia ne s'était toujours pas habituée à Eva...

Pourtant, il le fallait. Une fois sa mission terminée, et seulement à ce moment-là, on lui ferait un « debriefing », et une nouvelle opération esthétique. Sans garantie certaine de redevenir Dahlia...

Elle pouvait aussi rester à Moscou et changer de personnage. Au cours de son entraînement, elle avait appris l'art de se déguiser. Rien n'était plus facile. Pourquoi ne l'avait-elle pas fait dès le lendemain, au lieu de sortir s'acheter un nouveau manteau et de s'exposer comme elle l'avait fait ? « Parce que j'ai paniqué », murmura-t-elle entre ses dents. Elle se l'était répété à satiété, mais l'heure était maintenant aux décisions. Elle hésita à appeler Piotr en Azerbaïdjan : elle se méfiait trop du téléphone... En allant chercher une réponse dans une « boîte aux lettres » située au pied d'un arbre du parc de l'Académie, elle avait trouvé un nouveau gadget, un contrôleur de micros, sous forme de bonbon.

Cela lui avait permis de vérifier qu'il n'y avait pas trace de micros dans l'appartement. Elle renouvelait l'opération chaque fois qu'elle rentrait chez elle. Pour ne pas éveiller de soupçons, elle ne prenait en revanche aucune précaution particulière. Ni cheveux collés sur la porte ou entre les tiroirs de la commode ni poudre invisible sur les objets. Et elle laissait son appartement et son bureau dans un désordre « organisé » de journaliste. Quant à sa ligne normale, il y avait effectivement parfois des « essais », des contrôles. Et cela malgré les promesses de Gorchkov... Mais pas sur sa « ligne rouge ». Elle appela l'agence depuis sa ligne « officielle » et l'informa qu'elle partait visiter Kiev pendant quelques jours, puisqu'elle ne prenait son poste qu'à la fin du mois.

– Profites-en bien! lui dit Bruno. Les événements s'accélèrent avec ces attentats. Et appelle-moi de temps en temps au cas où tu aurais besoin de quelque chose.

Emmitouflée dans sa pelisse, les oreilles protégées par sa chapka, le visage dissimulé par des lunettes noires, Eva descendit les escaliers, son sac de voyage sur l'épaule. Elle monta dans son coupé Honda, stationné dans la cour de l'immeuble, et démarra. Une demi-heure plus tard, elle roulait en direction de Leningrad. La montre du tableau de bord indiquait 10 h 5, 22 janvier. En respectant la limitation de vitesse, qui était passée de cent vingt à cent kilomètres à l'heure, elle arriverait vers 18 heures. Eva n'était jamais allée à Leningrad. Mais elle connaissait ce pays mieux que n'importe quel guide. Pendant des mois, elle avait étudié les cartes les plus récentes et visionné de nombreux films consacrés aux grandes villes tournés par les services américains à partir des satellites d'observation. Elle avait étudié les noms de rue, une par une, quartier par quartier. Elle avait étudié les mœurs, les accents, les spécialités culinaires des régions, les expressions à la mode... Elle savait que Leningrad comptait maintenant sept millions d'habitants, que sa superficie était de trois cents kilomètres carrés, qu'il y avait une cinquantaine de musées et vingt-deux théâtres, quatre de plus qu'en 1990. Elle savait que la ville, située sur le delta de la Neva, restait une ville aristocratique, fière de son passé tsariste et révolutionnaire, fière aussi de ses traditions de savoir-vivre, de politesse et de courtoisie. Ancienne capitale de Pierre le Grand, de la Grande Catherine et, bien sûr, de Lénine, qui, selon certaines rumeurs d'origine probablement antisémite, aurait remplacé le v par un n, Lévine devenant Lénine...

Elle savait aussi que l'ancienne Saint-Pétersbourg

comptait environ cent kilomètres de parc, soit un sixième de la ville, qu'on y trouvait quatre cents ponts, des coupoles dorées, des colonnades bleues et blanches, des chancelleries couleur framboise, des lions, des sphinx, un fantastique fleuve, bref que c'était une des plus belles villes du monde. Mais elle ignorait toujours où elle allait passer sa première nuit...

Et que dirait-elle à Piotr ? Il avait certainement téléphoné, il le ferait encore, et il serait jaloux. Avant de quitter Moscou, et dans une cabine téléphonique à carte, elle avait appelé un numéro qu'elle ne devait utiliser qu'en cas de déplacement. Conformément aux instructions, elle feignit de s'être trompée. « Elle cherchait un ami qui partait pour Leningrad... »

A Novgorod, à une heure de Leningrad, elle prit de l'essence et faillit téléphoner à Piotr. Elle reprit la route sous les regards des curieux qui admiraient son coupé. Elle aurait préféré une voiture discrète, plutôt que ce coupé sportif hérité de l'ancien chef de bureau. Elle avait même envisagé de louer une Lada, mais elle aurait dû remplir des formulaires, laisser des traces : numéro de carte de crédit, de passeport, de permis de conduire, etc. Trop risqué.

Elle arriva à Leningrad vers 19 h 30, et trouva sans difficulté une vaste chambre qui donnait sur le golfe, à l'hôtel Pribaltiskaïa, construit par la Suède en 1979 pour les jeux Olympiques. Elle remercia Gorchkov pour sa révolution qui lui donnait tant de liberté...

A peine installée, elle se sentit mieux et commanda un repas froid. Puis elle prit avec délice un bain chaud. Elle voyait plus clair et décida de n'appeler Piotr qu'à son retour.

Elle aurait eu plus de liberté si, comme cela était prévu à l'origine, elle était venue à Moscou pour préparer une thèse sur le cinéma russe... Son poste actuel l'exposait trop, même si la nouvelle liberté d'action de la presse étrangère, limitée temporairement par l'interview de *Newsweek*, facilitait les choses. La vague d'attentats qui déferlait sur Moscou allait provoquer, selon les rumeurs, une réaction de la part des autorités à l'égard de la presse en général. Moscou ressemblait déjà à une ville assiégée. Sur la route, elle avait été arrêtée trois fois par des barrages de la milice. Elle s'y attendait, mais les miliciens avaient été parfaitement courtois et l'avaient laissée passer sans lui poser de questions embarrassantes. On lui recommanda seulement d'être prudente.

En sortant du bain, elle se planta nue devant le miroir. Eva aimait son corps et en était fière. De nature, elle était plutôt réservée avec les hommes. Les quelques aventures amoureuses qu'elle avait eues ne lui avaient pas laissé de souvenirs grandioses, au point qu'à un moment elle craignit d'être frigide... Plus tard, pendant son entraînement, elle découvrit son corps et surtout celui de l'homme. A l'aide de cours théoriques, d'ouvrages et de films d'un érotisme clinique, elle apprit à satisfaire et à rendre fou n'importe quel partenaire. Elle avait trouvé le juste équilibre, entre innocence et désir, entre maladresse calculée et curiosité, peur et découverte du plaisir. Elle savait soupirer et gémir quand il hurlait son plaisir, le combler par des chuchotements amoureux, lui dire qu'il était merveilleux quand il était dur ou l'inverse selon le partenaire. Jouer des yeux, les fermer quand il les ouvrait, les ouvrir quand il les fermait, l'espace d'une seconde pour que plane le soupçon, et faire aller la volupté crescendo...

La première fois qu'elle mit la « théorie » en pratique, ce fut avec un agent du Mossad, qu'elle n'avait jamais vu auparavant. La rencontre avait commencé dans un restaurant. Il était très bel homme, blond, les yeux bleus, une mèche rebelle sur le front, grand et musclé. Elle découvrit plus tard, quand elle vit la cassette vidéo pour la première fois à Washington, qu'il était presque le sosie de Piotr. Ils passèrent la nuit ensemble. Le lendemain, avant de disparaître, il lui dit ces seuls mots : « Dis oui, et on se marie tout de suite. »

Quand, le 31 décembre dernier, elle avait entendu à peu près la même phrase dans la bouche de Piotr, ses lèvres avaient dessiné un sourire dans le noir.

Dimitri Boldin était considéré comme le meilleur spécialiste des portraits-robots de « Petrovka ». La soixantaine, petit de taille, le visage rond et joufflu, il portait de vieilles lunettes de style 1930. Plus d'une fois, la milice avait réussi à mettre la main sur des assassins grâce à ses croquis. L'inspecteur Boris Plioutch salua Dimitri par une chaleureuse poignée de main quand il pénétra dans son bureau. Impatient de juger du résultat, il oublia de lui offrir le café traditionnel.

– Alors, voyons le miracle.

Boldin sortit un dossier de sa serviette et le lui tendit.

– Je peux m'asseoir, au moins ? fit-il en s'épongeant le front.

Plioutch s'excusa et lui servit une tasse.

– Tiens, il est tout chaud.

Il sortit les croquis et les examina.

– Ça n'a pas été facile, commenta Boldin. Je t'avouerai que je ne suis pas satisfait de mon travail. Les témoignages, comme d'habitude, sont contradictoires. Ton voyou dit qu'elle est brune et ta vendeuse prétend maintenant qu'elle est blonde. En fait, personne n'a vraiment vu la couleur de ses cheveux. On ne sait même pas s'ils sont courts ou longs. Chez la vendeuse, elle portait une chapka et des lunettes noires. Quant aux yeux, la même chose : ronds, petits, grands, verts, bleus, noirs, rien de précis...

Plioutch ne cacha pas sa déception. Les portraits-robots représentaient trois visages légèrement différents qui pouvaient être celui d'une cover-girl américaine. La première était plutôt blonde aux yeux bleus, les cheveux en queue de cheval, le visage mince et des lèvres sensuelles. Le nez était petit et droit. La deuxième brune, les cheveux longs, les yeux verts, le nez retroussé, des fossettes sur les joues. La bouche était la même que celle de la première. La troisième était brune aussi, elle avait des yeux bleus, des pommettes saillantes, un visage mince, une petite bouche et une fossette sur le menton. Elle avait des cheveux courts.

– Pourquoi celle-là a-t-elle une fossette sur le menton ?

– Parce que, d'après ta vendeuse, la femme avait une fossette, mais elle ne savait plus exactement où. Or, les fossettes, Dieu les place normalement sur les joues. Devant ses hésitations, je lui en ai collé une sur le menton.

Boldin but un peu de café et lança, un peu gêné :

– On m'a posé des questions à « Petrovka ». Je n'ai rien révélé... Mais j'ai été obligé de dire que c'était pour toi...

L'inspecteur répondit calmement :

– Je n'ai pas de comptes à rendre à « Petrovka ».

Aussitôt, il regretta d'avoir prononcé ces mots. Il ajouta, comme pour se rattraper :

– Juste une curiosité de ma part à propos d'une femme... d'une touriste. Une petite affaire de trafic de devises, rien de grave, rassure-toi. (Le regard vide, il ajouta :) Tu as vraiment fait du bon boulot. Merci !

A la porte, Boldin lança :

– Si tu mets la main sur elle, appelle-moi. Je suis curieux de la voir. Mon intuition penche plutôt pour la brune aux cheveux courts... celle avec la fossette sur le menton.

Plioutch n'avait pas beaucoup de temps à consacrer à celle qu'il appelait « l'espionne ». Plusieurs fois, il faillit se résigner et téléphoner à son ami du KGB. Depuis la réunion avec le ministre de l'Intérieur, cinq miliciens avaient été assassinés. Le bilan, ce 22 janvier, était de huit morts. Paradoxalement, cette terreur sans précédent avait fait chuter la criminalité et la délinquance. La brutalité du quadrillage de la milice dans les quartiers à risques et les nombreuses descentes chez les Afghans, les Fartsovchtchiki (spéculateurs), les drogués, les *lioubery* (voyous de la banlieue de Moscou) qui imposaient la loi dans la capitale y étaient aussi pour quelque chose. Les derniers rapports journaliers révélaient une baisse très sensible des meurtres. Celui de la veille, au commissariat de Plioutch, n'en faisait apparaître qu'un seul, un crime passionnel, avec en outre dix vols d'autoradios, et le traditionnel ramassage d'ivrognes, qui n'étaient que quinze au lieu de la cinquantaine habituelle. Les bilans des autres commissariats confirmaient ces chiffres à quelques nuances près. Jamais, depuis 1988, ils n'avaient été aussi faibles. En revanche, la peur montait et les opposants à la révolution gorchkovienne en profitaient pour réclamer l'arrêt immédiat de ce qu'ils appelaient le « processus de décadence ». Un débat d'une violence inouïe faisait rage dans la presse soviétique, et certains, comme les chefs du mouvement néo-nazi « Pamiat », n'exigeaient pas moins que la démission du président Mikhaïl Gorchkov.

Faute de personnel – tous ses hommes étaient débordés par les événements – et pour plus de discrétion, Plioutch demanda dès le lendemain à Alexandre de surveiller les allées et venues devant les ambassades de France et d'Israël pour lui signaler la ou les silhouettes correspondant à la jeune femme, puisqu'elle avait été agressée dans ce périmètre. Il reprit les portraits-robots, les examina un par un, puis les soumit à la vendeuse. Depuis trois jours, elle jouait à l'espionne devant les agences de presse, notamment aux heures des repas... Alexandre, lui, passait ses soirées devant les appartements des journalistes étrangers. Plioutch, qui s'était procuré une liste récente contenant noms, nationalités et adresses, communiquait chaque jour à ses « acolytes » un nom ou une adresse professionnelle à « observer ». Dans sa liste d'« observation », il y avait aussi les ambassades des États-Unis, de Grande-Bretagne, d'Italie et du Canada. En post-scriptum, il avait ajouté l'université Lumumba qui accueillait les étrangers... Ce jeu commençait à le fasciner. Il ne voulait négliger aucune des maigres possibilités qu'il avait de retrouver la trace de son gibier. Autrefois, c'eût été un jeu d'enfant... mais aussi beaucoup moins excitant. Pour le seul plaisir de la traque, la glasnost avait du bon... C'était la première fois qu'il pourchassait une étrangère, et la difficulté de la tâche le dopait littéralement. Il ne pouvait compter que sur lui, son cerveau et ses deux amateurs. Il se sentait comme l'un de ces marginaux qu'il avait poursuivis toute son existence durant. Il se soupçonnait même d'aimer le métier d'espion. Une question, pourtant, le réveillait parfois en pleine nuit : où cela allait-il le mener ? Il ignorait la réponse, mais, comme son imagination n'avait pas de limites, il avait tout envisagé, même le pire.

La sonnerie du téléphone le fit sursauter. C'était Alexandre qui lui donnait rendez-vous au café Vissotskovo, dans le théâtre de la Taganka à 15 heures. « Sacré garçon ! » pensa-t-il. Il s'était pris d'affection pour lui et avait déjà quelques projets d'avenir pour le remettre sur le droit chemin... La vendeuse arriva peu de temps après. C'était une jolie petite blonde, toujours habillée à la dernière mode parisienne. Elle devait avoir une trentaine d'années, et l'inspecteur ne se faisait aucune illusion sur la façon dont elle occupait ses soirées... Natacha – c'était son prénom – brûlait d'envie de connaître l'objet réel de sa « mission ». Mais Plioutch lui répondit qu'il s'agissait d'une affaire d'État dont elle ne devait parler sous aucun prétexte. Il lui présenta le premier croquis, celui de la brune. Elle fit un geste négatif de la tête. Sans la quitter du regard, il lui montra les deux autres en même temps.

– C'est elle ! s'écria-t-elle aussitôt en désignant la blonde à la queue de cheval.

– Qu'est-ce qui vous fait dire ça ?

– Je ne sais pas vraiment. Mais je suis sûre que c'est elle.

– Et l'autre, avec la fossette sur le menton ?

– Non. Non, c'est celle-là.

Plioutch la remercia. Elle pouvait partir. Il ferma les yeux et tenta d'imaginer l'espionne avec une queue de cheval. Ça ne collait pas. Sans savoir pourquoi, ses préférences, comme celles de Boldin ou peut-être à cause de lui, allaient vers le portrait de la fille avec la fossette sur le menton. Mais il devait se tromper puisque Natacha l'avait catégoriquement rejeté. Pourtant, c'était elle qui avait insisté sur ce détail du visage. Boris Plioutch se sentit vide tout à coup. Il regarda sa montre : 7 heures du soir. Il décida de rentrer chez lui et d'oublier son espionne. Il avait une femme en chair et en os, pas un rêve, moins belle évidemment que l'autre, mais elle l'attendait pour aller voir au cinéma le dernier film de Robert Redford et il ne voulait pas manquer ce rendez-vous. De surcroît, il adorait les policiers américains.

– Ne me refais plus cela!

La voix de Piotr Karstov était pleine de fureur rentrée. Elle avait ouvert la porte sans méfiance, croyant qu'on lui apportait le petit déjeuner qu'elle venait de commander. Elle eut un choc en le découvrant devant elle, en civil. Il entra brutalement et ferma la porte avec violence. Piotr maîtrisait mal sa colère. Sans lui laisser le temps de protester, il lui ordonna de s'habiller et de le suivre. Dix minutes plus tard, elle montait dans sa voiture. Piotr, le visage rongé par la fatigue, conduisait vite. Mille questions assaillirent Eva, mais elle n'osa pas briser le silence qui régnait dans la voiture. Comment l'avait-il retrouvée? Une angoisse soudaine la saisit quand elle imagina qu'il avait peut-être découvert quelque chose.

Devait-elle rester sur la défensive comme une coupable, ou passer à l'offensive et s'insurger? Au bout d'un moment, elle choisit de le désarçonner et dit calmement :

– Piotr, j'ai décidé de rentrer en France. Je ne veux pas de cette vie, de cette liaison impossible avec toi.

Karstov ne broncha pas. La voiture se dirigeait vers l'île Vassilievski, de l'autre côté de la ville. Il traversa le pont Dvortsovy et prit le quai Makarova. Vingt minutes plus tard, ils s'arrêtèrent devant une petite maison discrète, en bordure de la forêt. Eva ne put s'empêcher de railler :

– Tu me rejoues le même scénario? Piotr!

Sans un mot, il coupa le contact, descendit et disparut dans la maison, laissant la porte ouverte. Eva soupira et se résigna à le rejoindre. Piotr était assis dans un antique fauteuil de salon et l'attendait, le regard inquisiteur.

Eva le fixa droit dans les yeux. Ils restèrent silencieux comme deux fauves prêts à se sauter au visage, lui l'air furieux, elle pleine de méfiance. Elle finit par baisser les yeux, à la seconde même où elle le sentit craquer. Il ne fallait pas qu'il perde la face. Alors seulement Piotr se décida à parler. D'une voix de plus en plus altérée, il lui fit mille reproches. Il était fou d'inquiétude : pourquoi était-elle partie, sans le prévenir ? Ne comprenait-elle pas qu'il l'aimait ? Il avait remué ciel et terre pour la retrouver, depuis son P.C. en Azerbaïdjan, et avait dû déployer des trésors d'imagination pour que ses démarches n'attirent pas l'attention. Il avait même fait téléphoner au KGB pour retrouver sa trace : elle aurait pu être assassinée, violée, défigurée. Eva frémit. Le KGB! Elle enfouit son visage entre ses mains. « Idiote! Maintenant, c'est sûr que le KGB me connaît », pensa-t-elle.

– Eva, lança Piotr, je ne te laisserai pas partir. J'ai besoin de toi.

Sa voix se fit plus douce :

– Tu vas venir avec moi en Azerbaïdjan. Nous partons cet après-midi...

Eva releva la tête, stupéfaite. Il ajouta :

– J'ai demandé le divorce à Olga. Elle n'a pas eu l'air surprise. Elle a même, je crois, été soulagée...

Eva explosa. Ses yeux brillaient.

– Tu es fou, Piotr! Tu ne comprends rien. Rien. Tu décides de divorcer, comme ça, sans même savoir si je t'aime! Qu'est-ce que tu cherches ? Que je me jette à tes pieds, que je me laisse étouffer par toi ? Que je cesse d'exister ?

Interloqué, Piotr la regardait sans broncher. Elle poursuivit, sans reprendre son souffle :

– Tu veux que je cesse d'exister, c'est ça ? Et mon travail, ma carrière ? Et puis qu'est-ce qui te fait croire que je veux me marier ? Que me proposes-tu comme vie ? Celle qu'a eue Olga ? Non merci! Je n'ai pas envie d'épouser un héros soviétique, moi! Ni de le tromper pour...

– Qu'est-ce que tu viens de dire, Eva ? l'interrompit Piotr d'une voix forte.

Eva enfouit sa tête entre ses mains.

– Je t'écoute, Eva. Si tu veux me dire quelque chose, parle!

– Je savais... je savais que ta femme... avait un autre homme dans sa vie. Je n'ai pas osé te le dire plus tôt...

Un lourd silence s'abattit entre eux. Dans un murmure, elle continua :

– J'ai fait un rêve, le premier soir où je l'ai vue... Elle a un amant, un homme haut placé dans la hiérarchie du parti. Je n'ai pas voulu te faire de la peine...

Piotr se leva et se mit à marcher dans le petit salon. Il tentait visiblement d'identifier son rival.

– J'ai vu un civil, en costume élégant, comme un ministre, les cheveux gris, des lunettes cerclées d'or, environ la cinquantaine. Cet homme ne t'aime pas. Je le sais. Un jour, il voudra... Il va essayer de te tuer, comme on a tué ton frère... Voilà pourquoi je veux m'en aller d'ici. Depuis que je te connais, ma vie est un enfer. Je fais des cauchemars. Tout ce qui te concerne a envahi mon existence. J'étouffe, Piotr. Et puis j'ai peur pour toi, pour moi. J'ai terriblement peur, parce que... parce que je t'aime, Piotr.

Elle se tut et l'observa, les yeux mouillés. Piotr sentit une bouffée de bonheur et de fierté l'envahir. Bouleversé par ses paroles, il s'approcha et lui caressa les cheveux. Il voulut la prendre dans ses bras, mais elle s'écarta.

– Non, Piotr, nous devons nous séparer, il le faut.

– Cesse de résister, Eva. Tu sais très bien que nous ne pouvons pas nous quitter. Tu resteras avec moi, ou c'est moi qui irai avec toi. J'ai besoin de toi. Je suis prêt à abandonner mes fonctions. De toute façon, rien ne marche plus dans ce pays. Et j'en ai assez de lutter. Contre les fous d'Allah, les nationalismes, l'instabilité des pays frères, la réunification de l'Allemagne, les boutiques vides, ceux qui veulent mettre ce pays à feu et à sang. Depuis que je t'ai rencontrée, je ne pense qu'à toi, qu'à notre prochaine rencontre. Tu ne peux pas refuser mon amour, il est sincère, authentique.

– Piotr, je t'aime de la même manière... Mais je ne peux pas accepter cette vie. Ici, je suis une étrangère et je le resterai toute ma vie. Si tu perds, je suis perdue. Si tu gagnes, je perds aussi...

– Je ne comprends pas.

Eva hésita et lui demanda un whisky ou quelque chose de fort. Il revint avec quelques bouteilles et des verres. Il lui versa un scotch et se servit une vodka. Eva, le verre à la main, s'avança comme une somnambule derrière le sofa et parla d'une voix étrange, monotone, comme si elle se concentrait :

– Je t'ai dit que tu étais promis à un grand destin, et cela ne fait aucun doute. Cette année est une année charnière pour l'URSS et pour toi. Des gens complotent en ce moment même pour prendre le pouvoir et instaurer un régime néo-stalinien. Il y aura du sang, beaucoup de sang, et la guerre. Une guerre terrible, longue, totale et cruelle. Le président Gorchkov est inconscient, fou, responsable de la pagaille, du désastre qui s'abat sur le pays. C'est un opportuniste dangereux qui ne pense qu'à la place qu'il aura dans l'Histoire. Il essaiera de se rallier aux factieux, mais ils le tueront. Ils ont déjà essayé deux fois, comme chacun sait. Mais la troisième, ils réussiront si... toi, tu ne les en empêches pas.

Elle avala son verre d'une seule traite. L'alcool brûla son estomac vide. Elle ferma les yeux un instant, sans cacher sa douleur, et reprit :

– Tu es le seul à pouvoir empêcher le retour à la terreur, à la guerre. La voilà, ta destinée, Piotr Karstov. Dieu t'a choisi, parce que tu es un homme droit, honnête et courageux. Tu as dans le passé risqué ta vie pour sauver d'autres vies. Toi, Piotr Karstov, Dieu t'a choisi, parce que tu appartiens à la race des seigneurs.

Elle fit quelques pas et se laissa tomber sur le sofa. Piotr l'avait écoutée, fasciné.

Il resta longtemps sans rien dire, sous le choc, prostré. Eva se leva, la tête lui tournait un peu. Elle prépara du café et un repas frugal. Piotr la rejoignit, l'air toujours absent.

D'une voix grave, il la supplia de venir avec lui. Alors, elle se jeta contre lui pour l'étreindre de toutes ses forces.

– Mon amour, chuchota-t-elle à son oreille.

Dans l'Iliouchine 76-M de l'armée qui les emmenait en Azerbaïdjan depuis Leningrad, Eva faisait semblant de somnoler. Assise à côté du général, elle faisait en réalité le point. En quatre rencontres, dont la première, à l'ambassade d'Israël, n'avait pas duré cinq minutes, Eva avait réussi au-delà de toute espérance. Piotr était transformé. Elle l'avait ensorcelé. Quelque chose pourtant ne collait pas tout à fait avec le portrait que lui avaient dressé les psychologues de la CIA et du Mossad. Selon eux, le général Karstov était un mégalomane égocentrique, affligé d'un immense besoin de reconnaissance et de gloire, lequel d'ailleurs l'avait poussé à libérer les otages en Afghanistan. La cassette vidéo tournée au cours de l'opération était la preuve de son ambition démesurée...

Eva aurait donné beaucoup pour connaître la version de Piotr. Elle ne pouvait évidemment pas faire allusion à cette cassette. Le cameraman avait réussi à cacher la vidéo dans un endroit sûr avant d'être arrêté. Dès sa libération, de retour à Moscou, il l'avait vendue à un diplomate américain. Quand Piotr sortit de prison à son tour, il tenta vainement de retrouver le cameraman. Ce dernier avait disparu sans laisser de trace. L'enquête qu'il avait menée auprès de la famille ne donna aucun résultat. Il conclut à un assassinat, sans perdre l'espoir de remettre la main, un jour, sur le document. Dans le portrait, Piotr était également présenté comme un homme à femmes, possessif, jaloux et égoïste. Là, ils ne s'étaient pas trompés, les psychologues. Elle venait d'en faire l'expérience, même si elle discernait autre chose chez cet homme qui lui paraissait autrement plus complexe que celui dont on avait examiné les moindres goûts, les plus infimes motivations, sentiments ou désirs refoulés. C'est sur cette vague interrogation qu'elle s'endormit pour de bon.

L'avion atterrit vers 18 heures sur l'aéroport militaire, à quinze kilomètres de Bakou, la capitale de l'Azerbaïdjan. Eva avait étudié à fond cette région explosive qui, après l'agonie de l'empire, mettait en péril la cohésion même de l'Union soviétique. Mais elle ignorait ce que lui réservait le proche avenir. Hantée par l'idée que le KGB avait maintenant un dossier sur elle, elle n'avait pas osé demander à Piotr comment la centrale l'avait retrouvée. A quoi bon ? Elle imaginait pour se rassurer qu'ils avaient téléphoné aux hôtels des grandes villes, aux compagnies aériennes et aux commissariats. Mais, sous la protection de Piotr, elle était censée être en de bonnes mains...

Pour le moment, celui-ci n'avait pas de plan précis. Il voulait seulement qu'elle reste avec lui jusqu'au 31 janvier, date à laquelle elle rentrerait à Moscou pour commencer son travail, comme prévu, le 1er février. Elle disposait donc de quatre jours de liberté. C'était inespéré, tout compte fait. Elle aurait toute latitude pour étudier plus attentivement son « sujet », prendre la mesure exacte de sa personnalité et découvrir sur quels ressorts elle pourrait agir avec précision, le moment venu...

Le cortège d'automobiles démarra. Celle de Piotr, blindée, et qu'il conduisait lui-même, roulait au milieu des six voitures de la sécurité. Un impressionnant dispositif militaire était placé le long de la route qui menait à la capitale : chars légers, véhicules de transport, automitrailleuses.

– C'est la guerre, vraiment ? demanda Eva d'une voix anxieuse.

– Attends, tu n'as rien vu encore ! s'exclama Piotr en riant.

Elle comprit qu'il était vraiment là dans son élément, qu'il aimait cette atmosphère martiale.

Dix minutes plus tard, le cortège arriva devant une villa blanche du quartier résidentiel de la banlieue sud de la ville. Deux véhicules blindés à chenille, d'un modèle qu'elle ne connaissait pas, étaient postés de chaque côté d'un portail blindé qui s'ouvrit à leur approche. Ils roulèrent quelques centaines de mètres dans un parc verdoyant avant de s'arrêter devant une bâtisse massive.

– C'est le « palais » d'un chef de la mafia locale, fit Piotr. Il était aussi le patron du parti ici et il n'a pas été facile d'avoir sa peau... J'ai réquisitionné le tout. C'est une vraie forteresse. En plus, tu seras gardée par des Spetsnaz des forces spéciales.

Un soldat se précipita pour leur ouvrir la porte et un officier s'approcha de Piotr. Eva nota la surprise sur son visage. Il murmura quelques mots à Piotr, visiblement gêné par la présence de cette femme.

L'intérieur de la villa était somptueux, bien que d'un goût douteux. Eva entra dans l'immense salon et s'effondra sur un sofa de style oriental. Le général disparut dans son bureau, suivi par son aide de camp. Elle l'entendit passer plusieurs coups de fil à son PC et donner des instructions. Après s'être servi un verre d'eau, elle en remplit un autre qu'elle porta à son amant. Assis à une grande table encombrée de dossiers, de téléphones et de cartes, Piotr parlait d'un ton sec et coupant. Au mur, elle découvrit des plans de Bakou et de la région, et le schéma de cantonnement des troupes, marqué de drapeaux rouges et de chiffres. C'était la première fois qu'elle le voyait en action, et il lui adressa un curieux sourire quand elle lui tendit le verre d'eau glacée.

– J'ai dit dans les jambes! s'écria-t-il brusquement. Qu'ils visent les jambes, jamais la tête, bon sang! Sauf en cas de légitime défense...

L'armée soviétique, ainsi que l'avait annoncé le *Herald Tribune*, venait d'importer des balles en plastique d'Israël. Piotr coupa la communication, puis composa un long numéro et demanda à parler à Gorchkov. Elle fit mine de vouloir le laisser seul, mais il la retint par le bras. Il attendit un moment tout en feuilletant les télex amassés sur le bureau. L'attente se prolongeant, il prit un stylo et souligna des mots, des phrases. Il jurait parfois entre ses dents en soupirant. Il avait l'air d'avoir oublié la présence d'Eva.

– Monsieur le Président ? Karstov. Quoi ? Non, non, rien de nouveau... Encore une ou deux semaines, peut-être plus... Je ne pourrai pas rentrer avant... Je sais, je sais. Mais ma présence est nécessaire ici si l'on veut éviter le grand carnage...

Il raccrocha, appela son aide de camp posté à l'entrée et lui dit quelques mots à l'oreille. Puis il se tourna vers Eva :

– Fini ! On y va !

Elle le regarda, étonné.

– Deux jours au bord de la mer Caspienne. Toi et moi, juste toi et moi. Il y a beaucoup de choses que tu vas devoir m'expliquer.

Au même moment, dans le petit appartement de l'inspecteur, 13, rue Piatnitskaïa, les Plioutch s'apprêtaient à dîner. Il avait invité son ami, le capitaine Ossipov, responsable du service étranger au KGB, et son épouse. Arguant qu'ils ne s'étaient pas vus depuis trop longtemps, il lui avait proposé cette petite fête, tant il était impatient de lui poser des questions qui le tracassaient depuis le début de son enquête. Mme Plioutch avait préparé une *solianka*, soupe de poisson, des zakouski, un excellent *tabaka*, une spécialité géorgienne qu'elle réussissait à merveille, et un poulet grillé avec une sauce à l'ail. Les vins venaient aussi de Géorgie. C'étaient les meilleurs du pays. Du tzinandali blanc pour les entrées et du kinzmaraouli rouge pour le poulet. Et, bien sûr, de la bonne vodka polonaise. Pour le dessert, elle avait préparé une tarte aux pommes à la cannelle.

La soirée fut détendue : ils évitèrent soigneusement de parler de cette terreur islamique qui s'était abattue sur la capitale, préférant évoquer les nombreuses rumeurs qui circulaient dans Moscou. Tania Gorchkov aurait fait accorder des privilèges à un célèbre joaillier français en échange d'une collection de bijoux, le ministre de la Défense aurait une maîtresse hongroise, Olga Karstov aurait demandé le divorce, elle aurait un amant...

– On dit que c'est ton patron. C'est vrai ? demanda Plioutch, qui d'ordinaire ne prêtait aucune attention à ce genre de ragot.

– C'est ce qu'on dit, mais je n'oserais pas le confirmer.

– Mais s'il l'apprend, il y aura du sang. Piotr Karstov n'est pas un enfant de chœur. Moi, je ne crois pas une seconde à cette histoire, dit l'épouse d'Ossipov.

– Karstov n'est pas non plus un ange, répliqua son mari. Le bruit court qu'il fréquente en ce moment une journaliste étrangère, d'une beauté sans nom.

Il raconta que son service s'était lancé à la recherche d'une certaine Eva Dumoulin, arrivée à Moscou fin décembre sur l'ordre discret d'un officier supérieur du KGB, ami de Karstov. Ils l'avaient finalement retrouvée à Leningrad.

– On nous a dit que c'était une amie intime d'Olga Karstov.

– Elle travaille où ? demanda l'inspecteur, l'air innocent.

– Dans une agence de presse, l'Agence de presse européenne.

– C'est peut-être vrai. Quel mal y aurait-il à cela ? protesta l'épouse de Plioutch. Avec ce qui se passe aujourd'hui, et puis tous ces touristes qu'on agresse, qu'on viole, qu'on tue ! Moi, j'aime beaucoup Karstov ! C'est sans doute le moins corrompu de la bande.

– Comment est-elle, cette femme ? Petite, grande, brune, blonde ?

Plioutch avait hésité avant de poser la question...

– Brune, il me semble. J'ai vu son dossier au service de presse du ministère des Affaires étrangères, elle est vraiment très belle. On se demande ce qu'elle vient faire ici. Elle aurait dû être mannequin à Paris ou tourner dans un film de James Bond...

– Tu te souviens du jour de son arrivée à Moscou ? fit Plioutch d'une voix qui se voulait neutre.

– Le 26 ou 27 décembre. Oui, le 26, c'est ça.
– Qu'a-t-elle de si exceptionnel ? demanda sa femme, piquée au vif.
– Un visage, une silhouette magnifiques, comme toi, ma chérie ! répondit Ossipov en riant. Mais en plus elle a une ravissante petite fossette, là, au creux du menton, comme cet acteur américain...
– Douglas, Kirk Douglas, précisa Plioutch d'une voix sépulcrale.
Et il ajouta :
– Ses parents étaient russes !

La petite maison dans laquelle Eva et Piotr s'étaient installés était une véritable merveille. Peinte en blanc, plantée au milieu d'un jardin et cachée derrière une rangée de pins, elle donnait sur la mer. L'intérieur était décoré de meubles, de tissus et d'objets locaux. Eva avait tout de suite aimé ce cadre idyllique et décidé de profiter pleinement de ces « vacances » imprévues. Le premier jour, elle refusa catégoriquement de répondre aux questions pressantes de Piotr et l'entraîna sur la plage déserte. Ils passèrent la journée à faire de longues marches et à s'étreindre. Le soir, Piotr prépara le dîner. Eva, assise dans un fauteuil, l'observait avec amusement. Il avait l'air heureux et détendu. Il s'approcha enfin et annonça :

– Mme Karstov est servie !

Eva l'attira à elle en riant et l'enlaça avec force. Elle se sentait fondre devant cet homme qui revivait grâce à sa présence et, sans lui laisser le temps de protester, elle le déshabilla avec une hâte joyeuse. Pour la première fois, elle se laissa aller vraiment. Elle fut femme, violente, pressée de jouir de ce corps musclé qu'elle menait sur le chemin du plaisir. Piotr, dépassé, éperdu, s'émerveillait de voir le visage de sa maîtresse éclairé par le plaisir. Il ne l'avait jamais sentie aussi palpitante, aussi exaltée.

Plus tard, attablés, ils dévorèrent les plats, désormais froids, qu'il avait préparés avec tant de soin. Ils riaient entre chaque gorgée de vodka et échangeaient des baisers passionnés.

– J'arrête, soupira Eva, rassasiée. Sinon, je vais grossir et tu ne voudras plus de moi !

– Petite colombe ! J'aime te voir manger. Cela prouve que tu as de la force, du caractère. Que tu es une vraie femme !

Elle lui sourit avec une grimace qui les fit éclater de rire tous les deux.

– Eva, je suis merveilleusement bien avec toi, dit Piotr d'une voix soudain sérieuse. Tu es une femme formidable. Et je ne connais même pas ton âge. En fait, je me rends compte que je ne sais rien de toi. Comment es-tu devenue journaliste ? Pourquoi t'es-tu intéressée à notre pays ?

– Une seconde, mon cher. Tu poses trop de questions en même temps. Commençons par l'âge.

– Vingt-cinq ans ?

– Vingt-huit ! Et toi quarante-quatre, donc seize ans de plus que moi. Est-ce convenable pour un couple ? Dix ans de différence d'âge, c'est le maximum, non ?

Piotr voulut dire quelque chose, mais elle lui coupa la parole et commença à lui raconter sa « vie ». Le russe, elle l'avait appris à San Diego et perfectionné au cours de ses quelques voyages en URSS. Elle avait découvert et aimé la Russie à la lecture des grands romanciers du XIXe siècle, puis elle s'était passionnée pour l'Union soviétique que Gorchkov, depuis 1985, essayait de tirer de l'ornière. C'est tout naturellement qu'elle était devenue journaliste, grâce à sa connaissance de la langue et de la culture russes, à un moment où la presse occidentale, à cause de la perestroïka, cherchait des spécialistes. En 1992, elle avait même publié un livre intitulé *Gorchkov et la Grande Illusion*.

– Tu n'y crois toujours pas ?

– Pas une seconde, je suis désolée.

Piotr lui fit signe de continuer. Elle but une gorgée et poursuivit :

– On ne peut pas changer la nature et l'histoire humaines. Quand on étudie les dictatures, on constate qu'elles ont toutes fini de la même manière. Le scénario ne change pas : un régime dictatorial s'installe au pouvoir, il massacre des milliers d'opposants, il instaure la terreur. Un jour, le dictateur, pressé par les événements, les résistances, l'échec de sa politique économique notamment, est contraint de faire des concessions. C'est généralement le début de la fin. Une fois le processus déclenché, il ne peut plus l'arrêter. Pourquoi ? Tout simplement parce que les gens, habitués à la terreur et à la privation, considèrent les concessions comme un signe de faiblesse. Ils veulent tout, tout de suite, tout ce dont on les a privés pendant si longtemps, et c'est le début de l'anarchie, le commencement de la fin ! Classique, humain, banal. Voilà pourquoi, et c'était la thèse de mon livre, je ne crois pas à la « révolution Gorchkov ». D'ailleurs, les événements confirment la banalité de mes propos.

Piotr l'écoutait attentivement. Malgré ses brillantes études à la fameuse école de guerre de Moscou, malgré sa science des questions stratégiques et militaires, il lui manquait cette dimension intellectuelle, cette certitude qui émanaient d'Eva. En prison, il avait eu le loisir d'ingurgiter des dizaines de livres, dans les domaines de l'histoire et de l'économie. Il avait compris alors l'utopie du système soviétique et l'avait haï de toutes ses forces. Quand Gorchkov était arrivé au pouvoir, il avait eu un immense espoir : celui de voir son pays devenir une nation moderne, libre, humaine. Aujourd'hui encore, il avait confiance en Gorchkov, mais il devait reconnaître qu'Eva n'avait pas tort. Alors, il lui posa la question qui l'avait tant préoccupé :

– Eva, tu as dis une chose à Leningrad : si je perds, tu es perdue, et si je gagne, tu es aussi perdue... Explique-toi.

– J'ai voulu te faire comprendre que, si tu fais de moi ta femme, moi l'étrangère, la Française, tu ne seras pas crédible, et cela te perdra... tôt ou tard...

Piotr, l'air pensif, lui demanda pourquoi elle lui avait dit qu'il avait sauvé des vies...

– J'ai eu une vision quand je te parlais. Je suis incapable de te préciser quand et comment, mais ça se voit sur toi. Souviens-toi, je t'ai dit une fois, au début, comment dire... que tu étais attirant. C'est parce que quelque chose en toi m'attire comme un aimant... Depuis que je t'ai rencontré, ce que tu pourrais appeler mon sixième sens s'est considérablement renforcé.

Elle fit une pause et reprit :

– Je vais partir, Piotr, il le faut...

Piotr resta silencieux, le visage figé. La sonnerie du téléphone retentit dans la maison. Il ne bougea pas. Après dix longues sonneries, le silence retomba. Eva fixait son verre vide et évitait de croiser son regard. Piotr se leva de table et prit un cigare dans sa veste d'uniforme, accrochée à une chaise. Il l'alluma et revint s'asseoir avec un verre de cognac.

– Ma petite Eva, tu n'as rien compris du tout. Moi, j'ai tout compris, toi rien.

Il but une gorgée de son cognac et tira une bouffée. Eva eut brusquement envie d'une cigarette. Mais elle avait cessé de fumer avant de venir à Moscou. Cela ne correspondait pas à son image de femme sportive et saine...

– Qu'est-ce que je n'ai pas compris ?

Piotr garda le silence. « A quoi pense-t-il ? » se demanda Eva. Son côté imprévisible, slave, lui échappait par moments. Elle savait que les Russes étaient imbattables dans les allusions, les propos indirects, les arrière-pensées. Des décennies, voire des siècles de dictature les avaient rendus maîtres en la matière. Ils étaient tous des *doïbniki*, des êtres doubles, comme le montrait Pilniak, le romancier qu'elle avait découvert pendant son entraînement.

Un doute traversa son esprit. Que savait-il au fond ? Le KGB l'avait-il informé qu'une jeune femme, correspondant à celle qu'il recherchait, avait perdu une montre très sophistiquée ? Elle avait tenté d'oublier momentanément le KGB. En vain. Il fallait agir, elle pourrait être obligée d'abandonner... Piotr posa son cigare.

– Si je gagne, mais quoi ? dit-il enfin.

La question qu'elle attendait et craignait en même temps la soulagea.

– Tu gagneras, il le faut. Pour empêcher la tyrannie, une nouvelle dictature...

– C'est vague...

– Ne m'en demande pas plus. Je te dis ce que je ressens très fortement au moment où ça arrive. Ce n'est pas moi qui parle, je ne contrôle pas ces visions. Elles sont peut-être confuses. Je m'exprime peut-être mal. Mais une chose est certaine : des gens, dont tes principaux rivaux, et tu en as beaucoup, préparent ce retour à la dictature. Et, toi, si tu ne bouges pas, tu seras leur première victime. Je sais maintenant que Dieu m'a mise sur ton chemin pour t'avertir, te donner la possibilité de choisir ta voie... J'en suis convaincue au plus profond de moi-même. C'est pour cela que je dois partir maintenant.

Piotr reprit son cigare et se laissa aller contre le dossier de sa chaise. Il souriait.

– Ma mère a toujours cru aux voyantes. Je crois que tu en es une. Tu l'as déjà prouvé... Et je crois ce que tu dis. Je ne sais pas pourquoi, mais j'y crois, même si je ne crois pas en Dieu, comme toi.

– Si, si, tu crois en Dieu. Beaucoup plus que tu ne le penses. Tu es un homme de foi. Ta conduite est celle d'un croyant. Quand on croit à la dignité humaine, à son prochain, quand on fait preuve d'humanité, alors on est un croyant. Croire en l'homme et ne pas le rabaisser, c'est l'essentiel de la croyance. Le reste n'est que littérature!

– Soit. Mais tu n'as pas tout compris. Non seulement tu ne partiras pas, non seulement tu deviendras bientôt ma femme, très bientôt...

Il observa une pause, les yeux dans le vague, et murmura, rêveur :

– Mais tu seras aussi la mère de mes enfants... Dieu l'a voulu ainsi.

Eva arriva à l'Agence dè presse européenne le 1er février au matin. Les quatre collaborateurs, deux femmes et deux hommes, l'accueillirent avec un plaisir mitigé. Elle était la plus jeune du groupe, mais cela ne lui poserait pas de problèmes d'autorité insurmontables. Le fait d'être la seule Française, en revanche, ne contribuerait pas, elle le savait, à faciliter la coexistence. Bruno, l'Italien, avait l'air plutôt sympathique. La quarantaine, un petit ventre bombé, des petits yeux noirs, le front dégarni... Elle pensa en le voyant qu'il n'avait pas fait une minute de sport dans sa vie. Martine, la Belge, trente-deux ans, aussi grande qu'Eva, avec de longs cheveux noirs et de grands yeux noirs magnifiques, s'occupait surtout d'économie. Pia, la Danoise, une ravissante petite blonde aux yeux marron qui devait avoir dans les vingt-cinq ans, était chargée de la culture. Mais c'est la froideur et l'indifférence hautaine de l'Anglais, David, qu'elle remarqua en premier. Quand elle voulut lui serrer la main, il la laissa trois secondes, main tendue, pendant qu'il finissait de lire un articl . Trente-six ans, beau garçon, vêtu comme un banquier de la City, il avait des ongles douteux, ce qu'elle détestait chez les hommes. Elle sentit qu'elle aurait du mal à s'entendre avec lui.

Dix minutes plus tard, elle les convoqua dans son bureau. On évoqua tous les sujets chauds, un par un, à commencer par les attentats. Le bilan s'élevait à treize morts, tous miliciens, et c'étaient toujours les mêmes revendications pro-islamiques. Une bombe placée dans le parking de l'aéroport de Cheremietovo avait, la veille encore, provoqué des dégâts estimés à plusieurs millions de roubles, mais n'avait pas fait de victimes. L'Azerbaïdjan était l'autre sujet à l'ordre du jour. Depuis le début de la révolte, le chiffre des victimes demeurait incertain. On parlait de cinq mille morts, bien qu'officiellement la *Pravda* n'en annonçât que deux cent cinquante. Les journalistes étrangers, qui avaient interdiction de se rendre sur place, en étaient réduits à se contenter des rumeurs invérifiables transmises par des opposants locaux et des informations de la *Pravda* ou de l'agence Tass... Bruno proposa de faire une longue dépêche sur le leader du mouvement Pamiat qui venait d'être arrêté et sur les protestations populaires qui avaient suivi. Eva accepta et chargea David de rédiger un papier sur les causes du succès de ce mouvement fasciste et antisémite auprès des Russes. Il accepta du bout des lèvres. En dehors de l'URSS, la Pologne vivait toujours dans le chaos. Quant aux Allemands de l'Est, ils ne pensaient plus qu'à la réunification, précisa Martine.

Assise face à la fenêtre, Eva écoutait, prenait des notes, posait des questions. Pour marquer son autorité, elle avait d'emblée interdit le tabac dans son bureau. David, le seul fumeur de l'agence, n'avait pas apprécié : il joua nerveusement avec son paquet de Players jusqu'à la fin de la réunion. Elle préféra l'ignorer.

Malgré ses efforts, ses pensées vagabondaient. Rentrée la veille en avion, elle avait retrouvé sa voiture, comme Piotr le lui avait promis, dans la cour de son immeuble et les clés dans sa boîte aux lettres. Piotr l'avait prévenue en la quittant qu'il ne pourrait pas l'appeler avant son retour à Moscou, dans trois ou quatre jours. Cela lui laissait le temps de réfléchir. De retour chez elle, elle eut le sentiment qu'on avait visité son appartement en son absence. Le rapide contrôle de micro, bien que négatif, ne la rassura pas. Convaincue que le KGB menait une enquête sur son compte, elle imaginait bien que l'avenir lui réservait quelques surprises et que la protection d'un général comme Karstov ne lui serait d'aucune utilité. Au contraire. Dans cette période où le régime craquait de toutes parts, personne n'était à l'abri. Elle devrait se protéger seule et déjouer les pièges que le contre-espionnage soviétique lui tendrait tôt ou tard, soit pour la démasquer, soit pour faire tomber Karstov. Il était donc urgent de prendre des mesures. Elle regarda attentivement Martine.

Elle lui ressemblait. Dans la nuit, personne ne pourrait distinguer leurs deux silhouettes...

Après la réunion, elle consulta le dossier de la jeune femme, puis composa son numéro de poste pour l'inviter à déjeuner. Martine accepta sur-le-champ.

Elle jeta un coup d'œil à sa montre achetée à Leningrad : 11 h 45. Elle sortit de son sac une carte postale du Kremlin et écrivit à son amie Ulla, de Nice. C'était sa dixième carte depuis son arrivée à Moscou, mais c'était la première fois qu'elle écrivait que son « fiancé était jaloux et qu'il voulait un enfant »!

La sonnerie du téléphone la surprit alors qu'elle timbrait la carte avant de la ranger à l'intérieur de son sac. C'était Olga, la femme de Karstov.

– Chère amie, comment vous portez-vous? Je vous ai appelée plusieurs fois. Êtes-vous convenablement installée?

– Olga, quelle surprise!

– Venez dîner ce soir. Mon général d'époux n'est pas là en ce moment...

– Je suis désolée, Olga. Je viens juste de commencer mon job et je n'ai pas une minute à moi.

– Ne refusez pas, Eva, je vous en prie. Nous devons parler toutes les deux... de Piotr, notamment. J'aurais tant de plaisir à vous revoir.

Eva sentit son cœur lui manquer. Elle avait coincé le combiné entre la tête et l'épaule. Depuis un moment, elle observait par la fenêtre une jeune femme blonde qui semblait faire les cent pas sur le trottoir devant l'agence. Intriguée, elle se leva et l'observa plus attentivement.

A sa façon de marcher de long en large, ce pouvait être aussi bien une prostituée qu'une amoureuse attendant son rendez-vous. De son bureau du troisième étage, elle ne discernait pas son profil.

– Eva? Je ne vous entends plus. Allô?

– Excusez-moi, on m'a apporté une lettre à signer.

– Alors, d'accord pour ce soir chez moi à 8 heures. Vous vous rappelez où c'est, n'est-ce pas? A ce soir.

Elle raccrocha sans laisser à Eva le temps de répondre. Celle-ci reposa le combiné en soupirant. Soudain, un frisson glacé la parcourut. Malgré la distance, elle venait de reconnaître la blonde qui avait tourné son visage vers les fenêtres de l'agence : c'était la vendeuse de la boutique du Hilton où elle avait acheté son manteau.

Les mains tremblantes, Eva s'effondra dans son fauteuil. Que venait-elle faire ici, cette fille, ci ce n'était pour elle, Eva ? Pas de doute possible : le KGB avait bel et bien retrouvé sa trace. « Ne t'affole pas », pensa-t-elle. Elle prit une profonde inspiration pour lutter contre l'angoisse qui l'envahissait. Pourquoi utilisaient-ils cette vendeuse, sinon pour l'identifier ? Cela signifiait qu'ils ne disposaient pas d'éléments sûrs et que son portrait-robot était incomplet. Quelques instants plus tard, Martine vint la chercher pour déjeuner.

– Où va-t-on ? demanda Eva en souriant.

– Je vous emmène chez Pierre, dans la rue de l'Arbat. Vous ne le connaissez pas encore, j'espère.

– Non, c'est une très bonne idée... Vous avez un manteau ravissant, Martine, fit-elle en se levant. C'est tout à fait ce qu'il me faut.

– Vous voulez l'essayer ? proposa la Belge. Le vôtre n'est pas mal non plus.

– On échange, alors, pour voir ? Le temps de sortir, seulement !

Elles se mirent à rire et s'apprêtaient à partir quand Eva s'arrêta net.

– Zut, j'ai oublié de passer un coup de fil important. Allez-y. Je vous rejoins dehors dans dix minutes. Cela ne vous dérange pas ? Vous êtes adorable.

– Je peux vous attendre...

– Non, non, allez-y, marchez, il fait beau. Je vous rattraperai avant que vous ayez atteint le restaurant.

Martine disparut et Eva se plaça devant la fenêtre. Deux minutes plus tard, Martine sortit de l'immeuble. La fille du Hilton la vit, et reconnut sans doute le manteau, car elle passa à côté d'elle, en faisant semblant de regarder l'heure. Puis elle attendit qu'elle atteigne l'angle de la rue et se mit à la suivre. Sans perdre une seconde, Eva se précipita dans l'escalier. Avant de sortir, elle jeta un coup d'œil attentif autour d'elle et prit la même direction. Martine marchait lentement et s'arrêtait par moments devant une boutique. La jeune femme l'imitait avec maladresse. « Ce n'est pas une professionnelle », jugea Eva, qui espérait de toute son âme que la Russe ne fût pas elle-même surveillée par un homme du KGB. En tout cas, cela confirmait ses craintes : ils l'avaient repérée, et, à l'évidence, ceux qui étaient à ses trousses devaient enquêter sur le milicien qu'elle avait tué, le soir du

26 décembre, et non sur la maîtresse d'un général pro-gorchkovien. Elle n'avait plus qu'à prier pour que les différents services ne fassent pas le lien entre cette affaire et les recherches entreprises par Karstov quand elle s'était stupidement enfuie à Leningrad. Elle vit bientôt Martine entrer dans le restaurant. La vendeuse hésita un instant, puis se dirigea vers une cabine téléphonique et se planta derrière un vieil homme qui attendait son tour. À cent mètres de là, Eva observait, immobile. Elle la vit parler avec animation et en déduisit qu'elle venait de prévenir son supérieur ou son « traitant ». Une minute plus tard, elle ressortait et entrait dans le restaurant. Eva entra à son tour dans la cabine téléphonique et composa le numéro du restaurant que Martine lui avait noté sur un papier avant de partir. Elle demanda à parler à Martine Dumoulin, et la décrivit à son interlocuteur.

Après quelques instants au cours desquels elle perçut l'animation qui régnait à l'intérieur, elle entendit la voix de Martine.

– Allô, Martine ? C'est moi, Eva. Je suis désolée, je ne pourrai pas vous rejoindre, j'ai un contretemps de dernière minute. Je vous expliquerai plus tard. Vous ne m'en voulez pas ?

– Ce n'est pas grave, je comprends... Mais... vous avez bien demandé Martine Dumoulin ?

– Non, j'ai demandé Martine de la part de Dumoulin, pourquoi ?

– Le serveur a crié Martine Dumoulin et ça m'a troublée.

– A tout à l'heure, Martine, je vous embrasse.

Elle raccrocha, gagna le trottoir en face du restaurant et se mêla à la foule. Autour d'elle, des Moscovites mangeaient des sandwichs, lisaient, jouaient aux échecs, bavardaient ou flânaient par petits groupes. Des touristes s'entassaient devant le numéro 9 de la place – la maison où habitait Dostoïevski – ou devant le 14, ancienne demeure de Tchaïkovski et de Rubinstein. Elle s'approcha d'un groupe de touristes italiens. Le guide, une jeune étudiante, expliquait avec passion que la place de l'Arbat avait vu passer les hordes tartares du Khan Mehmed en 1439, le retour d'Ivan le Terrible après la victoire de Novgorod, le retrait des armées polonaises en 1812. Affamée, Eva s'acheta une pizza chez un marchant ambulant sans quitter le restaurant du regard, et s'assit sur un banc à une dizaine de mètres de l'église Saint-Nicolas-Révélé. La file d'attente commençait à s'allonger devant chez Pierre. Un homme, revêtu d'un gros pardessus gris et coiffé d'une chapka marron, malgré les insultes, passa devant tout le monde. Eva grignota sa pizza et se tint aux aguets pendant une demi-heure qui lui parut une éternité. Enfin Martine sortit du restaurant. Eva, tous ses sens en alerte, l'observait en se dissimulant du mieux qu'elle pouvait. Quelques secondes plus tard, la vendeuse du Hilton sortit à son tour, suivie par l'homme au pardessus. Ils échangèrent un signe discret et s'éloignèrent chacun de son côté. Eva hésita une seconde, puis emboîta le pas à l'homme, à distance respectable. Au bout de l'Arbat, il prit le passage souterrain qui débouchait sur le boulevard Souvorov. Il marchait d'un pas rapide. Il sortit du souterrain et passa la Maison des Journalistes où Maïakovski, Essenine et Alexandre Blok avaient usé leur fond de culotte et s'arrêta devant la maison où Gogol avait habité. C'est là, au numéro 7, qu'il avait écrit *Le Revizor* et c'est là aussi que l'auteur, dans un moment de dépression, le 12 février 1852, avait brûlé le second tome des *Ames mortes*, avant de mourir. Eva savait, sans jamais l'avoir vue, qu'une statue de lui se dressait dans la cour. L'homme s'arrêta un instant, comme s'il voulait revenir sur ses pas, contourna le groupe de touristes et fit quelques pas en direction d'une Volga noire garée devant le 13. Le gyrophare sur le toit l'alerta aussitôt, et elle enregistra le numéro du véhicule sur le dos de son carnet.

Elle jeta un coup d'œil au visage de l'homme au moment où il démarrait. Elle aurait volontiers sauté dans un taxi. Mais comment dire à un chauffeur moscovite : « Suivez cette Volga avec gyrophare » ? Elle jura entre ses dents, et décida de rentrer à pied à l'agence, rue Razina, à deux kilomètres de l'Arbat, de l'autre côté de la place Rouge. En marchant, elle sentit l'angoisse se nouer au creux de son ventre. Des pensées alarmantes la torturaient. Elle gravit rapidement l'escalier et alla droit dans son bureau. Puis elle appela Bruno et lui dit qu'elle devait se rendre au ministère des Affaires étrangères pour retirer son accréditation.

– Mais tu l'as déjà reçue !

– Ils se sont trompés. Je dois la faire rectifier...

– Tu auras le temps de faire ton commentaire pour 19 heures ?

– Je crains que non. Tu peux le faire à ma place, Bruno ? Vraiment, cela me rendrait service.

– Sans problème, tu peux me faire confiance.

– Merci. Pour la peine, je t'inviterai à dîner la semaine prochaine. D'accord ?

Bruno lui fit un clin d'œil et disparut en sifflant.

Eva renfila son manteau, jeta un regard par la fenêtre, sortit et sauta dans le premier taxi qui se présenta. Le chauffeur était du genre bavard, mais sympathique. Ils discutèrent de l'hiver rude, des attentats qui avaient transformé la ville en camp retranché. Partout, on voyait des troupes du MVD patrouiller dans leurs blindés légers.

Le taxi la déposa au bout de la rue Kaliaïevski. Elle paya, entra dans un immeuble, mais en ressortit un minute plus tard quand elle fut certaine que personne ne l'avait suivie et que le taxi avait disparu. Elle descendit alors jusqu'à son immeuble, rue Tchekhova.

Il lui fallait réfléchir avant d'agir. Et surtout se préparer à revoir Olga le soir même. Était-elle au courant de sa liaison avec Piotr ? Aucun doute. Si le patron du KGB était bien son amant, comme Washington le prétendait, il y avait de fortes chances pour qu'il eût appris qu'une « journaliste occidentale » avait passé quelques jours en zone interdite, en Azerbaïdjan, avec le général Karstov. Dans ce cas, il n'avait pas dû se priver du plaisir d'en informer sa maîtresse...

Qu'allait-elle dire à Olga ? Piotr avait-il parlé à sa femme ? Il lui avait juré que non. Que voulait-elle au juste ? L'engrenage dans lequel elle s'était laissé prendre, alors qu'elle avait si bien commencé sa mission, lui sembla soudain impossible à stopper. Elle s'en voulut d'avoir réagi davantage en femme qu'en agent depuis deux semaines. Ses pensées s'embrouillaient. Elle perdait le contrôle de la situation. Pourtant, elle n'avait pas le choix. Elle devait continuer. La seule idée de son échec et des explications qu'elle devrait donner à ses supérieurs la dissuada de tout abandon. Jamais elle ne pourrait les affronter ni être jugée sur cette déroute. Quand le souvenir de ce qu'elle avait enduré – et surtout cette transformation de sa personne – traversa son esprit, elle recouvra un certain courage. Elle se planta devant le miroir de l'entrée, comme si elle voulait puiser des forces dans la Dahlia qu'elle avait été naguère, et qui vivait encore au plus secret de son reflet...

C'était l'heure où les magasins, même ceux réservés aux étrangers, fermaient. La vendeuse sortit du Hilton et se dirigea vers la station Kalininskaïa. Eva, vêtue d'un jean, d'une paire de jogging, d'un blouson de cuir doublé de fourrure, la tête enfouie dans une chapka, la suivit à distance. Avec son physique d'étudiante, ses lunettes rondes cerclées d'or, elle était méconnaissable. Elle s'installa à l'autre bout du wagon et la surveilla du coin de l'œil. Dix minutes plus tard, la vendeuse descendait à la station Iougo Zapadnaïa. Dans les couloirs de marbre brillamment éclairés, elle marcha vers la sortie.

Il était 19 h 20. Elle suivit l'avenue et tourna à droite dans une rue obscure. Quelques instants plus tard, elle entrait dans un immeuble. Restée dehors, Eva compta cinq étages et attendit, priant pour que l'appartement de la fille donnât sur la rue. La lumière du cinquième étage s'alluma peu après. Eva examina quelques secondes les environs et pénétra à son tour dans l'immeuble. Sans allumer la lumière, elle prit l'ascenseur et appuya sur le cinq. Elle se sentait étrangement calme. Arrivée à l'étage, elle hésita un instant devant les trois portes, et opta pour celle de droite, celle qui logiquement devait correspondre à l'emplacement des fenêtres. Elle sonna, un sourire déjà affiché sur son visage. La porte s'ouvrit, et elle reconnut la vendeuse en peignoir. D'une voix aimable, elle lui demanda en russe si elle était bien chez Georgui Aitmatov.

– Ce n'est pas ici...

– Il m'avait pourtant dit... J'ai dû me tromper, excusez-moi. Vous avez le téléphone ? Cela me rendrait service si...

– Bien sûr, entrez.

– Merci mille fois. Ah ! les hommes, vous savez !

Eva lui adressa un sourire complice.

La vendeuse lui indiqua le téléphone et s'excusa. Elle devait prendre sa douche et ressortir, elle avait un rendez-vous.

– Vous êtes russe ? Vous avez un petit accent, demanda-t-elle avant d'entrer dans la salle de bains.

– Ma mère est russe, mon père est polonais.

Eva s'installa devant le téléphone sans le décrocher. La

fille referma la porte derrière elle. Elle attendit un instant, guettant le bruit de l'eau, puis se dirigea sans bruit vers la porte, qu'elle entrouvrit doucement. La Russe lui tournait le dos. Alors, Eva bondit et tira brusquement le rideau. Effrayée, la fille n'eut pas le temps de crier : un coup terrible sur la gorge venait de lui couper le souffle. Elle s'effondra sans un bruit. Eva coupa l'eau en fermant les robinets avec une serviette pour ne pas laisser d'empreintes, puis entoura le cou de la fille de ses deux mains et serra de toutes ses forces. Le visage de la vendeuse devint rouge et vira au bleu.

Sans un frémissement, Eva la laissa retomber dans le bac de la douche, s'assura que le cœur avait bien cessé de battre et sortit de la salle de bains. Elle décrocha le téléphone sans le toucher des mains, éteignit la lumière avec son coude et partit sans bruit.

Rentrée chez elle, elle se changea et se maquilla légèrement, puis se rendit chez Olga Karstov, qui l'accueillit avec une chaleur démonstrative.

– Très chère Eva, quelle joie de vous revoir ! Pardonnez-moi d'avoir été un peu sèche au téléphone, mais il fallait que je vous parle.

Elle la débarrassa de son manteau et lui proposa une coupe de champagne. Eva avait plutôt envie d'un whisky bien tassé, mais elle accepta avec un sourire. Elle essayait de masquer son trouble et son embarras du mieux qu'elle pouvait, et ne savait trop que dire.

– J'aime votre maison, dit-elle d'une voix neutre.

– Merci. C'est moi qui me suis chargée de la décoration.

Olga la dévisageait discrètement, sans savoir non plus par quel bout commencer.

Eva s'attendait au pire. Sa main droite trembla un moment, et elle s'empressa de poser son verre. Olga la fixait droit dans les yeux. Eva faillit les baisser, mais elle releva le défi. C'est Olga qui capitula la première.

– Eva, j'ai appris certaines choses et je voudrais qu'on en parle.

Eva ne broncha pas. Elle reprit son verre, avala une gorgée et attendit la suite.

– Mon mari a demandé le divorce. Depuis quelque

temps, il n'est plus le même. Je ne l'ai quasiment pas vu depuis un mois. Il ne téléphone que rarement et trouve toujours mille raisons – d'État, évidemment ! – pour ne pas rentrer à Moscou... Vous savez sans doute qu'il est en Azerbaïdjan ?

Eva approuva d'un signe de tête.

– Vous aussi, vous m'évitez, poursuivit Olga. Je vous ai appelée plusieurs fois, j'ai laissé des messages...

– Je suis débordée, il ne faut pas m'en vouloir. Laissez-moi le temps de m'acclimater.

– Je vous ai téléphoné parce que j'ai besoin d'aide. Vous êtes française, vous pouvez me comprendre... En fait, je n'ai pas d'amies. Elles sont toutes idiotes. Vous, je vous aime bien, je ne sais pas pourquoi. J'ai confiance en vous. Ce n'est pas tellement le divorce qui me peine. Chez nous, les divorces se font aussi rapidement que les mariages. On dit même que nous battons tous les records en la matière. Vous avez un ami ?

Eva fit non de la tête. Elle aurait donné un an de salaire pour comprendre le jeu d'Olga. Elles passèrent à table. Olga avait préparé un repas léger. Eva avait le ventre vide, mais aucun appétit. Elle était trop tendue, et l'image de la vendeuse s'effondrant les yeux grands ouverts ne quittait pas son esprit. Elle grignota quelques zakouski et but un grand verre d'eau pour se calmer.

Demander à Olga où elle voulait en venir ? Elle brûlait de lui poser cette question et d'en finir.

– En fait, reprit la Russe, je n'aime pas mon mari. Quand je l'ai vu la première fois, j'ai eu le coup de foudre. Mais pas lui, je crois. Il m'a épousée plus par... convenance que par amour. Cela a été une grande déception pour moi quand je m'en suis rendu compte. J'étais plus une potiche qu'une femme. Alors... j'ai pris un amant...

Eva sourit.

– Vous me comprenez, n'est-ce pas ? On dit que toutes les Françaises ont des amants, c'est vrai ?

– Non ! Pas toutes. C'est un mythe ! répondit Eva en grimaçant un sourire.

– Nous allons divorcer... à l'amiable. C'est décidé. Juste une formalité... Mais j'aurais aimé qu'il soit heureux... Moi, je n'ai pas réussi et lui non plus... Il veut des enfants, et moi j'ai horreur de ça. Les langes, les pleurs la nuit, les maladies, c'est de l'esclavage, vous ne pensez pas ? Vous n'avez pas d'ami ? Pourquoi ?

– C'est comme ça. Je n'ai pas trouvé l'homme idéal, sans doute.
– Une beauté comme vous? Pourtant, vous devez être très courtisée!
– Rarement par des hommes qui m'attirent...
– Que pensez-vous de mon mari? Je veux dire, comment le trouvez-vous?
– Je ne sais comment dire... Il est bel homme et plutôt sympathique.
Cette fois, Eva se servit un verre de vodka et le vida d'un trait. Sa main tremblait un peu et la bouteille glissa de sa main. Elle s'excusa :
– Je suis morte de fatigue... Il est temps que j'aille dormir.
– Je comprends, dit Olga en se levant à son tour.
En la raccompagnant jusqu'à la porte, elle lui prit le bras, comme à une vieille amie.
– Puis-je vous demander un service? demanda-t-elle sans la quitter des yeux. Un énorme service. Si vous refusez, je ne vous en voudrai pas.
Eva ne chercha pas à comprendre de quoi il s'agissait. Elle n'en avait plus la force et se contenta de soutenir son regard sans ciller.
– Quand vous êtes venue dîner ici, il y a un mois, Piotr m'a avoué après votre départ qu'il vous trouvait... charmante. Il n'a jamais parlé ainsi à propos d'une de mes amies. Mais vous! Vous l'avez vraiment séduit. Je ne sais pas ce que vous lui avez dit avant de partir, mais je crois qu'il serait heureux de vous revoir...
Eva savait que les Soviétiques étaient les maîtres de la langue de bois, mais elle resta de marbre.
– Je voudrais... j'aurais aimé que... Enfin... vous comprenez?
Eva retint son souffle. Cette femme était diabolique.
– Vous me demandez de coucher avec votre mari, c'est cela?
– Non, Eva, d'être sa compagne seulement, son amie...
– Je vous aurais volontiers rendu ce service, réponditelle d'un ton glacé, mais ici je suis une étrangère. Et, franchement, je me vois mal sortir avec un général soviétique dans ma situation. Je ne tiens pas à perdre mon job!
– Mon amant est un homme important! Il ne vous arrivera rien, je lui en parlerai. Je vous en prie. Vous ne risquez rien.

– C'est de la folie, Olga! Je ne peux rien pour vous dans ce domaine. J'espère simplement que vous ne m'en voudrez pas. Au revoir.

Elle referma la porte derrière elle.

Dans la rue, elle se laissa gagner par un rire nerveux qui la libéra des tensions accumulées. Cette situation était grotesque. Elle n'en pouvait plus de cette vie démente. Elle avait présumé de ses forces. Eux aussi, là-bas, dans leurs bureaux confortables! Elle prit le premier taxi qui passait.

La sonnerie du téléphone la tira du sommeil sans rêve dans lequel, à peine couchée, elle avait sombré. Il était 2 heures du matin. Elle reconnut aussitôt la voix de Piotr Karstov. Il lui annonçait son retour, le lendemain. Il lui demanda où elle avait dîné.

– Chez toi. Avec ta femme, figure-toi.

– Ça s'est bien passé? Qu'est-ce qu'elle te voulait?

– Rien de méchant. Juste me demander un petit service.

– Quel genre?

– Que je devienne ta maîtresse.

Il éclata de rire.

– Ce n'est pas drôle! s'emporta Eva. Elle est machiavélique!

– Et qu'est-ce que tu as répondu?

– Que c'était hors de question, évidemment.

– Tu es formidable! Je t'aime. J'ai hâte de te serrer dans mes bras. Demain, d'accord. On se verra sans doute à la conférence de presse du Président. J'y serai également.

– Quelle conférence?

– Elle sera annoncée demain matin. Dors maintenant, ma colombe.

Il raccrocha. Peu après, elle replongeait dans le sommeil.

Enfermé dans son bureau, l'inspecteur Boris Plioutch essayait de comprendre. La mort par étranglement de sa vendeuse l'avait anéanti. Un sentiment de culpabilité l'avait empêché de fermer les yeux toute la nuit. Lui-même avait découvert le corps, la veille.

Il avait rendez-vous avec la jeune femme à 8 heures du soir au café Bouratino, dans la rue de l'Arbat, mais, avant de s'y rendre, il avait téléphoné, pris d'un vague doute. On ne savait jamais avec ce genre de femme. Le téléphone sonnait occupé. Au café, il avait encore essayé de la joindre, mais en vain. Une demi-heure plus tard, il déclenchait la sirène et le gyrophare de sa voiture, se ruait chez elle et défonçait la porte de l'appartement.

Le rapport provisoire du médecin légiste avec qui il était resté jusqu'à 3 heures du matin en salle d'autopsie à Petrovka concluait à la strangulation, et il ajoutait qu'il ne pouvait s'agir que d'un homme. La fille était morte en moins d'une minute; l'assassin avait appuyé sur le point le plus faible de la trachée artère, ainsi que l'aurait fait un spécialiste des arts martiaux. Et elle était déjà probablement morte après le coup reçu sur la pomme d'Adam, assené avec une violence rare. Le meurtre avait eu lieu entre 18 et 20 heures. Mais Plioutch n'avait trouvé aucun indice, aucune empreinte. Un vrai travail de professionnel, rapide et efficace.

Jamais, au cours d'une carrière où il avait éclairci les meurtres les plus mystérieux, l'inspecteur ne s'était senti aussi désemparé.

Qui pouvait être l'assassin? Un amant jaloux? Un

maniaque sexuel ? Mais, selon le légiste, il n'y avait pas trace de viol. Un ancien d'Afghanistan ? Ils étaient quasiment les seuls à pratiquer le karaté, rigoureusement interdit en URSS. Afghan était synonyme de trafic, de devise, de drogue. La fille était-elle mêlée à une affaire de ce genre ? Non, elle devait préférer faire quelques passes avec des touristes, cela rapportait plus et c'était sans danger...

Les questions assaillaient Plioutch. Il n'avait jamais eu affaire à un tel meurtre et son expérience ne lui était d'aucun secours. Il essaya de reconstituer la scène : la victime sort de son travail, elle est suivie jusqu'à son appartement. L'assassin monte avec elle dans l'ascenseur, fait semblant de chercher un nom devant l'une des deux portes pendant qu'elle ouvre la sienne. Il se précipite sur elle, lui met la main sur la bouche, ou la menace d'un pistolet. Puis il la tue. Mais pour quelle raison ? Et pourquoi cette mise en scène ? Pourquoi l'a-t-on trouvée nue dans la douche ? Cela ne collait pas. La vendeuse n'avait pas d'ennemis, semblait-il. Elle était seulement un peu frivole. On ne se faisait pas tuer pour ça, même dans cette ville de fous. Et certainement pas par un Russe. La quasi-totalité des assassinats à Moscou, et Plioutch le savait mieux que quiconque, étaient des crimes passionnels ou dus à l'alcool. Et il y avait toujours un indice, une trace, des empreintes, du sang, des témoins qui avaient entendu un bruit, aperçu une silhouette... Là, rien. Avant de s'enfermer dans son bureau, il donna des instructions à ses meilleurs inspecteurs. Mais il le fit sans conviction ni espoir. Car, pour lui, une chose était certaine : la mort de la petite avait un lien direct avec son « affaire ». Et il était décidé à savoir lequel. Depuis que son ami du KGB lui avait parlé de cette Eva Dumoulin, il s'était intéressé à elle. Sans trop savoir pourquoi. Par intuition, ou à cause de la fossette. La date de son arrivée à Moscou correspondait à celle de l'agression et à la mort de Sokolov. Il avait essayé de visiter son appartement en son absence, mais le système d'alarme sophistiqué dont sa porte était munie l'en avait dissuadé. Il avait demandé qu'elle soit mise sur table d'écoute, mais on lui avait répondu qu'elle l'était déjà ! Sa vendeuse avait fait le « guet » devant chez elle et devant son bureau pendant trois jours. Le quatrième jour, le jour du crime, elle avait reconnu le manteau...

Dans le restaurant, elle avait vérifié avec lui l'étiquette

du manteau au vestiaire : c'était bien celui qu'elle avait vendu. Ils avaient observé l'étrangère, mais Martine n'avait pas de fossette. L'appel du serveur, demandant une certaine Martine Dumoulin, l'avait troublé. La vendeuse était convaincue qu'il s'agissait de sa cliente, mais Plioutch en doutait. Grâce à son ami du KGB, il avait pu consulter le dossier d'Eva Dumoulin. Martine n'était pas la fille de la photo. Il était sorti de chez Pierre décontenancé et, plus tard, avait appelé sa vendeuse, Natacha, pour lui fixer rendez-vous à 20 heures.

Tout l'après-midi, il avait tenté de comprendre pourquoi elle l'avait confondue avec Eva. Celle-ci, comme il venait de l'apprendre, était rentrée la veille. D'où ? Mystère. Elle avait quitté son hôtel, à Leningrad, le 26 janvier. Entre-temps, il n'avait pas retrouvé sa trace. Mais, comme il avait découvert son adresse dans son dossier, il n'avait pas négligé ce coup du hasard. Était-elle avec Karstov ? En Azerbaïdjan ? Territoire fermé à la presse, à toute la presse ? Chaque soir, il allait dans la rue Tchekhova, pour voir si elle était rentrée. Le 31, il avait vu de la lumière et, le lendemain matin, il demandait à Natacha de se poster devant le bureau de l'agence à l'heure du déjeuner. Elle devait le prévenir si elle reconnaissait sa cliente. Vers midi trente, Natacha l'appela, tout excitée : la fille à qui elle avait vendu le manteau venait d'entrer chez Pierre, dans l'Arbat. Elle allait la suivre et l'attendre à l'intérieur. Plioutch n'eut pas le temps de lui demander d'autres précisions qu'elle avait déjà raccroché. Il sauta dans sa voiture et fonça à l'adresse indiquée.

Pourquoi Eva a-t-elle prêté son manteau à cette Martine ? Pourquoi celle-ci a-t-elle été appelée Dumoulin ? De retour au bureau, Plioutch téléphona au restaurant et finit par avoir le serveur qui avait reçu la communication. Il lui jura que c'était la voix d'un homme. Une voix grave, qui parlait assez mal le russe, avec un accent allemand, il en était sûr.

Plioutch était désemparé. Cette histoire le dépassait. Il faillit abandonner. Au fur et à mesure qu'il avançait, il avait le sentiment de pénétrer dans un monde qu'il ignorait et qui le rejetait. Mais cette femme, cette histoire secrète avec Karstov, Piotr Karstov en personne, le fascinaient. Peut-être n'avait-elle rien à voir avec la montre ? Un doute s'empara de lui : il n'était qu'un petit amateur, un novice, en matière d'espionnage. Pourquoi persévérer, s'enfoncer davantage dans un univers dont il ne savait rien ? Au commissariat, les rumeurs couraient que Boris Plioutch « était sur un coup mystérieux ». A Petrovka aussi, des histoires commençaient à circuler sur son compte. Il ne s'en inquiétait pas trop encore.

Une seule question le préoccupait : les deux coïncidences... L'arrivée de cette belle créature à Moscou le 26 décembre et la mort du milicien Sokolov. Le retour d'Eva Dumoulin de Leningrad et le meurtre de sa vendeuse, Natacha.

Si Eva Dumoulin était une espionne, elle avait dû sans difficulté remarquer le manège de Natacha. De sa fenêtre, probablement. Puis elle avait donné son manteau à Martine pour créer la confusion. Le coup de téléphone ne signifiait rien d'autre... Et elle avait fait appel à un membre du réseau pour supprimer la petite vendeuse. Mais si c'était une espionne, elle avait reçu une formation physique complète. Selon le médecin, le meurtrier était un expert en arts martiaux! Un homme. Pas une femme...

Dans une enquête normale, il aurait interrogé la jeune journaliste appelée Martine, puis il aurait exigé de connaître l'emploi du temps d'Eva entre 18 et 20 heures. Mais ce n'était pas une enquête normale. Malgré les restrictions qui avaient suivi la publication dans *Newsweek* de l'interview du leader clandestin Ahmad Khan, la presse internationale jouissait de privilèges à la limite de l'immunité diplomatique. Et la censure militaire imposée à la presse fut levée deux semaines plus tard. Il aurait fallu que l'inspecteur Plioutch eût des raisons impérieuses pour obtenir de Petrovka les autorisations nécessaires à une enquête classique. Il ne disposait d'aucune preuve et, malgré les coïncidences troublantes, il n'obtiendrait pas carte blanche du procureur de Moscou. D'ailleurs, toute affaire concernant des étrangers relevait directement du KGB. Il lui faudrait livrer à ses supérieurs tout ce qu'il savait, on l'accuserait de négligence et le rendrait responsable de la mort de Natacha. Lui, le fameux inspecteur Plioutch, risquerait de se retrouver à la retraite, de sortir par la petite porte après trente ans d'une carrière exceptionnelle. Il était coincé et condamné à persévérer, seul, dans ce dangereux labyrinthe.

Il venait de perdre son principal témoin. Il ne lui restait qu'Alexandre... Il l'appela et lui donna rendez-vous à l'endroit habituel, au café Vissotskovo, dans le théâtre de la Taganka, à 15 heures.

Eva se réveilla au petit matin, la tête lourde. Elle tituba jusqu'à la salle de bains et resta longtemps sous la douche. Quand elle en sortit, son esprit était plus clair. Cette nuit, elle n'avait pas fait de cauchemar. Cela signifiait-il qu'elle était définitivement entrée dans le personnage d'Eva ? Elle affronta le miroir, qui lui renvoya l'image d'une étrangère. Elle eut un petit pincement au cœur et, tout en se préparant un café fort, elle dressa un rapide bilan de la situation. Il était mitigé. Elle tenait Karstov, mais s'était fait repérer. Un jour ou l'autre, elle serait prise au piège. A moins qu'elle ne prît de vitesse l'homme qui était à ses trousses. Bientôt, elle connaîtrait son identité et serait en mesure d'agir en conséquence.

L'homme à la Volga s'intéressait à elle. Il allait essayer de visiter son appartement. Seul indice qu'il trouverait : ses chaussures de jogging, qui avaient peut-être laissé quelques traces sur le parquet du studio de Natacha. Elle en avait trois paires et décida de se débarrasser de celle qu'elle portait la veille.

En finissant son café, elle pensa à Piotr qui devait rentrer à Moscou le jour même. Elle avait promis de dîner avec Martine et Pia, et ne pourrait le voir qu'aux alentours de minuit. La discussion avec Olga l'avait, malgré son côté pesant, convaincue de l'amour que Piotr lui portait. Elle ne pouvait y être indifférente et éprouvait au plus secret d'elle-même une fierté toute féminine d'avoir réussi à séduire cet homme réputé austère. Bientôt, elle pourrait passer au stade supérieur...

Au bureau, elle travailla un long article de prospective sur l'économie soviétique, puis monta au quatrième vérifier l'installation du studio de télévision. Dans un mois, l'Agence européenne de presse ouvrirait une branche audiovisuelle. Eva devait s'initier au reportage télévisé. En tant que chef du bureau, elle serait chargée de la plupart des commentaires, devrait sélectionner les reportages, constituer les équipes, vérifier les montages. Comme tous les articles ou enquêtes étaient écrits ou enregistrés en anglais, et automatiquement traduits en français, elle les superviserait avant toute expédition à l'Ouest : un travail harassant qui lui laisserait peu de temps pour remplir sa mission. La difficulté de mener sa double vie lui apparut brusquement en pleine clarté et l'effraya l'espace d'une seconde. En cas d'absence, ou de double reportage, c'est David Rosen, ancien journaliste à la BBC, qui la remplacerait.

Elle se ressaisit et redescendit dans son bureau.

De temps en temps, Eva jetait un coup d'œil par la fenêtre. La réunion de rédaction de 10 heures avait été expédiée en sept minutes : le grand événement de la journée était la conférence de presse extraordinaire de Mikhaïl Gorchkov, à 15 heures, et elle avait décidé d'y aller seule.

Elle relut une dernière fois sa copie avant de l'envoyer par fax et composa le numéro d'Olga.

– Bonjour, Olga, c'est Eva. Merci pour hier. Êtes-vous libre à déjeuner demain ?

– Eva ! Je suis ravie de vous entendre. Quelle bonne surprise ! Demain ? J'avais un déjeuner, mais je vais l'annuler. On se retrouve où ? Attendez, laissez-moi m'en occuper, je vous rappelle demain matin, ou ce soir chez vous. Donnez-moi votre numéro personnel, je ne l'ai pas.

Eva le lui donna.

– Je suis à la conférence de presse de Gorchkov cet après-midi, appelez-moi plutôt demain matin au bureau, d'accord ? Je vous embrasse.

Elle raccrocha, se leva et se planta devant la fenêtre. David entra. Sans bouger, Eva lança :

– Quel temps pourri !

Puis elle se retourna.

– J'ai décidé d'aller aussi à la conférence ! dit l'Anglais d'une voix arrogante.

Eva se dirigea vers son bureau et le dévisagea un instant. David fit mine de vouloir s'en aller, mais elle hurla :

– Mr. Rosen !

Elle alla fermer la porte et lui montra une chaise d'un geste autoritaire. Elle se rassit sans le quitter des yeux. David ne semblait pas comprendre, et une expression d'incrédulité passa sur son visage.

– Mr. Rosen, jusqu'à nouvel ordre, c'est moi qui dirige ce bureau. Si cela te gêne, j'accepte ta démission sur-le-champ. Si tu persistes dans cette attitude idiote, je te fais rapatrier dans la semaine. Est-ce clair ?

David ne broncha pas.

– Et maintenant fous-moi le camp, dit-elle d'une voix glaciale. Et n'entre plus sans frapper.

David se leva sans rien dire et disparut. Eva ne regrettait pas de l'avoir brutalement remis à sa place : il y allait de sa crédibilité et tant mieux si tout le bureau l'avait entendue hurler. Aucun collaborateur de l'agence n'aimait ce type. Mais, en plus, elle s'en méfiait. Son instinct le lui dictait, sans qu'elle sût pourquoi.

Libérée d'avoir passé ses nerfs sur lui, elle se demanda comment identifier l'homme à la Volga. Allait-il la suivre, ou la faire suivre ? Elle ne pouvait évidemment pas demander l'aide de Piotr ni celle de son contact à Moscou, réservé aux cas d'extrême danger. Elle décida d'étudier son comportement pour déterminer à quel service il appartenait – KGB, milice, GRU ? Elle décida de marcher longuement au lieu de déjeuner : elle verrait bien si elle était filée. Il était 12 h 10. Elle passa par le bureau de Bruno.

– Je serai de retour après la conférence, dit-elle. J'écrirai le papier en rentrant.

Dehors, Eva marcha en direction de la place Rouge. Au bout de vingt minutes d'errance autour du Kremlin, sûre de n'être pas suivie, elle se dirigea vers l'Arbat en observant toutes les Volga noires : aucune n'était équipée de gyrophare sur le toit. Elle entra dans un McDonald's et déjeuna rapidement. Elle n'était toujours pas suivie. Elle continua à flâner. A 14 heures, elle était de nouveau devant le Kremlin.

Bien qu'elle y entrât pour la première fois, elle le connaissait à la perfection pour l'avoir étudié dans les moindres détails lors de son entraînement. Elle aurait pu être guide et même citer Lermontov, qui déclarait : « On ne décrit ni le Kremlin, ni ses murailles dentelées, ni ses obscurs passages, ni ses palais fastueux. Il faut sentir tout ce qu'ils disent au cœur et à l'imagination. » Elle connaissait aussi le fameux proverbe russe qui disait : « Au-dessus de Moscou, il y a le Kremlin, au-dessus du Kremlin, il n'y a que le ciel. »

Construit sur un escarpement rocheux, le Kremlin domine la Moskova. C'est le cœur de Moscou. Ces constructions diverses, réalisées à des époques différentes, sans unité architecturale, sont d'une extrême beauté. Derrière ces murs pleins de mystère s'est déroulée l'histoire souvent violente et sanglante de la Russie. En 1918, le Kremlin est devenu le siège du gouvernement soviétique.

Depuis deux ans, les *joggers* avaient obtenu la permission de courir autour du Kremlin. Eva en avait profité pour faire quelques tours. Chacun d'eux représentait deux kilomètres et demi.

Eva se mêla au flot des journalistes, près de quatre cents, qui entrèrent par la Troïtskaïa, située à l'ouest, de l'autre côté du mausolée de Lénine et loin des touristes. Elle découvrit le magnifique jardin Alexandre. A chaque porte, les journalistes furent fouillés avant de pénétrer dans la salle Saint-Georges, la plus fastueuse et la plus vaste, qui servait d'habitude aux réceptions diplomatiques. Les journalistes, impatients et surexcités, s'installèrent dans un brouhaha indescriptible. Les rumeurs allaient bon train : Gorchkov annoncerait-il une nouvelle pause dans la perestroïka ? Interdirait-il le multipartisme qui ne faisait qu'accroître l'anarchie ? Mènerait-il une guerre éclair contre l'Iran pour décourager les Azerbaïdjanais ? Annoncerait-il qu'il enverrait des chars en Pologne après l'annonce officielle du nouveau gouvernement de quitter le pacte de Varsovie dans les huit prochains mois ? La guerre civile y couvait depuis la tentative manquée de prise de pouvoir en décembre 1993 par les staliniens et le parti communiste qui, avec 0,3 p. 100 aux élections de novembre, avaient définitivement été rejetés. Retirerait-il les cent vingt mille soldats soviétiques qui restaient encore en Allemagne de l'Est, comme il l'avait promis l'année dernière ? Accepterait-il la sécession des républiques musulmanes, comme il l'avait fait à contrecœur avec les républiques Baltes en 1991 ? Eva parvint à prendre place au premier rang. Elle ne connaissait personne, à l'exception de quelques têtes en vue. L'homme assis à sa droite se présenta : Jean Egorov, rédacteur en chef de la *Pravda.* Un ami personnel de Gorchkov. Il lui donna sa carte et prit celle d'Eva.

– Ah, c'est vous la nouvelle patronne de l'AEP ? Bienvenue à Moscou.

Il lui adressa un sourire charmeur.

– On envoie des jeunes beautés maintenant ? Je ne peux que m'en réjouir !

Il avait la cinquantaine et une allure de play-boy.

Un bruit de clochette imposa le silence. Les membres du gouvernement s'avancèrent dans la salle; deux minutes plus tard, Mikhaïl Gorchkov entrait à son tour, suivi de Piotr Karstov. Tout le monde se leva. Piotr croisa le regard d'Eva, mais resta impassible. Gorchkov s'assit et invita la presse à l'imiter. Il avait les traits tirés et le sourire qu'il affichait n'était que de circonstance.

D'une voix grave, il fit un bref exposé de la situation du pays, en mettant l'accent sur les réussites économiques qui n'allaient pas tarder à se faire sentir, puis il aborda les questions politiques que chacun attendait.

Comme ses collègues, Eva prenait des notes. Elle écrivait sans lever la tête. Les mots de Gorchkov s'inscrivaient sur ses feuilles :

« Nous écraserons le terrorisme. Toutes les mesures sont prises pour mettre fin à cette vague criminelle qui s'abat sur notre capitale. Les responsables de ces actes, manipulés par des pays étrangers, seront arrêtés et traduits devant nos tribunaux... Non à l'indépendance de l'Azerbaïdjan! L'autonomie, dans le cadre de nos réformes sur la grande décentralisation en cours, est la seule acceptable... »

Gorchkov parlait d'une voix ferme et menaçante. Il s'arrêta, but une gorgée d'eau et, d'un geste de la main, il donna la parole à la presse.

Le correspondant de la chaîne américaine CBS se leva d'un bond et demanda des précisions sur la Pologne.

– Vous n'avez rien dit à propos de la Pologne, est-ce un simple oubli de votre part, ou bien préférez-vous laisser vos chars nous faire la surprise?

– Vos amis de la CIA vous ont mal informé, je le crains! répondit le Président.

La salle éclata lâchement de rire, mais l'Américain ne voulait pas lâcher le micro :

– Je suis journaliste et non agent de la CIA. Chez nous, en Amérique, les deux fonctions sont totalement incompatibles. Cela dit, monsieur le Président, j'ai du mal à rire quand le risque de voir vos chars écraser des innocents augmente de jour en jour. C'est un retour à la doctrine Brejnev, à Budapest de 1956 et à Prague de 68!

Gorchkov, furieux de la comparaison, le traita d'ignorant et d'arrogant.

– Je pense et j'espère qu'une aide de ce type ne sera pas nécessaire. Notre politique tend justement à laisser les pays gérer eux-mêmes leur propre destin. Mais nous avons des accords d'assistance mutuelle avec nos pays frères. Une véritable guerre civile larvée règne en Pologne... Si le nouveau gouvernement polonais, élu démocratiquement et que nous approuvons totalement, demande notre aide pour mettre fin au chaos, nous respecterons nos accords! La perestroïka et la glasnost, c'est tout le contraire de l'anarchie...

Un silence pesant s'abattit sur l'assistance. Eva brûlait de poser une question, une seule : pourquoi restez-vous encore en Allemagne de l'Est alors que les trois quarts des soldats américains ont déjà quitté le sol ouest-allemand ? Mais elle n'osait pas. Le regard de Piotr Karstov l'en dissuadait. De plus, la conférence se déroulant en direct, elle ne désirait pas se faire remarquer aussi vite.

Toute la conférence de presse tourna autour de la Pologne. Le terrorisme passa au second plan. Eva, comme tous ses collègues, comprit que Piotr Karstov serait chargé de diriger une action éventuelle des Soviétiques en Pologne. Sa présence ne s'expliquait pas autrement. Mais ce qui était un drame en Pologne était pour elle un cadeau du ciel : il lui faciliterait le passage au « stade supérieur ». Vers 5 heures, Gorchkov mit fin à la conférence. Eva regarda une dernière fois Piotr et s'en alla aussitôt.

De retour à l'agence, elle rédigea une dépêche et s'enferma pour écrire un long article de quatre feuillets consacré à l'événement. Elle le montra à Bruno avant de l'expédier.

– C'est le meilleur papier que j'aie lu depuis longtemps sur ce fichu pays et son bien-aimé leader! s'écria-t-il.

Eva le remercia d'un sourire. Puis elle appela Martine et Pia et leur donna rendez-vous chez elle à 8 heures.

Une heure plus tard, elle était au Hilton et commençait sa gymnastique. A un moment, elle eut l'impression d'être épiée. Dans l'immense miroir qui dominait la salle, elle avait remarqué parmi les curieux un homme d'une trentaine d'années qui, maladroitement, ne cessait de la regarder. Un autre homme plus âgé, aux cheveux gris, s'approcha soudain de lui pour lui souffler quelque chose à l'oreille. Eva reconnut immédiatement l'homme à la Volga noire. Son cœur se mit à battre plus vite, mais elle continua de faire ses exercices comme si de rien n'était. Elle avait donc été suivie sans s'en rendre compte en sortant de l'agence... D'un œil, elle vit le chauffeur de la Volga s'éloigner et disparaître. L'autre n'avait pas bougé. Le moniteur de gymnastique, un jeune et beau Moscovite aux allures efféminées, marchait entre les rangs, donnant des conseils d'une voix douce. Il s'arrêta devant Eva, se pencha et lui souffla à l'oreille :

– Vous êtes un plaisir pour la vue!

Eva le remercia du regard, puis se dirigea vers la piscine. Elle laissa son sac en évidence, et plongea. Le jeune homme avait disparu...

Elle fit mille mètres en quatre nages sans pause. Vingt minutes plus tard, elle se douchait, sans quitter son sac du regard. Quand elle sortit, le jeune homme était dehors. Elle passa devant lui et monta dans un des taxis garés devant l'hôtel. Elle arriva chez elle vers 19 h 30. Aucune Volga ne l'avait prise en filature. S'il ne tentait rien contre elle, c'était sans doute parce qu'il n'avait pas assez d'éléments pour l'arrêter. A moins que ce ne fût pour lui faire commettre des erreurs? Mais était-ce à propos de sa liaison avec Karstov, de sa montre et de ce qu'elle signifiait, des morts qu'elle avait provoquées, ou d'autre chose encore? Elle se perdait dans ces conjectures quand Piotr appela enfin. La conversation fut brève : il passerait chez elle à minuit juste. Puis elle sortit ses Adidas de son sac et, à l'aide d'une petite lame et d'une lime, elle en déforma légèrement les semelles, les frotta contre le fond de la douche, nettoya le tout, jeta les petits morceaux de caoutchouc dans les toilettes et tira la chasse. On sonna à la porte.

Martine entra.

– Tu es ravissante! s'exclama Eva.

– Toi, tu es tout simplement superbe! J'ai réservé au Havane, dans l'avenue Leninski. On y mange très bien, tu verras. Pia nous rejoindra plus tard.

Elles descendirent, et Eva remarqua le jeune Russe, de l'autre côté de la rue, comme elle s'y attendait. Il faisait semblant de chercher une adresse. « Encore un amateur », pensa-t-elle. La BMW de Martine était garée au bas de l'immeuble.

Au bout de la rue Tchekhova, Martine prit le boulevard Tverskoï. Eva faillit l'arrêter et lui demander de faire demi-tour en prétextant qu'elle avait oublié quelque chose. Mais elle n'en fit rien. Elle avait envie de passer une soirée normale. Prise d'une inspiration subite, elle interrogea Martine :

– Toi qui es là depuis deux ans, as-tu déjà remarqué des Volga noires avec gyrophare sur le toit ?

– Ça doit être la voiture de celui que l'on surnomme le Maigret russe... Il y a eu pas mal d'articles sur lui. Je sais qu'il a une voiture comme ça. Pourquoi ?

– Rien. Simple curiosité. J'ai vu effectivement cette voiture hier et j'ai cru que la nomenklatura avait obtenu un privilège de plus pour mieux circuler dans Moscou !

Elles éclatèrent de rire.

– Et quel est le nom de ce fameux « Maigret » ? poursuivit Eva. On pourrait peut-être faire son portrait un de ces jours...

– Boris, on l'appelle l'inspecteur Boris. Il est connu ici. C'est lui qui dirige le commissariat du 1er-Mai. Pour le portrait, je veux bien m'en charger. Cela m'amuserait de rencontrer un vrai flic russe !

– On en reparlera.

Martine lui demanda ce qui s'était passé avec David.

– Il est allé trop loin. J'ai dû le remettre à sa place, c'est tout.

– Je crois qu'il a été choqué. Il n'a plus dit un mot pendant toute la journée. Bruno lui a montré ton article. Il n'a pas voulu le lire, mais je crois qu'il l'a fait quand même en douce !

Elle rit.

– Moi, je l'ai trouvé formidable !

– Tu es gentille.

L'ambiance du restaurant était gaie et charmante. Au fond, quelques musiciens de jazz jouaient de la musique afro-cubaine très rythmée, et l'entrée des deux jeunes femmes ne passa pas inaperçue. Tous les regards se posèrent sur elles. Mais, quand le serveur voulut les installer au centre de la salle, Eva demanda la table du fond. Elle voulait une place qui lui permît d'observer l'entrée sans être vue. Martine commanda la spécialité de la maison, des crevettes grillées et des poussins à la sauce cubaine. Eva prit un cocktail de crevettes et un homard. En dînant, elles parlèrent de la conférence de presse et de la Pologne. Était-ce un retour au brejnévisme le plus dur, comme Eva l'avait écrit ?

– Aucun doute n'est permis, assura-t-elle, le regard absent.

– Mais quelle sera la réaction des Occidentaux ?

Eva la regarda intensément.

– Les Occidentaux ? Mais les Occidentaux n'existent pas ! Ce terme ne veut rien dire. Il y a les Américains et accessoirement les Français et les Anglais. Il y aura quelques protestations pour la forme. C'est tout. L'Europe s'en fout, les Américains ont déjà rapatrié leurs boys d'Allemagne, l'OTAN agonise, les Allemands sont pratiquement unifiés, la « maison commune » avec le nouvel axe Berlin-Moscou se construit, les idéologies traditionnelles sont mortes et ont laissé la place aux extrémismes surtout de droite. Regarde comment les néo-nazis et les staliniens progressent partout, surtout ici en France et dans l'Allemagne unifiée...

– N'es-tu pas un peu pessimiste ?

– Peut-être. On verra dans quelques semaines si je me trompe.

C'est alors que le jeune Russe entra dans le restaurant, accompagné d'une jeune femme, probablement étrangère. On les fit asseoir à quelques tables de la leur. Une minute plus tard, il se leva et se dirigea vers le téléphone. Il ressortit presque aussitôt et revint s'asseoir.

Eva comprit qu'il venait d'avertir son supérieur – le Maigret russe ? Elle avait donc affaire à la milice, pas au KGB. Elle en fut presque heureuse. Tout s'expliquait : le caractère improvisé des filatures, l'emploi de non-professionnels... Mais comment était-on remonté jusqu'à elle ? Si la présence de l'inconnu l'inquiétait, Eva n'en laissa rien paraître. Elle continua la conversation, qui portait maintenant sur la vie quotidienne à Moscou. Mais ses pensées étaient ailleurs. L'inspecteur Boris devait être en train de fouiller son appartement. Oserait-il toucher à son système d'alarme hyper-sophistiqué ? Elle en aurait la preuve en rentrant. Elle avait collé un cheveu au bas de la porte, et un autre sur le tiroir de son bureau. A la dérobée, elle observa le jeune Russe et se demanda s'il n'était pas l'un des hommes qui l'avaient attaquée à son arrivée. Celui par qui le malheur était arrivé... Il devait « marcher », sous la contrainte de quelque chantage. Obligé de coopérer, il avait dû décrire tant bien que mal Eva, mais le portrait ne pouvait qu'être incomplet. Elle voyait plus clair maintenant. Elle sentit un malaise monter en elle. Martine lui demanda ce qui n'allait pas.

– J'ai un peu mal à l'estomac. Le homard n'était peut-être pas frais. Je crois qu'il vaut mieux que je rentre.

– Pia doit arriver d'un moment à l'autre. Qu'est-ce que... ?

– Tu peux rester, je prendrai un taxi, je me sens vraiment mal.

– Non, pas question. Je vais appeler Pia.

Elle se leva et se dirigea vers le téléphone.

Eva fit signe au serveur, qui vint avec l'addition. Elle paya en dollars et laissa un généreux pourboire à l'homme qui insista pour leur offrir un digestif. Eva refusa gentiment :

– La prochaine fois, merci.

Elles sortirent. Il était 11 h 30, et Martine lui proposa de la raccompagner. Un quart d'heure plus tard, la BMW s'arrêta devant chez elle. Eva l'embrassa et attendit qu'elle ait disparu au coin de la rue pour ressortir prudemment et observer les alentours. Mais le Russe ne se montra pas. Quand elle pénétra chez elle, elle constata que le cheveu qu'elle avait mis au bas de la porte avait bougé. A peine un demi-centimètre. Celui du tiroir, lui, n'avait pas bougé. « Il n'a pas pu entrer », pensa-t-elle. Elle sortit son « bonbon » de la poche intérieure de son pantalon et passa l'appartement et les objets au crible. Rien. Pas de micros. Elle se déshabilla et enfila une chemise de nuit.

A minuit pile, on frappa trois petits coups à la porte. Eva ouvrit, et Piotr Karstov entra en silence. Il avait l'air épuisé. Il se laissa tomber sur le canapé avec son pardessus sans prononcer un seul mot. Eva respecta son mutisme quelques instants, puis se décida à rompre le silence :

– Tu vas en Pologne ? murmura-t-elle.

Il confirma d'un hochement de tête.

– Tu as mangé ?

La voix d'Eva était douce. Elle s'approcha de lui et lui prit la main. Il la regarda intensément et la prit dans ses bras. Ils restèrent un long moment serrés l'un contre l'autre. Eva se dégagea lentement.

– Tu veux boire quelque chose ?

Il acquiesça et sembla se détendre d'un coup.

– Tu te souviens du portrait que tu m'as tracé l'autre jour de l'amant d'Olga? demanda-t-il brusquement.

Eva le regarda, surprise.

– Non, répondit-elle. Je t'ai expliqué que j'agis toujours sous le coup de l'inspiration. Après, j'oublie. Heureusement pour moi.

– Eh bien! figure-toi, ma petite Eva adorée, que ton portrait est très exactement celui de mon pire ennemi, Trouchenko, le redoutable patron du KGB!

Eva se leva brusquement et marcha dans le salon, l'air grave.

– Partons ce week-end quelque part, je veux être seule avec toi.

– Ce week-end, je serai déjà en Pologne, mon cœur... Voilà un scoop pour toi!

Eva ne broncha pas.

– Tu pars quand?

– Mercredi soir. N'en parle pas avant jeudi matin.

– Je ne t'aime pas par intérêt professionnel, Piotr! J'ai de quoi raconter plein de choses sur l'Azerbaïdjan et je ne l'ai pas fait. Ce que tu me dis là n'est pas un scoop, pas pour moi en tout cas. Cet après-midi dans mon article sur la conférence, j'ai écrit exactement la même chose. J'ai même annoncé que ce week-end serait un « week-end noir » pour la Pologne!

Piotr alla vers elle et la prit dans ses bras.

– Ne te fâche pas, Eva chérie. Et pardonne-moi. Je suis épuisé. Je viens de passer des heures épouvantables avec le Politburo. Je ne suis pas d'accord avec cette intervention et j'ai tenté de l'empêcher par tous les moyens. Mais je dois obéir.

Eva se détacha de lui et se remit à marcher de long en large dans la pièce.

– Je reste ici cette nuit, dit Piotr.

– Pourrais-je venir te voir en Pologne?

– Tu lis bien dans mes pensées. Je voulais te le proposer plus tard...

Il s'approcha d'elle et l'étreignit avec violence. Le visage enfoui dans son cou, il murmura :

– Eva, je ne peux plus vivre sans toi. Je t'aime et...

Eva l'embrassa pour le faire taire, mais il la souleva et l'emmena dans la chambre. Elle le déshabilla, sans le quitter du regard. Il était comme hypnotisé. Très vite, il voulut la prendre, mais elle le repoussa tendrement.

– Piotr... Je crois que je suis enceinte...

Quand elle arriva à l'agence, le lendemain vers 9 heures, chacun put constater qu'Eva avait l'air heureux. Sa nuit avec Piotr avait été tendre et rêveuse. Il l'avait quittée après un dernier baiser vers 6 heures et elle n'avait rien remarqué d'anormal en sortant de chez elle. Ils étaient convenus qu'elle prendrait l'avion du soir ou celui du lendemain matin pour Varsovie et descendrait à l'hôtel Mercure. Là-bas, il la contacterait aussi vite que possible. Par téléphone, elle réserva une place sur le vol Moscou-Paris d'Air France de 12 h 30, appela Olga pour reporter leur déjeuner à son retour de Paris et convoqua David. A sa mine, elle se dit qu'il avait dû passer une soirée passablement arrosée.

Elle lui expliqua qu'elle avait été appelée à Bruxelles d'urgence, « confidentiellement ». Il devait gérer la boutique en son absence, et accueillir l'équipe télé qui arrivait le lendemain. Elle s'en alla à 9 h 50, juste avant la conférence de rédaction; elle héla un taxi.

– 7, rue Dobryninskaïa.

Personne ne les suivait. Mais à peine était-elle descendue de la voiture, à vingt mètres d'Air France, qu'elle aperçut la Volga de Boris qui contournait la place et se dirigeait vers la rue Piatnitskaïa. Comment avait-il fait pour retrouver sa trace? Aucun doute possible. Le téléphone de l'agence était sur écoute. Eva revint sur ses pas, entra dans les locaux d'Air France et paya son billet avec sa carte American Express « Gold ». Il était 10 h 30. Elle devait récupérer sa voiture, où elle avait laissé sa valise et un sac dans le coffre, et filer vers l'aéroport. Elle avait juste le temps. Elle marcha en direction de la place Oktiabrskaïa; quelques discrets coups d'œil autour d'elle la rassurèrent. Elle prit un taxi au coin de la place et, dix minutes plus tard, se retrouva au pied de son immeuble. Elle entra dans la cour et faillit pousser un cri. Le Russe, la tête enfouie sous le capot, faisait mine de réparer son moteur. Elle recula sans faire de bruit, le cœur battant. Dans la rue, elle courut de toutes ses forces vers la place Pouchkina. Il fallait qu'elle prenne une décision, vite. Elle n'avait plus droit à l'erreur. Prendre un taxi et partir? Impossible sans bagages. Elle vit soudain le Russe descendre la rue dans sa direction. Elle se faufila parmi un groupe de touristes allemands. La Volga de Boris apparut et stoppa à la hauteur du Russe. Ils échangèrent quelques mots. Le Russe remonta la rue et alla se poster devant la porte de son immeuble. Elle sentit la rage monter en elle. L'envie de tuer. Ce manège la mettait hors d'elle. Elle se dirigea vers la cabine téléphonique, de l'autre côté de la place, composa un numéro et, à la troisième sonnerie, raccrocha. Elle refit le numéro. A la quatrième sonnerie, une voix d'homme résonna dans l'écouteur. Elle demanda à parler à Igor.

« C'est un faux numéro », répondit-on.

Elle reposa l'appareil et sortit d'un pas tranquille. Elle n'avait qu'à attendre.

Dix minutes plus tard, une voiture s'arrêta devant chez elle. Un homme, en uniforme du KGB, les yeux dissimulés derrière des lunettes de soleil, sortit un papier de sa poche et entra dans l'immeuble. Eva arrêta un taxi et arriva une minute plus tard. Elle en descendit, lui demanda de l'attendre et pénétra dans la cour. Le Russe entra derrière elle. Au même moment, l'homme aux lunettes sortit de l'immeuble et, ignorant le Russe, demanda à Eva si elle pouvait l'aider. Il cherchait un certain Zotov qui habitait ici; il lui tendit un bout de papier. Le Russe feignit de s'être trompé d'adresse et sortit aussitôt. Eva échangea le papier par un autre. Il lut : « méthode Muller, maintenant. » Sans attendre, elle prit ses bagages et remonta dans son taxi. Elle était dans les temps.

C'était la première fois qu'Eva faisait physiquement appel à son « contact ». « Ne le fais que si tu estimes être en danger. » Dans ce cas, le mot de passe était « Igor ». L'était-elle, réellement ? Cette fois son instinct lui avait dit que oui...

A 11 h 45, elle arriva à l'aéroport de Cheremetievo. Elle aperçut la voiture de Boris, moteur en marche, garée devant l'entrée. L'inquiétude la saisit à la gorge. Elle ordonna au chauffeur de s'arrêter. Elle sortit, prit ses bagages et marcha dans le sens opposé. Que faisait Boris ? Sans doute attendait-il un coup de fil dans sa voiture. Dans l'aéroport, elle enregistra ses bagages, puis franchit le contrôle des passeports. Cinq minutes plus tard, elle était dans l'avion.

Elle ferma les yeux et soupira, bien calée dans son

siège. La voix du commandant résonna peu après dans la cabine :

– Mesdames et messieurs, nous aurons un retard de quelques minutes pour un dernier contrôle. Rien d'important.

Eva ouvrit les yeux. Boris pénétrait dans l'avion. Elle les referma aussitôt, paralysée sur son siège. Les battements de son cœur l'empêchaient de respirer. Que pouvait-il lui faire ? Exiger qu'elle le suive ? Elle demanderait à parler à Piotr Karstov. Elle n'avait pas le choix... Rester calme... Elle sentit l'ombre d'un homme devant elle et une respiration saccadée. Il avait dû courir, le « Maigret » russe. Ouvrir les yeux ? Faire comme si ? Comme si quoi ? Il était là, à l'observer. Elle le sentait de plus en plus près. Dans un instant, elle entendrait sa voix. L'attente dura une longue minute. Elle l'entendit jurer entre ses dents. Puis il s'en alla, mais elle garda les yeux fermés jusqu'au décollage. Ce n'est qu'à ce moment qu'Eva s'aperçut qu'elle tremblait de tous ses membres.

L'inspecteur Boris Plioutch n'avait pas reçu le coup de fil qu'il attendait dans sa voiture. A 12 h 15, il s'était précipité vers le guichet d'embarquement où, après une controverse de cinq minutes, on refusa de lui communiquer la liste des passagers. Il n'avait aucun mandat. « Les consignes sont les consignes ! » avait répondu la jeune employée d'Air France. En dernier recours, il avait foncé vers l'avion et, en exhibant sa carte de police, exigé de monter à bord pour un contrôle de dernière minute. Le personnel de la compagnie n'avait pu l'en empêcher. Jusqu'au dernier moment, il avait espéré ne pas trouver Eva Dumoulin dans l'appareil. Mais quand il l'avait vue, il faillit crier : « Où est Alexandre ? L'avez-vous tué, lui aussi ? Qui êtes-vous ? »

L'inspecteur Boris n'obtint jamais de réponse. Choqué, à bout de nerfs, ne comprenant soudain plus ce qu'il faisait dans cet avion face à cette étrangère, il crut devenir fou. Il battit en retraite. Il ne pouvait rien contre cette femme. Cette affaire n'était pas pour lui. Il avait déjà un mort et une disparition sur la conscience ! Alexandre avait-il été tué ? Il en était convaincu. Comme pour la vendeuse, il avait imaginé la scène, mais se heurtait à cette impossibilité : comment une femme de l'âge de sa fille aurait-elle pu éliminer un ancien commando d'Afghanistan ?

Plusieurs scénarios défilèrent dans son esprit. Sauf le vrai : quand le taxi démarra avec Eva, Alexandre s'apprêtait à marcher vers la place Pouchkina pour téléphoner. L'officier en uniforme l'interpella et lui demanda de l'aider à trouver l'appartement qu'il cherchait. Il lui répondit d'aller se faire voir. L'homme sortit une carte, frappée du sigle du KGB, au nom du colonel Dimov. D'un geste de la tête, il lui ordonna de le suivre et lui colla un pistolet à silencieux entre les omoplates. Alexandre, plus pâle que la mort, s'exécuta, mais dans l'entrée de l'immeuble, comprenant sans doute qu'il s'agissait d'un piège, il se retourna brusquement et envoya à l'inconnu un coup de pied au visage. L'homme l'esquiva, saisit le pied au vol et le projeta contre le mur. Puis il l'assomma d'un violent coup de crosse sur la nuque avant de faire entrer sa voiture dans la cour. Il installa le corps sur le siège avant et démarra. Cinq minutes plus tard, il garait sa voiture dans le parking souterrain de l'hôtel Méridien. Dans la pénombre, il transporta le corps dans le coffre et lui tira une balle dans la tête avec son silencieux. Le soir, à la tombée de la nuit, l'Afghan fut transporté dans la banlieue éloignée de Moscou et découpé en morceaux. Ses membres furent enterrés dans la soude à différents endroits, mais sa tête et ses mains, une fois brisées, furent brûlées et jetées dans la grande décharge du nord de la capitale.

A Paris, Eva téléphona de l'aéroport à Robert Nelson, le directeur des opérations clandestines de la CIA. Une fois à son hôtel, le Victor Hugo, elle appela son patron de l'agence à Bruxelles. A mots couverts, elle lui expliqua les raisons de sa décision de se rendre immédiatement en Pologne. Il la fécilita pour son papier sur la conférence de presse de Gorchkov, repris par de nombreux journaux européens, et lui donna son accord. Elle enverrait un papier « historique » dans les prochaines heures. Mais elle ne pouvait en dire plus par téléphone.

L'esprit en paix, elle passa l'après-midi à se promener aux Tuileries et sur les Champs-Élysées, puis dîna avec appétit chez Joe Goldenberg, rue des Rosiers. Une façon agréable de se préparer à l'entrevue orageuse avec Nelson...

Vers minuit, son téléphone sonna. Robert Nelson appelait de l'aéroport Kennedy. Il prenait l'avion dans une demi-heure et serait à Paris à 7 heures le lendemain, heure locale. Elle devait le rejoindre à 9 heures dans une villa de la banlieue ouest dont il lui donna l'adresse. Eva retourna devant le miroir. Depuis son retour, vers 22 heures, elle était restée face à lui, songeuse. Elle avait fini par abandonner tout espoir de revoir Dahlia dans le fond de ses yeux. L'image que lui renvoyait le miroir était celle d'une femme dure, sans scrupules, dressée pour tuer. En se dévisageant, elle dressa mentalement le bilan des quarante-cinq jours passés à Moscou. L'essentiel était qu'elle tînt Piotr Karstov et qu'elle fût sur le point de déclencher la deuxième phase de l'opération. Elle ignorait encore jusqu'où le général russe était prêt à aller pour elle. Il aurait prochainement davantage de pouvoir. Sa nomination au grade de maréchal serait annoncée jeudi matin, comme il le lui avait confirmé la veille de son départ.

Par ce geste, Gorchkov avait voulu montrer à tous la confiance absolue qu'il avait en Karstov et l'importance de sa tâche au moment où il devait empêcher la Pologne de quitter le pacte de Varsovie...

Avant de s'endormir, l'image fugace de l'inspecteur Boris lui apparut. Il ne pourrait plus rien désormais contre elle. Il était nu, sans témoin, sans preuve. Elle s'occuperait de lui à son retour... Elle sombra dans le sommeil sur cette rassurante certitude.

Il était 8 h 50, le lendemain matin, quand Eva entra avec sa Peugeot de location dans la cour discrète d'une jolie maison, sur les hauteurs de L'Étang-la-Ville. Elle avait trouvé sans peine cette petite localité située à moins de vingt kilomètres de Paris, entre Saint-Nom-la-Bretèche et Marly-le-Roi. Convaincue de ne pas avoir été suivie, elle gravit l'escalier du perron et pénétra dans le sous-sol protégé.

Deux hommes à la corpulence athlétique l'encadraient et lui ouvrirent l'accès d'une pièce dissimulée par une porte de métal. Là, entre quatre murs nus et blancs, elle découvrit Robert Nelson, assis sur une chaise de bureau devant une table. Sous la lumière crue de deux néons, son visage paraissait plus creusé que naguère. Il la regarda s'approcher, impassible, sans ébaucher l'ombre d'un sourire, et lui désigna une chaise en bois, de l'autre côté du bureau. Eva était à peine assise que sa colère explosa. Sans la quitter des yeux, il énuméra, une par une, toutes les erreurs qu'elle avait commises, en commençant par le vol de sa montre. Comment avait-elle pu être aussi stupide ? A cause d'elle, il avait pris des risques considérables en lançant ses meilleurs hommes dans l'action terroriste... Et Leningrad, une erreur ! L'assassinat de la vendeuse, encore une erreur ! Il fallait la faire disparaître ! Comme Alexandre ! Ne pas laisser de trace ! Eva l'écoutait sans bouger d'un millimètre. Il lui fallait laisser passer l'orage. Il fit une pause et passa aux compliments d'une voix aussi suave qu'elle avait été violente. Eva ne broncha pas davantage.

Quand il eut fini, il lui demanda de raconter dans les moindres détails ses relations avec Karstov. Eva s'exécuta.

Nelson l'écouta sans l'interrompre. De temps en temps, il avalait une gorgée d'eau minérale et prenait quelques notes. Il était midi quand Eva eut fini de parler.

– Très bien. Commençons par ce fils de pute de flic. Nous allons nous occuper de lui. Je vais donner des instructions aujourd'hui même.

– Non, surtout pas. C'est un homme très célèbre et le KGB se lancera sur cette affaire s'il disparaît. Il trouvera mon portrait, des photos de moi, d'autres éléments que nous ignorons, et l'étau se refermera sur moi. Karstov finira par tout apprendre et... si le doute effleure son esprit, tout est fini...

– Alors ? Qu'est-ce que tu suggères ?

– Rien. Ne pas bouger pour le moment. Il n'a plus de preuves. C'est matériellement impossible. Théoriquement, je suis tranquille. Je verrai sur place les meilleurs moyens de le neutraliser s'il persiste et je te le ferai savoir.

– Qu'il persiste ou non, il faut s'en débarrasser au plus vite. Le faire disparaître. Il me faut une réponse très rapidement. Sinon, je m'en chargerai. Compris ?

Les rôles étaient inversés. Lors de leur dernière rencontre, c'est Eva qui dominait la conversation. Eva acquiesça de la tête.

– Venons-en à notre baroudeur. Comment envisages-tu aujourd'hui la deuxième étape ?

– Je ne sais pas.

– Il faut le mettre au courant, conformément aux plans...

– C'est impossible. Karstov est un patriote convaincu, un vrai. Il n'acceptera jamais l'aide de la CIA. Il est exactement le contraire du portrait dessiné par tes services...

– Mais non, c'est un mégalomane, un opportuniste...

– Tu te trompes, l'interrompit Eva. Je te répète que Piotr échappe totalement à l'interprétation de nos psychologues.

Nelson ne voulait rien entendre. Il était si sûr de son jugement qu'Eva s'emporta :

– Tu as couché avec lui, toi ? Non ? Alors, respecte mon analyse. Je sais de quoi je parle. Je connais l'homme mieux que tes psychologues et tes ordinateurs de Langley. Il n'acceptera jamais de collaborer avec la CIA! Ce serait pire qu'une trahison! Mais moi, je le tiens, je le sens mûrir de jour en jour. Il est convaincu que j'ai des dons de voyance. Il commence à croire à son destin national, je le sais, j'en suis sûre. Il n'a encore rien dit, mais il a compris.

– Tu l'aimes? coupa Nelson d'une voix neutre.

Eva resta muette. Elle ne s'attendait pas à cette question. Elle n'avait plus aucun sentiment. Ni à son égard ni à l'égard de personne. C'est une étrangère qui agissait à sa place, en suivant son instinct non de femme mais d'agent secret.

– Non, bien sûr. Pourquoi cette question absurde?

– On dirait que tu cherches à le protéger. A t'entendre, Karstov serait un ange. Je te rappelle que cet homme a du sang sur les mains, beaucoup de sang. Il est sans scrupules. C'est une brute, un primaire, un Russe. Un vrai Russe! Il acceptera donc notre aide, j'en suis sûr!

– Dans ce cas, ne compte pas sur moi! J'arrête tout.

Eva avait presque hurlé. Debout, révoltée, elle fixait Nelson droit dans les yeux en regrettant déjà ses paroles. Elle crut qu'il allait la gifler et instinctivement se mit en position d'attaque.

– O.K. O.K. Calme-toi. Tu as jusqu'à fin avril pour me convaincre! Après, si tu échoues, on suivra mes plans et ma procédure.

Surpris par tant de détermination, Nelson voulut en avoir le cœur net :

– Dahlia, je suis désolé. Tu as fait un travail extraordinaire en un temps record. Tu as toute ma confiance! Mais comprends-moi, il faut être sûr de réussir pour octobre 1994!

Eva eut un frisson en entendant prononcer son vrai nom. C'était la première fois que quelqu'un l'appelait ainsi depuis un an, depuis le jour où on lui avait donné l'identité d'Eva Dumoulin. Son regard se troubla.

– Excuse-moi. Je voulais dire Eva!

Il sourit, mais elle resta de marbre.

Il lui donna des informations supplémentaires sur Karstov. Eva proposa alors un plan pour convaincre définitivement Karstov de ses dons de voyance.

– Génial. J'espère qu'il visera juste, dit-il en fronçant les sourcils.

Elle lui confirma que l'URSS allait intervenir en Pologne au plus tard ce week-end, sous la conduite de Karstov.

– Finalement, Eva, cette vague terroriste nous a plutôt aidés dans nos plans, non?

Eva approuva de la tête et s'apprêta à partir.

– Mon avion décolle à 15 h 30, expliqua-t-elle. Il faut que je rentre. (Puis elle demanda :) Tu restes?

– Oui... Eva?

Elle suspendit son geste, la main sur la poignée de la porte, et tourna son regard vers lui.

– Bonne chance et... fais attention à toi, O.K.?

Elle sortit sans un mot, sans un sourire.

Resté seul, Nelson alluma un havane et fixa le plafond blanc. C'est volontairement qu'il l'avait appelée Dahlia. Il savait maintenant qu'Eva existait.

Une dizaine de messages attendaient Eva à la réception de l'hôtel Mercure à Varsovie. Il était environ 20 h 20 quand elle y arriva et le dernier avait été enregistré à 20 h 10. Elle monta dans sa chambre, mais à peine eut-elle refermé sa porte que la sonnerie du téléphone retentit :

– Madame Dumoulin, un appel de Moscou.

– Eva, c'est moi. J'arrive cette nuit. Je t'appellerai avant 1 heure. Sois prête!

Piotr raccrocha. Eva resta indécise un moment. Ainsi, il arrivait seul. Et les chars? A quoi devait-elle être prête? Elle raccrocha enfin, prit un bain et décida de sortir prendre la température de la ville.

Assise à l'arrière d'un vieux taxi Lada, elle avait découvert des files de camions militaires, d'automitrailleuses de troupes d'élite de l'armée polonaise qui avaient pris position le long de l'autoroute et aux carrefours de la banlieue. Elle avait vu aussi des chars dernier modèle, des T-80, mais en nombre limité. Cette vision inquiétante d'une armée sur le pied de guerre dans la froide nuit polonaise lui rappela ce qu'elle avait vu en Azerbaïdjan, quelques semaines plus tôt. La même impression d'un drame sur le point d'éclater.

Les journalistes étrangers avaient été priés de quitter la capitale polonaise le vendredi matin au plus tard. Eva en conclut que l'intervention soviétique serait déclenchée dans la nuit de vendredi à samedi. Elle se promena frileusement dans les rues presque désertes sous l'œil nerveux de militaires postés devant les édifices publics et aux grands carrefours. C'était sinistre. Elle sursauta quand le bruit d'une énorme explosion se fit entendre au loin, suivi de rafales d'armes automatiques. Elle décida de rentrer. C'était plus prudent.

Cinq minutes plus tard, elle dormait à poings fermés.

La vieille femme avait insisté avec une énergie qui désarma les quatre miliciens de la réception. Rien à faire. C'était l'inspecteur Boris qu'elle voulait voir et personne d'autre. Elle attendrait toute la journée s'il le fallait. Il était en congé de maladie ? Eh bien, elle reviendrait le lendemain ! L'un d'eux finit par téléphoner à Plioutch à son domicile :

– Excusez-moi patron... Une vieille folle insiste pour vous voir. Elle prétend qu'elle a quelque chose d'important à vous raconter. Un enlèvement ou quelque chose comme ça. Mais elle ne veut parler qu'à vous.

– Gardez-la, j'arrive.

La vieille n'était pas du tout folle. Au contraire. Elle était très lucide et observatrice pour son âge. De sa fenêtre, elle avait vu toute la scène. La veille, elle était venue passer trois jours chez sa fille qui habitait au cinquième étage d'un immeuble sur cour, 15, rue Tchekhova. Boris dressa soudain l'oreille. Comme toutes les grands-mères soviétiques, elle aidait souvent sa fille à mettre de l'ordre dans la maison et à garder son petit-fils. Elle raconta tout, jusque dans les moindres détails. Une jeune femme était entrée dans la cour et un officier du KGB l'avait interpellée. Ils avaient échangé quelque chose, peut-être un morceau de papier, puis un autre homme était entré avant de ressortir aussitôt. La jeune femme avait ouvert le coffre d'une voiture de marque étrangère, pris deux valises, non, une valise et un grand sac, et était sortie. Une minute après, les deux hommes revenaient dans la cour pour entrer dans l'immeuble de la jeune femme. C'était un curieux manège, d'autant que, quelques secondes plus tard, l'officier du KGB – il avait des lunettes noires – était reparti seul et était revenu avec une voiture beige qu'il avait garée dans la cour. Il avait porté le jeune homme en le tenant sous les épaules, comme si ce dernier s'était évanoui ou était blessé. Elle marqua une pause et regarda autour d'elle.

– Ce commissariat mérite un bon coup de balai, dit-elle d'un ton de reproche.

Elle poursuivit :

– Ah oui ! il était 11 h 20. C'était comme dans un film.

Elle reconnut sans hésiter la photo de l'Afghan que Boris lui montra.

– C'est lui ! Aucun doute. Vous savez, je vois très bien. Demandez à ma fille, elle vous le dira.

– L'homme qui était avec lui ?

– Vous avez une photo de lui ? Je pourrais le reconnaître parmi cent personnes. Même s'il portait des lunettes noires. En tout cas, il avait de belles moustaches...

– Vous n'avez pas par hasard relevé le numéro de la voiture ? demanda-t-il sans y croire.

– Non... Pourquoi ? Il le fallait ?

Elle fit une grimace.

Boris soupira, mais n'en voulut pas à la vieille femme : son témoignage était de toute première importance – presque miraculeux. Il lui montra une photo d'Eva prise par lui une semaine plus tôt.

– La femme que j'ai vue portait chapka et lunettes de soleil. Mais, si je la vois de près, je pourrai la reconnaître.

– Pourquoi n'êtes-vous pas venue tout de suite me voir ?

– Parce que je devais amener mon petit-fils au parc. Il était libre hier après-midi. Alors, j'ai attendu aujourd'hui... C'est grave ?

Boris la rassura et la remercia chaleureusement. Il la raccompagna chez elle. C'était bien l'immeuble d'Eva. Dans la cour, la vieille lui fit une excellente reconstitution de la scène, digne des meilleurs spécialistes.

L'après-midi, il lui fit porter une corbeille de fruits, un assortiment de caviar et de vodkas, et une enveloppe contenant deux cents roubles, l'équivalent d'un salaire moyen en URSS, le tout accompagné d'un mot où il la priait de garder le silence.

De retour au commissariat, Boris put réfléchir en paix. L'idée de publier la photo d'Alexandre dans la presse avec offre de récompense l'effleura un moment, mais il y renonça vite. Pour cela, il devrait obtenir l'autorisation de Petrovka et donc fournir des raisons précises.

Une question l'obsédait : qui était vraiment Eva Dumoulin ? Une espionne ? Dans ce cas, quelle était sa mission et que faisait-elle avec l'un des hommes les plus prestigieux du pays ? Pour lui, cela ne faisait aucun doute : un homme de son réseau – KGB ou pas – avait enlevé Alexandre et on le retrouverait mort, un jour ou l'autre. Si on le retrouvait jamais.

Boris sentit une rage froide monter en lui. Pour la première fois de sa vie, lui qui avait gardé son sang-froid devant les crimes les plus atroces, lui qui avait toujours préféré le dialogue à la violence, préconisé l'abolition de la peine de mort dans un débat télévisé resté célèbre, il avait subitement une envie de tuer.

– *Boje moï*, ça ne se passera pas comme ça ! cria-t-il en frappant la table du poing.

Trois fois, au cours de sa longue carrière, il avait dû abandonner des affaires criminelles sur ordre du KGB... Cette fois, il se battrait jusqu'au bout !

Il chercha dans son carnet le numéro de téléphone du rédacteur de la rubrique criminelle de la *Pravda* et composa le numéro de sa ligne directe.

– Inspecteur Plioutch à l'appareil. Que diriez-vous d'un bon dîner avec un vieux renard comme moi ?

– Quand vous voulez, inspecteur !

– Descends. Une Tchaïka noire te conduira ici.

Piotr raccrocha. Eva dormait quand la sonnerie du téléphone l'avait réveillée en sursaut. Elle avait mis un bon moment avant de se souvenir qu'elle était à Varsovie, dans une chambre d'hôtel, à attendre un coup de fil de son amant. Elle raccrocha et se passa de l'eau froide sur le visage.

La Tchaïka attendait, moteur au ralenti. Un quart d'heure plus tard, la voiture s'arrêtait devant une villa, dans la banlieue sud de la ville. Il était minuit passé. Piotr l'attendait en uniforme sur le perron, sa haute silhouette se découpant dans l'embrasure de la porte ouverte. Elle se précipita dans ses bras. Piotr la serra contre lui en respirant son parfum et en couvrant son visage de baisers fous. Ils restèrent un long moment dans l'obscurité.

– Tu m'étouffes, finit-elle par dire en riant.

Il la fit entrer dans un salon et s'assit près d'elle sur un magnifique canapé de cuir. Ils s'embrassèrent passionnément, puis, comme elle s'y attendait, Piotr demanda des explications. Pourquoi n'était-elle arrivée que jeudi soir et non mercredi ?

– Je suis allée consulter mon gynécologue à Bruxelles.

– Alors ?

Elle le fixa un moment avant de répondre :

– Positif, mon chéri...

Piotr la prit dans ses bras avec une tendresse nouvelle.

– Nous allons nous marier, Eva. Ici, en Pologne ! J'ai obtenu le divorce, je suis libre maintenant ! Et je t'aime, si tu savais comme je t'aime...

Eva gardait le silence, le visage volontairement impénétrable.

– Eva, ma petite Eva, tu vas le garder, n'est-ce pas? Réponds-moi!

– Je ne sais pas. Ça dépend de...

Piotr la serra plus fort.

– Eva, je veux cet enfant!

Eva se dégagea brutalement et cria :

– Tu me fais mal, Piotr!

Il se fit apaisant, changea de ton :

– Je sais, tout cela n'est pas facile. Mais je suis si heureux!

Sans un mot, elle se leva et l'entraîna vers la chambre à coucher. Ils firent l'amour avec une ardeur inhabituelle et s'endormirent vers 4 heures du matin.

Piotr fut le premier à ouvrir les yeux à 6 heures. Il couvrit le corps d'Eva de baisers furtifs. Elle se leva aussitôt et chercha la cuisine pour préparer du café.

Elle l'entendait chanter à tue-tête sous la douche. Quand il la rejoignit à la cuisine, il était impeccable dans son uniforme.

– Piotr, quels sont tes plans? Tous les journalistes étrangers ont quitté la capitale, ou vont le faire. Et moi? J'ai dit à mon bureau de Bruxelles...

Il lui coupa la parole.

– J'ai changé mes plans. Je vais aujourd'hui même déclarer à la télévision que nous n'avons aucune intention d'intervenir en Pologne. Que c'est un problème interne, etc.

– Et tes chars concentrés à la frontière, quand leur donnes-tu l'ordre d'avancer?

Il rit de bon cœur.

– Mon seul problème, c'est le pape. Il a, comme tu sais, menacé de venir à Varsovie si l'Armée rouge intervient. Je ne sais pas comment le stopper. A lui seul, il est plus fort et plus menaçant que toutes les armées du monde.

– Il faudra l'arrêter. C'est important pour ton image.

– Facile à dire...

Eva eut subitement l'air absent. Son regard était fixé sur le tableau accroché au mur d'en face. Piotr savait qu'elle ne regardait pas le portrait de Maïakovski, originaire du Caucase comme lui, et dont il ne se séparait jamais.

Eva se mit à parler d'une voix claire. Son exposé dura trois minutes. Piotr l'écouta dans un silence religieux.

– Tu es un génie! J'espère que ça va marcher.

– Aucun doute. Alors, c'est pour quand?

– Dans la nuit de dimanche à lundi. Tu pourras écrire ton papier lundi matin. Ainsi, tu pourras justifier ta présence...

– Piotr, mon naïf Piotr. J'aurai un scoop, d'accord. Mais toi? Cela te posera des problèmes. Non, je ne peux pas, je ne veux pas. Il faudra que je m'en aille. Arrange-toi pour qu'on m'expulse dimanche soir...

– Écoute-moi. J'ai dîné avec Gorchkov hier soir. Juste après la cérémonie où j'ai été nommé maréchal.

– Et alors?

– Je lui ai tout dit! Je ne pouvais pas faire autrement. Ce chien de Trouchenko aurait parlé de toute façon! J'ai donc pris les devants.

Eva écoutait, stupéfaite et visiblement irritée.

– Tu es fou! Le KGB, Gorchkov, bientôt la terre entière sera au courant. Et moi, je vais me retrouver au chômage!

– Mais non, tu n'as pas à t'inquiéter. Il m'a demandé si c'était sérieux ou juste une aventure, continua Karstov, imperturbable. Je lui ai répondu que c'était une aventure... Tu sais, ce n'est plus tabou...

Eva avait l'air désespéré.

– Tu me mets dans une situation impossible. Et encore une fois sans me consulter. Monsieur le Maréchal a décidé seul! De ma vie, de ma carrière!

Elle se leva et approcha son visage tout près du sien. Elle était furieuse.

– Maréchal Karstov, fit-elle d'une voix menaçante. J'ai mon mot à dire, et il ne sera pas le même que le tien. Sache que je ne suis pas d'accord avec ta manière de voir les choses.

– Pourquoi? demanda-t-il, ravi.

– Je ne veux pas me marier! Surtout avec un homme qui risque de disparaître d'un moment à l'autre. Rester veuve avec un enfant, même de maréchal, enfermée dans un deux-pièces dans le Caucase comme ta mère, très peu pour moi!

Piotr éclata de rire. Mais Eva continua de plus belle :

– Je vais partir! Oui, je vais partir, et cette fois n'essaie pas de me retenir, maréchal!

Piotr se leva d'un bond, soudain sérieux.

– Eva, j'ai pensé à ce que tu m'as dit à propos de l'avenir. Je sais maintenant que tu as raison. Je voulais t'en parler cette nuit. Je sais que tes craintes sont fondées. Mais je serai plus fort si nous sommes deux, mon amour, si tu es à mes côtés. Tu ne seras pas veuve, Eva. Tu seras la femme la plus heureuse de la terre. J'ai besoin de toi, de ton amour, de tes conseils, de ta protection.

Il la serrait plus fort que jamais en prononçant ces mots d'une voix brisée. Eva, vaincue, se laissa enfin aller contre lui et sanglota en silence.

Après le départ de Piotr, Eva demeura seule dans la villa. Un chauffeur avait rapporté ses affaires de l'hôtel et tous les derniers journaux occidentaux qu'il avait pu trouver. Mais elle ne put se concentrer. L'inspecteur Boris occupait trop ses pensées. Pourquoi avait-il pris le risque de se découvrir dans l'avion ? Qu'allait-il faire maintenant ? Robert Nelson lui avait confirmé que l'homme était mort et que l'agent avait aussitôt quitté le pays. Elle ne pouvait plus compter sur personne. Ses trois autres « contacts » avaient également terminé leur mission. « En cas d'urgence ? » avait-elle demandé. La réponse était tombée, glaciale : « Tu es seule. »

Elle erra quelque temps dans la ville déserte dont tous les volets avaient été fermés, puis fit une heure de gymnastique. A midi, Piotr l'appela : il l'invitait à suivre son intervention à la télévision nationale à 20 heures. Il rentrerait tard, sans doute... Le réfrigérateur était plein. Elle mangea un peu, puis rédigea un papier à l'attention de son supérieur à Bruxelles. Elle lui confirmait que tout allait bien et qu'elle enverrait bientôt un article sensationnel. Elle lui demanda de ne pas chercher à la contacter. Elle brancha son minifax portatif au téléphone et l'envoya. Piotr le lui avait permis.

Cette soirée serait importante, capitale. Tout se jouerait là, dans les heures qui allaient suivre. Elle regarda sa montre. Il était temps d'émettre le signal convenu. Elle composa le numéro de l'hôtel Plaza et demanda qu'on transmette un message à la chambre 15 : « Prière envoyer fleurs à cette adresse ». Elle donna celle de la maison...

A 20 heures, elle alluma la télé. Le journal s'ouvrit sur

une interview du maréchal Piotr Karstov, qui annonçait avec un calme remarquable que l'URSS avait d'autres préoccupations que la situation polonaise, que rien ne pourrait arrêter la grande révolution gorchkovienne et que les Polonais feraient mieux de prendre modèle sur les Soviétiques...

Piotr parlait d'un ton convaincant et faisait alterner le sourire, la gravité et la menace. Il expliqua que « démocratie » ne voulait pas dire chaos, que « libéralisation » ne signifiait pas irresponsabilité, que les quelques pseudo-intellectuels décadents qui hurlaient ici ne représentaient pas tout le peuple polonais. Enfin que l'URSS n'interviendrait que si le gouvernement légitime le lui demandait officiellement. « Quel comédien ! » murmura Eva tout en prenant des notes.

Elle dormait quand Piotr rentra à 3 heures du matin. Il caressa son visage pour la réveiller en douceur.

– Je n'ai pas pu t'appeler, chuchota-t-il. Je suis désolé...

– Tu as été formidable à la télé. Tu sais à qui tu ressemblais ? A Staline, Khrouchtchev, Brejnev et Gorchkov réunis !

Ils éclatèrent de rire.

– Viens dormir, dit-elle en le serrant contre elle.

– Je n'ai pas le temps. Je repars dans deux heures.

– Justement. Viens.

Il se déshabilla et s'allongea près d'elle. Aussitôt, il l'enlaça amoureusement, désireux de prendre ce corps chaud et souple qui vibrait contre le sien. Elle l'en dissuada :

– Non, mon petit maréchal. Il faut que tu gardes tes forces. Dors, je te réveillerai à 5 heures.

Comme un enfant, il lui caressa le ventre et s'endormit d'un coup. Eva attendit une demi-heure et se leva. Elle marcha dans l'obscurité jusqu'à la fenêtre du salon et poussa un pan du rideau : la voiture de Piotr était bien là, à droite, au fond du parc. Quelques instants plus tard, une silhouette s'approcha de la voiture. Elle regagna le lit sur la pointe des pieds. Piotr dormait en grinçant des dents. Elle attendit une heure, les yeux ouverts dans le noir, puis le réveilla tendrement :

– Piotr... c'est l'heure. Je vais te préparer du café.

Il maugréa et la chercha des mains. Mais elle était déjà dans la cuisine. Dix minutes plus tard, il la rejoignit, les cheveux encore mouillés. Une petite goutte de sang perlait à son menton.

– Tu t'es rasé trop vite, mon chéri, dit-elle en l'embrassant.

Elle lui servit une grande tasse de café et du pain de seigle grillé, recouvert de beurre et de miel.

– Eva... Je n'aurai pas le temps de te parler. Aujourd'hui, ça va être très compliqué pour moi.

Il avala une gorgée de café.

– Je ne rentrerai pas cette nuit...

Eva le rassura d'un geste :

– Ne t'excuse pas. J'ai décidé de rester encore quelques jours.

Aussitôt, Piotr l'embrassa avec fougue.

– Quel bonheur ! Et le petit ? dit-il en lui caressant le ventre. Il bouge ?

– Il n'a même pas trois semaines, voyons, répondit-elle en posant sa main sur la sienne. Sois patient.

Elle ferma soudain les yeux et se mit à serrer violemment son bras. Son visage se crispa, elle se mit à trembler. Inquiet, Piotr crut à un malaise et voulut la transporter dans son lit, mais elle hurla :

– Piotr ! Ne sors pas ! Il va t'arriver quelque chose. Je t'en prie, reste !

Elle recula d'un pas et continua à hurler, les yeux fermés :

– Je t'en supplie, ne pars pas ! Un danger est sur toi...

Piotr essaya de la calmer :

– Eva, ma vie, nous sommes en sécurité. Il n'y a aucun risque. Il ne peut rien m'arriver.

– Je le vois ! Je le vois ! cria-t-elle. Je ne peux pas me tromper. Pour l'amour du ciel, reste ! Je te dis de rester ! Écoute-moi...

Troublé, Piotr hésita un instant. Puis il se dégagea d'un geste et avança vers la porte. Il voulait en avoir le cœur net. Eva le suivit en s'accrochant à son bras pour le retenir et, quand il ouvrit la porte, elle le repoussa avec force. Il tomba à terre. Elle se précipita dehors et aussitôt s'effondra en poussant un cri de douleur. Une balle tirée par une arme à silencieux venait de l'atteindre à la cuisse. Piotr se rua vers elle en criant son nom. Il entendit un bruit de moteur s'éloigner quand il se pencha sur elle. Il la prit dans ses bras. Le sang coulait abondamment de sa jambe droite que la balle avait transpercée de part en part.

Piotr lui fit aussitôt un garrot avec une serviette, mais ses mains tremblaient et son visage était en sueur.

– Eva, mon amour. Ta vie n'est pas en danger. Rassure-toi, j'appelle une ambulance.

Il courut au téléphone et donna des instructions en hurlant. Allongée sur le canapé, Eva se tordait de douleur.

– Piotr, ne sors pas, eut-elle la force de dire.

Il la regarda, étonné, et disparut dans la balle de bains. Il revint avec une petite boîte de pharmacie et commença à nettoyer la plaie avec du coton imbibé d'alcool. Eva s'arc-bouta sous la douleur et se mordit les lèvres pour ne pas hurler. Il lui jeta un regard admiratif, puis lui fit un nouveau garrot et lui pansa la jambe.

– Je ne veux pas aller à l'hôpital. Cela te nuirait. Tout le monde l'apprendra, tu seras discrédité. Dis-leur de me soigner ici.

Piotr, toujours sous l'effet du choc, semblait ne pas comprendre. Des bruits de moteur le tirèrent de sa torpeur, et il sortit.

– Ne touche pas la voiture! cria Eva.

Piotr revint presque aussitôt, suivi d'un médecin et de deux infirmiers russes. Un officier entra à son tour, essoufflé, et dit quelque chose à Piotr pendant que le médecin se penchait sur Eva pour l'examiner.

Il portait des galons de capitaine sur ses épaulettes et avait à peine trente ans. En souriant, il lui expliqua qu'il devait la transporter d'urgence à l'hôpital, qu'elle ne pouvait pas rester là! Elle allait protester quand une énorme explosion fit trembler les murs de la maison dans un bruit assourdissant. Les vitres volèrent en éclats. Piotr s'était jeté sur Eva pour la protéger. Quelques instants plus tard, en regardant par la fenêtre béante, il découvrit sa voiture en feu. Un soldat avait tenté de retirer la bombe reliée au moteur que l'officier avait découverte. Il était mort, pulvérisé...

Dix minutes plus tard, Eva partait pour l'hôpital militaire de Varsovie. Elle avait réussi à empêcher Piotr, totalement abasourdi, de l'accompagner et lui avait simplement recommandé la plus grande prudence.

– Alors, j'ai fait une fausse couche?

– Mais vous n'étiez pas enceinte! répondit la jeune femme médecin qui l'avait soignée.

Eva eut l'air effondré. Elle raconta qu'elle en était tellement persuadée qu'elle l'avait même dit à son mari. Elle essuya quelques larmes.

– Pouvez-vous écrire dans le rapport que le choc a provoqué une fausse couche? Il était tellement heureux!

– Si vous aviez été enceinte, ç'aurait été certainement le cas!

Piotr passa en coup de vent vers 3 heures. On avait installé Eva dans une suite réservée aux officiers supérieurs. Piotr dissimula son visage quand Eva lui confirma la mauvaise nouvelle. Il le savait déjà : le médecin venait de le prévenir avec ménagement. Plus tard, Piotr lui expliqua que les deux sentinelles avaient été retrouvées derrière les buissons, le corps criblé de balles. Les assassins avaient réussi à passer les trois barrages pour accéder à la villa. C'était incompréhensible!

– Au contraire, c'est on ne peut plus clair, répondit Eva. Tes ennemis, Piotr! Seuls tes ennemis sont capables de monter un coup pareil.

– Je verrai cela plus tard. Aujourd'hui, Eva, tu m'as sauvé la vie. Si tu étais partie, je serais mort. Tu aurais pu mourir à ma place; ils ont tiré quatre balles dans ta direction. C'est un vrai miracle si tu es en vie.

– Oui, mais ils ont tué ton enfant! cria-t-elle en étouffant ses sanglots dans l'oreiller.

Elle voulait quitter l'hôpital, elle se sentait mieux et il fallait qu'elle rédige son article. Piotr lui promit de la prendre dans la soirée, le temps qu'on leur attribue une autre villa, puis il partit en toute hâte.

La nuit était tombée quand on lui dit de se tenir prête. Elle quitta l'hôpital aidée par deux infirmières qui lui remirent une paire de béquilles. Le chauffeur de la Volga couleur kaki lui adressa un sourire un peu forcé et roula à toute vitesse vers le nord de la ville. Il s'arrêta devant une belle demeure de la fin du siècle dernier qui semblait miraculeusement conservée. Mais elle était investie par un détachement de parachutistes qui en gardaient l'entrée et patrouillaient dans le parc. Des projecteurs étaient installés de part et d'autre du bâtiment et l'éclairaient a giorno. Elle eut l'impression d'entrer dans un camp retranché. Dans sa chambre, elle trouva un immense bouquet de roses rouges; elle admira secrètement Karstov d'avoir trouvé le temps de s'occuper de ce détail.

Piotr l'appela une demi-heure plus tard. Il lui confirma qu'elle pouvait écrire son article :

– Envoie-le à 3 heures du matin, pas avant. Je ne viendrai pas cette nuit. Je t'aime!

Au journal de 22 heures, on évoqua l'attentat contre le maréchal Karstov, mais sans faire allusion à elle. Rassurée, elle éteignit la télévision, régla le réveil sur 2 h 30 et se glissa sous les draps. Elle avala deux comprimés contre la douleur et eut juste le temps de se demander comment l'homme de la chambre 15 – « un grand professionnel », lui avait dit Nelson – avait pu passer les trois barrages. En uniforme de général ? Comment s'était-il échappé ? En se précipitant dehors, elle s'était immobilisée cinq secondes, le temps de lui laisser viser la jambe. Et si... Elle s'endormit aussitôt...

Depuis deux semaines, la bataille de rue faisait rage à Varsovie. On ne comptait plus les morts et les blessés des deux côtés. L'intervention de l'Armée rouge en Pologne, sur la demande officielle du gouvernement légal soucieux de mettre un terme à la guerre civile, avait été déclenchée à 3 heures du matin, le dimanche 27 février 1994. Eva avait envoyé son papier à 2 h 59, et il avait fait sensation dans le monde entier. Protégée par Piotr, elle était la seule journaliste étrangère à Varsovie. Tous les jours, depuis l'intervention, elle envoyait un, deux articles qu'elle signait « APE ». Ils étonnaient les spécialistes par leur précision, les informations qu'ils contenaient, et étaient évidemment repris par l'ensemble de la presse internationale. L'APE gardait l'anonymat de sa correspondante, « pour raisons de sécurité ». En deux semaines, Eva n'avait vu Piotr que trois ou quatre fois. Toujours la nuit, toujours épuisé, à bout de nerfs.

La résistance polonaise se révélait plus farouche que prévu. Des centaines de déserteurs de l'Armée rouge – des musulmans pour la plupart – et de l'armée polonaise avaient rejoint les opposants avec armes et bagages. Les États-Unis avaient émis quelques protestations de pure forme, mais respecté la demande officielle du gouvernement polonais de faire appel à l'Armée rouge pour stopper un éventuel coup d'État militaire et rétablir l'ordre... Les ministres des Affaires étrangères de la CEE s'étaient réunis en séance extraordinaire au palais de l'Élysée à Paris, le treizième jour de l'intervention soviétique. Le communiqué final exigeait que les « staliniens polonais » cessassent immédiatement leurs actions terroristes contre la démocratie et l'URSS... Il rendait par ailleurs hommage à Gorchkov en des termes plutôt ambigus pour son « aide » dont le seul but était de sauver la Pologne du chaos...

Le directeur de l'APE fut sommé par ses autorités de tutelle de rapatrier son correspondant à Varsovie. Il eut juste le temps d'envoyer un bref message à Eva. Quand elle le reçut, elle éclata de rire, regrettant toutefois de ne plus pouvoir écrire, tant elle adorait cela, et se demandant ce qu'elle allait faire pour meubler ses journées.

Sa blessure commençait à se cicatriser. Le soir même, Piotr appela : ils allaient passer toute la soirée et la nuit ensemble. Il arriva vers 21 heures. Il n'était plus le même depuis l'attentat. Il considérait Eva autrement, comme un être supérieur : en plus de sa beauté, de sa sensibilité, de son intelligence, elle avait fait preuve d'une dignité et d'un courage inhabituels. C'étaient les seules vertus qui comptaient pour lui.

Elle l'obligea à prendre un bain chaud et lui prépara un whisky. Il se laissa faire et lui avoua que son intervention tournait au drame. Plus de mille cinquante soldats et officiers soviétiques étaient déjà morts! On dénombrait aussi des centaines de blessés, des dizaines de déserteurs et une cinquantaine de chars détruits. Du côté polonais, il fallait multiplier ces chiffres par quatre. La dernière réunion du Politburo à laquelle il avait assisté, la veille à Moscou, avait failli mal se terminer. On exigeait des résultats rapides, « quel qu'en soit le prix! », et avant l'arrivée éventuelle du pape. Piotr sortit de son bain plus détendu. Ils passèrent à table, en goûtant cet instant d'intimité volé à l'Histoire. Ils discutèrent avec animation, heureux de se retrouver enfin face à face, loin de la guerre.

– En prison, j'ai lu un livre extraordinaire sur l'historien juif Flavius Josèphe. Il vécut entre l'an 37 et 100. Cet ancien général et aristocrate juif avait d'abord résisté aux Romains. Mais il dut se rendre lors d'un combat désespéré où il perdit tous ses hommes. Il prédit ensuite l'Empire à Vespasien. Quelques mois plus tard, sa prophétie se réalisait...

– Et il écrivit une œuvre fantastique sur la guerre des juifs contre les Romains. Le plus brillant témoignage sur la tragédie de son peuple à cette époque déterminante de l'histoire juive et chrétienne. Pourquoi me parles-tu de lui ?

– Parce que tu es prophète, toi aussi ! Mais, en plus, tu as risqué ta vie pour me sauver. Je ne sais pas s'il l'aurait fait pour sauver celle de Vespasien.

– Merci de la comparaison ! Je suis donc ta prisonnière ? s'exclama-t-elle en riant. Au fait, quand as-tu été en prison et pourquoi ?

Piotr lui raconta alors sa vie et ses tribulations en Afghanistan, dix ans auparavant. Elle revit la cassette vidéo défiler dans son esprit.

Soudain, il s'interrompit et la regarda d'un air grave.

– Eva, répète-moi tout ce que tu m'as dit depuis le début, depuis notre première rencontre. Donne-moi le fond de ta pensée, de ta voyance.

Eva parut lasse et contrariée. Elle but une gorgée de vin rouge pour se donner le temps de réfléchir. Il fallait être prudente, ne commettre aucune erreur. Elle eut subitement l'envie irrésistible de fumer.

– Donne-moi une cigarette d'abord.

Elle l'alluma et avala la première bouffée. Elle sentit la tête lui tourner et ferma les yeux. Son visage se crispa, puis elle se mit à parler d'une traite. Elle répéta toutes ses prophéties : grand destin, guerre civile, guerre de religion, le sang qui allait couler, les staliniens de retour, sa mort s'il n'agissait pas... Lui seul pouvait éviter le chaos, l'apocalypse à son pays. Piotr l'écoutait, fasciné, tendu vers elle dans un total abandon. Elle s'arrêta, épuisée, et alluma une nouvelle cigarette.

– Tu sais, le parti, c'est-à-dire l'idéologie, est le seul responsable de tous les malheurs de ton pays. De tous les maux dont il souffre, de la corruption, du sous-développement, des millions de morts, des injustices, du terrifiant gâchis dont vous êtes victimes depuis soixante-dix-sept ans. Sans lui, la belle Russie aurait pu devenir le phare de l'humanité, elle a plus de richesses dans son sol que l'Amérique, elle est plus spirituelle, plus ancienne, mais elle a été gouvernée par des malades, des profiteurs et des intellectuels aveugles, des fous, des paranoïaques d'un autre âge. Ton peuple a connu la faim, la terreur, l'esclavage, l'humiliation, et aujourd'hui cette misère va revenir à cause de concepts idéologiques erronés, prétendument enterrés.

Elle regarda Piotr au fond des yeux.

– Les nations, comme les individus, ont un destin. Destin ne signifie pas fatalisme. On a la possibilité d'influer sur lui. Un peuple a toujours le choix. Mais il faut que quelqu'un lui en donne la volonté et l'aide à prendre le chemin de l'honneur et de la justice. Je te le répète, Dieu m'a mise sur ton chemin pour t'aider à faire ce choix, pour te faire prendre conscience de ton rôle. Tu peux, tu dois choisir! Si tu fais le mauvais choix, c'est-à-dire si tu ne fais rien, tu y laisseras ta peau! Si tu fais le bon choix, tu sauveras ta vie et celle de ton peuple!

Piotr avait compris. Après un moment qui parut une éternité à Eva, il dit, d'une voix étouffée :

– Il y aura encore des morts, des innocents massacrés...

– Non. Seulement quelques-uns... Aucune comparaison avec la Pologne, l'Azerbaïdjan, la Géorgie, l'Afghanistan, la fameuse révolution d'octobre, Staline, etc. Les morts seront en majorité les bourreaux, les responsables du sang qui coule depuis 1917, les bourreaux qui ont tué ton frère, ton père, oui, ton père... J'ai fait un rêve, l'autre jour, je n'ai pas eu le temps de t'en parler.

Il se leva d'un bond, le visage blême.

– Explique-toi, Eva, c'est trop grave.

– Ton père n'a pas disparu, on l'a emmené dans un camp, il est mort de faim et de froid. Mène une enquête, tu verras que je dis vrai.

Elle alluma une autre cigarette, ses mains tremblaient.

– Ce sont les mêmes bourreaux qui ont voulu te tuer et qui, en attendant, ont tué ton enfant!

Elle éclata en sanglots, et Piotr resta paralysé, le regard vide. Il croyait à ses paroles et mesurait soudain toute l'absurdité dont il avait été victime.

– Quand as-tu fait ce rêve sur mon père? Raconte-moi ce que tu as vu?

Eva savait qu'elle avait touché un point sensible.

– Je ne sais plus, il y a une semaine, peut-être plus... Il sortait de son travail, et deux hommes en uniforme l'ont emmené. Ensuite, il était dans un camp, entouré de neige, je suppose que c'était en Sibérie. Pourquoi? Je n'en sais rien. Il a dû insulter le parti ou Staline, un anonyme l'aura dénoncé, bref quelque chose de ce goût-là... C'était un homme bon et de libre pensée.

– Il faudra que tu rencontres ma mère. Raconte-le-lui. Elle a toujours dit qu'il s'était passé quelque chose d'étrange...

Eva acquiesça. Piotr resta absent un long moment, comme désemparé par cette révélation qu'il soupçonnait depuis longtemps. Eva le laissa à sa méditation. Il rompit enfin le silence :

– Maintenant, il ne te reste plus qu'à me dire comment tu vois les choses. Très concrètement, je veux dire. J'ai mon idée, bien sûr.

Eva remarqua l'angoisse qui faisait trembler sa voix.

Alors, elle parla pendant dix minutes. Son exposé était clair, génial dans sa simplicité. Piotr, abasourdi devant tant de clairvoyance et de logique, ne put s'empêcher de s'exclamer :

– Tu n'es pas seulement exceptionnelle ! Tu es aussi une incroyable tacticienne ! Je vais finir par croire que tu viens d'une autre planète ! Chaque jour, je me dis que tout cela n'est qu'un rêve...

Il reprit sur un ton plus solennel :

– Est-ce que Dieu veut aussi que tu sois ma femme ?

– Moi, je le veux !

– Avant ou après ?

– Après.

– Et si j'échoue ?

– Tu n'échoueras pas. Il ne t'arrivera rien, je suis avec toi.

– Mais j'ai besoin de te savoir présente, à toute heure, chaque seconde !

– Moi aussi, Piotr. Mais cela ne favorise pas notre plan. Fais-moi confiance.

– Comment ne pas te faire confiance ? Tu m'as sauvé la vie.

– Viens.

Elle se leva et le prit par la main.

– Il est temps d'aller dormir. Le compte à rebours vient de commencer !

Deuxième partie

New Jersey, 24 mars.

– Je ne sais pas s'il faut te féliciter. Je suppose que oui.
Robert Nelson se versait un deuxième whisky.
– Son plan ? fit-il sans se retourner.
– Il ne me l'a pas donné. Je ne pouvais quand même pas l'exiger, mentit-elle. Mais il coïncide avec la date prévue.
– Et notre aide ?
– Oublie-la... Je te le répète, c'est un patriote dans l'âme. D'ailleurs, il n'a pas besoin de nous. Moi, en revanche, je vais avoir besoin d'un coup de main. A cause de Plioutch que je soupçonne toujours de mijoter quelque chose. Il ne me lâchera pas aussi facilement.
– On va le liquider !
– C'est trop risqué. C'est une personnalité trop importante et le KGB ouvrira une enquête. Tu devines la suite... On en a déjà parlé.
– Que proposes-tu alors ?
Eva lui exposa son plan. L'essentiel était de gagner du temps... Robert Nelson accepta, sans conviction.
Puis ils échangèrent quelques propos d'ordre purement tactique, réexaminèrent minutieusement tous les détails de son action et se séparèrent une heure plus tard.
Eva sortit la première, rassurée. Nelson lui avait enfin promis un contact en cas d'urgence... Le taxı l'attendait sur la petite route de ce quartier résidentiel du New Jersey noyé dans les arbres. Trois quarts d'heure plus tard, elle descendait au coin de la 57e Rue, entre la Cinquième

et la Sixième Avenue. Son avion ne repartait que dans trois heures. Le soleil brillait sur New York et une odeur de printemps flottait dans l'air. Elle flâna, sans but précis. Pour la première fois depuis longtemps, elle se sentait heureuse, libre.

Arrivée à New York tôt le matin, Eva devait rejoindre Moscou dès le lendemain. La veille, elle avait fait un saut à Bruxelles où le patron de l'agence l'avait félicitée. Eva lui avait raconté qu'elle avait été hébergée dans le plus grand secret par un collègue polonais, et qu'elle avait ramené des événements une collection de photos dramatiques, dont une exceptionnelle : un officier russe tirant à bout portant sur un enfant d'une dizaine d'années. Elle les avaient prises d'un balcon, et c'est là qu'elle avait été blessée à la cuisse...

Son directeur lui avait proposé de les faire publier par un journal américain, mais en la prévenant qu'elle risquait d'être découverte et aussitôt rapatriée... C'était trop dangereux. Mieux valait garder ces documents pour plus tard. Elle accepta volontiers. Sa crédibilité auprès du directeur de l'Agence de presse européenne était montée en flèche. Exactement ce qu'elle voulait...

La presse internationale avait longtemps spéculé sur l'identité du correspondant anonyme qui avait couvert les moments les plus terribles de l'intervention en Pologne. On finit par attribuer cet exploit à un journaliste polonais, qui aurait choisi l'APE grâce à ses liens privilégiés avec l'agence; un journal donna même son nom. Une semaine plus tard, le corps de Zbigniew Michnik, journaliste polonais indépendant, trente-six ans, fut retrouvé dans un jardin de Varsovie, torturé à mort...

Le 25 mars, à 14 h 10, heure locale, Eva descendit les marches de la passerelle de l'Airbus A320 qui venait d'atterrir à l'aéroport Cheremetievo. Elle ne remarqua rien d'anormal au contrôle des passeports. Martine l'attendait comme convenu, et elles tombèrent dans les bras l'une et l'autre. Dans la voiture, elle lui donna les dernières nouvelles du bureau et de Moscou : David était de plus en plus arrogant, mais l'équipe de télévision était en place.

– Mais tu sais déjà tout cela. Comment s'est passé ton séjour ?

– Très mal. L'accident m'a immobilisée trois semaines, j'en ai profité pour lire.

– Oui, nous sommes au courant. Tu as eu beaucoup de chance!

– Lui non. Il était complètement soûl!

– Tu n'avais rien remarqué en prenant le taxi?

– Je m'étais endormie!

Martine lui raconta qu'elle avait fait la connaissance d'un garçon très bien, un Moscovite, professeur d'histoire à l'université. Elle voulait le lui présenter.

– Pourquoi pas? Comment rencontre-t-on un prof d'histoire? demanda-t-elle en souriant.

– Dans une boîte de nuit, tout simplement!

Une heure plus tard, elles s'arrêtaient devant l'immeuble d'Eva.

– Je passerai à l'agence vers 5 heures, merci de m'avoir ramenée, dit-elle en descendant.

Elle prit son courrier dans la boîte, quelques dépliants publicitaires et une lettre. L'appartement était intact, aucun de ses repères n'avait bougé. Rassurée, elle s'assit sur le divan et ouvrit l'enveloppe; elle contenait trois cartes postales représentant respectivement Varsovie, Leningrad et Bakou, en Azerbaïdjan. L'ensemble avait été posté de Moscou. Les textes étaient identiques: « Bonjour de... », et la date. Chacune correspondait à ses séjours dans ces villes. Elle trouva aussi deux photos : l'une d'Alexandre, l'autre de la vendeuse. Son cœur fit un bond. Elle se leva brusquement et effectua un contrôle de micro. Il se révéla négatif.

Le message était clair: Boris Plioutch savait! cherchait-il à entamer une guerre des nerfs en l'obligeant à agir, à commettre une erreur, à se démasquer? Il n'avait pas de preuve concrète, c'était évident, mais il était suffisamment sûr de lui pour agir de la sorte. Dans cette lutte anonyme, elle n'avait qu'un seul atout : il ignorait qu'elle l'avait repéré et qu'elle connaissait son visage. Cela lui laissait un coup d'avance.

Elle se regarda dans la glace : rien dans ses traits ne trahissait l'inquiétude sourde qu'elle éprouvait au fond d'elle-même.

Une pluie froide et drue tombait sur la ville. Eva sauta dans un taxi et fila à l'Agence de presse européenne. Sur son bureau, elle trouva de nombreux messages, dont un mot de Jan Egorov, le rédacteur en chef de la *Pravda*. Elle devait le rappeler dès son retour. Eva savait que les dirigeants des journaux, et à plus forte raison celui de l'organe officiel du parti, étaient appointés par le KGB, quand ils n'en faisaient pas partie. Elle appela Martine et lui annonça qu'elle avait décidé de faire le portrait de l'inspecteur Boris Plioutch avec l'équipe de télévision. Bruxelles avait donné son accord.

– Tu fais le nécessaire ? Prépare un projet, du style « une semaine avec le Maigret russe et son équipe ». Je veux un reportage complet, avec des prises de vues en famille, chez lui, dans son bureau, etc. O.K. ?

Martine était folle de joie. Après son départ, Eva demanda à parler à Egorov. Elle se présenta. Il lui avait donné sa ligne directe.

– Heureux de vous entendre ! Vous savez, on parle beaucoup de vous, et j'avais envie de vous revoir. Puis-je vous inviter à dîner ? Entre collègues, n'est-ce pas ?

Eva était sur ses gardes. Que cherchait-il ?

– Depuis notre dernière rencontre au Kremlin, j'ai souvent pensé à vous, mais vous avez soudain disparu et, comment vous dire... cela m'a inquiété...

– Je suis très sensible à votre invitation. Votre jour sera le mien. Toutefois, si cela ne vous ennuie pas, je préférerais un déjeuner. Les soirées, je les consacre à l'homme de ma vie...

Egorov s'excusa avec maladresse, et accepta, empressé. Ils prirent rendez-vous pour la semaine suivante. Après avoir raccroché, Eva songea à Boris. A quoi jouait-il ? Quel serait son prochain coup ? Allait-il mettre une nouvelle recrue à ses trousses ? Tenter de l'assassiner ? Recruter quelqu'un du bureau ? Et pourquoi n'avait-il toujours pas installé de système d'écoute chez elle ? Sans doute parce qu'il devrait en faire la demande auprès d'une équipe spécialisée du MVD. Or, c'était évident, il préférait garder cette affaire pour lui. Son dossier était vide. Dans un procès classique, il ne pourrait rien prouver de concret, mais pour combien de temps encore ? Par qui et par où le mal allait-il atteindre Eva ? Par Olga ? Egorov ? Allait-il tenter d'approcher Piotr Karstov ? Elle pouvait imaginer la scène : « Maréchal Karstov, je vous en supplie, écoutez-moi jusqu'au bout. Mon devoir est de vous faire part d'une crainte, d'un soupçon, concernant une étrangère. Rien de sûr, rien de concret, mais, vous savez, il y a des coïncidences qui ne trompent pas un vieux flic comme moi... »

Avec ses méthodes ridicules, ce flic risquait de tout gâcher! Il fallait agir.

Le plan qu'Eva avait proposé à Nelson n'était plus approprié, elle devait changer de stratégie. Elle avait sous-estimé Boris Plioutch et mieux valait renoncer à faire un reportage sur lui. Le peu d'avantages qu'elle en tirerait était sans commune mesure avec ce qu'elle risquait. Elle rappela Martine et lui expliqua qu'il fallait reporter le projet.

– Je viens d'avoir Bruxelles. On a d'autres priorités, laisse tomber. On verra plus tard.

Et si elle parlait de Plioutch à Piotr? Il lui suffisait d'évoquer cette persécution dont elle était l'objet depuis le début. Tout allait se jouer dans les jours suivants. Peut-être même avant le retour de Piotr de Pologne. Ils avaient décidé là-bas d'être à l'avenir le plus discret possible et les inquiétudes dont elle lui ferait part cadraient bien avec cette résolution commune... Elle se donna comme objectif de trouver une solution au problème Plioutch dans les deux jours et tenta de se mettre au travail. Elle examina les derniers articles envoyés par l'agence, en particulier ceux de David. Rien à redire. Ils étaient excellents. David était l'un des meilleurs spécialistes de l'URSS en poste à Moscou. Ses articles, ses commentaires étaient justes, précis, toujours informés. Chaque mot était pesé avec soin, et elle comprit subitement le malaise qu'elle éprouvait devant lui. David était un vrai professionnel. C'était à lui que revenait le poste qu'elle occupait pour faciliter sa mission. Elle l'avait humilié inutilement. Elle devait faire le premier pas de la réconciliation. Elle aurait besoin de lui plus tard.

Le lendemain matin, elle arriva la première à l'agence. Bruno était en congé et elle commença à préparer la conférence de rédaction prévue avec toute la nouvelle équipe de télévision. Assise à son bureau, elle jetait un coup d'œil sur les dépêches de la nuit quand son regard fut attiré par l'un des titres de la *Pravda* posée sur son bureau : « Adieu, Eva! »

Elle s'empara nerveusement du journal et le déplia. La photo d'Alexandre accompagnait une « lettre ouverte à une passante ». Elle lut, le cœur battant.

« Je ne sais pas qui vous êtes ni d'où vous venez. Peut-être êtes-vous mariée ? Russe, américaine ou française ? Touriste, étudiante, journaliste, actrice ou espionne ? Je ne sais rien de vous, mais je vous ai vue, un soir, un moment. Vous étiez belle, divinement belle. Je vous ai suivie. Et je vous ai agressée. Oui, c'était moi ! Devant le parc Gorki... Mais j'ai eu des remords, je n'étais pas fier de moi. Non. En Afghanistan, j'avais fait preuve de courage, j'ai été décoré de toutes les médailles. Alors, je me suis mis à votre recherche et je vous ai retrouvée. Je vous ai suivie pendant plusieurs jours pour vous demander pardon, vous embrasser la main, tenter de me racheter, devenir votre garde du corps dans cette ville devenue folle ! Mais je n'ai pas osé... J'ai pris aujourd'hui la décision de me racheter et de me condamner moi-même à mort. Quand cette lettre sera publiée – si elle l'est –, je serai déjà mort, disparu pour toujours, sans laisser de trace. Je vous appelle Eva, comme ça, parce que c'est le prénom de la première femme et qu'il vous va bien. On se reverra dans l'au-delà, j'espère. Mais, en attendant, je vous suivrai de près, de là où je serai. Je veillerai sur vous, jour et nuit, jusqu'à votre fin, où que vous soyez... »

Profondément troublée, Eva lut à peine le texte de la rédaction du journal expliquant pourquoi elle avait jugé bon de publier cette étrange missive. Elle reposa le journal. En un éclair, sa décision fut prise. David entra au même moment, son bloc à la main. Eva s'avança vers lui la main tendue, le sourire aux lèvres, mais il fit semblant de regarder par la fenêtre. Les nerfs à vif, elle faillit se précipiter sur lui et le gifler, mais elle réussit à se contenir et dit :

– Merci d'avoir si bien géré les choses en mon absence. J'ai lu tous tes papiers hier soir. Bravo, tu es le meilleur.

David se retourna et la dévisagea sans aménité. Le compliment d'Eva le laissait visiblement froid. Il se contenta d'un mouvement de la tête qui pouvait aussi bien passer pour un remerciement que pour du mépris.

Eva lui tendit de nouveau la main. David la serra sans conviction. Quand elle lui proposa de déjeuner avec lui, il hésita un instant, accepta, puis sortit sans un mot.

Dix minutes plus tard, elle fit la connaissance de l'équipe de télévision. John, le cameraman, un jeune

Américain au passeport hollandais, fit une démonstration de ses talents d'imitateur. Dans un charabia qui sonnait comme du russe, il se mit à imiter Gorchkov. C'était irrésistible et, pour la première fois depuis longtemps, Eva éclata de rire.

Après la conférence, elle regagna son bureau et alla droit à la fenêtre. Un simple coup d'œil lui suffit pour reconnaître la silhouette de l'homme qui faisait les cent pas sur le trottoir. Boris Plioutch... Il ne prenait même pas la peine de se cacher! Un frisson la parcourut. Quand elle descendit vers midi avec David, il avait disparu. Mais, au coin de la rue, elle reconnut sa voiture. Il était donc toujours là, caché quelque part. A quoi jouait-il? Elle ne fit rien pour essayer de le repérer, de peur que David ne lui pose des questions... Ils se dirigèrent vers l'Arbat : elle avait envie de retourner chez Pierre. Un vent d'est glacé soufflait dans les rues et ils se hâtèrent, sans échanger une parole, pressés de se mettre au chaud. Eva fut tentée plus d'une fois de s'arrêter devant une vitrine. Ce n'est qu'une fois assis dans le restaurant que David approcha son visage d'Eva et lui murmura :

– Je sais que tu étais en Pologne. C'est toi la fameuse correspondante. Bravo!

Elle fit semblant de ne pas comprendre. Comment pouvait-il savoir? David sourit pour la première fois, content de son effet. Puis, se penchant vers elle, il ajouta :

– J'en suis sûr! Ton accident, c'était du bidon. Et puis j'ai reconnu ton style...

Eva voulut répondre, quand soudain la silhouette de Boris, debout devant la porte, lui coupa le souffle. Elle se força à sourire à David. Le serveur conduisit l'inspecteur à une table située derrière la leur. Elle l'entendit s'asseoir pesamment. Une dizaine de centimètres séparaient leurs deux chaises. Elle perçut sa respiration, mais réussit à garder son sang-froid. Ici, il ne pouvait rien tenter contre elle. David commanda deux coupes de champagne.

– Pour fêter tes exploits polonais! dit-il en souriant de toutes ses dents.

Eva lui rendit son sourire, se pencha à son tour et lui glissa à l'oreille :

– Tu es à des années-lumière de la vérité, mais j'accepte le champagne.

Et, sans lui donner le temps de réagir, elle lui annonça tout de go qu'elle avait décidé d'écrire moins, un éditorial par semaine, pas plus, pour se consacrer davantage aux contacts politiques, à la gestion de l'agence et au secteur télévision. Elle lui proposa de le nommer bientôt rédacteur en chef. David l'écouta avec un mélange de joie et de scepticisme. Il tenta de rester calme quand Eva ajouta :

– Deux mille cent trente-huit dollars de plus par mois! Plus une voiture de fonction! Plus la responsabilité rédactionnelle! Mais avec un inconvénient, un seul...

Elle se tut et le fixa d'un œil malin. Le serveur arriva avec le champagne et prit les commandes.

La présence toute proche de Boris Plioutch l'avait étrangement confortée. Il se conduisait en amateur, désorienté et solitaire. Elle répondrait plus tard à ses provocations par un geste définitif...

– Tu restes la vraie patronne, c'est cela? fit David en levant son verre.

– A ta promotion, à ta réussite, et à notre entente!

Eva plongea son regard dans le sien et but délicatement une gorgée. David, troublé par cette nouvelle et par la beauté mystérieuse de cette femme, but à son tour, faussement détendu. Il garda son verre à la main et, d'une voix neutre, demanda pourquoi elle avait pris cette décision.

– Parce que tu es le meilleur, je te l'ai déjà dit.

– Mais encore?

Eva sourit sans répondre et regarda autour d'eux. Le restaurant était plein à craquer. En moins d'un an, il était devenu l'un des endroits le plus prisés par l'élite politique ou financière et l'intelligentsia fortunée de Moscou. Sur les murs étaient accrochés des dizaines de tableaux de peintres russes qui payaient ainsi leur repas. Le chef, Pierre, un Français quinquagénaire du Midi, marié à une jeune Moscovite de vingt ans de moins que lui, avait fait ses classes dans quelques restaurants parisiens célèbres avant de se lancer dans cette aventure. Bel homme, le visage orné d'une moustache à la tartare, il passait de table en table saluer les invités, offrant un digestif maison, baisant les mains des femmes. Il s'approcha de la table d'Eva et de David, qui lui adressa un signe amical pour qu'il ne vienne pas déranger leur tête-à-tête. Pierre leur renvoya un sourire entendu et s'arrêta devant la table de Boris. Dans un russe approximatif, il lui demanda si tout allait bien.

Eva n'entendit pas de réponse. Boris avait dû se

contenter d'un hochement de tête. Elle s'excusa auprès de David et se leva pour se rendre aux toilettes. Mais elle n'y pénétra pas. Discrètement, elle se dissimula derrière le renfoncement du mur. Elle avait le pressentiment que David connaissait Boris ou que celui-ci allait tenter de prendre contact avec lui. Quelques secondes plus tard, l'inspecteur se retourna et demanda du feu à David. Eva eut le cœur serré. Elle avait lancé l'idée de la promotion de David pour changer de sujet et éviter de parler de la Pologne. David tendit son briquet allumé au Russe, mais ils n'échangèrent aucune parole. Seulement un sourire. Elle eut le temps d'observer à nouveau le visage du Russe. Il faisait son âge et ses traits étaient fatigués. Il avait des yeux très bleus, enfouis sous d'épais sourcils noirs, le nez droit, une chevelure grise et encore abondante. Ce visage lui rappelait confusément quelqu'un, mais qui ? Il se retourna. Il avait les épaules larges et le dos massif. De retour dans la salle, elle constata que la chaise de Boris était collée contre la sienne. Il faudrait qu'elle lui demande de se pousser. Elle serait obligée de le regarder, de croiser son regard, de lui sourire. Eva hésita un instant et finit par pousser sa chaise avec énergie en réussissant de justesse à éviter le regard de Boris. Elle tenait à conserver l'avantage, le seul avantage qu'elle avait sur lui : il ne savait pas qu'elle le connaissait. Pourquoi Boris cherchait-il le contact ? Qu'était-il en train de mijoter ? Il avait dû contacter David pendant son séjour en Pologne, elle en était sûre. Et qu'allait-elle faire à présent pour garantir la promotion de David ? Convaincre son patron à Bruxelles n'était pas aussi facile qu'elle l'avait laissé entendre. Elle refusa le dessert que David s'apprêtait à commander et demanda un café serré, impatiente de fuir la présence oppressante de ce flic balourd mais efficace.

Piotr devait rentrer de Pologne d'un jour à l'autre. Elle avait hâte de le retrouver, hâte que sa mission, celle pour laquelle elle était venue, commence enfin. Quand David demanda l'addition, elle se sentit soulagée.

En prenant son manteau, elle vit Boris se lever à son tour et se diriger vers les vestiaires. Dans la rue, elle sentit sa présence derrière elle et, quand David voulut s'arrêter devant un groupe de jeunes musiciens, elle accéléra le pas. A quelques dizaines de mètres de l'agence, elle se sentit délivrée de lui.

Elle s'enferma dans son bureau et demanda à ne pas être dérangée. Elle téléphona aussitôt à Bruxelles. Le directeur de l'agence était absent pour quelques jours. Sur le chemin du retour, elle avait dit à David que sa nomination officielle prendrait quelques semaines, mais qu'en attendant il pouvait d'ores et déjà réfléchir à ses nouvelles responsabilités. Elle lui avait surtout demandé de garder pour lui leur conversation.

Comment se débarrasser de Plioutch ? Elle avait élaboré un plan, mais Boris, par sa conduite imprévisible, l'avait dissuadée de le mettre en application. Les cartes postales, les photos, le jour de son retour dans la capitale soviétique, l'invitation à déjeuner d'Egorov, la publication de cette « Lettre ouverte à une passante », dans le journal d'Egorov, justement, les propos de David sur la Pologne, Boris sur ses traces : tout cela n'avait pas d'autre but que de la déstabiliser.

En sortant du restaurant, David avait reparlé de la Pologne avec insistance. Exaspérée, Eva lui avait presque crié :

– Qu'est-ce qui te fait dire une pareille énormité ?

– J'ai vraiment reconnu ton style, et je n'ai pas cru à l'histoire de l'accident.

Eva ouvrit son sac et sortit son passeport.

– Tiens, cher ami. Ouvre-le et cherche le visa d'entrée en Pologne !

David l'ouvrit, impressionné, et le consulta en marchant. Il n'y trouva rien et le lui rendit, l'air confus.

– Désolée de te décevoir, je ne suis pas l'héroïne que tu crois! fit-elle, sarcastique.

– Tu pourrais avoir deux passeports, pourquoi pas ?

– Et pourquoi ne serais-je pas une espionne, tant que tu y es ? répondit-elle en lui rendant son sourire.

David lui avoua qu'il avait reçu une lettre anonyme dans laquelle on prétendait...

– Un malade, dit-elle en le coupant. Il y en a beaucoup dans notre profession !

Quand Eva sortit de l'agence vers 19 heures, Boris était encore là, seul. Eva marcha d'un pas lent, s'arrêtant par moments devant une boutique. Il la suivait à bonne distance, calquant son pas sur le sien. Se doutait-il qu'elle l'avait repéré ? Dans la rue Pouchkina, elle entra chez un traiteur italien et fit quelques provisions qu'elle paya en dollars. Boris resta au coin de la rue quand Eva pénétra dans son immeuble de la rue Tchekhova, mais, quand elle regarda par la fenêtre qui donnait sur la rue, Boris avait disparu. Elle courut dans sa chambre et regarda par la fenêtre donnant sur la cour. Elle eut juste le temps d'apercevoir sa silhouette qui se glissait dans l'immeuble d'en face. Il ne lâchait pas prise, décidément. Elle resta à observer et attendit. Cinq minutes plus tard, une vieille femme sortait de l'immeuble et pénétrait dans le sien. Son cœur martelait sa poitrine. Quand on sonna à sa porte, elle comprit. Cette vieille avait dû être témoin de quelque chose. De la scène avec l'Afghan ? On frappa à la porte.

– Je suis votre voisine.

– Attendez un instant.

Elle courut dans la salle de bains, enfila un peignoir et se coiffa d'une serviette autour de la tête. Puis elle ouvrit la porte.

– Bonjour, jeune fille. Que vous êtes belle! J'habite dans l'immeuble d'en face et j'ai appris qu'une étrangère résidait chez nous. Je voulais savoir si vous aviez besoin d'un petit peu de ménage de temps en temps.

– Vous êtes très aimable, mais j'ai un petit appartement...

– Ce n'est pas grave, j'avais pensé... Vous savez, les jeunes aujourd'hui ont tellement de choses à faire, alors j'avais pensé... que...

Eva la remercia d'un sourire et referma la porte.

L'image de la vieille étranglée de ses mains effleura son esprit. Elle se débarrassa du peignoir et de la serviette, et descendit les marches quatre à quatre en enfilant son manteau. Un instant plus tard, elle était dans la rue. Il n'y avait pas de taxi. Elle courut en direction de l'agence, distante d'environ trois kilomètres. Elle s'arrêta, essoufflée, à une cinquantaine de mètres de son bureau, rue Razina. Dans l'ombre, elle reprit son souffle et attendit cinq minutes avant que le vigile posté devant l'entrée ne se décide à aller boire un verre dans le bar situé à quelques mètres de là. Furtivement, elle pénétra dans la cour de l'immeuble. Le 4×4 Niva de l'agence était là. Elle ouvrit la boîte à gants, s'empara des clés et démarra aussitôt, tous feux éteints.

Quelques minutes plus tard, elle se garait à une dizaine

de mètres de la voiture de Boris. Il arriva au bout de vingt minutes et démarra. Eva le suivit. Les rues étaient désertes et la circulation fluide. Les gens préféraient rester chez eux, par peur des attentats ou des bandes de lioubery. Il était 20 h 30. Boris roulait avec prudence, mais ne semblait pas se méfier. Pour éviter de se faire repérer, Eva tentait de garder ses distances. Quand Boris s'arrêta devant un immeuble de la rue Piatnitskaïa, Eva continua jusqu'au bout de la rue et arrêta sa voiture à l'angle de la place Dobryninskaïa. Elle sortit de sa voiture et revint en courant sur ses pas. Juste à temps pour le voir entrer dans un grand immeuble qui n'avait pas dû être ravalé depuis la Révolution. Elle s'approcha. C'était le numéro 13. Elle revint au 4×4. Place Dobryninskaïa, elle tourna à droite, roula vers la place Oktiabrskaïa et rejoignit l'avenue Leninski. Il fallait faire vite. Mais elle ne put vraiment appuyer sur l'accélérateur qu'à la sortie de la ville. Cinq kilomètres avant l'aéroport Domodevedo, elle emprunta une petite route et s'engagea sur un chemin forestier couvert de neige. Elle arrêta la voiture derrière une rangée d'arbres, coupa le moteur et sortit. Un froid sibérien la transperça littéralement. En tremblant, elle marcha en direction du lac, une petite pelle pliante à la main. Arrivée devant un sapin planté, solitaire, à une centaine de mètres du lac gelé, elle s'agenouilla et entreprit de briser la neige durcie avec la pointe de sa pelle. Puis elle attaqua le sol.

Ce n'est qu'au bout d'une heure d'efforts qu'elle sentit enfin sous la pelle le sac de cuir noir enveloppé de plastique. Elle était en nage et ne sentait presque plus ses mains gelées. Elle recouvrit le trou du mieux qu'elle put, tassa la neige et retourna à sa voiture. Cinquante minutes plus tard, elle s'arrêtait de nouveau à l'extrémité de la rue Piatnitskaïa. La Volga noire de Boris n'était pas là. Plus d'une fois, Eva fut tentée d'aller voir dans sa propre rue. Mais elle se ravisa. Au bout d'une demi-heure, la Volga passa devant elle. Boris se gara devant son immeuble. Il ouvrit la porte arrière. Une femme descendit avec un enfant dans les bras. Ils entrèrent dans l'immeuble. Mille questions assaillirent Eva. Elle avait déjà commis deux meurtres de ses propres mains et en avait commandité plusieurs autres. Une voix intérieure lui soufflait de s'arrêter là. Était-ce la voix de Dahlia ? « Trop tard », murmura-t-elle, comme pour se convaincre. Quand la lumière du premier étage s'éteignit, Eva ouvrit son sac. A l'intérieur, les explosifs étaient recouverts d'une épaisse protection en polystyrène qui les protégeait du froid. Elle prit le Semtex dans sa main, le posa à sa droite et y enfonça le détonateur électronique. Elle accomplissait ces gestes avec une précision et une indifférence glacées. Le Semtex était pourtant un explosif redoutable, longtemps utilisé par les terroristes dans les années 80. Celui qu'elle tenait entre ses mains était de fabrication tchèque. Un morceau de la taille d'un paquet de cigarettes suffisait à faire sauter un avion. Elle ôta son manteau et descendit de voiture. Il faisait moins froid qu'à la campagne, mais assez pour grelotter et attirer l'attention des passants. La rue était faiblement éclairée. Elle explora les alentours d'un regard circulaire avant de plonger furtivement sous la voiture. Elle consulta sa montre : 1 heure du matin. Sans hésiter, ses doigts appuyèrent sur les boutons du détonateur. Une série de chiffres lumineux apparut sur l'écran de cristaux liquides. Elle régla la mise à feu. Sa main s'arrêta à 1 h 30. Elle voulut continuer de tourner jusqu'à atteindre le chiffre 8. Huit heures du matin. L'heure où Boris, d'après ses renseignements, quittait généralement sa maison. Mais quelque chose l'en empêcha. Enfin, d'un geste sûr, elle cala le Semtex sous le moteur. Soudain, des bruits de voix se rapprochèrent. Elle risqua un œil au ras du sol glacé. Un couple marchait dans sa direction. Il s'arrêta devant le numéro 11. L'homme embrassa longuement la jeune femme. Elle voulait rentrer ; il la retenait. Une discussion s'engagea. L'homme était étranger. Eva reconnut son accent italien. Il lui reprochait d'être une allumeuse. La jeune femme se défendait. Eva, prisonnière sous la voiture, éprouva un sentiment de panique. Le Semtex pouvait exploser d'un moment à l'autre. La précision de ces appareils avait été plus d'une fois mise en défaut. Elle le savait. L'homme élevait la voix. Pourvu qu'il n'ameute pas le voisinage ! Eva tenta de sortir de l'autre côté, mais les phares blancs d'une voiture qui roulait lentement l'en empêchèrent. La voiture s'arrêta brusquement à sa hauteur. La lumière d'un gyrophare acheva de la troubler. Des bottes de milicien martelaient le bitume à deux pas de sa tête. Une voix demanda au couple si tout allait bien. Eva n'entendit pas la réponse. Une goutte d'huile tomba sur son nez. Elle réprima un éternuement de sa main. Les secondes continuaient de défiler sur l'écran du détonateur. Combien de minutes avant l'explosion ? Enfin les bottes s'éloignèrent, mais la voiture, elle, ne bougeait pas. Au bout d'un temps qui lui parut interminable, elle l'entendit enfin s'éloigner. Eva attendit encore quelques secondes et s'extirpa de sa cachette, côté rue. Sa voiture était toujours garée à l'angle de la place Dobryninskaïa et de la rue Piatnitskaïa. Le couple était toujours là. Comment leur demander de déguerpir ? Une voiture de la milice – sans doute la même – passa devant elle et descendit lentement la rue. Elle stoppa de nouveau à la hauteur du couple. Il était 1 h 22. A cet instant, une immense explosion secoua tout le quartier. Eva démarra sur les chapeaux de roue.

Deux minutes plus tard, elle arrivait devant l'agence. La cabine du gardien était vide. Elle braqua brusquement et entra dans la cour, tous phares éteints. Elle gara la voiture et sortit sans bruit.

Le taxi la déposa au coin de la place Pouchkina. Elle fit à pied le petit kilomètre qui la séparait de sa maison. Des pensées confuses se mêlaient dans son esprit. Elle faillit pousser un cri quand elle aperçut le milicien devant son immeuble. Elle se cacha aussitôt derrière une voiture. Où aller ? Chez Martine ? Par chance, le milicien s'éloigna. Il remontait la rue pour se réchauffer. Eva décida de courir le risque : son meilleur alibi était sa maison. Personne ne l'avait vue sortir et personne ne devait la voir rentrer. Elle avança prudemment jusqu'à la hauteur de son immeuble, cachée derrière les voitures en stationnement. Le milicien fit alors demi-tour pour entamer sa descente. Il était jeune, presque imberbe. Une voiture de la milice déboucha subitement en haut de la rue et s'arrêta devant lui. Un autre milicien en sortit et lui serra la main. Ils se mirent à parler en marchant. Bientôt, ils furent à une cinquantaine de mètres d'elle et dépassèrent son immeuble. C'était le moment ou jamais ! D'un bond, Eva traversa la rue et entra dans son immeuble. Elle referma la porte sans bruit et grimpa les escaliers quatre à quatre sans se retourner.

Elle s'effondra sur son divan et ferma les yeux pour retrouver ses esprits. Mais les questions se bousculaient de nouveau en elle. Pourquoi Boris avait-il placé un milicien devant son immeuble ? Pour continuer à l'intimider ou pour protéger la vieille femme ? Elle se déshabilla et courut sous la douche. C'est sous l'eau chaude qu'elle pensait le mieux.

Pourquoi n'avait-elle pas tué Boris ? Pourquoi sa main, ses doigts s'étaient-ils arrêtés à 1 h 30 au lieu de 8 heures ? Voulait-elle seulement lui donner un sérieux avertissement ? Elle avait tué, une fois de plus, des innocents. Dégoûtée d'elle-même, elle sortit de la douche, évitant de se regarder dans le miroir. L'image du jeune couple hantait son esprit. Il avait été volatilisé dans l'explosion. Elle lava ses bottes à l'eau chaude, lança ses vêtements dans la machine à laver. A bout de forces, elle se jeta sur son lit et éclata en sanglots douloureux. Sa vie était un cauchemar.

Le téléphone sonna sur la ligne protégée. Elle tendit le bras et débrancha la ligne pour ne pas avoir à parler à Piotr. Elle voulait qu'on la laisse tranquille. Pour toujours... Le sommeil s'empara d'elle sans qu'elle s'en aperçût.

L'inspecteur Boris Plioutch subissait le premier interrogatoire de sa carrière. Son supérieur direct à Petrovka, le colonel Anatoly Zetkin, s'était rendu à son domicile privé immédiatement après l'annonce du massacre : quatre morts, dont deux miliciens, sept voitures détruites, trois immeubles gravement endommagés. Des dizaines de voitures de la milice, gyrophare tournant, des ambulances, des voitures de pompiers encombraient la rue Piatnitskaïa. Le colonel, dans son uniforme enfilé à la hâte, avait dû enjamber des gravats, des civières où gisaient les victimes recouvertes d'une couverture. Il avait aperçu, interloqué, les restes de la fameuse Volga de l'inspecteur, éventrés au beau milieu de la rue. Boris Plioutch l'attendait sur le perron. Blême, l'œil sombre, visiblement ébranlé par ce qui venait de se produire.

Ils se serrèrent la main en silence. Boris Plioutch lui fit signe de le suivre. Aussitôt installés dans le petit salon, l'inspecteur comprit rapidement aux questions de Zetkin que des « sources anonymes » émanant probablement de son commissariat avaient fait état de sa « conduite bizarre », de « dossiers confidentiels relatifs à la mafia afghane ». Zetkin semblait gêné d'évoquer cette « attitude ».

– Ce ne sont pas des... comment dirais-je...
– Des accusations ? Écoutez-moi bien, colonel. On a cherché à me tuer. Pourquoi, je n'en sais rien. Quant à ma manière de mener mes enquêtes, vous la connaissez. Je ne parle jamais de rien à qui que ce soit, et vous avez toujours approuvé cette façon de procéder. Vous savez également que mes succès me valent toujours quelques jalousies. Je suppose qu'un mouvement terroriste va revendiquer l'attentat dans les heures qui viennent.
– Oui, oui... Mais je voudrais avoir votre parole que vous ne me cachez rien.
– Vous l'avez, mon colonel. Vous savez bien que je ne joue pas à ce jeu-là...
– Très bien, je vous crois. Faites-moi quand même un rapport complet sur cet... attentat. Et puis un topo sur vos affaires en cours.
Au moment où il allait partir, Boris lui demanda de le déposer à son commissariat.
– A 3 h 30 du matin ? Vous ne croyez pas que vous en faites un peu trop ?
– Et mon rapport, colonel ?
Il embrassa sa femme, lui chuchota quelques mots à l'oreille et sortit.
Une heure plus tard, Boris Plioutch s'enfermait dans son bureau. Il avait réveillé et interrogé le premier milicien en faction devant l'immeuble d'Eva. Il était catégorique. Personne n'était sorti de l'immeuble, à part un couple, vers 11 heures du soir. Le vigile de l'agence était aussi affirmatif. Boris tenta de faire le point. Deux options s'offraient à lui.
La première, celle que la presse retiendrait vraisemblablement : un attentat de plus, semblable à ceux qui avaient secoué Moscou par vagues successives. Mais, dans ce cas, pourquoi lui ? La deuxième était évidente pour lui : Eva Dumoulin. Les cartes postales, l'article de la *Pravda*, la vieille femme, etc. – toute cette machination puérile l'avait poussée à réagir, il en était convaincu. L'inspecteur n'était pas du genre à croire aux coïncidences. « Dans notre métier, rien n'est jamais dû au hasard : deux obus ne tombent jamais dans le même trou », aimait-il répéter aux nouvelles recrues. En attendant, il avait quatre nouveaux cadavres sur la conscience. Il était allé trop loin. Il ne comprenait pas pourquoi elle n'avait pas fait exploser la bombe quand il était dans sa

voiture. A moins que l'explosif n'ait été défectueux. Ou qu'elle n'ait voulu lui donner un avertissement? Mais ce n'était pas son genre : elle tuait, vite et bien. Quelles raisons avait-elle de l'épargner? Sa célébrité? Boris eut un frisson rétrospectif à la pensée qu'Eva l'eût repéré. Il s'en voulut d'avoir fait preuve d'imprudence, de légèreté... D'amateurisme! Pourtant, il était sûr qu'à aucun moment Eva n'avait soupçonné quelque chose d'anormal. Peut-être n'était-elle pas « seule », mais protégée par un agent qui aurait remarqué sa présence? Il retint cette hypothèse. Pourquoi alors l'avait-elle épargné?

« Qui est cette femme? » se demanda une fois de plus Boris en arpentant son bureau. Qui cherche à la protéger et pourquoi? Le maréchal Piotr Karstov? Pour un banal adultère? Impossible! Un frisson le parcourut. Et si elle travaillait pour le KGB? Il s'était cent fois posé la question. La vieille n'avait-elle pas affirmé qu'Alexandre avait été vu en compagnie d'un officier du KGB? Il se servit un quatrième café. Il avait dû mettre les pieds dans une affaire hautement secrète. Un complot, un trafic de devises, d'objets d'art... Les hypothèses martelaient son cerveau survolté sans qu'il puisse faire le moindre tri. On frappa soudain trois coups secs à sa porte.

– J'ai dit que je ne voulais pas être dérangé!

– C'est exact, répondit le planton en entrant. Mais vous m'aviez aussi demandé de vous réveiller à 8 heures au cas où vous vous endormiriez.

Boris regarda l'heure et le remercia d'un hochement de tête. Il appela alors l'administration du téléphone et demanda à parler au responsable du service « C ». Par chance, celui-ci était déjà à son bureau malgré l'heure matinale. Eva n'était pas sortie de chez elle, mais elle avait pu passer quelques coups de fil. Plioutch avait besoin de connaître le nombre et les numéros de ses appels; il les demanda. Seul le KGB avait accès à ce département, mais le prestige de Boris leva cet obstacle. Le chef de « C » lui promit de faire de son mieux. Une heure plus tard, il le rappelait :

– Négatif! Elle n'a passé aucun appel, inspecteur. Mais elle a pu téléphoner sur l'autre ligne.

– Quelle autre ligne?

– Cette personne possède une deuxième ligne extrêmement confidentielle qui ne dépend pas de notre service. Là, inspecteur, je ne peux pas vous aider.

– Qui le peut ?
– Le GRU.
– Le GRU ?
– Oui, les services de renseignements militaires. Ces lignes leur appartiennent.
– Merci, mon ami, merci. De toute façon, ce n'est pas si important... Passez donc me voir, un de ces jours. Nous prendrons un verre.
Il raccrocha d'une main tremblante. Une goutte de sueur tomba sur la feuille de papier qu'il avait griffonnée sur son bureau. Brusquement, il imagina la vieille femme morte, la trachée-artère brisée. Il se leva d'un bond et sortit en courant.

Moscou, le 15 avril.

« Le boucher de Varsovie. » La presse internationale était unanime pour qualifier ainsi le nouveau maréchal de l'URSS, Piotr Karstov. Elle l'accusait d'avoir manipulé le gouvernement de Varsovie en lui faisant croire que l'armée polonaise s'apprêtait à prendre le pouvoir pour mettre fin à l'anarchie qui régnait dans le pays. Puis d'en avoir profité pour obtenir de lui une demande d'assistance en bonne et due forme qui rendait légale l'intervention soviétique.

– Je suis sincèrement désolé pour votre nouvelle image à l'Ouest, dit Gorchkov, d'une voix sincère.

– Moi aussi, répondit le maréchal. Mais l'essentiel est que la vôtre soit préservée...

Gorchkov le remercia du regard. Depuis son retour de Pologne, la veille, un mois plus tard que prévu, c'était la troisième fois que Karstov était convoqué par le Président. La Pologne était toujours sous le contrôle de l'Armée rouge et le processus de normalisation qu'il avait mis en place commençait à peine à porter ses fruits. D'un point de vue strictement militaire, l'opération « Perestroïka » était un succès : Karstov avait réussi à empêcher le gros de l'armée polonaise de se lancer dans la bataille, si l'on exceptait quelques unités rapidement matées. Désarmés, cantonnés de force dans leurs casernes, les soldats polonais étaient condamnés à la passivité pendant que les Soviétiques, avec l'aide active des troupes d'élite de la sécurité, nettoyaient le pays de la « vermine antidémocratique ». Les spécialistes du KGB avaient, en effet, établi que l'armée polonaise n'était pas fiable et que les risques étaient grands de la voir rejoindre le peuple dans sa lutte contre le « Grand Frère ». Un affrontement entre les deux armées aurait eu des conséquences désastreuses pour l'Armée rouge. Personne à Moscou n'avait voulu prendre ce risque. Le plan proposé par Karstov avait été rejeté une première fois par l'état-major, puis accepté sur ordre du conseil de Défense présidé par Gorchkov. Le maréchal Karstov avait également réussi l'exploit de faire détourner l'avion du pape. L'appareil avait dû atterrir dans un aéroport militaire proche de la frontière hongroise. Après une heure de discussion passionnée, Karstov, grâce aux conseils d'Eva, avait convaincu le pape de rebrousser chemin.

– Votre Sainteté, avait conclu Piotr, vous avez entre vos mains la vie de dizaines de milliers de gens. Vous pouvez déclencher le plus grand massacre qui se puisse imaginer. Mais vous pouvez aussi l'éviter. Il vous suffit de repartir. Je suis là à la demande du gouvernement polonais pour mettre fin à l'anarchie de votre patrie.

– Et les innocents qui vont mourir, qui meurent déjà ?

– Ils nous sauvent tous du désastre. Ils ne meurent pas pour rien.

Il se remémora les phrases d'Eva et ajouta :

– Dieu m'a mis sur ce chemin pour éviter l'apocalypse. Ne me barrez pas la route. Bénissez-la !

Le pape, ébranlé, avait demandé quelques minutes de réflexion. Piotr, angoissé, avait attendu une heure au pied de l'avion. Depuis la reprise des relations diplomatiques entre le Vatican et Moscou, et la visite historique du pape à Moscou à l'été 1991, il représentait une menace encore plus grande qu'auparavant.

Quand il remonta dans les salons privés du pape, Karstov trouva ce dernier étrangement calme. A ses pieds, il vit une bassine en or remplie d'eau. La voix grave du pape résonna dans ses oreilles :

– Approchez-vous, mon fils, je vais vous bénir.

Piotr hésitait.

– Je suis déjà baptisé, mentit-il enfin.

– Approchez, reprit le pape d'une voix calme.

Karstov garda le secret sur ce moment exceptionnel.

Gorchkov reprit, d'une voix fatiguée :

– L'essentiel est que nous ayons évité le massacre et

donné, je l'espère, un sérieux avertissement aux autres candidats qui rêvent de quitter le pacte de Varsovie.

– Oui, monsieur le Président, et que la Pologne soit muette pour au moins cinq années. Mais...

– Mais ?

– Je suis venu vous offrir ma démission...

– Hors de question, répondit Gorchkov. Vous êtes le seul sur qui je puisse compter. Oubliez ça, je vous l'ordonne.

– Écoutez, monsieur le Président, depuis deux ans, on sabote toutes mes initiatives, on me boycotte de tous côtés, on tente même de me tuer. Et vous le savez. Pour détourner l'avion du pape, j'ai dû faire appel au GRU, le KGB n'était même pas capable de nous aider... ou plutôt refusait de le faire!

– Je sais, Piotr, je sais. Mais il faut être patient...

– Ma patience a des limites!

Karstov parcourut la pièce du regard comme pour s'assurer qu'ils étaient bien seuls. Il hésita un moment et lança :

– Je resterai peut-être. Mais à une condition.

Gorchkov, d'un signe de la tête, lui ordonna de continuer.

– Nommez-moi ministre de la Défense et membre du Politburo.

Gorchkov eut l'air franchement étonné.

– Mais je vous ai proposé cela au moins trois fois, si mes souvenirs sont exacts. Vous avez toujours refusé!

– C'est vrai, monsieur le Président. Je suis un soldat. Mais j'ai compris que, pour maîtriser les incendies du moment et ceux de demain, votre appui n'est plus suffisant. J'ai besoin d'une plus grande liberté d'action, de plus d'autorité auprès de l'armée et du KGB.

– Ce n'est pas très facile. Avec votre nouvelle image, on dira que Staline est de retour...

Karstov encaissa le coup en silence.

– Ma décision est prise.

– Accordez-moi quelques jours. Je vais y réfléchir.

– Je pars pendant une semaine loin de tout. Je serai chez ma mère, au cas où vous auriez décidé quelque chose.

Pour la première fois depuis le début de leur entretien, Gorchkov sourit, apparemment plus détendu. Il se leva et donna l'accolade au maréchal.

– Vous ne croyez pas, j'espère, que je vais vous laisser partir ? dit-il en le raccompagnant jusqu'à la porte. Comment va Olga ?
– C'est fini...
– Ah bon ? Et votre...
– Fini aussi.
– J'en suis heureux, maréchal. Un homme comme vous ne pouvait se lier à une étrangère. Le peuple ne l'accepterait jamais. J'avais même envisagé de vous l'interdire.
Il marqua une pause et reprit, un sourire malicieux aux lèvres :
– Mais, cher ami, ne restez pas seul trop longtemps. C'est mauvais pour le moral...
Piotr lui rendit son sourire et sortit.

Piotr Karstov dînait en compagnie de sa mère. Il avait pris un avion militaire jusqu'à Koutaïssi, deuxième ville de la Géorgie dans le Caucase. De là, une voiture l'avait déposé incognito à Tkibuli, une petite ville située à dix-sept kilomètres au nord-est.

C'était la première fois depuis plus d'un an qu'il la voyait. Il avait tenté plusieurs fois de la convaincre de venir s'installer à Moscou, mais sans succès. Elle ne voulait pas quitter la petite maison en bois, perchée sur une colline, qu'elle occupait depuis sa naissance. Piotr avait toutefois réussi à y installer le téléphone, l'eau chaude et l'électricité, un luxe ici. A soixante-dix-sept ans, Evguénia Karstov confirmait, par un physique solide et un visage plein de fraîcheur, la réputation de longévité des Caucasiens. Elle ne faisait plus de ménages. Depuis quelques années, elle coupait elle-même son bois, parcourait sept kilomètres à pied tous les jours jusqu'à la fameuse station thermique de Tskhaltoubo pour vendre ses œufs frais, ses poulets et les légumes qu'elle tenait encore à cultiver dans sa petite parcelle de terrain privé. « Quand tu auras des enfants, je viendrai les voir et m'occuper d'eux comme il faut », lui avait-elle dit plus d'une fois.

– Alors, mon fils, c'est pour quand ? lui demanda-t-elle ce soir-là.

– J'ai divorcé, répondit Karstov, gêné. Olga ne veut pas d'enfants.

Elle le fixa longuement dans les yeux, puis s'exclama, en contenant ses larmes avec peine :

– Je t'avais toujours dit de prendre une fille du pays,

une Caucasienne. Elles ont tout, la beauté, la santé, la fidélité. Alors je vais mourir sans connaître mes petits-enfants ?

– Non, maman. Tu vas en avoir. J'ai rencontré une femme merveilleuse. Je veux que tu fasses sa connaissance. C'est avec elle que j'aurai mes enfants...

Au ton qu'il employait, Evguénia comprit très vite que son fils, tout maréchal qu'il fût, était vraiment amoureux. Il lui parla longuement d'Eva, de sa beauté, de sa force de caractère, de son métier. Elle l'interrompit brusquement :

– Ce n'est pas une Russe de Moscou, j'espère ! Elle est née chez nous ?

– C'est une étrangère, une Française...

– Alors, c'est une espionne ! Tous les étrangers sont des espions. Fais attention, mon garçon...

– Non, maman, fit-il en riant. Les étrangers ne sont pas tous des espions.

Elle n'eut pas l'air convaincu. Piotr lui demanda brusquement si elle connaissait une voyante dans le village.

– Une voyante ? Je croyais que...

– Simple curiosité, dit Piotr en souriant.

– Mon fils, tu me caches quelque chose. Je le sens. Cette étrangère t'a ensorcelé.

– Maman, je t'en prie. Quand tu la verras, tu comprendras et tu l'aimeras, j'en suis sûr. C'est elle qui te donnera tes petits-enfants.

– Quand ?

– Bientôt.

– Cela veut dire quand, bientôt ?

– En octobre, si tout va bien...

– Elle est déjà enceinte... de deux mois, c'est cela ?

– Hem... oui, c'est cela, dit-il, gêné.

– Mais alors tu t'es remarié ?

– Non, pas encore... Nous avons des choses à régler avant.

Elle garda le silence, les yeux dans le vide. Piotr regarda le téléphone. Il avait envie d'appeler Eva pour lui demander de venir toute affaire cessante. Mais il se ravisa, la mort dans l'âme.

– Il ne faut pas consulter les voyantes, mon fils. Ce n'est pas bien.

– Je croyais que tu y allais toi-même...

– Peut-être, mais c'est fini. Le rabbin Aronski de Koutaïssi, qui était un ami de ton père – Dieu ait son âme –, m'a affirmé un jour que dans leur religion il est strictement interdit de consulter les voyantes.

– Pourquoi ?

– Dieu seul le sait! Quant à toi, tu n'as aucun souci à te faire : tu as un grand destin. Je l'ai toujours su... Tu peux croire ta mère. Ça vaut toutes les voyantes de Russie.

Karstov, comme rassuré par ses paroles, se leva et l'embrassa sur le front.

– Tu as une photo d'elle ?

– Une photo ? Bien sûr! Comment n'y ai-je pas pensé!

Il prit son portefeuille dans sa veste posée sur le petit lit de fer et en tira une photo qu'il avait prise trois mois plus tôt sur les bords de la Caspienne. Eva, en maillot de bain, sortait de l'eau. Elle souriait. Il la lui tendit.

– C'était à la mer, dit-il, comme pour s'excuser.

Sa mère l'examina sans un mot, puis la lui rendit en disant simplement :

– Elle est belle. Trop belle, mon fils. Tu n'en as pas une plus décente ?

– Non, pas sur moi... Maman, tu crois en Dieu ? ajouta-t-il à brûle-pourpoint.

– Évidemment! Les Rouges ont perdu le jour où ils ont supprimé Dieu. Tout le malheur de ce beau pays vient de là. Ton père aussi – Dieu ait son âme – croyait en Dieu. C'est pour cela qu'ils l'ont tué.

– Pourquoi ne me l'as-tu jamais dit ?

– J'avais peur. Et puis je ne voulais pas que tu finisses comme ton pauvre frère.

– Tu avais peur de qui ?

La vieille femme lutta pour empêcher le chagrin de percer dans sa voix. Ses yeux restaient obstinément fixés sur ses mains jointes, comme si elle refusait d'affronter le regard de son fils.

– De toi! finit-elle par murmurer en levant sur lui son visage à peine ridé. J'avais peur que tu ne me dénonces. C'était la spécialité des criminels qui gouvernaient avant.

– Comment oses-tu imaginer une chose pareille ?

– Tu es trop jeune, mon fils. Tu ne sais pas de quoi ils étaient capables... Staline a tué la moitié de ma famille et celle de ton père...

Un silence de plomb tomba sur la petite pièce.

– Maman, il faut que tu saches, j'ai rencontré le pape.

– Le pape ?

Piotr acquiesça. Elle resta muette, abasourdie, un long moment.

– Il m'a baptisé, dit-il enfin. En secret.

Elle se leva et l'étreignit de toutes ses forces en pleurant. Piotr sentit les larmes de sa mère sur son cou. Elle lui murmura dans l'oreille :

– Mon fils, tu étais déjà baptisé. Ton père et moi l'avions fait en cachette, selon nos propres rites. Dieu te bénisse. Dieu te bénisse.

Eva apprit la nouvelle alors qu'elle se trouvait avec Martine dans la pièce des télex. Celle-ci était en train de lire un télégramme de l'agence Tass à mesure qu'il s'imprimait.

– Un remaniement ministériel au Kremlin. Le boucher de Varsovie a été nommé ministre de la Défense et...

Eva lui arracha le télex des mains.

– ... et membre du Politburo.

Elle le rendit à Martine sans lire la suite, en s'efforçant de sourire.

– Convoque une conférence de la rédaction dans dix minutes, lui ordonna-t-elle en sortant.

A son bureau, elle s'effondra dans le fauteuil. Depuis l' « attentat » contre l'inspecteur Boris Plioutch, Eva avait mené une vie relativement calme. Boris ne s'était plus manifesté, et elle avait profité de ce répit pour souffler un peu. L'avertissement avait porté. La vieille femme avait disparu de l'immeuble d'en face. Le lendemain de l'attentat, vers 10 heures du matin, elle avait assisté par la fenêtre à son « déménagement », effectué par Boris en personne. Ensuite, plus rien. Plus de cartes anonymes, plus de filature d'amateur, plus de pression. Le vide. Eva en avait profité pour être plus active à l'agence, mais elle n'ignorait pas que Plioutch attendait la première occasion pour refaire surface.

La presse soviétique s'était contentée d'évoquer l'attentat qui avait fait quatre morts, sans mentionner le nom de Boris Plioutch. Des instructions avaient dû être données, sans doute par Plioutch lui-même. Peu de temps après l'explosion de la rue Piatnitskaïa, elle avait déjeuné avec le rédacteur en chef de la *Pravda*, Jan Egorov. Ils s'étaient retrouvés dans le restaurant, très luxueux, de la Maison des Journalistes, entièrement rénovée deux années plus tôt à l'occasion d'un grand colloque international consacré au « rôle des médias dans la perestroïka ».

Sans doute une manière pour le président soviétique de remercier ceux qui l'avaient appuyé le plus efficacement dans sa conquête difficile de l' « opinion publique » soviétique... Autour d'une table somptueusement garnie, Egorov avait évoqué, sous le sceau du secret, la personnalité visée par l'attentat. Sans le nommer. Devant l'insistance d'Eva, il finit par avouer qu'il s'agissait du fameux inspecteur Plioutch, mais qu'il avait reçu la consigne – du ministre de l'Intérieur lui-même! – de ne pas le citer dans son journal. Les Moscovites n'auraient pas compris, en effet, qu'on puisse attenter à la vie de leur flic favori sans réagir. Des rumeurs selon lesquelles l'inspecteur était sur le point de démasquer un trafic de devises auraient circulé dans la capitale.

La population en aurait déduit que le pouvoir avait commandité l'attentat. Et elle n'aurait pas eu tort, laissa entendre Egorov. D'après lui, Plioutch serait en train de mener une enquête secrète.

– Vous le connaissez bien? interrompit Eva en souriant.

– Moins bien que le responsable de la rubrique criminelle, mais assez pour en parler. Nous avons souvent publié son portrait dans nos colonnes.

– Quel genre d'homme est-ce?

– Comment vous dire? Il recèle, en réalité, des trésors de finesse et d'habileté. C'est un vrai chasseur : il a tout son temps. Ceux qu'il poursuit tombent tôt ou tard dans un de ces pièges qu'il ne se lasse pas de tendre. C'est un maniaque du secret, un solitaire. C'est pour cela qu'il a réussi à mettre la main sur autant de criminels et à démanteler des gangs. Vous savez, ici, il faut avoir une sacrée personnalité, une sacrée force de caractère pour résister aux appareils bureaucratiques du parti ou des ministères. Plioutch est le seul qui ait réussi à s'imposer face à eux et à ne pas céder à leurs pressions... amicales.

Il retraça ensuite les grandes lignes de la carrière de l'inspecteur. Pour Eva, autant d'indices utiles.

– Alors dites-moi, Jan, demanda-t-elle d'une voix suave, sur quel genre d'enquête ce superflic était-il en train... ?

– Sans l'affirmer, je pense qu'il s'agit d'un trafic de devises ou de drogue où de hautes personnalités de l'État seraient impliquées. Mais je ne vous ai rien dit, n'est-ce pas ? Tout ceci reste entre nous.

Eva sourit.

– Vous avez ma parole, mon cher, cela va de soi. Et c'est pour cela qu'on n'aurait pas hésité à vouloir le tuer ?

– Sûr... Plioutch devenait gênant, sans doute, et les membres de la mafia qui sont au gouvernement ont décidé de l'éliminer.

– Quel pays! s'exclama Eva en riant.

Egorov éclata de rire à son tour.

– Vous voyez bien qu'on s'occidentalise !

En rentrant à l'agence, Eva songeait à ce que lui avait dévoilé Egorov du caractère de Plioutch. Elle comprenait mieux ses motivations, les raisons qu'il avait de ne jamais lâcher sa proie. Elle se sentait partagée entre l'admiration et le regret. Ailleurs, en d'autres temps, ils auraient pu être amis, s'estimer... Rassurée et inquiète à la fois, elle était sûre dorénavant que Plioutch avait agi en solitaire depuis le début, à partir de la montre volée. C'était bien dans son style. Il était pris à son propre piège, mais c'est bien cela qui l'inquiétait : « Cet homme a besoin d'un peu plus de gloire, avant de rejoindre ses collègues retraités. »

La réunion de rédaction avait commencé quand elle entra dans la salle de conférences.

Martine lui désigna aussitôt un télex :

– Regarde, c'est le fameux inspecteur dont on devait faire le portrait. Il vient de donner sa démission.

– C'est une histoire russe pour les Russes, dit Eva en repoussant le télex. Pas pour nous.

David, qui n'avait pas encore reçu confirmation de sa promotion, fut chargé de rédiger un éditorial sur le remaniement ministériel. Une discussion animée s'engagea sur la nature réelle de ce changement.

– Les trois ministres qui ont été relevés de leurs fonctions nous dissimulent l'essentiel, à savoir le nomination du sanguinaire Karstov à la Défense, affirma David avec une soudaine véhémence. C'est un retour en arrière. Il faut s'attendre au pire dans les jours qui viennent.

Bruno défendit aussitôt le point de vue opposé. Pour lui, on se trompait sur la nature réelle de Karstov. C'était sans doute un dur, mais il avait évité le grand massacre en Pologne et mis fin au chaos qui régnait dans ce pays...

– Et quatre à cinq mille morts, en Pologne, c'est quoi ? Un accident de la route ? hurla David.

– L'ensemble de la presse internationale fera un commentaire plus ou moins similaire à celui de David, coupa Martine. A quoi bon... ?

Bruno répliqua aussitôt :

– L'ensemble de la presse internationale peut se tromper et se trompe souvent, surtout quand elle réagit à chaud, sous le coup de l'émotion. Notre rôle n'est pas de nous émouvoir, de prendre parti ou de jouer les Cassandres, mais d'informer avec le plus d'objectivité possible. Nos papiers engagent l'agence. Ils doivent rester neutres. Nous ne sommes pas un magazine ni un journal politique. Alors, restons calmes.

– L'éditorial est signé et n'engage que moi, insista David d'une voix où perçait l'arrogance.

Pia, la Danoise, dessinait ostensiblement sur son bloc. Les disputes constantes entre Bruno et David l'exaspéraient au plus haut point. Les regards se tournèrent vers Eva.

Elle trancha en faveur de David :

– Le maréchal Karstov n'est peut-être pas le boucher que l'on présente ici et là. Mais la conception que l'on a des faits est souvent supérieure aux faits eux-mêmes. Soyons ou essayons d'être objectifs.

– L'objectivité est une conception subjective, fit Bruno. Vous le savez tous ici. Les ministres de l'Économie et de la Perestroïka, du Logement et de la Décentralisation ont été remplacés. Ce n'est pas de la dissimulation ! Prétendre le contraire relève de la paranoïa !

David rougit de fureur. Eva, impatiente, se leva pour signifier que la réunion était finie et conclut :

– David écrira son éditorial comme il l'entend. Vous autres, contentez-vous d'en savoir plus et de rédiger des dépêches en conséquence.

Quand ils furent sortis, David resta debout près de la porte.

– Merci. Tu es un vrai rédacteur en chef...

– Ta confirmation sera effective à partir du 1er juin. Si tout se passe bien d'ici là. Il y a encore des oppositions, à mon avis purement bureaucratiques, mais je compte secouer les technocrates qui nous dirigent lors de mon prochain voyage.
– Quand ?
– Probablement fin mai.

– Elle est très intelligente. Elle a eu une enfance mouvementée. Sa mère l'a abandonnée quand elle était toute petite. Elle a grandi chez un couple très bien. Son père est très riche. Ah oui ! très riche, mais... je ne comprends pas... Il y a beaucoup de flou en elle.

La voyante de Koutaïssi remuait son visage de droite à gauche, visiblement troublée. Les yeux fermés, elle promenait ses doigts sur la photo que lui avait confiée Mme Karstov.

– J'ai la sensation qu'elle a fait de la prison... Je la vois dans une sorte de baraquement, seule. Je la vois aussi courir dans le désert, avec un homme armé qui la suit... Elle a très chaud... On dirait qu'il la menace... Non, elle le connaît... et elle est armée elle aussi... C'est comme s'il y avait deux femmes en elle, comme si elle cachait quelque chose... C'est une femme déchirée. Je le sens très fort. Elle souffre beaucoup. Il y a en elle le bien autant que le mal. Mais qui est cette femme ? demanda-t-elle brusquement en levant les yeux sur sa cliente.

Sans attendre de réponse, elle poursuivit :

– Je la vois étrangler une autre femme... Oui, elle l'étrangle, la femme tombe, il y a de l'eau, beaucoup d'eau. Je la vois, on veut la tuer, elle tombe... Il y a vraiment deux femmes en elle, elle cache des choses...

La mère de Piotr avait écouté religieusement la vieille voyante sans l'interrompre. Elle l'avait consultée la dernière fois lors du mariage de son fils. Elle s'en souvenait très précisément. Elle lui avait dit :

« Il n'aura pas d'enfants avec elle, sa femme ira avec un

autre homme. Il divorcera, mais fera la connaissance d'un homme très important, un homme de Dieu. Il va aussi rencontrer une femme, très belle, et ils tomberont fous amoureux l'un de l'autre... »

– Est-elle enceinte ? demanda Evguénia Karstov d'une voix étrangement calme.

– Non! Non. Elle n'est pas enceinte. Elle le sera plus tard. Avec un homme important. Elle l'aime et ne l'aime pas à la fois. On dirait que... on dirait qu'en elle il y a deux personnes, une qui l'aime et une qui l'empêche de l'aimer... Cette femme me trouble, sa vie est très confuse... Il y a en elle du bon, beaucoup de bon, mais je n'arrive pas à voir...

Elle fixa de nouveau son interlocutrice.

– Je n'ai jamais vu une chose pareille, deux personnes en une seule, deux personnes aussi différentes l'une de l'autre. On dirait qu'elle a été ensorcelée, qu'elle obéit à un être supérieur, on dirait qu'elle joue avec son destin...

La mère de Piotr Karstov posa trois billets de dix roubles sur la table, reprit la photo et s'en alla sans prononcer une parole.

Les premières mesures du nouveau gouvernement furent largement commentées par la presse soviétique, tandis que la presse internationale continuait à jouer les Cassandres. La conférence de presse donnée par le nouveau ministre de la Défense, le maréchal Karstov, deux semaines après sa nomination, confirmait les craintes des observateurs.

– Nous allons remettre de l'ordre dans la maison, je m'y emploierai personnellement! avait-il lancé à la face du monde, en évitant soigneusement le regard d'Eva, assise au premier rang à côté de Jan Egorov.

Ils ne s'étaient pas revus depuis la Pologne et n'avaient guère échangé que quelques coups de téléphone qui avaient laissé Eva dans un état de frustration et d'attente. La veille de la conférence de presse, n'y tenant plus, elle l'avait appelé :

– Une nuit, juste une nuit.

– Tu sais bien que ce n'est pas le moment! avait-il répondu sèchement.

– Je pars après-demain pour Bruxelles. J'y resterai au moins dix jours. J'ai besoin de te voir, tu comprends?

– Repose-toi bien. Je t'appellerai à ton retour, je te le promets. Je vais bien. Bonne nuit.

Les phrases qu'ils échangeaient devenaient de plus en plus banales. Comme celles d'un couple usé par le temps. « Tu vas bien? Quel temps fait-il? Tu ne manques de rien? N'hésite pas à m'appeler... »

Eva avait le sentiment que le personnage qu'elle avait en quelque sorte créé lui échappait. Cette métamorphose soudaine la troublait. Elle se souvint d'un des cours de psychologie, celui qui l'avait le plus marqué : « Le jour où tu n'auras plus prise sur ton personnage, tu auras accompli ta mission », concluait le professeur. Elle se remémora également la discussion qu'elle avait eue deux jours plus tôt avec un célèbre auteur de romans russes :

« Au début, je crée mon héros de toutes pièces. Je lui donne un peu de moi-même, un peu de ce que j'aurais voulu être, je lui inculque quelques-uns de mes fantasmes, je lui prête des qualités que je vole à d'autres, amis ou ennemis. Ensuite, il se met à exister. Lentement, comme un enfant qui apprend à marcher. Il est fragile, mais il réussit bientôt à marcher sans appui. Puis il se met à courir, et moi, j'ai beau me lancer à sa poursuite, je ne peux plus le rattraper. C'est moi qui tombe, qui le supplie de revenir. Pour me venger, je lui tends des pièges diaboliques ! Mais il s'en sort toujours, au dernier moment, un sourire aux lèvres, comme pour me narguer. Bien sûr, je pourrais le tuer, mais alors nous cesserions d'exister, lui et moi. Il le sait. C'est sa force et ma faiblesse. Ce bras de fer dure jusqu'au moment où je reconnais son indépendance, où je respecte sa personnalité. Alors, il revient et m'entraîne dans l'histoire que je veux raconter. Il la connaît mieux que moi. Le rapport de forces se transforme en connivence, je l'aime à nouveau, je l'admire davantage, surtout si la logique de mon récit exige que je le tue à la fin ! »

Eva avait écouté Simonov avec passion, sans pouvoir s'empêcher de penser à Piotr et à Boris, même si lui, elle ne l'avait pas créé. Entre eux, une sorte de complicité s'était établie. Désormais, les deux hommes lui échappaient. Aujourd'hui, alors que l'un et l'autre ne donnaient plus signe de vie, elle était condamnée à suivre leurs évolutions respectives dans la presse. « Piotr Karstov a engagé un processus de réforme au sein de l'armée... Boris Plioutch est déjà en train d'écrire ses Mémoires... » On parlait déjà de son livre comme du « best-seller » de la décennie.

Quant à elle, se demanda-t-elle un soir, n'avait-elle pas échappé, elle aussi, à ses créateurs ?

La vieille de son départ pour Bruxelles, Eva quitta l'agence plus tôt que d'habitude, prise d'une subite envie de respirer un peu d'air pur. En ce début de mois de mai, il régnait dans les parcs de Moscou une sérénité qui contrastait avec l'atmosphère pesante dans laquelle le pays s'enfonçait jour après jour depuis l'intervention de l'Armée rouge en Pologne. Elle prit le métro et descendit à la station Ouniversitet. Quelques minutes plus tard, elle marchait dans les allées du parc des Monts-Lénine, l'un des plus beaux endroits de la capitale. Elle croisa des grands-mères promenant leurs petits-enfants, des couples enlacés qui semblaient étrangers à la folie du monde, des vieillards assis sur des bancs, concentrés sur leur partie d'échecs. Le visage offert au soleil tiède qui jouait avec le feuillage des bouleaux et des chênes, Eva s'oxygénait à pleins poumons. Elle se sentait euphorique à l'idée de retrouver l'Europe de l'Ouest et ses certitudes. Elle ne remarqua pas un vieil homme barbu coiffé d'une casquette, et qui marchait à une bonne centaine de mètres derrière elle. Il mangeait une glace et s'arrêtait souvent contre un arbre, comme pour mieux la savourer.

Ce n'était pas la première fois que l'inspecteur Boris Plioutch observait Eva de loin. Une semaine après l'explosion de sa voiture, il avait pris la décision de démissionner. Une double vie commençait pour lui. Chacun de ses déguisements était soigneusement préparé et testé plusieurs fois avant d'être porté. Parfois, Boris s'arrangeait pour passer devant sa femme dans la rue, devant une station d'autobus, ou à la sortie de son travail. Elle ne le reconnaissait jamais, même quand il lui demandait l'heure. Certain de n'être pas reconnu, il prit alors le risque de suivre Eva jour après jour. Un matin, en sortant de chez lui, il eut la surprise de la découvrir postée à quelques pas de son immeuble, au moment où lui-même, déguisé en femme, en sortait. La jeune étudiante aux cheveux blonds et longs, lunettes rondes sur le nez et jean, ne pouvait être qu'elle. Il faillit éclater de rire tant la situation lui parut comique. Mais il se retint : il avait devant lui la preuve vivante qu'Eva menait une vie secrète. Un sentiment de fierté s'empara de lui ce jour-là. Il savait qu'Eva tomberait dans son piège un jour prochain.

Elle revint plusieurs fois, après l'annonce de sa démission, avec la même tenue d'étudiante, changeant uniquement de coiffure alors que lui avait déjà joué les rôles de grand-père, de facteur, de livreur, de mécanicien et de prêtre. Maintenant, il avait la certitude qu'Eva était directement impliquée dans le mystère qui continuait de lui échapper, mais dont il ne doutait pas de trouver la clef. Il ne comprenait toujours pas, en revanche, pourquoi elle l'avait épargné.

Son jeu était limité, il le savait. Il n'avait pas de stratégie à long terme et se bornait à la pister. Sa nouvelle vie lui plaisait. Elle le faisait sortir de la routine dans laquelle il s'était enlisé. Sans le savoir, Eva Dumoulin donnait un nouveau sens à son existence. Grâce à elle, il vivait une aventure, une vraie. Le plus grand, le plus exaltant défi de sa carrière de flic. Là, sous les arbres du parc, il jubilait intérieurement de cette liberté nouvelle qu'il s'était offerte et qui le menait sur des chemins qu'il n'avait jamais encore explorés.

La vieille femme ressemblait à une paysanne géorgienne. Elle se tenait debout, au milieu de la cour de l'immeuble où venait d'entrer Eva, qu'elle observait à mesure qu'elle avançait. Leurs regards se croisèrent. La vieille paysanne la dévisagea de la tête aux pieds et se posta devant elle, l'air résolu.

– C'est toi, Eva ? Je suis la mère de Piotr. Je dois te parler.

Eva, surprise, songea que l'inspecteur Boris Plioutch n'aurait pu lui tendre un piège aussi fou... Elle lui sourit et l'invita à la suivre. Quand elle voulut l'aider à monter les escaliers, la vieille femme la repoussa.

Dans l'appartement, Eva lui proposa de s'asseoir et de boire un thé. Pour toute réponse, la vieille continua à la fixer en silence. Mal à l'aise, Eva nota la similitude de son regard avec celui de son fils. Enfin, elle se mit à parler.

– Je suis venue du Caucase pour te voir. Mon fils ne sait pas que je suis à Moscou, chez toi.

Et, sans transition, elle ajouta :

– Tu as menti à mon fils, tu n'es pas enceinte !

– Il vous a dit cela ? s'étonna Eva en souriant. Je vous en prie, madame Karstov, asseyez-vous. Je suis heureuse de vous voir, votre fils m'a tellement parlé de vous. Laissez-moi vous préparer quelque chose de chaud.

Elle se dirigea vers la cuisine et fit chauffer de l'eau. La vieille femme la suivit sans rien dire.

– Vous aimez les... ?

– Je n'aime rien, coupa-t-elle. Et toi non plus, je ne t'aime pas. Je suis venue te dire de laisser mon fils tran quille. De ne plus le revoir. Tu es une sorcière. Tu l'as ensorcelé!

Eva eut peur soudain. La bouteille de lait qu'elle avait sortie du frigo lui tomba des mains et se fracassa sur le sol. Elle enfouit sa tête entre ses mains et essaya de pleurer. Ses gémissements finirent par attendrir la vieille femme.

– Je n'ai rien contre toi, petite fille, fit-elle d'une voix plus douce. Mais il faut laisser mon fils tranquille. Il faut retourner chez toi. Je sais qui tu es!

Eva s'empara d'une serpillière et nettoya le sol. Puis elle prépara le thé, posa deux tasses et des petits gâteaux au chocolat sur un plateau avant de regagner le salon. La vieille restait obstinément debout. Eva se décida enfin.

– Madame Karstov, j'aime votre fils. Plus que vous ne pouvez l'imaginer, et c'est pour cela que je vais partir. Il ne le sait pas encore...

– Quand? Je sais qui tu es! Ma voyante t'a démasquée, tu es... tu es une espionne étrangère!

Eva se leva d'un bond. L'espace d'une seconde, elle faillit lui sauter à la gorge, puis finit par éclater de rire.

– Tu peux rire! Et reprends ça! s'exclama la vieille, furieuse, en lui jetant la photo à la figure.

Eva la ramassa, et, l'observant de plus près, reconnut l'endroit où elle avait été prise. Pourtant, elle ne se rappelait pas avoir vu Piotr avec un appareil de photo. Il avait dû la prendre à son insu avec un appareil miniature, mais pourquoi? Elle posa la photo sur la table, en proie à une colère noire. Mais elle réussit à garder son sang-froid, but une gorgée de thé et reposa la tasse, le visage dur.

– Tu pars quand?

– Demain.

– Pour toujours, j'espère.

Eva acquiesça et tenta une dernière fois de l'amadouer. Elle se retourna et se mit à sangloter. Quelques instants plus tard, une main lui caressait les cheveux.

– Je suis triste, ma fille. Mais je n'ai que Piotr. C'est tout ce que j'ai. Je ne te veux aucun mal.

– Madame Karstov, j'ai beaucoup de choses à vous dire, mais pour cela, il faut vous asseoir. Vous êtes fatiguée. Je vous en prie, asseyez-vous. Près de moi. Faites-moi confiance.

Elle avait parlé d'une voix douce. La vieille hésita, puis s'assit. Eva poussa vers elle sa tasse de thé et l'assiette de gâteaux.

– Je vais vous dire des choses terribles, grand-mère, commença Eva après un moment de silence. Je suis heureuse que vous soyez venue. Vous allez pouvoir dire à Piotr de faire très attention à lui. Il a beaucoup d'ennemis. Moi, je lui ai sauvé la vie une fois, mais je ne serai pas là la prochaine fois.

Eva se leva et releva sa robe pour lui montrer sa cicatrice à la jambe :

– La balle était pour lui. Sans moi, vous auriez perdu Piotr...

Elle lui raconta l'histoire dans tous ses détails. La vieille l'écoutait, le regard humide.

– Quand je partirai, Piotr vous confirmera tout ce que je viens de dire.

– Mais ma voyante m'a dit que tu n'as jamais été enceinte. Elle ne se trompe jamais.

– Toute voyante se trompe quand elle essaie de voir l'âme d'une autre voyante. Or moi aussi, parfois, j'ai des visions, et Piotr le sait. C'est moi qui lui ai dit que son épouse était stérile, alors qu'elle lui racontait qu'elle ne voulait pas d'enfants. C'est moi qui lui ai révélé qu'elle avait un autre homme dans sa vie... C'est moi, enfin, qui ai senti le danger avant de m'interposer entre son agresseur et lui. Comme toutes les voyantes, je suis une femme déchirée. Il y a deux personnes en moi, celle qui vous parle, qui travaille, qui vit comme tout le monde et celle qui, par moments, est en contact avec les âmes.

Elle marqua une petite pause et reprit, d'un ton plus doux :

– C'est comme si j'avais deux esprits. Quand on essaie de voir en moi, on ne trouve que confusion...

Elle marqua une nouvelle pause.

– Je ne sais pas ce que vous a dit votre voyante, mais elle n'a pu que se tromper, pour les raisons que je viens d'expliquer.

Evguénia Karstov s'était rapprochée, émue, et sa main effleura son visage.

– Non, répondit-elle, elle ne s'est pas entièrement trompée. Elle m'a dit aussi du bien de toi...

– Madame Karstov, Dieu m'a placée sur le chemin de votre fils pour l'aider. Je l'ai fait. Mais maintenant, il faut que je parte, que je m'en aille loin, très loin. J'aime votre fils comme jamais je n'aimerai un homme. Mais je ne veux pas être la femme d'un dirigeant soviétique, je suis une étrangère...

– Pourtant, tu parles très bien notre langue? (La vieille lui tenait la main depuis un bon moment.) Ne pars pas, ma fille, fit-elle, le regard suppliant. J'ai été injuste avec toi. Je te demande pardon.

Eva l'enlaça et lui baisa la joue.

– Ne vous excusez pas, grand-mère. Vous vous êtes laissé influencer par votre voyante. Il ne faut jamais les consulter. C'est strictement interdit par la religion.

– Tu es juive?

– Non. Pourquoi?

– Parce que c'est défendu chez les juifs. Un rabbin me l'a dit, et je l'ai répété à Piotr quand il a voulu aller voir ma voyante.

Eva savait qu'un jour ou l'autre Piotr serait tenté d'en consulter une. Moscou regorgeait de voyantes, et les dirigeants soviétiques, sans exception, y faisaient très souvent appel.

– C'est interdit dans toutes les religions, affirma Eva. Dieu se venge quand on essaie de connaître ses projets. Laissez-moi vous raconter une histoire. A l'époque où vivait Jésus, un homme que la richesse avait rendu arrogant vivait entouré des meilleures voyantes du pays. Il ne faisait pas un pas, ne prenait aucune décision sans les consulter. Un jour, une voyante qu'il avait renvoyée l'arrêta sur le chemin de la synagogue. Elle lui demanda l'argent qu'il lui devait, mais il la repoussa avec violence. Elle tomba à terre, se releva et s'écria : « Pauvre imbécile, c'est demain ton dernier jour. Rends-moi mon dû avant de rendre l'âme! » L'homme alors prit peur, monta sur son âne et se sauva. Il courut toute la journée et arriva dans la ville de Nazareth, où il passa la nuit. Le lendemain, très tôt, il partit à Tibériade. Là, il aperçut l'Ange de la mort. Effrayé, il prit à nouveau la fuite. Le soir, épuisé, il parvint à la ville de Sfad, mais l'Ange de la mort l'y attendait devant la muraille et lui dit : « Quand je t'ai vu à Tibériade ce matin, j'étais un peu confus. Ce n'était pas toi que je devais voir. Pour moi, j'avais rendez-vous avec toi, ici, à Sfad, maintenant! »

La vieille femme l'avait écoutée avec une passion religieuse.

– Dieu l'avait puni, dit-elle enfin.

– Non, les voyantes avaient menti. Tant qu'ils les payaient, elles ne lui disaient que ce qu'il voulait bien entendre.

– Tu ne crois donc pas aux voyantes? Et tu dis que tu en es une toi-même!
– Pas en celles qu'on pàie.
– Donc, il devait mourir ce jour-là, le méchant de ton histoire?
– Oui, c'était écrit.
– Dieu aurait pu aussi précipiter sa fin pour le punir, ajouta la vieille, visiblement passionnée par le sujet.
Eva acquiesça :
– On peut transiger, tricher, mais on n'échappe pas à son destin. Vous savez, beaucoup d'hommes d'État s'entourent des plus grandes voyantes. Le président Sadate, Indira Gandhi, le chah d'Iran... Personne ne leur a prédit le jour de leur mort...
– Ne pars pas, ma fille.
Eva éprouva un sentiment de fierté. Elle avait réussi à effacer l'espionne de l'esprit de Mme Karstov. Elle l'avait séduite, comme elle avait séduit son fils. Evguénia passa la nuit chez elle, et le lendemain Eva la raccompagna à la gare. Elle pleura de joie quand Eva lui promit de venir la voir prochainement dans le Caucase.

Washington, 15 mai.

Robert Nelson ouvrit la porte.
– Félicitations! dit Eva en entrant dans la petite maison de Georgetown, le Quartier latin de Washington. J'ai appris ta nomination par la presse soviétique. Alors, monsieur le directeur de la CIA?
La réunion dura deux heures. Comme d'habitude, les désaccords étaient nombreux. A la fin du debriefing d'Eva, Nelson déclara :
– Tout ce que tu viens de me dire signifie que tu n'as plus prise sur Karstov!
– Jusqu'à nouvel ordre, c'est vrai. Mais je n'ai pas d'inquiétude. Je me suis fait une alliée de sa mère et je dois le revoir à mon retour.
– Sa mère... sa mère. Je veux bien, moi, mais je dois tenir le président des États-Unis au courant.
– Tu en parleras au Président en octobre, comme convenu et pas avant, l'interrompit Eva.
– Ma chère Dahlia...
Eva bondit de son siège et le saisit à la gorge. Il essaya

de se libérer, mais Eva était la plus forte. Le visage de l'Américain commençait à se vider de son sang quand Eva le lâcha enfin. Il resta allongé un long moment, haletant.

– Je suis désolée, dit-elle en lui tendant un verre d'eau. Je ne sais pas ce qui m'a pris...

Nelson grimaça un sourire.

– O.K., O.K., ça va. C'est moi qui m'excuse. C'est encore à cause de ces foutus prénoms. Continuons, fit-il en remplissant son verre d'eau minérale.

– Je sais que tu es impatient d'apporter des résultats brillants à ton président, mais rien n'est encore sûr. Ne vends pas la peau de l'ours avant de l'avoir tué. Ce serait trop stupide.

Nelson approuva d'un regard. Eva continua :

– Parlons plutôt du numéro deux du KGB. Où en es-tu ?

– L'opération est déclenchée. Elle éclatera en juillet ou en août.

– Trop tard ! Nous avions prévu début juin. Pourquoi changes-tu tout le temps le timing ?

– Le service a connu quelques difficultés, mais je vais faire accélérer le mouvement.

Eva avait repris le dessus sur Nelson. Le nouveau patron de la CIA était visiblement impressionné. Il la trouvait changée. Elle était plus dure, plus autoritaire, terriblement sûre d'elle. Aussi, pour rétablir l'équilibre des forces, lança-t-il :

– Tu as commis une grande erreur en épargnant la vie de l'inspecteur Plioutch.

– Je sais, répondit-elle sèchement. Mais il n'est pas dangereux. Il joue aux espions. Tu sais ce que ça donne en général, non ?

– Tu l'as sous-estimé ! On t'a pourtant appris qu'il ne faut jamais...

– Sous-estimer un adversaire, je sais. Mais ses moyens sont limités. Il agit en solitaire, sans aide, sans preuve. Je m'occuperai de lui à mon retour.

– Quel est ton plan ?

– Je ne sais pas encore.

– Je préfère envoyer un homme...

– Surtout pas. Je te l'interdis. Cet homme m'appartient, je le connais comme si je l'avais fait. Il est à moi !

Moscou, le 17 mai.

Piotr Karstov leva son verre :
– A ta réussite !
– Merci, répondit le maréchal Igor Vassili Nikolaïevitch.

Nommé le matin même, par le président Gorchkov, chef d'état-major de l'Armée rouge, il se prélassait dans la datcha de Karstov. Dans une heure, les anciens otages d'Afghanistan qu'il avait libérés viendraient se joindre à eux pour fêter l'événement.

– J'attends beaucoup de toi, Igor. Tu dois rétablir la discipline au sein de l'armée, rajeunir les cadres. Entoure-toi d'hommes jeunes, compétents, motivés. Je te donne carte blanche.

– Je serai à la hauteur de la tâche. Tu peux me faire confiance.

– Je sais. Mais agis sans éclats. Il ne faut pas que la presse parle d'éliminations trop brutales, de réformes radicales. Et, surtout, méfie-toi des commissaires du parti qui officiellement n'existent plus, mais qui vont te surveiller. Ce sont eux les plus dangereux. Fais-t-en des alliés, pour mieux t'en débarrasser plus tard. Tu connais le proverbe : « Le poisson commence toujours à pourrir par la tête. » Alors, commence par la tête. Cherche auprès de nos amis d'Afghanistan, tu trouveras les hommes qu'il te faut.

Peu après, les deux plus hautes sommités militaires de l'URSS retrouvaient leurs anciens camarades et se lançaient à corps perdu dans une fête mémorable qui dura jusqu'à l'aube.

Quand elle débarqua à Moscou, Eva fut interloquée de découvrir Jan Egorov, le rédacteur en chef de la *Pravda*, qui l'attendait à la douane, un bouquet de roses à la main.

– Qu'est-ce que vous faites là ?

– Je ne sais plus quoi faire pour vous séduire, ma chère !

Eva se força à sourire. Elle se méfiait trop d'Egorov pour être sensible à ses compliments.

– Mais comment... ?

– Vos collaborateurs sont trop bavards, dit-il en l'entraînant au-dehors, ses bagages à la main.

Sa Volga était garée devant l'entrée.

– On profite de son poste pour se garer là où c'est interdit ? lança-t-elle, perfide.

– C'est l'un des rares privilèges dont je jouisse, alors j'en profite. Et puis je ne viens pas tous les jours accueillir la femme de mes rêves...

Sur l'autoroute qui menait à Moscou, il lui donna les dernières nouvelles sur la situation politique en ville.

– Je m'inquiète de la tournure que prennent les événements. On risque un retour en arrière. Ceux qui ont toujours misé sur l'échec de la perestroïka vont peut-être enfin avoir raison.

Eva connaissait très bien ce type d'intellectuel désabusé au service du KGB et dont le rôle était de faire passer la désinformation auprès des journalistes en poste à Moscou.

– Heureusement, ajouta-t-il, je viens de signer un contrat d'exclusivité avec notre « Maigret ».

– Plioutch ?

– Lui-même. Il va donner une série de conférences pour présenter les cas les plus complexes et les plus confidentiels de sa carrière. Mon journal s'est assuré l'exclusivité de ses déclarations. Je vais doubler le tirage. Vous devriez vous y intéresser au lieu de courir derrière nos ministres et nos propagandistes qui ne disent que des bêtises !

– Pourquoi les propos d'un milicien feraient-ils doubler le tirage d'un journal ? C'est ridicule. En Occident...

– Mais, ma chère, l'inspecteur Boris n'est pas un

simple milicien! C'est le plus grand inspecteur de police de ces dernières années, un vrai Maigret! Et il en a des choses sur le cœur!

Egorov parlait avec excitation. Il avait l'air sincère, mais cela n'empêchait pas Eva de trembler intérieurement. Que savait-il au juste? Elle ne croyait pas aux coïncidences. Quel message, quelle menace, quel piège dissimulait cette approche directe d'Egorov? Il devait connaître Plioutch pour avoir fait paraître dans la *Pravda* sa *lettre à une passante*? Devant chez elle, une heure plus tard, Egorov lui proposa de monter ses bagages.

– J'ai un homme dans ma vie, s'excusa-t-elle. Accordez-moi un peu de temps, Jan!

Elle l'embrassa sur la joue et descendit de voiture.

– Il commence quand, votre Maigret? demanda-t-elle avant de refermer la portière.

– Le 4 juin. Ça vous intéresse? C'est réservé uniquement aux étudiants de quatrième année, mais je pourrais vous procurer un laissez-passer si vous le souhaitez.

– Avec ce qui se passe à Moscou actuellement, je doute fort que je puisse me permettre ce luxe. Mais je vais y réfléchir, dit-elle avant de disparaître dans l'immeuble.

Personne n'avait « visité » son appartement. Tous les pièges étaient intacts. Mais, une fois de plus, il lui sembla que quelqu'un était entré en son absence. Simple réflexe paranoïaque? Peut-être. Dans le courrier, elle trouva une lettre de Mme Karstov. Elle l'ouvrit aussitôt. L'écriture était appliquée comme celle d'un enfant. Elle avait dû la faire écrire par un scribe de Koutaïssi.

Elle renouvelait son invitation; elle avait même parlé à son fils. « Ne lui dites pas que je suis venue à Moscou », concluait-elle.

Eva s'apprêtait à écouter la dernière chanson de Tracy Chapman quand le téléphone de sa ligne spéciale sonna.

– Tu viens d'arriver? demanda Piotr d'une voix presque froide.

– A l'instant.

– Je viendrai vers minuit.

Il raccrocha.

Eva tourna en rond dans l'appartement sans s'avouer son impatience. Elle préférait mettre son trouble sur le compte du décalage horaire et du manque de sommeil : elle n'avait pas vraiment dormi depuis vingt-sept heures. Deux jours plus tôt, elle avait quitté Washington pour Boston, pris un avion d'Alitalia pour Rome, puis un autre de la Sabena pour Bruxelles. Ce chemin détourné, indispensable pour sa sécurité, était épuisant. Elle était rentrée à Moscou par le dernier vol d'Air France, découragée. A 6 heures du soir, elle décida qu'il valait mieux dormir. Après une douche, elle débrancha les deux lignes et se laissa tomber sur le lit.

Ce fut Piotr qui la réveilla. Elle ne l'avait pas entendu entrer.

– Comment es-tu entré ? s'écria-t-elle.

– Le plus simplement du monde. Avec cette clé. Tu l'avais laissée sur la porte. Ne refais plus jamais ça !

Il la prit dans ses bras et posa un baiser sur sa bouche. Elle l'étreignit de toutes ses forces.

– Enfin, soupira-t-elle. Ç'a été si long !

Sans dire un mot, Karstov s'allongea auprès d'elle. Il la prit avec une sorte de frénésie, et elle ne chercha pas à savoir ce qui était le plus important, de son propre plaisir ou de la preuve d'amour qu'il était en train de lui donner...

Quand ils furent apaisés, elle se fit chatte. Mais Karstov, elle le sentait, était préoccupé. Elle brûlait d'envie de lui demander comment le plan qu'elle lui avait proposé en Pologne fonctionnait, mais son mutisme l'en dissuada. Plus tard, il lui parla de sa mère.

– Elle désire te voir et je lui ai promis que tu viendrais. Je ne sais pas pourquoi, mais tu l'as séduite sans la connaître. Quand peux-tu y aller ?

– Seule ?

– Oui.

– Mais...

– Je n'ai pas une seconde à moi, tu t'en doutes. Pas une seconde !

– Je ne peux pas y aller seule, voyons.

– Je te le demande ! dit-il d'une voix presque suppliante en prenant son visage dans ses mains. Avant de partir, je te donnerai son numéro de téléphone. Appelle-la et annonce-lui ton arrivée. Elle viendra te chercher à l'aéroport. Fais-le pour moi.

Il se rhabilla en silence et l'embrassa dans le cou.

– Fais-le pour nous ! A propos, je lui ai dit que tu étais

enceinte de deux mois. Je compte sur toi pour jouer la comédie. Je sais que tu as horreur de cela, mais...

Eva l'arrêta d'un geste de la main et enfouit sa tête dans l'oreiller pour ne pas le voir partir.

Le lendemain matin, à l'agence, elle trouva sur son bureau la lettre confirmant David Rosen dans ses fonctions de rédacteur en chef. Aussitôt, elle convoqua une conférence pour en informer l'ensemble de ses collaborateurs. Elle leur expliqua les raisons de cette nomination, mais sentit aux regards fermés de Bruno, Martine et Pia qu'ils la désapprouvaient. Un petit discours sur les bons résultats de l'agence, les félicitations à toute l'équipe, qu'elle transmettait de la part du directeur général, et les motifs de sa décision de se consacrer davantage à des contacts au plus haut niveau les convainquirent à peine. A la fin, elle prit David à part et lui demanda de faire preuve de diplomatie et de souplesse. Elle ne tenait pas à avoir un clash parmi ses journalistes. A Bruxelles, le patron de l'APE, qu'elle avait réussi à convaincre du bien-fondé de sa proposition, avait insisté sur ce point.

Dorénavant, elle serait plus libre de ses mouvements pour se consacrer à la dernière phase – la plus délicate de l'opération.

Moscou, le 27 mai.

Piotr Karstov raccompagna son hôte jusqu'à la porte.

– Cher ami, j'attends beaucoup de toi. Ne me déçois pas!

– Comment décevoir l'homme qui vous a sauvé la vie au prix de la sienne!

Piotr lui serra longuement la main. Il retourna à son bureau et appuya sur l'interphone. Un instant plus tard, son directeur de cabinet entrait dans le grand bureau aux lambris d'acajou.

– Tenez! dit-il en lui tendant un dossier. C'est la nomination du général Viktor Martchenko Ivanovitch au poste de commandant en chef des Spetsnaz. Il est désormais membre de l'état-major.

– Dois-je l'annoncer à la presse?

– Non, pas encore. Je vous ferai signe le moment venu.

Une fois seul, Piotr Karstov ouvrit un autre dossier. L'itinéraire du général Alexandre Chelenkov Tervendovitch était sans faute. Pendant trois ans, il avait servi en Afghanistan comme colonel d'une unité de blindés, avec succès, avant d'entrer au GRU comme officier supérieur. Plus d'une fois, il avait réussi à infiltrer la résistance afghane par un de ses agents, et les renseignements obtenus avaient rendu d'énormes services à l'Armée rouge. Parallèlement à son activité militaire, il avait obtenu par correspondance un diplôme de droit de l'université de Moscou.

Après sa libération, Piotr Karstov avait réussi à le faire nommer général. Réintégré aussitôt, il avait rejoint son corps d'origine. A présent, c'est lui qui commandait l'armée d'intervention en Pologne. Avant de refermer le dossier, Piotr Karstov nota ces chiffres : 15. 06. Puis il jeta un coup d'œil à sa montre et chercha un numéro de téléphone dans son agenda.

– Madame Slesarev ?

– Elle-même...

– Vous m'avez été recommandée par une amie. Je souhaite vous rencontrer le plus vite possible.

– Puis-je savoir à qui... ?

– Ne posez pas de questions. Venez me voir ce soir à 10 heures chez moi, 26, rue Danilovskaïa. Dernier étage.

– J'ai bien compris.

– Je compte sur votre discrétion.

Il raccrocha et appela Eva.

– Je viens de rentrer, dit-elle.

– Je passe vers minuit.

Il raccrocha.

A 22 heures, on sonna à la porte de Karstov. Mme Slesarev, l'une des voyantes les plus réputées de Moscou, entra. Petite, vêtue de façon criarde, elle devait avoir la soixantaine. Piotr fut frappé par le vert profond de ses yeux, un regard pénétrant qui le mit mal à l'aise. Il la débarrassa de son manteau et la pria d'entrer au salon.

– Savez-vous qui je suis ? demanda-t-il.

Elle le dévisagea et dit :

– Non. Je n'ai pas la télévision. Mais vous êtes quelqu'un de connu, de très connu.

Piotr lui demanda de s'asseoir et lui offrit un verre de jus de fruits. Puis il sortit une photo de sa poche intérieure.

– Tenez. C'est pour elle que je vous ai demandé de venir.

Le visage d'Eva s'encadrait sur fond de mer. La photo était presque identique à celle qu'il avait laissée à sa mère.

La voyante moscovite promena ses doigts sur le papier glacé en fermant les yeux.

– Cette femme est très intelligente, extrêmement

intelligente. Elle travaille dans l'écriture, oui, elle écrit. On l'aime beaucoup dans son travail. Elle a été enceinte une fois... Mais le bébé, un garçon, est mort... Elle sera de nouveau enceinte... Elle aura quatre enfants... Mais qu'est-ce que je vois là ? C'est terrible... Je la vois tomber, quelqu'un la menace. Il tire sur elle, je le vois, il est grand, il porte un uniforme, on dirait un militaire. Il tire, mais ce n'est pas elle qu'il veut tuer, c'est un autre... Elle tombe... Elle a mal, elle est à l'hôpital, elle pleure... Elle aime un homme, elle l'aime passionnément. Elle le protège tout le temps... Elle va se marier avec lui... C'est un homme important... Mais il a beaucoup d'ennemis... Cet homme deviendra puissant... Il l'aime beaucoup lui aussi, il a des difficultés en ce moment, mais il réussira dans ce qu'il entreprend... Il sera très heureux avec elle... Elle parle beaucoup de langues, elle est compliquée par moments. Elle se croit forte, mais elle est très fragile... Elle pleure beaucoup... Elle cache ses sentiments... Il y a beaucoup d'hommes qui la veulent, mais elle est fidèle... Elle risque de partir pour un nouveau travail, plus important, loin, dans un pays étranger... On va lui faire des propositions, bientôt...

Piotr la regardait, ébloui. Il voulait lui poser mille questions, mais ne trouvait pas les mots. Il n'avait jamais cru à la voyance; pour lui, c'était bon pour les femmes. Au fond, il n'avait jamais vraiment cru les propos un peu fous que lui tenait Eva. Jusqu'au jour où elle lui avait sauvé la vie grâce à ses dons... Et maintenant, cette femme réputée, cette extra-lucide, lui disait des choses si justes, parlait de l'avenir avec une telle assurance sur la seule base d'une photo... Troublé et heureux à la fois, il se leva et prit son portefeuille pour la payer. Mais elle l'arrêta d'un geste :

– Non ! Cette femme est un bonheur de Dieu. Il y a quelque chose de sacré en elle... Je ne peux pas accepter d'argent, je n'en ai pas le droit...

Elle lui rendit la photo et partit aussitôt, le laissant plus désemparé encore.

Quelques minutes plus tard, Piotr sonnait à la porte d'Eva.

– Tu m'avais dit minuit, et il est à peine 11 heures.

Il resta un long moment à l'admirer en silence. Elle était nue sous son peignoir de soie.

– Pourquoi ne dis-tu rien ? s'étonna-t-elle. Tu parais bizarre, Piotr... Quelque chose ne va pas ?

Il s'approcha d'elle, laissa tomber son imperméable sur le sol et l'étreignit avec passion.

– Bon sang, que je t'aime! murmura-t-il contre ses cheveux.

– Moi aussi...

– Ne dis rien. Laisse-moi t'admirer.

Il dénoua la ceinture de son peignoir, le fit glisser de ses épaules. Elle apparut nue, dans la faible lueur d'une lampe basse. Sous son regard, elle sentit ses seins durcir et sa peau frissonner.

– Viens...

Il l'enleva soudain dans ses bras, la porta sur le lit et se laissa tomber sur elle pour mieux éprouver son corps. Avec frénésie, il se dévêtit et la prit presque brutalement. Elle se laissa aller avec fougue à son ardeur.

– Mon amour, tu vas me donner quatre enfants! Je le sens, je le sais!

Elle frissonna de plaisir et s'arc-bouta pour mieux le sentir exploser. Une part d'elle-même, pourtant, ne pouvait s'empêcher d'imaginer l'étonnante entrevue de Mme Slesarev et du maréchal Karstov... Elle éteignit la lumière et sourit dans le noir.

Piotr ne partit qu'à 3 heures du matin. Eva avait réussi à le convaincre qu'elle irait voir sa mère dès que son travail le lui permettrait et, pour la première fois, elle lui demanda une faveur.

– Je voudrais un autre appartement, plus grand que celui-ci.

– Tu l'auras la semaine prochaine!

– Du côté de Novokouznetskaïa. C'est une belle rue...

– Tu l'auras!

Dans une semaine, Boris Plioutch allait commencer ses conférences à la faculté de criminologie de Moscou. La *Pravda*, selon les meilleures méthodes américaines, annonçait chaque jour l'importance des confidences que l'inspecteur ferait à son auditoire. Pour gonfler l'affaire, le journal publia une photo de l'inspecteur, protégé par deux gardes de corps. « Ses protecteurs resteront près de lui, même pendant les conférences. Simple mesure de sécurité! » annonça le journal la veille, en précisant qu'il y aurait une vingtaine de conférences de cinquante minutes chacune, à raison d'une par semaine, jusqu'à la mi-octobre... Elle éteignit la lumière et resta les yeux grands ouverts à fixer des ombres au plafond. Soudain, une idée effleura son esprit. Elle ralluma la lumière et s'assit sur le bord du lit. L'idée commençait à prendre forme. C'était risqué, très risqué. Mais avait-elle le choix ?

Deux jours plus tard, Eva visitait l'ancien appartement de cent soixante mètres carrés d'un haut dignitaire du régime qui attendait sa dernière heure dans un hôpital réservé aux membres de la nomenklatura. Il était situé au 7, rue Novokouznetskaïa, parallèle à la rue Piatnitskaïa où habitait Boris Plioutch.

Elle se trouvait désormais à un quart d'heure de marche de son travail et à trois minutes de la maison de Boris Plioutch. C'est là qu'elle rencontrerait dorénavant Piotr. L'autre appartement demeurait son adresse officielle.

Jan Egorov l'avait appelée à son retour pour lui proposer l'exclusivité des confidences très attendues de Plioutch.

– Notre affaire intéresse la presse étrangère, j'ai pensé à vous en priorité. Qu'en dites-vous ?

– C'est combien ?

– Au plus offrant, comme il se doit. Le *New York Times* offre cinq cent mille dollars...

– Alors n'hésitez pas, mon cher. Signez !

Vers 19 heures, elle flâna vers la place Rouge, un sac de sport sur l'épaule. Boris Plioutch était toujours invisible, et ne l'avait pas suivie depuis son retour de Bruxelles. Elle décida de l'oublier. Il était probablement trop occupé par la préparation de ses cours. Instinctivement, elle se dirigea vers l'agence pour vérifier qu'il ne l'y attendait pas. A l'angle de la rue Razina, elle s'arrêta un instant et retourna sur ses pas en direction de la place Rouge. Là, elle prit la rue Kouibychev, parallèle à celle de l'agence, monta vers la place de la Revolioutsii et pénétra dans un immeuble situé au milieu de la place.

Deux minutes plus tard, méconnaissable, vêtue d'un vieux jean et d'un blouson de cuir, coiffée d'une perruque, elle traversait l'avenue Solianka. A l'angle de la rue Razina, près de l'agence, elle ralentit le pas. Seules les lumières du bureau de David, au troisième étage, étaient encore allumées. Un moment plus tard, elles s'éteignirent. David s'éloigna d'un pas pressé en regardant constamment autour de lui. Cette attitude la troubla et, comme mue par un réflexe, elle entreprit de le suivre. Au bout de la rue, au lieu de tourner à droite comme il aurait dû le faire pour rejoindre la rue Pouchkina où il habitait, il tourna à gauche et passa le pont de la Moskova en direction du quai Maurice-Thorez.

Eva le laissa prendre de l'avance pour ne pas se faire repérer. Où allait-il ? La rue Piatnitskaïa où habitait Boris n'était plus qu'à trois cents mètres... L'image de David donnant du feu à Boris au restaurant chez Pierre lui revint alors à l'esprit. Parvenu à l'angle de la rue, il s'arrêta. Une Lada s'approcha lentement et stoppa à sa hauteur. Il y monta. Eva courut de toutes ses forces, se dissimulant derrière les arbres. Quand la Lada démarra, elle eut à peine le temps de discerner la silhouette de Boris Plioutch au volant. Elle nota le numéro d'immatriculation en la regardant partir vers la place Dobryninskaïa.

Au lieu d'avoir peur, elle fut prise d'une rage féroce, d'une envie de tuer. Elle aurait tout donné pour les suivre. Elle arrêta le premier taxi et descendit cinq minutes plus tard à deux cents mètres de l'agence. Son cœur se mit à battre plus vite quand elle aperçut de la lumière dans son propre bureau. Elle chercha autour d'elle et reconnut la Lada crème. Le gardien n'était pas là. Elle pénétra dans la cour et alla droit vers la Niva. Au moment d'ouvrir la porte, elle entendit des voix et reconnut celle de David. Plongeant à l'intérieur de la voiture, elle s'allongea sur le plancher, à l'arrière. Des pas approchaient. David ouvrit soudain la portière et s'installa au volant. Il baissa la vitre et serra la main de Boris.

– Je m'étais trompé. Elle n'a que dix-huit mille kilomètres. A bientôt, inspecteur !

– Soyez prudent, cher ami !

David ouvrit la boîte à gants, s'empara des clés, mit le contact. Quelques minutes plus tard, la voiture s'arrêtait. David en descendit, ferma la porte et entra chez lui.

Eva resta allongée un long moment, mesurant la portée de ce qu'elle venait de surprendre. Tout son esprit était focalisé sur la trahison de David. Elle sortit par la porte arrière et marcha vers la place Pouchkine, comme absente. Une voiture s'arrêta : c'était un taxi. Le jeune chauffeur baissa sa vitre et l'interpella :

– Alors, beauté ? On va où ? Chez son petit ami ?

– A Lomonossov, répondit Eva après un moment d'hésitation.

– Ah, je me doutais bien que vous étiez étudiante. Montez, je vous emmène. Je suis moi-même étudiant en droit. Quatrième année. Et vous ?

– Littérature comparée. Troisième année.

– Vous êtes étrangère ? Vous avez un petit accent, observa-t-il en se retournant.

– Mon père est russe et ma mère polonaise. Vous allez suivre les conférences du fameux inspecteur ?

– Plioutch ? Non, malheureusement. Je dois travailler. Ma bourse me permet à peine de respirer. Je me suis quand même inscrit, à tout hasard. La presse a tellement parlé de cette affaire qu'on ne pense plus qu'à ça, à l'université. On a du mal à croire que la hiérarchie le laisse dévoiler ses secrets, si secrets il y a. Mais enfin, ce sera certainement intéressant. Mon père dit que c'est un type formidable.

Eva réfléchissait tout en écoutant le jeune homme. Boris, David, probablement Egorov : l'étau se resserrait autour d'elle. Un sentiment d'animal pris au piège s'empara brusquement d'elle, et elle eut envie de sauter de la voiture.

– Vous voulez gagner de l'argent, beaucoup d'argent ?

– Je ne touche ni à la drogue ni au trafic de devises.

– Arrêtez-vous. Il faut que je vous parle.

Le taxi stoppa le long du trottoir. Ils étaient à quelques centaines de mètres de l'université.

– Alors ?

Eva fouilla dans son sac et en sortit deux mille dollars en coupures de cent.

– Prenez-les. Et regardez, dit-elle en lui montrant sa carte de presse.

– Je ne comprends pas, dit-il en mettant les billets dans sa poche.

Eva lui expliqua que son agence avait offert deux cent mille dollars à la *Pravda* pour obtenir l'exclusivité des conférences de Plioutch, mais que le *New York Times* avait augmenté les enchères et conclu l'affaire pour la somme de cinq cent mille dollars.

– J'ai lu quelque part le chiffre de deux cent mille dollars, dit l'étudiant, visiblement confus.

– Vous suivrez les cours et vous les enregistrerez pour moi, d'accord ? Je vous offre vingt mille dollars.

– Vous êtes sérieuse ? Vingt mille dollars ?

Eva confirma d'un hochement de tête.

– Tout cela pour...

– Vous ne pouvez pas comprendre. C'est cela, l'Occident ! La concurrence ! C'est le plus malin qui gagne. Plioutch dévoilera plusieurs affaires, dont une de trafic de devises qui va mettre plus d'un haut dignitaire dans l'embarras. Je le sais de source sûre.

– Mais s'il est interdit d'enregistrer ? Et si on me coince ?

– Personne ne vous coincera. Je vous remettrai un magnétophone miniature. Il n'y a aucun risque, aucun, faites-moi confiance.

– Et vous publierez l'ensemble des conférences ?

– C'est mon problème. Je vous donne toutes les garanties.

– Comment refuser ? *Boje moï*, vingt mille dollars !

Eva lui expliqua la marche à suivre.

– J'ai l'impression de vivre une histoire d'espionnage !

– C'en est une ! C'est de l'espionnage journalistique !

– Mais pourquoi ne le faites-vous pas vous-même ?

– Seul l'un des correspondants du *New York Times* aura accès aux conférences.

– Mais pourquoi le KGB laisse-t-il faire ? Je veux dire...

– Règlements de comptes, cher ami. Gorchkov en profitera pour faire tomber quelques têtes de plus. Vous comprenez maintenant ?

– Oui, mais est-ce que cela vaut cinq cent mille dollars ?

– Non. Cela vaut vingt mille dollars !

Ils éclatèrent de rire.

– Tout est clair ?

– Comme l'eau de la Moskova.

– Alors, raccompagnez-moi, ajouta-t-elle en lui indiquant son adresse.

– Mais vous n'allez plus à l'université ?
– Ce n'est plus la peine. J'y allais pour trouver l'oiseau rare. C'est fait.
– Jésus-Christ ! Je savais qu'il me sauverait un jour !
– Comment vous appelez-vous ?
– Moïse. Et vous ?
– Eva.
– On ne sort pas de la Bible !
Ils rirent de nouveau. Eva éprouvait de la sympathie pour le jeune étudiant.
Il la déposa à une dizaine de mètres de chez elle. Ils parlèrent encore une dizaine de minutes. Elle l'embrassa sur la joue. Il rougit.
– N'oubliez pas, c'est moi qui vous appellerai !
Il démarra sur les chapeaux de roue. Eva ôta ses lunettes. La rue était déserte.

Sous le jet brûlant de la douche, Eva rassemblait ses pensées. Plioutch, à n'en pas douter, lui préparait un nouveau piège. Dans la Niva, plus d'une fois, elle avait failli agir. Son plan était tout prêt : menacer David de lui faire sauter la cervelle, l'obliger à rouler vers un endroit discret, lui faire tout avouer et se débarrasser de lui. Mais c'était trop risqué. La disparition d'un étranger à Moscou ferait la une de la presse internationale, jetterait le pouvoir soviétique dans l'embarras. Le KGB serait obligé d'ouvrir une enquête, de questionner le personnel de l'APE. Plioutch triompherait. Absurde. Il fallait procéder avec habileté pour découvrir ce que David et lui manigançaient. En revanche, la rencontre avec Moïse était providentielle. Grâce à lui, elle saurait tout des conférences de Plioutch !
Pour la première fois, elle douta de sa capacité de jugement. « Tu paniques, Eva, se dit-elle devant le miroir. Tu paniques et tu vas tout foutre en l'air ! »
La sonnerie du téléphone la fit sursauter.
C'était Egorov.
– Que diriez-vous de passer une soirée sympathique chez des amis ?
– Je suis fatiguée...
– Mauvaise excuse pour une fille de votre âge ! C'est une soirée de jazz, vous verrez, ce sera très amusant. Je passe vous prendre dans un quart d'heure.

– Vous êtes insupportable, Jan, lâcha-t-elle d'une voix tendre.

Egorov n'avait pas menti. La soirée était la meilleure qu'elle ait passée depuis longtemps. Un petit orchestre de jazz fêtait son retour des États-Unis, où il avait rencontré un grand succès. Tout Moscou était là, dans cette boîte à la mode. Champagne, caviar, vodka, les gens dansaient, riaient, se racontaient les dernières histoires drôles qui circulaient sur la perestroïka. Egorov ne quittait pas Eva d'un pas et ne cessait de la présenter, fier d'être au bras de la plus belle étrangère de Moscou. Eva riait de bon cœur. Elle se sentait bien, détendue, presque heureuse. Par moments, elle observait Egorov du coin de l'œil. Il était plutôt bel homme. La cinquantaine, le cheveu court et gris, des yeux verts, de longs cils noirs. Un homme s'approcha d'Eva, une bouteille de vodka à la main.

– Attention, beauté, Jan a déjà ruiné cinq femmes!

Egorov le traita de jaloux et l'embrassa sur la bouche, à la russe. Ils burent de grandes rasades d'alcool en s'esclaffant bruyamment.

Vers 2 heures du matin, Eva demanda à Jan de la raccompagner.

– Attendez, la soirée ne fait que commencer!

Mais, devant son insistance, il finit par se résigner. C'est elle qui prit le volant :

– J'ai bu moins que vous...

Quelques instants plus tard, Egorov, prétextant un malaise, lui demanda de s'arrêter. Elle s'exécuta. Il ouvrit la portière et fit quelques pas. Eva le rejoignit. Alors, il l'enlaça et tenta de l'embrasser.

– Je savais que vous mentiez, tonna-t-elle en se dégageant. J'ai quelqu'un dans ma vie. Un homme que j'aime de toute mon âme. Jamais je ne lui serai infidèle. Jamais!

Elle remonta dans la voiture.

– Allez, venez. Ne faites pas l'enfant. Restons amis!

Egorov s'assit et ne dit plus un mot.

Boris Plioutch entra sous la douche. Dans cinq jours, il commencerait ses conférences à la faculté. Petrovka avait plus d'une fois manifesté son irritation devant le tapage que la presse, et en particulier la *Pravda*, avait provoqué autour de l'événement. Nombre de ses anciens collègues, jaloux, déclaraient ouvertement leur étonnement, voire leur mépris, pour ces « méthodes capitalistes ». Un de ses anciens supérieurs de Petrovka n'avait pas hésité à déclarer aux *Izvestia* : « Nous n'avons pas de secret à dévoiler, même et surtout pas pour de l'argent. Je croyais Plioutch au-dessus de cela. Mais l'argent, la publicité l'ont rendu fou. C'est dommage. C'était le meilleur, il ne l'est plus! »

Boris enfila un peignoir et se rendit à la salle à manger pour prendre son petit déjeuner. Son épouse était déjà partie. Dans le bureau où elle travaillait comme dessinatrice technique, ses collègues, les femmes surtout, lui avaient bien fait sentir leur réprobation. Son mari allait recevoir des sommes astronomiques, alors pourquoi travailler ? « Pourquoi ne pas laisser sa place à une jeune ? » Elle avait essayé d'en parler avec Boris, à sa façon, par des allusions, des sous-entendus. Mais il n'était décidément plus le même.

On sonna à la porte. Boris regarda l'heure : 8 heures du matin. L'heure du facteur. Comme tous les jours, depuis longtemps, il lui remit des dizaines de lettres d'admirateurs ou d'anonymes.

– Tenez, c'est un télégramme de l'étranger.

Le télégramme provenait de France. Il était long et

rédigé en russe. C'était une invitation officielle de son confrère de la police parisienne.

« Cher confrère et ami,

« J'ai l'honneur et le plaisir de vous convier à notre assemblée annuelle qui aura lieu le 22 juin à Paris. Pour la première fois, nous avons décidé d'inviter un confrère étranger à prendre la parole devant nos trois mille membres. Notre choix est tout naturellement tombé sur vous. »

Suivait le détail du programme prévu pour son séjour officiel. A part les visites professionnelles obligatoires, il comprenait un petit déjeuner avec le président de la République, la remise des clés de la ville de Paris par le maire et une entrevue avec le ministre de l'Intérieur. En post-scriptum, le directeur ajoutait :

« Un refus de votre part constituerait une terrible déception. Tout est mis en œuvre pour vous accueillir comme il se doit. Notre ambassadeur vous contactera dans la journée pour vous remettre l'invitation officielle. »

Boris sourit. Refuser ? Impossible. Ce télégramme le flattait au plus haut degré. Lui qui avait toujours évité les cérémonies officielles, méprisé les honneurs et les médailles était subitement enthousiasmé à cette perspective. Il imagina la rencontre avec le président français, les quais de Paris, la tour Eiffel. Il se voyait flâner dans les rues de Paris, coiffé d'un chapeau, enveloppé dans un pardessus, comme le Maigret de Simenon dont il avait lu plusieurs livres. Boris Plioutch n'avait jamais quitté le territoire soviétique. Pourtant, beaucoup d'occasions s'étaient présentées à lui durant ces dernières années. Des voyages organisés pour la plupart dans les pays frères. Mais jamais dans les villes dont il rêvait : Paris, Rome, New York, Londres.

Mais les questions qu'il avait refoulées en lisant le télégramme revenaient par vagues. Cette invitation aurait-elle un lien avec Eva ? Elle était française. Voulait-on l'empêcher de parler ? Il n'en doutait pas un seul instant. Il se servit une nouvelle tasse de café. Il pourrait partir trois ou quatre jours, six au maximum, et reprendre ses conférences. Il se leva pour consulter son agenda : il lui suffisait de reporter une seule conférence. L'idée d'accepter germait dans son esprit. Il pourrait enfin réaliser la promesse faite à son épouse : l'inviter à visiter les grandes capitales européennes, l'affaire Eva Dumoulin une fois résolue. Il se leva et arpenta le petit appartement. Avait-elle seulement commencé, cette affaire ? Le mystère restait entier ou presque. Il lui manquait toujours l'essentiel : l'objectif poursuivi par cette femme... Pourtant, des preuves, il en avait accumulé par dizaines. La vieille voisine avait formellement reconnu Eva. Le gardien de l'agence passait son temps à boire au café du coin : Eva avait donc très bien pu sortir avant le retour du vigile. Elle disposait de plus de trente minutes pour se rendre à l'agence, prendre la Niva, aller chercher de l'explosif, etc. Boris ne négligeait pas l'hypothèse d'un autre intervenant, d'un deuxième homme, mais plusieurs éléments l'avaient conduit à penser qu'elle agissait le plus souvent seule. D'après la voisine du deuxième, Eva avait fait marcher sa machine à laver vers 2 h 30 du matin, c'est-à-dire une heure après l'explosion. Vers 10 heures, le lendemain, Plioutch envoya un de ses spécialistes, qui établit que la Niva avait bien roulé quelques heures plus tôt. Or, d'après les deux gardiens qu'il avait soudoyés, celui de nuit comme celui de jour, la voiture n'avait pas roulé depuis trois jours. Enfin, il y avait David... Il avait réussi à l'approcher discrètement en lui promettant quelques scoops sur les « soirées particulières » de plusieurs hauts dignitaires du régime. L'Anglais lui avait confirmé, sans s'en douter, plusieurs éléments de la personnalité d'Eva. « Étrange, secrète, machiavélique, mystérieuse, atterrie à Moscou grâce au piston. » Mais c'est la découverte de la ligne privée appartenant au GRU qui dérouta Plioutch. Il savait qu'elle fréquentait Piotr Karstov. Or, celui-ci avait été nommé ministre de la Défense et membre du Politburo. Là s'arrêtait son raisonnement. Là commencait le mystère. Pourtant, elle ne l'avait pas vu depuis longtemps, très exactement depuis son retour de Pologne. Il en était sûr. Demeuraient-ils en contact ? Par leur ligne secrète ? Pourquoi venait-elle de temps en temps surveiller sa maison ? N'était-ce pas là la meilleure preuve de sa culpabilité ? Pourquoi ne l'avait-elle pas tué ? Cette question l'obsédait et épaississait le mystère. C'est à cause d'elle qu'il avait songé à proposer ces conférences. La publicité l'avait meurtri, mais c'était le prix à payer pour assurer sa protection.

Il composa le numéro de sa femme au bureau.

– Chérie, que dirais-tu d'un voyage à Paris ?

Ils marchaient en silence sous le ciel pur de tout nuage. Un léger vent d'est les faisait frissonner. Piotr était en jean et tee-shirt, Eva portait sa première robe d'été. Il l'avait rejointe la veille chez sa mère, mais il devait repartir le soir même. Ils s'arrêtèrent devant un petit lac en bordure de la forêt.

– C'est là que je me baignais quand j'étais gosse.

– Eh bien, faisons-le ici, murmura Eva en se collant à lui.

Ils s'aimèrent avec tendresse à l'ombre d'un chêne vieux de trois cents ans.

– Attends-moi, attends-moi, si on jouit ensemble, ce sera un garçon, chuchota-t-elle alors qu'elle sentait son amant au bord de l'orgasme.

Karstov, fou de bonheur, parvint à se retenir et ils se libérèrent en même temps.

– C'est vrai ce que tu viens de dire?

– Quoi?

– Pour avoir un garçon?

– C'est écrit dans la Bible, paraît-il!

Piotr était détendu. Il se serrait contre elle.

– C'est dur, tu sais, lui confia-t-il soudain. Parfois, j'ai envie de tout laisser tomber...

– Tu n'as plus le choix, Piotr. Tu es condamné à avancer. Le moindre pas en arrière et tu y laisses ta vie.

Piotr garda le silence pendant qu'Eva lui caressait le visage.

– Piotr, dis-moi que tout va bien. J'ai besoin d'être rassurée.

– Tout va bien, dit-il en baisant tendrement son cou.

– J'ai fait plusieurs fois le même rêve. Cette nuit encore. J'ai vu le visage de ton ennemi. Il ressemble comme deux gouttes d'eau à Trouchenko. Aucun doute. J'ai rarement vu quelqu'un de manière aussi claire dans mes rêves. N'attends plus, Piotr, il est en train de te tendre un piège. C'est lui qui a commandité et organisé l'attentat contre toi en Pologne. Je l'ai vu dans mon rêve! Je crois même qu'il joue un double jeu. Il rencontre des gens, peut-être des étrangers, en cachette, il manigance quelque chose depuis longtemps, mais je ne sais pas quoi, je n'arrive pas à voir. Je ne vois que ce qui te concerne...

– Je sais que le patron du KGB ne m'aime pas. C'est le seul qui s'oppose à moi au Politburo.
– Je ne veux pas t'inquiéter, mais...
– Quoi ? Parle !
Après un moment d'hésitation, elle ouvrit son sac et en tira une photo.
– Pourquoi ?
Piotr sembla d'abord confus, puis il éclata de rire.
– C'est moi, avoua-t-il enfin. En Azerbaïdjan, avec un appareil miniature.
– Pourquoi l'avoir fait en cachette ?
– Je ne sais pas. Je pensais bêtement que tu ne voudrais pas. D'ailleurs, je crois bien te l'avoir demandé.
– Je ne m'en souviens pas. Mais je ne suis pas satisfaite de tes explications. Je trouve cette façon d'agir déplacée.
– Laisse-moi t'expliquer. Tu m'as troublé avec tes histoires de voyance. Plus maintenant. Mais, au début, je ne comprenais rien, je n'avais jamais pris ces choses-là au sérieux. Alors, j'ai pensé à la photo. Je voulais l'envoyer à ma mère pour qu'elle la montre à sa voyante. Ensuite j'ai eu des remords, et il y a eu la Pologne. Alors j'ai complètement chaviré. J'ai voulu consulter quelqu'un à Moscou, ma mère m'en a dissuadé. J'ai dû oublier la photo chez elle. Et tu l'as trouvée. C'est la vérité !
– Je te crois, Piotr.
Elle l'embrassa sur les lèvres.
– J'ai eu une promotion, un poste très important, dit-elle après un moment de silence. Rédactrice en chef à Bruxelles. Un poste qu'on obtient généralement à la veille de la retraite...
– Tu l'as accepté ?
Elle fit mine de réfléchir. Piotr s'impatienta :
– Tu ne vas pas me dire que tu le prends ?
– Non. Je prends l'enfant que tu viens de me faire !

Moscou, 4 juin.

Moïse Henkine passa devant la statue de Michel Lomonossov, le fondateur de l'université de Moscou, trônant à l'entrée, avenue Lomonossovski. Le cœur battant, il traversa le hall et se dirigea vers l'amphithéâtre du deuxième sous-sol. Aux deux vigiles qui montaient la garde devant l'entrée, il présenta sa carte d'étudiant et le carton d'invitation nominatif qu'il était allé chercher la veille. L'un d'eux, fouillant son sac, y trouva un gros magnétophone.

– Je crois que c'est interdit, remarqua le vigile en fronçant les sourcils.

– On m'avait pourtant dit que c'était possible.

– J'ai des instructions formelles. Désolé. Il faut le laisser ici. Vous le reprendrez à la sortie.

Moïse s'exécuta en soupirant. Puis alla s'asseoir au premier rang. Il avait trois heures d'avance.

Discrètement, il ouvrit son sac, en dégagea le double fond, vérifia que le micro était bien en place et que la bande était correctement enclenchée. Son cœur battait la chamade. Il devait juste appuyer sur un bouton au moment où Boris Plioutch prendrait la parole. La veille, il s'était entraîné pendant plus d'une heure en compagnie d'Eva, qui était venue chez lui à la tombée de la nuit et lui avait laissé deux mille dollars.

Une demi-heure avant l'arrivée de Boris, la salle était déjà comble. Une équipe de télévision commençait à filmer.

La *Pravda* n'avait pas exagéré. Les étudiants, des centaines peut-être, se bousculaient devant l'entrée. Des dizaines de journalistes soviétiques et étrangers furent eux aussi refoulés. Seule la *Pravda* était autorisée à assister à la conférence. Certains journaux se contentèrent de prendre quelques photos. Jan Egorov vivait visiblement un grand moment de sa carrière. Quand Boris Plioutch arriva, flanqué de deux gardes du corps, il se précipita vers lui et l'entraîna vers les photographes, qui les mitraillèrent de flashes.

Boris se sentit soudain mal à l'aise. Pourquoi avait-il accepté tout ce cirque ? Il se mit à douter de tout, de son histoire, d'Eva. C'est d'un pas hésitant qu'il entra dans l'amphithéâtre. Sa respiration était courte, son cœur battait à tout rompre. Mais les étudiants l'applaudirent et se levèrent tous quand il monta, cotonneux, sur la tribune. Subitement, il fut pris d'un sentiment inconnu, étrange. Ses mains étaient moites, son visage tendu, il se mit à transpirer, souriant maladroitement. Les mots qu'il voulait prononcer s'embrouillaient dans sa tête, ils ne sortaient pas de sa bouche. Boris, paralysé par le trac, sentait qu'il ne serait pas à la hauteur.

L'auditoire cessa d'un coup ses applaudissements, et un silence de plomb tomba sur la salle. Boris avait une peur atroce. Il avait toujours refusé les discours, toujours admiré ceux qui en étaient capables, les acteurs, les politiciens, les journalistes. Il contempla un moment ces centaines de visages tournés vers lui, priant qu'Eva ne fût pas là, déguisée, à le voir dans cet état. Il était persuadé qu'elle viendrait, il l'espérait même de toutes ses forces. Enfin, il réussit à ouvrir la bouche. Sa voix était méconnaissable. Il se mit à parler plus vite que d'habitude, en avalant les mots, comme s'il avait peur de les oublier, comme s'il n'avait que quelques minutes à sa disposition. L'introduction qu'il prononça n'était pas celle qu'il avait si longtemps répétée devant son miroir. Là, il avait été surpris par son aisance, sa femme lui avait même fait des compliments. Ce souvenir l'encouragea, mais il ne retrouva pas l'anecdote qu'il avait préparée en guise d'introduction, afin de mettre les étudiants à leur aise.

– J'ai pensé... qu'il serait plutôt adéquat pour des étudiants... je veux dire de votre classe, de votre niveau...

Il marqua une pause et but une gorgée d'eau. Il fit un effort pour atténuer le tremblement de sa voix, scrutant par moments les visages féminins.

– Dans quelque temps, vous serez en contact avec la criminalité, le gangstérisme, la délinquance, la mort... Je sais que vous attendez de moi des cas concrets. J'en ai des centaines...

Sa voix se fit plus posée, il retrouvait petit à petit son rythme respiratoire.

– Oui, des centaines. J'ai vu dans ma carrière de nombreux meurtres, fondés sur tous les motifs dont l'être humain est capable. A commencer par le plus ancien : la jalousie. Abel tue Caïn parce qu'il est jaloux de son frère. J'ai vu aussi des frères tuer leur frère, des pères tuer leurs enfants, des fils tuer leur père. L'être humain tue aussi pour de l'argent, par passion, par haine. Et il y a ce qu'on appelle les crimes gratuits, commis généralement par des malades mentaux. Et puis il y a les crimes... comment dirais-je, politiques, qui relèvent de l'État, de la sécurité du pays. Des crimes commandités, et ce sont les plus odieux, parce que l'assassin les commet froidement, sans passion, sans remords. Ces meurtriers sont des êtres manipulés, formés, dressés pour tuer!

Plioutch marqua une pause. Ses mains ne tremblaient plus. Il se sentait souverainement à l'aise. La machine Plioutch était lancée. Rien ne pourrait l'arrêter.

– Chers amis, je ne vous proposerai pas aujourd'hui des cas traditionnels, mais un cas différent. C'est, je le suppose, exactement le contraire de ce que vous attendez de moi. Ce cas-là appartient à la dernière catégorie, c'est-à-dire à celle des crimes froids, commis en l'occurrence par une femme, qui a été chargée d'une mission et qui a la ferme intention de l'accomplir. Je l'ai choisi pour plusieurs raisons, dont la plus importante est qu'il constitue un défi à l'imagination et que vous n'en avez jamais entendu parler jusqu'à ce jour. Cette enquête, je vous invite à la mener avec moi. Je vous fournirai les éléments dont je dispose et ensemble nous reconstituerons le puzzle. Laissez-moi vous dire tout de suite qu'il me manque des éléments. Mais vous m'aiderez à les trouver!

A ces mots, la salle applaudit. Il marqua une nouvelle pause. Il avait le sentiment exaltant de « tenir » son public.

– Il y a dans le cas que nous allons examiner ensemble tous les ingrédients dont on peut rêver : hasards, intrigues, coïncidences, double personnalité, double rôle, beauté, sexe, déguisements, crimes et mystère. Beaucoup de mystère!

Boris s'arrêta net. La salle écoutait, subjuguée.

– Il nous manque non pas le mobile, mais la nature de la mission de cette femme. Ne perdons plus de temps et commençons. Notre héroïne est plutôt jeune. Entre vingt-cinq et vingt-six ans. Très belle, plus belle que les héroïnes des films d'espionnage. Pour la commodité de notre enquête, nous l'appellerons... Dalila. Oui, c'est cela, Dalila, comme Samson et Dalila.

Il nous faut aussi une date, un début. Admettons que l'affaire Dalila commence un 26 décembre. Et puis, comme lieu, choisissons... Leningrad.

– Pourquoi pas Moscou? demanda une jeune étudiante.

– Allons-y pour Moscou! fit Boris, le sourire aux lèvres. Donc, Dalila, 26 décembre, Moscou. Vers 8 heures du soir, le jour même, Dalila se promène seule du côté du parc Gorki. Brusquement, des voyous l'agressent et lui dérobent son collier en or et sa montre. Dix minutes plus tard, un milicien arrive sur les lieux de l'agression, il appelle une ambulance par radio. Mais, pour des raisons que nous ignorons à ce stade de notre enquête, elle part avec le milicien avant l'arrivée de l'ambulance. Une heure plus tard, on retrouve la voiture du milicien carbonisée à l'autre bout de la ville, son cadavre à l'intérieur. Les témoins ont des difficultés à décrire notre héroïne : il faisait nuit. Mais l'un d'eux affirme que Dalila dissimulait son visage... Deux jours plus tard, un mouvement islamiste connu revendique l'attentat. A partir de cette date, vous vous en souvenez, une vague de crimes terroristes déferle sur le pays. On met donc tout naturellement l'assassinat sur le compte du terrorisme et le dossier est bouclé avant même que l'on ait pratiqué l'autopsie.

Boris continua de raconter les péripéties de son histoire jusqu'à l'arrivée du trafiquant dans son bureau avec la montre volée. Quelques étudiants, pris au jeu, commencèrent à suggérer des solutions.

– Non, non, ne concluez rien. L'affaire Dalila n'a même pas encore commencé. Merci et à jeudi prochain.

Il quitta la salle sous un déluge d'applaudissements qui résonnèrent jusqu'à l'entrée de l'université.

Eva arrêta le magnétophone et se leva. C'était la deuxième fois qu'elle écoutait la cassette que Moïse lui avait remise une heure après la fin de la première conférence. Elle arpenta le vaste salon de son nouvel appartement. Au début, elle avait perçu la peur de Plioutch devant son auditoire. Elle avait même éprouvé un sentiment de victoire et de vague pitié à son égard. Mais à peine avait-il prononcé le nom de Dalila que tout avait basculé. Boris était beaucoup plus intelligent qu'elle ne l'avait imaginé, et il risquait de faire capoter l'opération, tant sa tactique était redoutable.

Comment se débarrasser de lui ? Le plan du directeur de la CIA n'était plus approprié. Le faire venir à Paris et profiter de son séjour pour provoquer un arrêt cardiaque ? Trop tard, et trop risqué... Mais que proposer de mieux ? Elle avait insisté pour qu'on ne touche pas à « son » homme. « Il est à moi ! » avait-elle dit. Maintenant, elle lui appartenait. Il la tenait. Le machiavélisme de Boris la mettait en rage et la fascinait. Cela devait se terminer par la victoire, c'est-à-dire la mort, de l'un d'eux. A se poursuivre ainsi, à se chercher, à tant se haïr, un lien quasi télépathique s'était créé, plus fort encore qu'avec Piotr. Lui, elle l'avait contrôlé dès le début. Il réagissait même mieux que prévu. Mais Boris, lui, était imprévisible.

Il l'avait touchée en plein cœur en faisant revivre un passé qu'elle s'obstinait à effacer. Pourquoi l'avait-il appelée Dalila ? La similitude était trop troublante pour être involontaire. Se pouvait-il alors qu'il ait découvert sa véritable identité, lui, un flic ? Était-il de mèche avec le KGB ? Une sueur glacée inonda son dos.

Oui, elle était un être froid, dressé pour tuer. Et tous les moyens étaient bons pour accomplir sa mission. Les images de ses victimes défilèrent dans son esprit et un voile tomba devant ses yeux quand elle revit la scène intime qu'elle avait évitée de justesse avec Egorov. Elle avait eu envie de le tuer. Elle s'approcha du miroir dont elle s'était détournée depuis si longtemps, par besoin de retrouver Dahlia, de prouver qu'elle était capable de pleurer, d'être jalouse, triste, contente, heureuse comme n'importe quelle femme. De désirer un homme qu'elle aurait elle-même choisi. Elle aurait voulu convaincre Boris qu'elle n'était pas Eva, qu'Eva n'était qu'un cauchemar...

Les miroirs sont sans pitié. Celui-là lui renvoya l'image

de l'étrangère qui avait crié sous le corps de Piotr. Elle approcha son visage et le colla contre la surface froide. Une nausée soudaine l'envahit. C'était Dahlia qui voulait vomir pour rejeter l'autre, Eva. Elle se traîna vers les toilettes et, dans un spasme affreux, crut rendre son âme.

Le lendemain, la photo de Boris Plioutch était imprimée à la une de toute la presse soviétique. La *Pravda* avait relaté quelques faits, mais sans dévoiler le contenu de l'affaire Dalila. Le journal faisait l'éloge de l'inspecteur, qui « avait su avec brio captiver l'attention des étudiants. Cet homme est un conteur-né, un romancier de grande envergure, un Dostoïevski des temps modernes », écrivait d'enthousiasme le rédacteur.

Eva reposa le journal sur son bureau. Il était 8 h 30 du matin. Sa « dépression » n'avait duré que le temps d'une nuit. Au matin, elle avait repris le dessus, grâce aux automatismes acquis pendant l'entraînement. David entra, le visage souriant, la *Pravda* à la main.

– Tu as vu? Il a fait un tabac, notre inspecteur!

Plusieurs fois, aux réunions de rédaction, il avait proposé de faire un reportage sur Boris Plioutch. Bruno s'y était opposé comme d'habitude, en déclarant qu'il valait mieux faire un article sur le chômage, qui touchait 23 p. 100 de la population active, ou sur la pénurie de biens de consommation.

– Tu peux faire ton reportage sur Plioutch, si tu y tiens toujours, avança Eva d'une voix neutre.

– Trop tard, je pars pour quelques jours. C'est l'anniversaire de ma mère. Je lui ai promis de rentrer à Londres à cette occasion. Elle fête ses soixante ans!

– Tu pars quand?

– Demain. Je te confie la boutique!

Eva déjeunait avec Martine dans un petit restaurant de coopérative qui s'était ouvert deux semaines plus tôt, à cinq minutes de l'agence. Là aussi, le dollar était roi. C'était le seul moyen d'avoir une table. Les prix étaient très élevés, mais on y trouvait à peu près tout ce qu'on voulait. Un fantastique marché noir fonctionnait entre les restaurants, les hôtels étrangers et les établissements coopératifs.

– Alors, ton prof d'histoire ? demanda Eva.

– Il est formidable. Je crois que je l'aime. Il veut se marier, il veut des enfants, il est impatient, sensuel, intelligent, bref, je l'aime ! Et je voudrais te le présenter.

– Avec plaisir. Propose-moi une date, de préférence un vendredi. Je n'écris pas le vendredi soir.

– Tu écris un livre ?

– Oui, et tu es la seule à le savoir. Si quelqu'un d'autre l'apprend, tu seras la seule coupable !

– Sur quoi ? Je suppose que...

– Exactement. Je suis superstitieuse. Alors, vendredi prochain ?

Elles dégustèrent le plat du jour, un *chichlik* bien épicé, parlèrent politique, gymnastique, théâtre, et surtout de David que Martine détestait de plus en plus.

Vers 5 heures de l'après-midi, Eva pénétra dans le bureau de David, pendant qu'il était aux toilettes. Elle examina son billet d'avion posé sur la table, le remit à sa place et sortit.

Mikhaïl Gorchkov jeta un œil sur les photos, puis ôta ses lunettes. Il avait l'air absent, mais tendu. Comment était-ce possible ? Bogarskii ? Il reprit les photos, chaussa de nouveau ses lunettes. Il faillit téléphoner à Trouchenko, le patron du KGB, pour lui demander des explications mais, instinctivement, il composa le numéro de Piotr Karstov. Son aide de camp lui répondit qu'il était en route pour l'aéroport, son avion pour la Pologne décollait dans moins d'une heure. I' l'appela lui-même dans sa voiture :

– Karstov, venez immédiatement !

Puis il appela son directeur de cabinet :

– Donnez-moi l'agenda de voyage à l'étranger du camarade Bogarskii. Soyez discret.

Vingt minutes plus tard, Karstov examinait le dossier à son tour.

– Comment avez-vous... ?

– Je l'ai trouvé sur mon bureau en arrivant ce matin. Quelqu'un qui souhaite rester anonyme, je suppose. Mais qui ? Pourquoi ? Je n'en sais rien.

– Ces photos ont été prises à Washington, constata Karstov.

– Oui, et notre numéro deux du KGB s'y est rendu il y a trois semaines. Tenez.

Il lui tendit le bulletin quotidien ultra-secret que recevaient tous les membres du Politburo. Bogarskii y figurait en mission spéciale à la place de Trouchenko. Il avait reçu des nouvelles de la plus haute importance des résidences à Washington et à Bonn, et devait donner son accord pour le recrutement d'agents de très haut niveau.

Piotr écoutait le Président sans proférer une parole. Il n'avait jamais aimé les opérations d'espionnage. Il préférait l'action. Pourtant, les photos parlaient d'elles-mêmes. C'était bien Bogarskii que l'on voyait, remettant discrètement une enveloppe brune à James Miller, le directeur adjoint de la CIA, dans le bar luxueux de l'hôtel For Seasons, à Washington. Les six photos étaient plus ou moins identiques, à quelques détails près. Sur quatre d'entre elles, il recevait l'enveloppe ; sur les deux autres, c'est lui qui en donnait une.

– Impossible que ce soit un piège, dit Gorchkov. Un Bogarskii, avec dix-huit ans de service derrière lui, ne peut pas se faire piéger comme un novice.

– Il est temps de réformer nos services secrets, lança Piotr d'une voix glaciale.

– Vous pensez...

– Oui. Mais ces photos sont un signal. Il serait stupide de l'ignorer. Plus tard, nous saurons de qui il émane. Il ne faut rien ébruiter. Si la presse l'apprend, nous serons discrédités.

– Alors, il faut interroger Trouchenko.

– Surtout pas. Oubliez ces photos, faites comme si elles n'existaient pas. Trop de questions restent en suspens. Une chose est certaine : quand le numéro deux est douteux, c'est que le patron du service est un incapable. Le nôtre est devenu trop mondain, trop bavard, comme son collègue américain. Il a pris du ventre.

Ils restèrent pensifs un moment. Puis le maréchal reprit la parole :

– Laissez-moi réfléchir. Je vous proposerai un homme jeune, dynamique et sûr. Je suis en train de réformer l'armée. Il faut faire de même avec le KGB. C'est fondamental, vital, pour notre survie !

– Et Bogarskii ?

– Il attendra son tour. Il ne faut surtout pas qu'il se doute de quoi que ce soit.

– Je suis heureux de cette conversation. J'avais failli appeler Trouchencko. Je suivrai vos conseils, Karstov. Une fois de plus...

Les deux hommes se levèrent. Gorchkov serra longuement la main de son fidèle ami et, à la porte, il le retint pour lui demander son opinion sur la Pologne.

– Tout est calme, pour le moment.

– L'opinion internationale proteste. Vous croyez... ?

– L'opinion internationale ne compte plus aujourd'hui. Elle a oublié la Pologne. Soixante mille soldats américains doivent regagner leur pays dans une semaine. Il n'en restera que trente mille sur le sol ouest-allemand. D'après les accords, ils partiront le 20 décembre prochain. L'Europe sera alors à notre merci. Les capitalistes injectent de nouveau de l'argent en Pologne. Mais c'est la libanisation de l'Azerbaïdjan qui m'inquiète ! Et cette histoire, maintenant !

– Karstov ?

Gorchkov le regarda droit dans les yeux.

– Monsieur le Président ?

– Vous êtes le seul homme en qui j'aie une totale confiance.

– Merci. Vous êtes le seul homme dans ce pays que je souhaite servir !

– Karstov...

Gorchkov avait l'air de réfléchir. Puis il l'entraîna dans le bureau et, sans un mot, lui fit signe de s'asseoir sur le canapé de cuir noir face à la cheminée. Karstov obéit, intrigué. Le Président arpentait le bureau, les mains croisées dans son dos. Devant la bibliothèque, il saisit un épais volume relié de cuir fauve. Il se retourna et le posa devant Karstov.

– Je ne comprends pas...

– Mais si, monsieur le Maréchal ! s'écria Gorchkov. Vous êtes un brillant stratège. C'est plus que suffisant. Le reste est dans ce livre.

– Mais l'armée ? J'ai commencé...

– Des réformes importantes, je sais. Vous ferez de même au KGB, comme vous venez de me le suggérer. Vous jouissez d'un immense prestige au sein de l'armée. Et l'armée déteste le KGB, non ? Eh bien, vous allez les réconcilier ! Vous seul êtes capable de réaliser cet exploit !

J'y pense constamment depuis l'exemple roumain. Oui, il est temps de les réconcilier. C'est notre meilleure garantie contre un coup d'État éventuel!

– Monsieur le Président, je ne crois...

– Maréchal Karstov, vous êtes le nouveau patron du KGB!

Il marqua une pause et ajouta, le regard vide :

– J'ai été le protégé d'Andropov. Vous serez le mien.

Karstov feuilleta le livre ultra-confidentiel, tiré à vingt exemplaires numérotés, qui relatait l'histoire du KGB, son fonctionnement interne, ses réussites et ses échecs depuis sa création.

Il eut soudain le vertige à l'idée qu'il était désormais l'homme le plus puissant du pays. Les prédictions d'Eva étaient-elles en train de se réaliser?

– Qui me succédera aux armées? parvint-il à demander d'une voix altérée.

– Vous-même.

– Mais...

– J'ai bien dit que vous alliez réconcilier les deux ennemis héréditaires, non?

– Mais...

– Je sais! Vous aurez trop de pouvoir entre vos mains. Mais qu'ai-je à craindre de vous, fidèle et loyal ami?

Eva sortit de la piscine et alla se doucher. Elle s'habilla rapidement, monta à la cafétéria et commanda une salade, un poisson grillé et une bouteille d'eau minérale. Elle mangea lentement, en regardant les nageurs à travers la vitre. Il était 8 heures du soir. Piotr lui avait laissé un message sur le répondeur de la nouvelle ligne protégée qu'il avait fait installer deux jours après l'emménagement d'Eva : « Je pars pour trois ou quatre jours. Tout va bien. » L'appel avait été enregistré à 19 h 7, cinq minutes avant son arrivée. En un sens, cela l'arrangeait : Piotr attendait qu'elle lui annonce qu'elle était enceinte, et elle ne se sentait pas le courage de lui mentir encore une fois.

Un homme de taille moyenne, aux cheveux grisonnants, entra, commanda une bière et la but à même la bouteille. Il portait un pantalon d'été beige et une chemise verte. Eva l'observa discrètement. Elle attendit cinq minutes et se dirigea vers les vestiaires.

Quelques instants plus tard, elle sentit la présence de l'homme derrière elle. Washington avait bien reçu son message, envoyé tôt, le matin même. En se rendant à l'agence, elle avait composé dans une cabine publique le numéro d'urgence qu'elle connaissait par cœur. « Allô ? Ma voiture est en panne. Pouvez-vous m'envoyer un mécanicien, je suis à côté de l'hôtel Hilton. » A l'autre bout du fil, une voix protesta : « Vous faites erreur, madame, je vous le répète ! » Puis on avait coupé... Elle présenta son ticket à l'employée du vestiaire, qui alla chercher son sac. Alors, l'homme s'approcha et s'empara du stylo qu'elle avait posé sur le comptoir. Il tendit à son tour son ticket. Eva s'éclipsa.

Dehors, elle hésita, puis se décida à rentrer chez elle. En prenant cette décision, elle jouait son va-tout. Aussi avait-elle besoin de se reposer, d'écouter un peu de musique, peut-être de lire. Elle marcha jusque chez elle.

C'est Pia qui la première apprit la nouvelle. La réunion de rédaction venait de commencer quand le téléphone sonna. Elle prit le combiné, et son visage pâlit brusquement. Elle lâcha l'appareil et s'exclama :

– C'est Bruxelles... David... il est mort !

Eva sauta sur le téléphone et hurla :

– Eva Dumoulin. Quoi ? Comment ça, une crise cardiaque ? A son âge ? Quand ?

Elle raccrocha et se leva. Ses collaborateurs étaient sous le choc.

– La réunion est annulée. Vous pouvez rentrer chez vous. L'agence est fermée jusqu'à demain.

Elle s'en alla la dernière.

Le gardien de nuit pénétra dans la faculté de lettres de l'université Lomonossov et descendit directement aux sous-sols. Un jeune couple sortit de la bibliothèque et le salua d'un geste de la main. Il répondit de la même manière et se dirigea vers la chaufferie générale en suivant les tuyaux de chauffage. Devant la porte, il jeta un coup d'œil autour de lui, l'ouvrit avec un passe en acier, entra dans le local sans un bruit et referma doucement la porte métallique.

Une minute plus tard, il sortait et s'engageait dans un long couloir du sous-sol inférieur. La salle où toutes les installations électriques de la faculté étaient centralisées se trouvait à l'autre bout. La porte n'était pas fermée.

A l'intérieur, un couple d'étudiants faisait l'amour. Ils rirent, gênés. Il leur rendit leur sourire, mit la main dans sa poche et en sortit un silencieux qu'il cacha derrière son sac. Les deux jeunes gens n'eurent pas le temps de comprendre qu'ils allaient mourir et ils s'effondrèrent sans bruit. Trois minutes plus tard, l'homme s'échappait par l'issue qui donnait sur le jardin de la faculté. Il s'arrêta devant un gros buisson, où il s'enfonça en se courbant. Le Russe était toujours là, quasiment nu, mort par étranglement. Il retira la tenue de gardien et enfila ses propres vêtements posés à côté du corps sans vie.

Sept minutes plus tard, il atteignait la faculté d'histoire. Tout semblait normal. Il attendit un moment, dissimulé derrière un arbre, et regarda l'heure : 1 h 10 du matin. Il se donna encore cinq minutes, le regard fixé alternativement sur sa montre et sur l'entrée de la faculté.

Il s'apprêtait à partir quand un homme vêtu d'un uniforme de gardien apparut dans l'ombre. Il émit un petit sifflement. L'homme tourna son visage dans sa direction. Tous deux se dirigèrent vers une Lada garée à quelques dizaines de mètres, côté rue. La voiture démarra aussitôt. Un kilomètre plus loin, elle s'arrêtait près de l'église de la Trinité.

L'homme descendit. La voiture repartit aussitôt. Il fit quelques pas et monta dans une autre Lada garée entre deux arbres, qui disparut dans la nuit.

Il était exactement 3 heures du matin quand le président Gorchkov, le visage blême, arriva sur les lieux de l'explosion. Une heure et demie plus tôt, Moscou avait été réveillé par une formidable explosion, suivie de plusieurs autres, moins importantes. Les pompiers s'acharnaient à combattre l'incendie qui s'était déclenché dans les sous-sols de la faculté de lettres. De nombreuses équipes de télévision soviétiques et étrangères étaient également sur place. Un officier de la milice s'approcha et tendit une note au Président : sept étudiantes avaient été assassinées, leur corps criblé de balles, dans les toilettes de la faculté d'histoire. Sur leurs cadavres, on avait trouvé une feuille de papier avec ces mots : « Vive le parti communiste! A bas la démocratie et les intellectuels décadents! »

Devant les caméras de télévision, visiblement choqué, le Président promit de tout mettre en œuvre pour retrouver et punir les criminels. Puis il repartit au Kremlin.

La ville se leva tôt ce jour-là. Dès 6 heures du matin, les routes menant vers l'université furent barrées. Le bruit des klaxons amplifiait l'impression de panique générale. Télévisions et radios émettaient sans discontinuer des informations parfois contradictoires sur cet incroyable attentat. Une atmosphère de guerre civile s'était abattue sur la capitale. Les Moscovites se précipitaient dans les boutiques pour faire des provisions. La milice, épaulée par l'armée, tentait désespérément de les calmer. On en vint aux insultes, puis aux coups de poing.

Eva se rendit sur place avec l'équipe de télévision de l'agence. Elle fit un premier reportage à chaud, comme la plupart de ses collègues. Face à la caméra, les décombres en toile de fond, elle rendit compte avec sobriété du drame.

« Moscou est sous le choc! Même la bombe dans le métro Prospekt Marxa du 15 janvier dernier qui avait causé la mort de cinq personnes n'avait pas provoqué une telle panique. Cet attentat barbare survient au plus mauvais moment pour le président Gorchkov. Les conservateurs ne pouvaient espérer meilleur prétexte pour entraver la modernisation du pays et sa démocratisation. D'après les renseignements dont nous disposons, les auteurs seraient affiliés à un mouvement stalinien antidémocratique! Pour certains, il pourrait s'agir du mouvement d'extrême droite et antisémite Pamiat. Je vous rappelle le nombre de victimes : sept au total, tous tués par balle. Le fait que les explosions, au nombre de cinq, aient eu lieu à la faculté de lettres confirme la thèse qu'il pourrait bien s'agir de l'extrême droite, farouchement opposée aux intellectuels. Tous les pompiers de Moscou sont mobilisés. On ne sait pas encore s'il y a des victimes sous les décombres. »

Elle faillit se retourner, mais se ressaisit. Elle l'avait vu venir, seul, sans garde du corps. Il s'était approché d'elle, mais elle n'avait pas détourné les yeux de la caméra. Boris Plioutch avait marché dans sa direction, droit sur elle. Beaucoup de journalistes auraient été troublés, pas elle. Son visage était resté de marbre. Il la dépassa et s'arrêta derrière elle, hors du champ de la caméra, comme pour écouter son commentaire.

Pour ne pas se laisser gagner par son trouble, elle donna des instructions au cameraman qui s'en fut, caméra sur l'épaule, en direction des décombres. Elle passa devant Plioutch sans le voir et se fraya un chemin vers sa voiture. Elle en sortit le sac de son téléphone portatif, composa un numéro et attendit un instant. Puis elle passa le sac en bandoulière et improvisa un reportage radio en direct. Boris ne la quittait pas du regard. Il la suivait à distance, s'arrangeant pour être le plus près possible d'elle, la fixant parfois de telle sorte qu'elle ne puisse éviter son regard. Il voulait la voir dans les yeux. N'importe qui aurait remarqué ce visage déformé par la fureur et la haine. Mais Eva, concentrée sur son reportage, attentive à chaque détail du carnage, restait imperturbable. Plusieurs fois, elle crut qu'il allait l'apostropher ou, pis, lui sauter dessus. Étrangement, elle n'avait pas peur. Elle éprouvait plutôt un sentiment de sécurité, de victoire. Elle avait repris le dessus. Son reportage dura dix-sept minutes pendant lesquelles elle réussit l'exploit de l'ignorer. Elle retourna calmement à sa voiture et, en posant le téléphone sur le siège, remarqua les souliers de l'inspecteur, juste derrière elle. Des souliers marron en crêpe, de fabrication soviétique. Plus question, cette fois, de l'esquiver. Elle ferma les yeux un instant pour se concentrer et se retourna d'un coup. Leurs visages étaient face à face. Elle aurait pu sourire, avoir l'air surpris, lui demander ce qu'il voulait, faire l'idiote, l'innocente. Elle n'en fit rien. Il s'approcha encore, comme s'il était prêt à la saisir. Ils se fixaient sans ciller. Ni l'un ni l'autre ne voulait baisser les yeux le premier. Dans ce combat muet, ils pouvaient presque palper leur haine, le désir de mort qui les aveuglait.

– Eva, Eva! appela le cameraman qui accourait vers eux.

Il venait, sans le savoir, de les sauver de la capitulation. Boris se retourna aussitôt et disparut dans la foule.

A 15 heures, en ce 11 juin, Boris Plioutch devait donner sa deuxième conférence. Elle n'eut jamais lieu.

Le journal télévisé de 20 heures fut entièrement consacré à l'attentat, « le plus meurtrier depuis janvier ». Le bilan était finalement de onze morts, tous assassinés par balle ou par étranglement : deux gardiens et neuf étudiants, dont huit femmes. Les dégâts matériels s'élevaient à des dizaines de millions de roubles. Les deux tiers de la faculté avaient été détruits par l'explosion et l'incendie. Toute la journée, des milliers d'étudiants avaient spontanément manifesté sur la place Rouge aux cris de : « A bas l'idéologie! Vive la démocratie! »

Boris Plioutch, assis dans son petit salon, regardait fixement l'écran. En rentrant chez lui, il avait appelé l'Agence de presse européenne et demandé à parler à David. On lui avait répondu qu'il ne reviendrait plus. Étonné, il avait insisté :

– Je suis un ami...

– David est mort, monsieur, lui avait répondu Pia.

– Mort? Quand? De quoi?

Il hurlait presque.

– D'une crise cardiaque, à Londres, dans sa voiture...
Boris avait raccroché en tremblant, le souffle coupé. L'explosion à l'université, et maintenant David... Le regard d'Eva l'avait comme épuisé, vidé de son sang. Il le poursuivait encore. Il se servit un troisième verre de vodka et alluma la dernière cigarette de son paquet sous le regard inquiet mais silencieux de son épouse. Sans l'avoir encore formulée, il avait déjà pris sa décision : il n'irait pas à Paris. Il n'avait pas envie de mourir d'une crise cardiaque sur le siège arrière d'une voiture, même officielle.

Les commentaires attribuant l'attentat aux néo-staliniens ou à Pamiat, parti d'extrême droite antisémiste, semblaient crédibles. Pas pour Boris. Il avait son idée. Le regard d'Eva en était la preuve.

Le présentateur du journal télévisé se mit soudain à bégayer :

« On vient de m'apprendre que des coups de feu ont été échangés sur la place Rouge entre la milice et des étudiants. Il y aurait déjà des morts et de nombreux blessés. Nos correspondants sur place tentent de nous contacter... Nous devrions recevoir des images d'une seconde à l'autre. Je répète l'information... »

Il fut interrompu par son téléphone de table.

Trois secondes plus tard, le correspondant apparaissait sur l'écran, bouleversé.

« C'est un véritable carnage qui vient de se produire ici, sur la place Rouge... Nul ne sait encore avec précision ce qui s'est passé. La manifestation pacifiste semble s'être transformée brusquement en une véritable émeute, entraînant des heurts très violents entre les étudiants et la milice. D'après le capitaine Valiev, des balles tirées par des pistolets munis de silencieux ont tué une dizaine de miliciens. La milice a tenté de se défendre. Il s'agirait de terroristes déguisés en étudiants ou de provocateurs professionnels dont le but serait d'opposer les étudiants aux forces de l'ordre. Quoi qu'il en soit, le bilan provisoire serait de plusieurs morts des deux côtés. Certains avancent le chiffre d'une centaine... »

Les images confirmaient les propos du journaliste. Boris se leva pour éteindre son récepteur quand le présentateur annonça un important remaniement ministériel :

« Le ministre de la Défense et membre du Politburo, le maréchal Karstov, vient d'être nommé à la tête du KGB. Il occupera désormais les deux fonctions. Georgui Trouchenko a démissionné pour raison de santé, nous indique-t-on. »

Boris coupa le poste. Il n'osait croire ce que son cerveau de flic venait de lui faire entrevoir.

– Je vais dormir, dit-il à sa femme d'une voix lasse.

Il s'approcha et l'embrassa sur le front.

– Que penses-tu de tout cela ? demanda-t-elle, inquiète.

– Rien. Si ce n'est que notre voyage à Paris est compromis...

Place Rouge, 22 juillet, 8 heures du matin.

L'ultimatum devait expirer à 15 heures. L'armée avait encerclé l'université Lomonossov et la place Rouge. Elle avait reçu l'ordre de tirer sur les étudiants à 15 heures précises s'ils n'avaient pas évacué les lieux. On avait fait venir des renforts de différentes régions de l'Union soviétique. La veille, la télévision avait diffusé des images impressionnantes de chars, d'hélicoptères, de parachutistes, de troupes de choc prenant position devant l'université et sur la place Rouge. Moscou était en état de siège depuis le 1er juillet.

A la suite du carnage du 11 juin au soir, les étudiants s'étaient enfuis dans une panique indescriptible. Mais, dès le lendemain, ils s'étaient mis en grève et barricadés à l'intérieur de l'université, refusant de reprendre les cours tant que les coupables ne seraient pas châtiés.

Pendant quelques jours, la confusion la plus totale régna dans leurs rangs : les revendications précises du début avaient dégénéré en exigences. Les différents mouvements étudiants demandaient pêle-mêle des réformes du système universitaire, l'abolition des privilèges, la lutte contre la corruption. Jusqu'aux dernières semaines de juin, où le monde entier fit la connaissance de Nadia Sharonski. De tous les leaders étudiants qui avaient tenté de prendre la tête du mouvement, elle seule avait réussi à s'imposer. Nadia Sharonski était petite, rouquine, avec des yeux d'un bleu éblouissant, et, malgré ses vingt-trois ans, détenait déjà deux maîtrises, l'une de sociologie, l'autre de littérature comparée.

Son charisme avait fait d'elle le porte-parole de toute l'université en révolte.

« Nous continuerons à manifester jusqu'à l'abolition totale et définitive de toute référence à l'idéologie communiste, jusqu'à l'instauration d'une vraie démocratie et la fin de la misère qui touche la majorité de notre peuple, jusqu'à l'indépendance des républiques et la fin de la domination du dollar et du mark! »

Elle avait été la première à lancer ces mots d'ordre qui faisaient trembler la classe dirigeante. Un comité stratégique, représentant les quatorze facultés de l'université, s'était créé à son initiative. Nommée présidente à la majorité, elle avait aussitôt lancé un appel à tout le pays, aux ouvriers en particulier pour qu'ils se joignent à eux.

Le soir même, la loi martiale fut déclarée sur ordre du ministre de la Défense et patron du KGB, Piotr Karstov... Mais les menaces du Kremlin ne réussirent pas à intimider les étudiants dont l'attitude se radicalisait de jour en jour. Jamais, même dans les heures les plus sombres de la perestroïka, le Kremlin n'avait eu à affronter un tel défi.

Le président Gorchkov traversait la crise la plus grave de sa carrière. Nadia Sharonski ne manquait aucune occasion de lui rappeler, au cours de ses nombreuses interventions devant la presse internationale, qu'il avait éprouvé de la sympathie pour « le printemps des étudiants chinois en 1989 ».

– Dialoguez d'abord avec votre peuple, même s'il ne vous a pas élu, au lieu de séduire les étrangers! proclamait-elle avec acharnement.

La décision de mettre fin à ce que la presse occidentale avait appelé « l'été de Moscou » fut prise au cours d'une réunion dramatique du Politburo, le 18 juillet. « Probablement la réunion la plus épouvantable depuis cinquante ans... », avait avoué Piotr Karstov à Eva, le soir même.

Le nouveau chef du KGB avait dû imposer, avec la plus grande fermeté, le renvoi de la presse internationale.

– Si nous avons pu rester si longtemps en Afghanistan, c'est précisément parce qu'il n'y avait pas de journalistes là-bas! Il faut qu'ils déguerpissent! Ils représentent 90 p. 100 du problème.

– Pour que vos troupes puissent tirer sur nos enfants sans être dérangées? C'est cela que vous voulez? hurla, hors de lui, le nouveau ministre de l'Économie et de la Perestroïka.

– Nous avons déjà trop tardé, répliqua Karstov. Nous avions pourtant l'exemple chinois comme modèle. Il fallait réagir dès le lendemain, mais vous avez refusé! Voilà six semaines que Moscou est paralysé, que les investisseurs étrangers commencent à plier bagage, que le pays entier est contaminé. Nous devons en finir.

– Vous n'avez pas répondu à ma question.

– Il y aura des morts, c'est inévitable, admit Karstov. C'est eux ou nous!

– Alors, je choisis d'être avec eux! cria le ministre de l'Économie en se levant.

Karstov bondit de son siège. Il l'attrapa par la manche et le tira vers lui.

– Vous n'irez nulle part! Vous êtes membre du Politburo. Votre devoir n'est pas de démissionner quand tout va mal. Ce serait trop facile. Le seul qui doit garder les mains propres et que nous devons protéger, c'est le Président. Pas vous!

Il le repoussa sur son siège avec une violence qui pétrifia tous les participants. Le ministre se rassit, l'air terrifié, et ne prononça plus une parole jusqu'à la fin de la réunion.

La nuit même, la presse internationale fut priée de quitter le territoire soviétique le 21 juillet à midi au plus tard.

Trois jours avant l'expiration de l'ultimatum, peu avant minuit, Piotr se rendit chez Eva. Deux minutes plus tard, ils sortaient de l'immeuble de la rue Novokouznetskaïa. Un ivrogne leur demanda une pièce au moment où ils allaient monter dans la Volvo que Piotr utilisait de temps à autre pour passer inaperçu. Eva voulut ouvrir son sac, mais Piotr Karstov la tira par le bras.

– Viens, on n'a pas le temps!

Ils démarrèrent sur les chapeaux de roue pendant que l'ivrogne remontait la rue en titubant. Au bout, il se redressa, tourna à droite, longea d'un pas chancelant la place Dobryninskaïa et tourna de nouveau à droite. Il descendit la rue Piatnitskaïa et, après avoir inspecté les environs, entra au numéro 13. Dans l'obscurité, il ôta son béret, ses lunettes, et entra chez lui.

– C'est toi? demanda une voix de femme dans la chambre à coucher.

– C'est moi, répondit Boris Plioutch.

Piotr Karstov ne dit pas un mot pendant le trajet qui les menait à sa datcha. Nerveux, fatigué, il respirait mal et roulait trop vite. Eva sentit la peur l'envahir quand un barrage de l'armée stoppa la Volvo, à deux kilomètres de Moscou. Karstov avait donné des instructions strictes : aucune exception ne devait être tolérée, même pour lui. Il baissa la vitre pour montrer son visage au soldat, qui faillit s'évanouir. Le manège se reproduisit plusieurs fois, tous les cinq kilomètres en moyenne, jusqu'à ce qu'ils arrivent à Podolsk.

La voiture s'engagea enfin dans le chemin qui menait à la datcha. Karstov coupa le moteur et lui posa la main sur le ventre.

– Toujours rien? demanda-t-il d'une voix altérée.

Eva sortit un papier de son sac.

– Tiens, dit-elle. Je suis officiellement enceinte depuis trois jours.

Il lui arracha le papier des mains, alluma la lampe intérieure et lut. Il resta un long moment les yeux fermés, les mains crispées sur le volant. Puis il l'étreignit de toutes ses forces.

– Peut-être serions-nous plus à l'aise à l'intérieur? murmura-t-elle.

Ils firent l'amour sans perdre un instant. Longuement, passionnément. Plus tard, blottis sous la couette, ils parlèrent. Eva caressait la mèche blonde de son amant, qui avait posé sa tête contre son épaule. Il lui fit le dernier bilan de la situation :

– Il faut absolument que les étudiants capitulent. Sinon, ce sera un bain de sang. Je n'ai pas le choix. Et puis cette situation compromet tout...

– Mais non. Au contraire. Il suffit de convaincre la petite Nadia Sharonski. Si tu as pu dissuader le pape d'atterrir à Varsovie, tu peux bien forcer cette gamine à cesser son cirque. Ce ne sont pas les moyens qui te manquent maintenant, non?

– J'ai déjà tout essayé, répondit-il en se redressant.

– Il faut réfléchir.

Elle ajouta, après un silence :

– Tu veux que je m'en occupe?

– Explique-toi.

– Le plan que nous avons élaboré en Pologne ne doit pas changer. Il est bon et parfaitement au point. Je le sens. Il va réussir. L'été des étudiants est un cadeau du ciel à condition de récupérer le mouvement sans effusion de sang.

Ses mots avaient soudain la force de l'évidence.

– Tu jouis d'un immense prestige dans ce pays. Et, même si l'on t'a surnommé « le boucher de Varsovie », tout le monde reconnaît maintenant que c'est grâce à toi qu'on a évité le vrai carnage aussi bien en Pologne que dans les républiques méridionales de l'Union. Ta nouvelle fonction t'offre les moyens d'une nouvelle victoire. Cette gamine t'en fournit aujourd'hui l'occasion...

– Comment?

– Répète après moi, dit-elle en plongeant ses yeux dans les siens : « SHEMA ISRAEL ADONAI ELOHENOU ADONAI EHAD. »

Karstov la dévisagea sans comprendre.

– Peux-tu m'expliquer?

– C'est la phrase la plus sacrée des juifs. Elle signifie : « Écoute Israël, notre seul et unique Dieu. »

– Je ne comprends toujours rien.

– Nadia est juive. Au pape, tu as dit que tu étais baptisé. A Nadia, tu diras que tu es juif! Moi, j'irai la voir dès demain.

Piotr ne put s'empêcher d'éclater de rire. Eva crut qu'il n'allait jamais s'arrêter. Une fois calmé, des larmes plein les yeux, il lui expliqua le motif de son hilarité.

– Au pape, j'ai dit que j'étais baptisé, mais il m'a baptisé quand même. Ma mère m'a appris par la suite que je l'avais été effectivement à l'âge de deux mois.

Il marqua une pause et rit à nouveau.

– Tu ne vois toujours pas?

Eva secoua la tête.

– Et si elle me demande de lui montrer mon... qu'est-ce que je fais ?

Eva fut prise à son tour d'un fou rire inextinguible.

Subitement, Karstov redevint sérieux :

– Eva, tu es juive ?

– Non. Pourquoi ?

– D'où connais-tu cette prière ?

– Ce n'est pas une prière. C'est la phrase qui résume tout le judaïsme. N'importe quel juif, même le plus agnostique, connaît cette phrase. Et pour cause ! Il lui suffit de la prononcer sur son lit de mort pour être pardonné de tous ses péchés. C'est une amie juive de la faculté qui m'a expliqué cela un jour. Je me suis renseignée auprès d'un rabbin pour être sûre.

Karstov réfléchissait.

– Les journalistes étrangers devront toutefois quitter le pays avant le 21 juillet à midi, je ne peux pas reculer sur ce point. Sauf toi, bien sûr ! Comme en Pologne.

– Non, c'est trop risqué. Je préfère suivre mes confrères.

– Pas question ! Toi et mon enfant, vous restez ici !

– Piotr, personne ne doit soupçonner notre relation. Nous avons un accord ! Tu risques de tout gâcher si...

– Je suis le patron des plus importants services secrets de la planète. Qui osera m'espionner à mon insu ? Tu restes ici, le temps que ça se calme.

Eva n'insista pas.

– O.K., mon général. Je vais demander à rencontrer Nadia dès demain. Puis elle sollicitera un entretien avec toi. Laisse-la mijoter quelque temps et propose-lui le 22 à 10 heures.

Puis Eva lui expliqua comment elle envisageait leur rencontre.

Une fois de plus, Karstov fut impressionné par l'intelligence politique qu'elle déployait dans des circonstances apparemment inextricables. Mais il ne put s'empêcher de revenir sur le point le plus délicat :

– Et si elle me demande de lui donner une preuve de ma... judéité ?

– Elle ne le fera pas.

– Comment peux-tu en être sûre ?

– C'est une femme.

– Et si elle est agnostique ?

– Elle connaîtra quand même la phrase.

– Et si elle ne la connaît pas?
– Alors, il faudra la menacer.
– Elle se moque de nos menaces. C'est une Pasionaria.
– Pas si elle ne revoit plus ses parents et sa famille...
– Tu es sérieuse?
– Quand il s'agit de ta vie et de ton destin, je n'hésite pas une seconde.
Karstov frissonna.

Boris Plioutch n'avait pas fermé l'œil de la nuit. Il était 5 heures du matin, ce 21 juillet, et Eva Dumoulin n'était toujours pas rentrée. Les journalistes étrangers avaient déjà quitté le pays. D'après les informations de la veille, il n'en restait plus un seul dans la capitale soviétique. Boris avait pourtant aperçu Eva la veille au soir, vers 11 heures. Elle était repartie en voiture une heure plus tard, avec un gros sac de voyage. Il l'avait repérée également le 19 en compagnie de Nadia Sharonski. Elles étaient arrivées dans la Niva de l'agence à 10 heures du soir. Eva l'avait raccompagnée à 2 heures du matin. Installé dans un appartement de l'autre côté de la rue, chez une veuve à qui il avait fait croire qu'il surveillait un trafiquant de devises, Boris pouvait sans risque contrôler les allées et venues d'Eva. La seule fois où il avait pris le risque de l'approcher déguisé en ivrogne, c'était le 18 au soir. Il voulait être sûr que c'était bien le maréchal Karstov en personne qui lui avait rendu quatre fois visite depuis le jour de l'attentat, le 11 juin. C'était un énorme risque, mais il l'avait pris. Il n'avait pas mis le nez dehors pendant une dizaine de jours. Sa dépression avait commencé le 11 juin, alors que le journal du soir annonçait le départ à la retraite anticipée du patron du KGB et son remplacement par le général Karstov. Mais, quand la presse annonça la nomination du général Dimitri Basov comme numéro deux du KGB, il se reprit. Ce nom lui disait quelque chose. C'est alors qu'il décida de se déguiser à nouveau et de suivre Eva. Le soir même, il découvrit son deuxième appartement, à cinq minutes de chez lui.
Il passait le plus clair de son temps dissimulé derrière la fenêtre d'en face, muni de jumelles à infrarouges et d'un appareil photo. C'est de cette façon qu'il fit la connaissance de Moïse Henkine. Celui-ci, au volant de

son taxi, s'était arrêté un soir vers minuit à dix mètres de l'immeuble d'Eva. Elle avait l'air de bien connaître le chauffeur. Le taxi resta à l'arrêt un moment, moteur en marche, et Boris prit quelques photos. Le taxi repartit au bout de dix minutes.

Dès le lendemain, l'inspecteur connaissait l'identité du chauffeur. Il comprit aussitôt et consulta la liste des participants à sa première conférence : Moïse Henkine y figurait. Son intuition ne l'avait pas trompé : Eva n'était pas étrangère à l'explosion de l'université. Le hasard seul ne pouvait expliquer sa rencontre avec Moïse Henkine...

Il avait annulé ses conférences, malgré l'insistance de Jan Egorov. La *Pravda* lui avait proposé de les donner dans ses propres locaux, mais il refusa sous prétexte que la situation était trop dramatique; il préférait attendre la rentrée universitaire. Il usa du même argument auprès de l'ambassade de France à Moscou pour annuler son voyage à Paris.

Il consulta de nouveau sa montre : 6 heures. Eva ne rentrerait plus. Elle devait se cacher dans la datcha de Karstov. Boris décida de rentrer chez lui. Il enfila sa tenue de prêtre orthodoxe et ferma la porte doucement derrière lui. Quelques minutes plus tard, il prenait le petit déjeuner avec sa femme. Il allait s'endormir quand on annonça, à la radio, une rencontre prévue pour 10 heures entre Piotr Karstov et Nadia Sharonski. Boris eut un sourire, et sa femme le regarda d'un air curieux.

– J'espère qu'un jour tu m'expliqueras tout! lança-t-elle, excédée, en sucrant son café.

Nadia Sharonski pénétra dans la salle où l'attendait Piotr Karstov. Il avait préféré la recevoir au Kremlin plutôt que dans son vaste bureau de la rue Dzerjinski, siège du KGB, pour ne pas l'effrayer. Il se porta à sa rencontre, un sourire engageant aux lèvres, et lui serra la main avec vigueur.

– Je vous en prie, mademoiselle, prenez place.

Nadia s'assit et le regarda. Piotr prit aussitôt la parole :

– Vous êtes une femme brillante, mademoiselle, ce n'est pas un vain compliment, croyez-moi. Vous l'avez démontré plusieurs fois. Aussi allons-nous parfaitement nous comprendre. Écoutez-moi. Le destin vous a choisie pour faire partie des réformateurs de ce pays. Nous avons besoin de gens comme vous. Oui, comme vous! Je n'essaie pas de vous récupérer, croyez-moi. Je vous respecte trop pour cela. Mais le destin est venu trop vite frapper à votre porte. Ne lui ouvrez pas tout de suite!

– Je vois que vous aimez les métaphores, dit la jeune femme sur un ton ironique. Je vous suis mal.

– Entre vos mains, que vous le vouliez ou non, vous tenez la vie ou la mort de milliers d'innocents. Le destin vous a plongée dans cette situation dramatique. Mais vous avez le choix encore de refuser la mort et de choisir la vie.

– Vous aussi, rétorqua-t-elle.

– Mon choix est malheureusement plus terrible encore : soit l'accélération du processus de démocratisation en cours, soit le retour au stalinisme. Si, pour éviter le retour à la violence, la peur, les goulags, l'antisémitisme, je dois sacrifier mille ou deux mille innocents, je n'hésiterai pas une seconde. L'enjeu est trop important.

– Mon choix n'est pas moins dramatique que le vôtre! Les étudiants croient en moi, j'ai fait des promesses. Nous sommes prêts à mourir. Nous n'avons pas peur. Notre cause est juste.

Piotr Karstov eut subitement un doute. Eva lui avait affirmé que l'accord avec la porte-parole des étudiants était à portée de main. Nadia avait-elle changé d'avis entre-temps?

– Je n'en disconviens pas. Faisons appel à l'Ancien Testament. Il est écrit quelque part qu'entre deux solutions difficiles on doit choisir une troisième!

– Encore une métaphore? Et quelle est la troisième solution?

– Le compromis.

– C'est-à-dire?

– Votre problème est clair. Vous ne voulez pas perdre la face. C'est humain, je comprends.

La jeune fille essaya de protester.

– Laissez-moi terminer. Moi, je ne veux pas de retour à la terreur. Alors, je suis prêt à vous accorder encore... disons une heure de réflexion.

Il sortit une bible d'un tiroir, l'ouvrit et la plaça devant elle. Puis il posa sa main gauche sur les pages écrites en hébreu et dit, en se couvrant la tête de sa main droite :

– Je vous jure sur ce livre saint que vos principales revendications seront exaucées avant janvier prochain.

Nadia fut visiblement troublée par ce geste inattendu. Elle resta muette de stupeur un moment. Puis dit, d'une voix altérée :

– Je ne comprends rien à ce que vous dites. Je crois que vous essayez de me manipuler. Vous me parlez de destin et de bible pour mieux m'égarer. Et maintenant vous voulez régler nos différends à bible ouverte ?

– Je sais, c'est une drôle de façon de procéder. Mais je suis croyant. Et quoi qu'il arrive ou que nous décidions, je vous prierai de ne jamais le dire à personne. Notre pays a une trop forte tradition d'antisémitisme pour que je puisse apparaître comme tel.

– Vous êtes juif ?

– Oui. Mon grand-père était rabbin. Ma vieille mère m'a tout raconté il y a six mois. Elle a eu un infarctus et, craignant de mourir, elle a décidé de parler. Je vous en supplie, gardez ce secret. Je le dévoilerai officiellement quand le moment sera venu.

– Pourquoi me dites-vous tout cela ? Parce que je suis juive ?

Il acquiesça du regard.

– Qu'est-ce qui me prouve que vous dites vrai ? demanda-t-elle, méfiante.

– Pour le moment, uniquement quelques prières.

Et, sans attendre, il ferma les yeux, posa la main droite sur le livre, se couvrit la tête de la main gauche et prononça :

– « SHEMA ISRAEL, ADONAI ELOHENOU. ADONAI EHAD ! »

Puis il referma le livre, le baisa respectueusement et le remit à sa place. Un long silence s'installa entre le tout-puissant patron du KGB et l'étudiante. Piotr ne la quittait pas du regard. Elle finit par baisser les yeux.

– Je vous crois. Je crois que vous êtes sincère... Mais je ne sais pas si les étudiants me suivront. Je leur ai fait beaucoup de promesses. Je crains qu'on ne puisse plus reculer.

– Moi aussi, je vous crois. Faites de votre mieux. Entrez dans l'Histoire comme la femme qui a évité le massacre au lieu de le provoquer. Et n'oubliez pas. Si massacre il y a, on le reprochera à la communauté juive un jour ! Avez-vous songé à cela ? Savez-vous que la nomenklatura de ce pays accuse déjà les juifs d'être derrière cette pagaille ? Maintenant je peux vous aider, après il sera trop tard. Et c'est d'abord votre famille qui paiera. Vous le savez.

Elle se leva, confuse.

– Que dois-je dire à mes amis ?

– Réunissez votre comité et convainquez-les de cesser l'occupation de l'université et de la place Rouge. Mettons fin à ce drame, il a assez duré.

La jeune fille s'éloigna d'un pas incertain, après un dernier regard sur cet homme étrange qui venait de la retourner au moyen de ce qu'elle avait de plus cher au monde : son identité et sa famille.

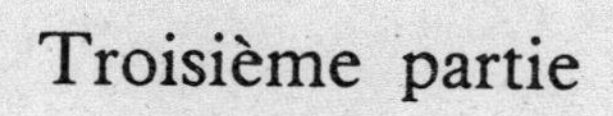

Troisième partie

Odessa, le 2 septembre.

Boris Plioutch connaissait Odessa pour s'y être rendu à plusieurs reprises avec sa femme au cours de leurs trente années de mariage. Il faisait beau, et il décida de se promener en ville, avant de se rendre à son rendez-vous. Il se dirigea tranquillement vers l'escalier Potemkine, rendu célèbre par le film d'Eisenstein, et monta lentement les cent quatre-vingt-douze marches, groupées en dix volées. Long de cent quarante-deux mètres et haut de trente, l'escalier reliait le port à la ville haute.

Parvenu au sommet à bout de souffle, il pensa à Eva. Elle l'aurait monté avec la même vigueur qu'elle manifestait quand elle nageait... Il admira longuement le port, les bateaux à quai et les cargos, au loin, qui se dirigeaient vers la haute mer.

Arrivé la veille par avion, à 10 heures du soir, il s'était rendu dans un petit hôtel, à quelques centaines de mètres du plus grand boulevard de la ville, le Primorski Boulvar. Tôt le matin, il avait commencé à arpenter les rues, avide de soleil et d'air marin. Il était à peine 10 heures. Son rendez-vous était fixé à 15 heures. Une question le taraudait. Comment aborder son contact ? Fallait-il tout lui raconter de a à z, ou contourner le problème avec diplomatie ? L'expérience lui recommandait la prudence. Il avait été seul depuis le début, et sentait confusément qu'il devait le rester jusqu'à la fin. Mais quelle fin au juste ? Il l'ignorait toujours ! Il ne manquait qu'un élément à son puzzle, un seul : Karstov. Qu'était-il en train de comploter avec Eva Dumoulin? Curieusement, c'était la nomination du général Basov comme numéro deux du KGB qui l'avait mis sur la piste. Ce nom lui disait quelque chose. Il trouva ce qu'il cherchait dans les archives de la *Pravda* : une photo datant du 17 mai 1985 et montrant Piotr Karstov libéré de prison en compagnie des sept généraux qu'il avait sauvés en Afghanistan au cours d'une opération restée fameuse.

Comment personne n'avait-il rien remarqué? Cinq des sept hommes libérés par Karstov en Afghanistan avaient été nommés à des postes clés de l'armée et maintenant du KGB! Le maréchal Igor Vassili Nikolaïevitch était aujourd'hui chef d'état-major. Le général Alexandre Chelenkov Iervendovitch se trouvait à la tête de l'armée de terre. Le général Vadim Koniaïev Fedorovitch dirigeait les blindés et le général Viktor Martchenko Ivanovitch les troupes d'élite, les fameux Spetsnaz. Évidemment, conformément à la tradition, Gorchkov avait accepté la nomination des protégés de Karstov.

L'ancien patron du KGB avait été remplacé sans explications, alors qu'il n'avait que cinquante-sept ans et qu'il avait longtemps été considéré comme l'un des proches de Gorchkov. Karstov, c'était évident, plaçait ses hommes aux commandes du pays. Tout semblait lui réussir, d'ailleurs. Comme Boris l'avait prédit, le 22 juillet, à 14 h 30, les étudiants capitulèrent. Gorchkov les remercia le soir même dans l'un des plus émouvants discours de sa carrière!

Boris était convaincu que, derrière cette puissance et ces résultats, il y avait Eva Dumoulin. Mais pourquoi l'aidait-elle en utilisant les moyens les plus odieux, si ce n'était pour... le pouvoir? Mais Karstov savait-il lui-même ce qui se tramait derrière lui? Cet homme qu'il avait tant admiré savait-il qui était véritablement sa maîtresse? De quelles horreurs elle était capable? Car Eva était sans doute au cœur d'une affaire d'envergure internationale.

Sous la menace, l'étudiant Moïse Henkine avait tout avoué. Plus vite que Boris ne l'avait espéré. Celui-ci l'avait interpellé dans son propre taxi, le 25 juillet, trois jours après la fin de la révolte des étudiants. Pour le remercier des risques qu'il avait pris, Eva lui avait donné dix mille dollars la veille, soit quatorze mille en tout! Plioutch avait conseillé à Moïse de disparaître de la circulation et de garder secrète leur rencontre, surtout s'il devait revoir Eva Dumoulin, et s'il tenait à la vie. Henkine lui avait promis d'aller passer le mois d'août à Odessa, dans sa famille. Deux jours plus tard, son corps fut retrouvé au volant de son taxi. L'autopsie conclut à une crise cardiaque. Il n'avait que vingt-trois ans!

Eva, il en était sûr, n'était pas à Moscou. Il l'avait vue lui-même monter dans l'avion d'Air France pour Paris, quelques heures avant que l'on ne retrouve Moïse Henkine. Elle ne pouvait donc pas savoir qu'il allait l'interroger. Seule explication : quelqu'un le suivait pas à pas, sans qu'il s'en soit rendu compte. Il y avait donc un deuxième homme!

Soudain inquiet, il scruta les visages des touristes qui déambulaient à côté de lui. Il se leva et entama la descente de l'escalier.

Quinze minutes plus tard, il était assis à la terrasse d'un café, jetant constamment des regards à sa montre. Sur le trottoir d'en face, il crut reconnaître une silhouette. Où avait-il croisé cet homme ? Dans l'avion ? Sur le Primorski Boulvar, la veille, ce matin ? En haut de l'escalier ? Quelque chose d'étrange, il ne savait quoi, le troublait chez cet inconnu, qui, comme par hasard, traversa la rue et vint s'attabler à quelques mètres de lui. Il n'était pas bâti comme le sont généralement les tueurs. Il ne ressemblait pas à un touriste non plus, même s'il se promenait avec un appareil photo autour du cou et avec un sac en bandoulière.

Boris se dirigea vers les toilettes. Deux minutes plus tard, il sortait par la porte de service qui donnait sur la même rue, trente mètres plus loin.

Caché derrière une voiture, il put l'observer à sa guise. Le serveur lui apportait son déjeuner. L'homme mangea tranquillement, en suivant les femmes d'un regard appuyé. Vingt minutes plus tard, il était toujours attablé, dégustant une énorme glace. Boris mit son inquiétude sur le compte de la paranoïa et tourna les talons en direction de son hôtel.

L'homme paya aussitôt et s'en alla à son tour. Il monta dans une Volvo stationnée devant la sortie de service, par laquelle Plioutch avait quitté le café un moment plus tôt. La femme installée au volant démarra et roula lentement dans la direction de Boris.

Haïfa, 2 septembre.

Perchée sur le mont Carmel, la villa offrait une vue splendide sur toute la ville. Eva Dumoulin, assise à la terrasse, buvait un jus de fruits. C'était la première fois qu'elle allait rencontrer ensemble les deux patrons des services secrets israéliens et américains. L'Israélien arriva le premier. Eva lui tendit la main, mais il l'agressa d'emblée :

– Tu as tué deux juifs!

– Je n'ai pas liquidé Moïse Henkine, je t'en donne ma parole. J'ai même eu un choc quand je l'ai appris, à mon retour de Washington.

Eva s'attendait à ce genre de reproche, mais elle n'avait pas imaginé que l'attaque serait aussi rapide.

– Nous y reviendrons, dit-il froidement. Et David Rosen?

– C'était une canaille! Il était en liaison avec l'inspecteur Plioutch.

– Il était juif!

– Peut-être, mais il préparait un coup avec Boris Plioutch. Je n'avais pas le choix.

– On t'avait pourtant expliqué que la vie d'un juif, canaille ou pas, c'est sacré, non? On aurait pu le récupérer. Il suffisait de nous le signaler. On l'aurait convoqué à Londres pour le mettre au courant, c'était facile. Au lieu de cela, tu as donné des instructions à la CIA pour le liquider.

Eva ne répondit pas. Mieux valait attendre que la tempête passe. L'Israélien attaqua de nouveau, sur le même ton :

– Moïse Henkine ?

– Je te répète que ce n'est pas moi. Je n'avais aucune raison de le tuer.

Elle mentait. Elle avait en effet décidé de le supprimer après les conférences. Il en saurait trop.

– Tu ne vas pas me dire que tu crois à la crise cardiaque ?

– Je ne comprends pas. On a vu des jeunes mourir subitement de cette façon. A moins que Nelson...

– Je ne sais pas si tu dis vrai.

– Je le jure.

– Eh bien ! nous demanderons des explications à notre ami. Il ne va pas tarder.

Au même moment, on sonna à la porte. Robert Nelson entra et ôta aussitôt ses lunettes noires, sa casquette et ses fausses moustaches. Après cinq minutes seulement de discussions intenses, il finit par avouer : il avait envoyé en URSS trois de ses meilleurs agents, deux hommes et une femme, pour s'occuper de Boris Plioutch. L'Américain n'estimait pas que la religion dût épargner qui que ce soit. Il savait aussi qu'à l'heure actuelle Plioutch se trouvait à Odessa et qu'il avait rendez-vous avec l'ancien patron du KGB, Trouchenko.

– Il va être liquidé, s'il ne l'est pas déjà.

Eva faillit hurler, mais Nelson s'emporta :

– Cette histoire est ridicule ! Elle a assez duré. Tu t'es encombré l'esprit avec ce flic minable. Tu disais : « Ne touchez pas cet homme, il est à moi ! » Et maintenant regarde où il est arrivé, ton homme à toi ! Et tu voudrais que je le laisse rencontrer Trouchenko ?

Eva fit quelques pas vers le balcon.

– Je suis désolé de t'avoir doublée, Eva, mais je ne pouvais pas prendre un tel risque à quelques semaines de la fin de notre opération.

Elle se retourna, tendue. Nelson l'avait bel et bien doublée.

– Quand cela a-t-il commencé ? demanda-t-elle enfin d'une voix glacée.

– Ce n'est pas important, intervint l'Israélien. Laissons l'orgueil de côté et venons-en au fait.

Eva se ressaisit et dressa un rapport précis sur la situation. Les deux hommes l'écoutèrent en silence, sans l'interrompre. Elle parla pendant quarante minutes sans boire une seule gorgée d'eau. Quand elle eut fini, l'Israélien la félicita sous le regard approbateur de Nelson.

– Il ne me reste qu'à avorter quand tout sera fini, ajouta-t-elle.

Les deux hommes la regardèrent avec le même étonnement.

– Eh oui! je ne pouvais pas continuer plus longtemps à mener Karstov en bateau. A tort ou à raison, j'ai eu l'impression qu'il m'échappait par moments ou, pis, qu'il envisageait d'abandonner. Alors, j'ai décidé de le lier plus solidement à moi et de jouer ma dernière carte.

Un lourd silence s'abattit sur le salon. On entendait seulement le bruit irritant de l'air conditionné. La grossesse d'Eva n'était pas prévue dans l'opération et les deux hommes étaient visiblement mal à l'aise devant cette révélation inattendue.

– Combien... ?

Eva ne laissa pas l'Israélien finir sa phrase.

– Quarante-huit jours exactement.

Un nouveau silence s'installa entre eux. Les deux hommes pensaient probablement à la même chose. Eva, elle, pensait à Plioutch. Une angoisse inexplicable lui tordait l'estomac depuis que Nelson lui avait annoncé sa mort certaine. Elle comprit qu'elle ne pouvait l'imaginer mort, abattu froidement par les tueurs de Nelson.

– Comment avez-vous envisagé la suppression de Boris ?

– Crise cardiaque, répondit Nelson.

Eva fut mortifiée. Boris méritait une mort plus noble, digne du héros qu'il était. « Mourir sans qu'il sache pourquoi : la pire des insultes pour cet homme! » songea-t-elle.

L'Israélien s'approcha d'Eva, gêné.

– Au-delà de trois mois, l'avortement...

– Je n'ai pas l'intention d'entrer dans ce genre de débat moral. Je suis un agent à part entière, j'utilise tous les moyens dont je dispose pour accomplir ma mission. Quand elle sera finie, j'avorterai le jour même.

Dix minutes plus tard, Eva se retrouva seule. Elle regarda l'heure à sa montre, fit un rapide calcul. Il était bien 1 h 40 à Odessa. Elle sortit et ferma soigneusement la porte derrière elle. Elle monta dans la Ford mise à sa disposition depuis son arrivée la veille et roula en direction du port de Haïfa. Là, elle rejoignit l'autoroute pour Tel-Aviv. Quelques instants plus tard, après s'être assurée que personne ne la suivait, elle s'arrêta à la gare centrale des autobus de la ville, près de l'entrée de l'autoroute. Elle se gara et courut vers les téléphones publics.

La ligne était occupée. Elle jura entre ses dents et recommença. Une voix féminine résonna à l'autre bout du fil :

– Madame Plioutch ?

– Non, sa fille. Qui la demande ?

– Écoutez-moi bien. Je vous appelle de Géorgie, il faut que je parle à l'inspecteur Plioutch. C'est très urgent. Je sais qu'il est à Odessa. Je vous en supplie, donnez-moi son téléphone.

– Mon père n'est plus à la milice. Comment savez-vous qu'il est à Odessa ?

– C'est ma mère qui me l'a dit. Je vous en prie, je n'ai plus beaucoup d'argent.

– Vous avez de quoi écrire ?

Eva inscrivit le numéro sur une page arrachée fébrilement de l'annuaire téléphonique.

– Je viens de lui parler. Il doit encore être à son hôtel.

Eva raccrocha et composa aussitôt le numéro d'Odessa.

Odessa, 2 septembre, 14 heures.

Boris Plioutch buvait son café après avoir pris son déjeuner dans la salle à manger de l'hôtel, quand le patron s'approcha de lui :

– Monsieur l'Inspecteur, un appel pour vous.

Boris se leva, intrigué, et alla prendre la communication dans la cabine. Il était inquiet. Il n'avait donné le numéro de l'hôtel qu'à sa femme, qui ne devait l'appeler qu'en cas d'extrême urgence. Il décrocha.

– Monsieur Plioutch ?

Le son était mauvais. Une terrible friture déformait la voix de son interlocuteur.

– Lui-même, qui êtes-vous ?

– Annulez votre rendez-vous. Votre vie est en danger. Deux hommes, ou un homme et une femme, vous suivent. Ils ont ordre de vous tuer. Soyez prudent. Allô ? Ne serrez la main de personne !

La communication fut coupée. Boris raccrocha d'une main tremblante. Il sentit ses jambes se dérober sous lui. Un ami du KGB lui avait parlé un jour d'une poudre invisible qu'on passait sur les mains avant de rencontrer sa victime. Après, il restait au tueur cinq minutes pour appliquer l'antidote sur ses mains. Quelques jours plus tard, six au maximum, la personne touchée mourait d'un arrêt du cœur.

Il sortit de la cabine, pâle comme un linge, et entendit comme dans un rêve le patron qui lui demandait si tout allait bien. Il répondit d'un geste de la tête et retourna s'asseoir à sa table. Était-ce la voix d'un homme ou celle d'une femme ? Il n'était sûr de rien. Cela venait de loin. Un piège ? Qui pouvait bien vouloir lui sauver la vie ? Machinalement, il se dirigea vers la cabine et composa le numéro de Trouchenko. Quelques instants plus tard, la voix grave de l'ancien patron du KGB résonnait dans son oreille.

– J'ai un contretemps, je dois rentrer à Moscou, expliqua-t-il. Je suis désolé. Je reviendrai une prochaine fois si vous êtes toujours d'accord.

– C'est dommage. Je m'étais fait un plaisir de vous aider pour votre livre. Revenez vite, je suis à votre disposition.

Boris raccrocha. Ses mains tremblaient toujours. Il n'avait pas envie de mourir comme ça. Il voulait vivre, vivre et gagner ! Il alla se poster discrètement derrière la double porte de la salle pour observer les clients. Il ne remarqua rien d'anormal en examinant les rares convives qui s'attardaient à table. Soudain, il aperçut au-dehors une femme qui s'approchait d'une Volvo gris métallisé garée sur le trottoir d'en face. Elle s'installa au volant et démarra. Cette Volvo, il l'avait déjà vue. Peu après, l'homme qu'il avait observé le matin dans le café entra dans l'hôtel. Le cœur de Boris fit un bond. L'homme ne portait plus les mêmes vêtements, mais il le reconnut à son visage, qui s'était inscrit dans sa mémoire. Il le vit se diriger vers le comptoir et demander une chambre pour trois nuits.

– Simple ou double ? demanda le patron.

– Double. Ma femme arrive dans un instant.

Boris rejoignit sa table, la respiration coupée. Il se sentait pris au piège. Il voulut se lever, mais il craignit que ses jambes ne le trahissent. D'une voix qui se voulait neutre, il héla le patron :

– Je prolonge mon séjour de cinq jours. Puis-je avoir une chambre...

– Plus grande ? Tout de suite, inspecteur.

Boris se força à sourire. L'homme n'avait pas bougé et remplissait la fiche de police avec soin.

Boris remarqua le côté gauche de sa veste, légèrement gonflé. « Ne leur serrez pas la main », avait dit son interlocuteur anonyme. Il entendit l'homme parler en russe.

– Je vous donne votre nouvelle chambre dans un instant, fit le patron.

– Non, ça peut attendre demain. Je vais monter faire un petit somme. Le soleil de la ville m'a épuisé.

Sa voix était redevenue normale. Depuis un moment, il avait recouvré ses esprits et réussi à se concentrer. Il s'agissait de survivre. La femme qu'il avait vue par la fenêtre entra à son tour. Elle se dirigea droit vers l'homme et l'embrassa sur la joue. Ils gagnèrent leur chambre, tandis que Boris s'échappait de l'hôtel en catimini. Comme il l'avait pressenti, il trouva la Volvo, une voiture de location, garée devant l'entrée de service.

La porte n'était pas fermée. Les doubles des clés se trouvaient dans la boîte à gants. Il démarra sur les chapeaux de roue.

Après une heure de route, Boris s'arrêta à une station d'essence. Il prit le temps de passer un coup de fil au patron de l'hôtel pour s'excuser d'être parti sans prévenir. Il lui enverrait la somme par mandat postal. Le patron voulut dire quelque chose, mais Boris raccrocha. Peu après, il roulait en direction de Kiev, situé à environ cinq cents kilomètres, et d'où il prendrait le premier avion pour Moscou.

Il arriva à 10 heures du soir. Le dernier avion pour Moscou venait de décoller.

Il abandonna la Volvo dans le parking souterrain de l'aéroport et retourna en ville en autobus. Une heure plus tard, il se couchait dans une chambre de l'hôtel Dnipro, sans pouvoir fermer l'œil. A 7 heures, le lendemain, le visage mangé par la barbe, il paya et fila à l'aéroport en taxi pour prendre l'avion de 8 heures vers Moscou.

– Tu es sûre ?

– Oui. C'était une femme, répondit sa fille.

Boris Plioutch lui désigna une cassette qu'il introduisit dans le magnétophone. La voix d'Eva résonna dans le salon :

– Je ne sais pas, mais l'accent me dit quelque chose... Peut-être, oui, c'était le même accent...

Boris passa la journée à enquêter auprès de l'administration des téléphones et, après des heures de recherches, il apprit que l'appel provenait d'une cabine téléphonique située en Israël et non pas en Géorgie. On lui confirma également qu'un autre appel, en provenance de la même cabine d'Israël, avait été donné à 14 h 3 à son hôtel d'Odessa. Boris ne comprenait pas. Sous le regard effaré de sa fille, il téléphona à l'Agence de presse européenne.

– Passez-moi Eva Dumoulin, s'il vous plaît, demanda-t-il, prêt à raccrocher au cas où on lui demanderait de patienter.

Pia lui fit savoir qu'Eva Dumoulin était à l'étranger et ne serait de retour que le 6 septembre.

– Quand est-elle partie ?

– Le 1er septembre. Elle allait à Bruxelles. Dois-je prendre un message ?

– Non, je rappellerai.

– Je reconnais votre voix, vous êtes Jan Egorov, n'est-ce pas ?

– Oui, pourquoi ?

– Mais vous avez déjà appelé ce matin !

Boris raccrocha. Egorov la connaissait donc... Il décida de ne rien entreprendre pour le moment. Il lui fallait d'abord comprendre, s'il voulait éviter la folie qui le guettait depuis le coup de fil d'Odessa. Eva Dumoulin. Ce ne pouvait être qu'elle. Elle avait eu cent occasions de le tuer, mais, pour une raison qui lui échappait, elle y avait renoncé. La thèse d'un deuxième homme se confirmait. Et peut-être d'un troisième.

« Annulez votre rendez-vous ! » Comment savait-elle qu'il devait rencontrer Trouchenko ? C'est Egorov qui lui avait confirmé l'adresse et le numéro de téléphone de l'ex-numéro un du KGB. Cela ne voulait peut-être rien dire. Trouchenko était certainement sur table d'écoute. Lui aussi, sans doute. Il se leva et entreprit de chercher fébrilement des micros dans la maison.

Pris d'une inspiration subite, il se rua sur la vieille commode du salon et en ouvrit le compartiment secret caché au fond d'un tiroir du haut : la montre d'Eva était toujours là. Mille fois, il avait failli la dissimuler dans un coffre.

Il referma le tiroir et s'effondra sur le sofa. Il ne s'aperçut même pas du départ de sa fille. Des questions brûlantes lui martelaient le cerveau : pourquoi Eva s'était-elle rendue en Israël ? Il se souvint avoir eu Trouchenko au téléphone vers 5 heures de l'après-midi, le 1er septembre, donc deux heures après le départ d'Eva. Par conséquent, c'est en Israël qu'elle avait appris sa condamnation. Mais pourquoi Israël ? La réponse arriva comme un flash. Il sentit même un sentiment de fierté l'envahir. Oui, il avait déjà songé à l'ambassade d'Israël, au début de son enquête. La première chose qu'il avait faite, c'était justement de calculer la distance entre le lieu de l'agression et l'ambassade la plus proche. Il en avait trouvé deux : celle d'Israël et celle de la République démocratique de Palestine. Son Afghan avait même surveillé les entrées et sorties de l'ambassade d'Israël.

Aucun doute. Il était sûr maintenant qu'un lien existait entre Israël et Eva. Il ne savait pas encore où le conduirait ce nouvel élément. L'idée d'une espionne israélienne manipulant Karstov l'effleura. Mais dans quel but ? Les juifs pouvaient quitter l'URSS sans trop de difficultés, même s'ils préféraient l'Amérique à la Terre promise. Pour obtenir de l'atome ? Et si tel était le cas, pourquoi lui avait-elle sauvé la vie ? Cela ne collait pas.

– Mais qui est cette femme, bon Dieu ? cria-t-il, brusquement excédé. Le diable ou le bon Dieu ?

Que lui voulait-elle ? Le mot « diable » lui fit penser aux voyantes. Dans sa longue carrière, il avait souvent été obligé de les consulter, surtout quand il y avait disparition d'enfants. Pourquoi n'y avait-il pas pensé plus tôt ?

Il passa la nuit hébété, au bord du délire : et si c'était lui qui avait grippé les rouages de la machine ? Que représentait-il, le petit flic de Moscou ? Un grain de sable... Il finit par s'endormir en se demandant une fois de plus à quoi Eva pouvait servir et quelle était la finalité de cette affaire.

Paris, 4 septembre.

Dans sa suite de l'hôtel Victor Hugo, Eva Dumoulin s'apprêtait à entrer sous la douche quand le téléphone sonna. Elle décrocha l'appareil de la salle de bains.

– Le chien a réussi à s'enfuir. Ne fais rien pour le retrouver. On s'en occupe. Ne crains rien.

On raccrocha. Elle se sourit à elle-même et ouvrit les robinets. Fallait-il qu'elle rentre à Moscou ? Elle avait donc réussi. Même si elle ne comprenait toujours pas pourquoi elle avait sauvé la vie à Boris Plioutch. Une revanche contre Nelson ?

L'eau brûlante coulait sur son corps. Eva regarda son ventre. Elle avait pris un petit kilo. Elle évita de le caresser. Par peur d'y prendre goût ? Elle enfila un peignoir et téléphona à Air France. Trois heures plus tard, elle montait dans l'Airbus A320 pour Moscou.

Moscou, 5 septembre.

Mme Strassova fut surprise de trouver Boris Plioutch devant sa porte d'entrée. Il voulait la voir de toute urgence. Il n'était que 10 heures du matin. Elle accepta à contrecœur.

– C'est pour la disparition d'un enfant? Vous avez sa photo?

Il acquiesça. Le matin même, il avait téléphoné à Nikitine, son ancien adjoint au commissariat et qui lui avait succédé. C'était la première fois qu'il l'appelait depuis sa démission.

– Ne pose pas de question. Envoie-moi une voiture avec deux miliciens. Je t'expliquerai plus tard!

La voiture était arrivée cinq minutes plus tard. Boris avait demandé à être conduit au 47, rue Souchtchevski, au nord de Moscou. Les miliciens lui avaient dit combien chacun, au commissariat, le regrettait.

– Qu'est-ce qu'on dit d'autre?

Il y avait eu un silence gêné.

– Que je deviens fou? C'est ça?

– Oui, patron.

– Eh bien, ils n'ont pas tort! Je m'intéresse maintenant à la voyance. C'est fascinant et plus amusant que les enquêtes, mais ça rend fou. Enfin, un peu...

Il avait éclaté de rire. Par moments, il se retournait discrètement pour ne pas attirer l'attention des miliciens. Aucune voiture ne les suivait. Qui serait assez fou pour suivre une voiture de la milice? Une fois arrivé, il leur avait demandé de l'attendre en bas.

– Voyons la photo. J'espère que ce n'est pas grave.

Boris la lui tendit sans dire un mot. Il connaissait bien les voyantes et n'avait pas l'intention de l'aider en répondant à ses questions anodines.

– Mais c'est une femme! s'exclama-t-elle, déçue. Vous m'aviez dit que c'était un enfant. Qu'est-ce que vous voulez savoir exactement?

Boris ne répondit pas. Il fallait l'obliger à chercher, à se concentrer. La voyante haussa les épaules et commença à tâter la photo.

– Cette femme est enceinte.

Boris sursauta.

– Vous êtes sûre? demanda-t-il, furieux d'avoir involontairement rompu son vœu de silence.

– Comme je vous vois. Elle est enceinte depuis deux mois, peut-être plus. Je la vois très bien, elle est très intelligente. Un véritable cerveau. Ah! elle était dans l'armée...

– Dans l'armée? Comment voyez-vous cela?

– Je la vois porter des armes, elle tire, elle est très forte, très habile, elle sait tout faire. Il y a deux personnes en elle. Celle qui veut l'enfant et celle qui ne le veut pas... Elle est déchirée... Elle souffre beaucoup. C'est comme si quelqu'un l'étranglait en permanence... Un homme va tenter de la tuer bientôt... Je la vois tomber, oui, elle tombe...

– Comment est cet homme?

La voix de Boris tremblait d'excitation.

– Très grand, blond et maigre, il parle une langue étrangère... Il l'entraîne en haut d'un monument, il y a des escaliers, il tire sur elle... mais je le vois tomber aussi...

Boris s'agitait fébrilement sur son siège.

– Où est-elle en ce moment? demanda-t-il enfin.

– Ici. Pas très loin d'ici, en tout cas.

– Vous la voyez survivre?

– Ce n'est pas sûr... Je vois du sang... Beaucoup.

Il aurait pu poser d'autres questions. Il préféra se lever. La voyante paraissait épuisée. Il posa un billet de cinquante roubles et s'en fut sans rien dire.

Une heure plus tard, Boris téléphonait à l'agence et demandait à parler à Eva Dumoulin. Il se présenta comme un fonctionnaire du ministre de l'Intérieur.

– C'est important? demanda Pia.

– Oui.

– Elle vient de rentrer de l'étranger. Je crois qu'elle est chez elle en ce moment. Voulez-vous que je prenne un message?

Il raccrocha et appela Egorov à la *Pravda*. Celui-ci était en réunion à l'extérieur. Il laissa un message, lui demandant de le rappeler dès que possible.

Egorov rappela une heure plus tard.

– Alors, vous avez changé d'avis?

– Je dois vous voir. C'est urgent. Pouvez-vous venir chez moi?

– C'est à propos de notre affaire?

– Oui.

Jan Egorov arriva vingt minutes plus tard. Boris lui ouvrit la porte, un large sourire aux lèvres.

– Entrez, mon cher. Un café? Il est encore chaud.

Puis il lui annonça la reprise de ses conférences pour janvier.

– Mais pourquoi attendre tout ce temps? La rentrée universitaire a lieu dans une semaine. Je suis bombardé de lettres par les étudiants...

– Moi aussi! dit Boris, assez fier. Mais je ne suis pas prêt. Au fait, savez-vous que nous avons la même voix au téléphone?

Il lui raconta le malentendu survenu avec l'agence où travaillait Eva Dumoulin.

– Je voulais lui parler pour obtenir un renseignement sur Paris, expliqua-t-il.

– Oui, je la connais. Elle est d'une beauté à vous rendre fou. Dix ans de plus, et elle serait l'espionne idéale! Non, ce n'est pas ce que vous croyez...

Il sourit et ajouta, rêveur :

– Pas encore...

Boris lui lança un coup d'œil complice.

– Vous voulez la rencontrer? Rien de plus facile. En fait, vous me donnez une excellente idée. Voilà plus de deux mois qu'elle m'évite. Vous êtes un prétexte idéal. Elle ne pourra pas refuser.

Il chercha le téléphone et voulut saisir le combiné, mais Boris l'arrêta.

– Je pars dans quelques heures et je ne reviens que dans trois mois. C'est inutile. Désolé.

– Vous partez où ?

– A Odessa. Je vais me consacrer à l'écriture dans le calme.

– Puis-je l'annoncer dans mon journal ? En même temps que la reprise de vos conférences en janvier ?

Boris fit un signe affirmatif de la tête.

– A propos, avez-vous rencontré Trouchenko ?

– Non, j'ai finalement trouvé ce que je cherchais dans les romans d'espionnage !

– Vous avez bien fait, après tout.

– Pourquoi ? demanda-t-il, intrigué.

– Il est sûrement sur écoute et en résidence surveillée. Il n'aurait pas été convenable pour un homme de votre réputation d'être vu en sa compagnie. Cela ne vous aurait créé que des ennuis. Je n'y ai pas pensé quand je vous ai donné son numéro de téléphone...

– Vous savez, moi, la politique... Mais que s'est-il passé au fait ? J'ai lu dans votre journal qu'il avait donné sa démission...

– Mon cher Plioutch, parfois j'admire votre naïveté. (Il se pencha vers lui :) Tenez, je vous offre un petit secret. Trouchenko était l'amant de l'ex-femme de Karstov. Bien avant qu'il se marie avec elle ! Il la rencontrait pendant que l'autre éteignait les incendies du pays !

– C'est un règlement de compte, alors ?

– Peut-être bien, oui.

– Et cette beauté à vous rendre fou, pourquoi vous évite-t-elle ? Vous êtes plutôt bel homme.

– Elle a un homme dans sa vie, paraît-il, à Paris. Elle est du genre fidèle, enfin c'est ce qu'elle prétend, vous savez, comme toutes les femmes qui savent qu'un jour elles ne le seront plus !

Boris le raccompagna, rassuré. Il avait envie de lui conseiller amicalement de l'éviter à son tour. Mais il se retint : Egorov ne pouvait comprendre...

6 septembre.

Piotr Karstov entra dans son bureau, au cinquième étage de l'immeuble de la rue Dzerjinski, et se dirigea droit vers la fenêtre. La pluie était tombée toute la nuit. Il regarda le ciel, lourd et orageux. L'une de ses premières décisions comme patron du KGB avait été de mettre Eva sous protection, vingt-quatre heures sur vingt-quatre, sauf quand il la retrouvait. Il avait demandé qu'on attachât les meilleurs agents à sa surveillance. La ligne officielle d'Eva fut mise sur écoute « spéciale ». Il avait pris cette mesure le 19 juillet, le lendemain où Eva lui avait montré le certificat médical confirmant qu'elle était enceinte. La veille, il avait lu un rapport rédigé par les agents qui l'avait troublé au plus haut point. Le rédacteur en chef de la *Pravda*, Jan Egorov, ne cessait de lui téléphoner. D'après les extraits enregistrés, il la courtisait de manière extrêmement pressante. Une phrase avait mis Karstov hors de lui. Egorov, faisant allusion à une soirée passée ensemble, lui avait dit textuellement : « Avouez que vous avez failli craquer quand je vous ai prise dans mes bras ? »

Eva avait raccroché. L'idée que ce minable ait pu la toucher le rendit fou de rage. Et la pensée qu'Eva l'avait peut-être trompé décuplait sa colère. Le 29 juillet on avait remarqué un jeune homme, un étudiant en droit, qui conduisait un taxi à ses heures libres et l'avait raccompagnée ce soir-là. Ils avaient passé un long moment devant chez elle, et deux choses étranges avaient attiré l'attention des hommes de Karstov. La voiture était garée à quinze mètres environ de son immeuble et ils parlaient dans le bruit assourdissant de la radio, comme s'ils craignaient que l'on ne surprenne leur conversation. Ils n'avaient réussi à enregistrer que quelques bribes : « Dix mille dollars... merci... demain... » Trois jours plus tard, l'étudiant, un certain Moïse Henkine, était retrouvé mort. Crise cardiaque...

Karstov enleva son manteau et le jeta sur le canapé. Il ne voulait pas faire poser des micros chez elle, mais il s'y résigna. Il demanderait également une enquête sur l'étudiant. Il avait passé une nuit blanche, examinant toutes les hypothèses possibles. Le mot d'« espionne » l'effleura plus d'une fois. Pourquoi ne l'avait-il pas fait suivre à l'étranger ? Chaque fois, il avait rejeté cette possibilité avec dégoût. Eva lui avait sauvé la vie, elle portait son enfant !

L'histoire de l'étudiant était étrange, mais il était presque sûr qu'Eva lui fournirait une explication décente. Peut-être s'était-elle fait piéger par un trafiquant de devises ? C'est Egorov qui l'avait le plus énervé. Il décida de le convoquer immédiatement.

Le rédacteur en chef de la *Pravda* arriva une demi-heure plus tard et entra tout sourire dans son bureau, flatté d'être le premier journaliste à rencontrer le nouveau patron du KGB. Mais Karstov lui ordonna de s'asseoir sans même lui tendre la main.

Il l'observa en silence. Egorov était mal à l'aise. Il s'agitait sur le canapé et semblait incapable de laisser ses mains en repos. Piotr se leva lentement et arpenta le bureau, sans prononcer un mot, lui jetant par moments des regards assassins. Egorov, paralysé par la crainte, n'osait briser le silence. Piotr retourna brusquement se rasseoir et demanda d'une voix forte :

– Quel âge avez-vous ?

– Cinquante-deux ans.

– Je vois dans votre dossier que vous avez été marié quatre fois.

Egorov acquiesça de la tête. Il ne comprenait pas où le maréchal voulait en venir. Piotr continua :

– Est-ce vous qui les avez quittées ?

– Je ne vois pas vraiment ce que...

– Vous n'êtes pas obligé de me répondre.

– C'est moi qui les ai toutes quittées, mais...

– Vous êtes un grand séducteur, dit-on.
– Oui, c'est ce qu'on dit.
Egorov se permit un sourire fat.
– Combien de fois une femme a-t-elle refusé de se donner à vous ?
– Jamais, répondit-il fièrement.
– Réfléchissez bien. Il y en a bien eu une, une seule, qui vous a résisté, non ?
Egorov pensa à Eva Dumoulin.
– Oui, vous avez raison, avoua-t-il. Il y en a une, effectivement. Mais je n'ai pas encore renoncé...
Il s'attendait à tout, sauf à parler de sa vie sentimentale avec l'homme le plus puissant du pays.
– Et puis-je vous demander qui est cette femme ?
– La plus belle femme de Moscou, ce qui est plutôt à mon crédit.
Piotr lui fit signe de continuer.
– Une étrangère, une Française. Elle est journaliste. Tout le monde rêve de l'avoir.
– Son nom ?
– Eva Dumoulin. Voulez-vous que je vous la présente ? Elle serait ravie de rencontrer le patron du KGB. En plus, vous me rendriez service. Cela fait deux mois qu'elle m'évite...
Egorov se sentait tout à fait à l'aise à présent. Il avait même allumé une cigarette sans en demander la permission.
– Pourquoi ?
– Elle a un ami, un fiancé. Je crois qu'il vit à Paris. Elle finira bien par craquer un jour. Vous savez, les femmes...
Piotr garda le silence, imperturbable. Il avait ce qu'il voulait. Eva lui était fidèle ! Il avait redouté l'instant où Egorov lui aurait affirmé avoir couché avec elle. Peut-être l'aurait-il étranglé ? Ce minable venait de sauver sa peau, pour le moment...
– Bon, dit Piotr enfin. Ce n'était pas, vous vous en doutez, le but de mon invitation. Je voulais plutôt vous parler de la presse en général. J'ai constaté, à mon grand regret, que les critiques à l'égard du gouvernement continuent, malgré mes recommandations.
Egorov voulut parler, mais Karstov l'arrêta d'un geste.
– Je connais vos problèmes. Mais moi, j'ai la réputa-

tion d'être non pas un séducteur comme vous, mais un homme de solution. Les problèmes me dépriment. Alors, pour éviter la dépression, je trouve des solutions rapides et efficaces.

Il se leva et lui signifia que la conversation était terminée. Egorov partit sur cette menace voilée, complètement décontenancé. Cinq minutes plus tard, Karstov appelait l'adjoint du directeur de la Septième Direction du KGB. Le colonel Bardeïev Alexandrovitch arriva aussitôt. A la tête des trois mille agents de surveillance des étrangers sur le territoire national, cette direction disposait de ressources limitées. Le personnel – tous avaient suivi une formation professionnelle au Collège de surveillance de Leningrad – était remarquablement équipé : jumelles à infrarouges, appareils photos à objectif puissant, micros-canon ultra-sensibles, radios miniatures et camouflages en tout genre. La voiture habituelle de la Septième Direction ressemblait à une Volga ordinaire, mais elle abritait en réalité le moteur puissant d'une Tchaïka et son coffre était lesté. Cette direction était en outre l'une des rares à employer un grand nombre de femmes.

Piotr Karstov ordonna une surveillance complète d'Eva, du même niveau que celles requises pour les ambassades. Pendant deux semaines, pour commencer.

– Une espionne ?

– Non, une affaire de fesses, dit-il en souriant. Vous me rendez compte personnellement. Et rien qu'à moi ! Dois-je vous préciser que c'est une affaire très confidentielle ?

– Compris. C'est tout ?

– Non. J'ai lu que, malgré votre réelle efficacité, des agents étrangers réussissent à échapper pendant des laps de temps plus ou moins longs à votre surveillance.

– C'est exact. Le responsable, c'est la glasnost. Nous n'avons plus les mains libres comme du temps d'Andropov.

– Vous les aurez bientôt. J'en fais mon affaire.

– C'est ce que disait votre prédécesseur. La situation n'a fait qu'empirer sous lui, maréchal.

– Lui, c'était lui, et moi, c'est moi ! s'écria Karstov en le congédiant.

Le soir même, en rentrant chez elle, Eva aperçut une Volga beige au coin de la rue. Elle en reconnut aussitôt l'origine à son coffre lesté. Sitôt entrée dans son appartement, elle effectua un contrôle de micro. Il se révéla positif comme elle s'y attendait. Il y en avait au moins une dizaine. Les agents de la Septième Direction ne s'étaient pas cassé la tête! « Ils me prennent certainement pour une demeurée », pensa-t-elle sans s'affoler. Son sac de sport à l'épaule, elle ressortit aussitôt. Dix minutes plus tard, elle nageait dans la piscine du Hilton sous le regard discret d'une jolie blonde.

C'était Piotr, sans aucun doute. Elle s'y attendait et trouva cela normal. Elle s'étonnait même qu'il ne l'ait pas fait plus tôt. Mais pourquoi la surveillait-il maintenant, si près du but? Le seul problème avait encore une fois pour nom Boris Plioutch. Les hommes de Nelson finiraient par le découvrir et là... Le matin, la *Pravda* avait annoncé qu'il partait trois mois à Odessa afin de rédiger ses Mémoires. Elle n'en avait pas cru un mot. Avec la nouvelle surveillance, elle avait intérêt à redoubler de précautions. Il fallait pourtant qu'elle donne un coup de fil pour persuader Nelson de ne pas bouger. Comment faire? Semer les agents était difficile, mais possible. Mais elle éveillerait alors les soupçons de Piotr. Il ne lui restait qu'à espérer que les hommes de Nelson aient aussi repéré les agents de la Septième Direction. D'ailleurs, pourquoi Piotr lui avait-il demandé, le matin même, de retourner dans son appartement de la rue Tchekhova pendant deux semaines? Le temps de sa surveillance? Probable.

– J'espère que ce n'est pas pour me tromper ici? s'était-elle insurgée, mi-figue, mi-raisin.

– J'en ai besoin pour des réunions, lui avait-il répondu.

Elle essayait encore de comprendre ce qui avait pu déclencher ses soupçons, quand le nom d'Egorov frappa son esprit. C'était lui, le responsable. Elle savait que son téléphone « officiel » était sur table d'écoute, et Piotr avait dû surprendre les propos intimes que lui tenait parfois Egorov. Elle eut un petit sourire. « Il est jaloux, pensa-t-elle, amusée. La voilà, la vraie raison! »

De retour chez elle, elle allait mettre un disque quand le téléphone sonna. Egorov était au bout du fil. Il l'invitait à une soirée.

– Monsieur Jan Egorov, rédacteur en chef d'un torchon appelé *Pravda*. Cette fois, vous allez m'écouter. Si vous continuez à me harceler, je trouverai quelqu'un pour vous casser ce visage que vous croyez, à tort, irrésistible !

Elle raccrocha.

Une minute plus tard, le téléphone sonnait à nouveau.

– Vous me devez une explication, hurla Egorov. Et des excuses. J'exige des excuses.

– Vous voulez des excuses ? Alors les voilà : allez vous faire foutre, minable !

8 septembre.

Eva n'avait toujours pas réussi à trouver un moyen discret d'avertir Nelson : la Volga ne la quittait pas d'un pas.

L'indiscrétion des agents de Karstov confirmait la thèse de la jalousie. « Ces professionnels doivent plutôt s'ennuyer, ou considérer ma surveillance comme une sinécure », songeait Eva. Boris Plioutch ne s'était toujours pas manifesté. Mais elle n'imaginait pas un seul instant qu'il n'ait pu abandonner la partie. A moins qu'il n'ait pris vraiment peur à Odessa, qu'il ait décidé d'abandonner pour de bon!

Cette hypothèse lui parut logique. Elle savait que les tueurs de Nelson feraient tout pour le retrouver. Les trois mois à Odessa : un piège tendu par Boris pour les éloigner momentanément de Moscou. Mais cela signifiait aussi qu'il se terrait dans la capitale, sous un quelconque déguisement, attendant son heure.

A l'agence, elle avait repris, sur ordre de Bruxelles, ses anciennes fonctions en attendant l'arrivée du remplaçant de David. Elle sortit déjeuner avec Pia et Martine. Elles allèrent à pied chez Pierre, dans l'Arbat. Le patron les accueillit avec sa jovialité habituelle :

– Ah, jolies dames, entrez, entrez! (Il les installa à une table et appela un serveur.) Champagne!

A cet instant, la blonde de la piscine entra, accompagnée d'un homme d'une trentaine d'années. Ils prirent place à la table juste en face. « Ils doivent me remercier du fond du cœur! » pensa ironiquement Eva. Elle levait son verre quand il lui tomba soudain des mains : Plioutch venait de faire son entrée dans le restaurant. Le serveur accourut et nettoya la nappe pendant qu'il s'installait au bar. Plioutch s'assit sur un tabouret haut et consulta tranquillement le menu.

Pia tira Eva de sa confusion en lui demandant si le successeur de David ne pouvait pas être une femme.

– Non. A Bruxelles, l'égalité des sexes n'est pas encore devenue une obsession.

La conversation tourna bientôt autour de cette nomination. A aucun moment, Boris ne se retourna vers Eva. Pourquoi était-il venu ? Il savait que des tueurs étaient lancés à ses trousses. Les avait-il semés ? Ou bien l'attendaient-ils dehors ? A moins qu'il n'essayât de lui faire passer un message... Eva avait accepté de déjeuner en compagnie de ses collègues avec l'arrière-pensée de s'échapper quelques minutes pour téléphoner à Nelson. Quand la blonde était entrée dans le restaurant, elle avait compris que c'était raté.

Boris se leva et se dirigea vers les toilettes. Eva faillit l'imiter. Elle se retint : une proie ne suit pas son chasseur. Pourtant, son instinct la poussait à le rejoindre : elle était obscurément sûre qu'il voulait lui dire quelque chose. Sans hésiter davantage, elle se leva et s'excusa. Elle se dirigea vers les toilettes ; la blonde se leva aussitôt. Eva marcha alors vers le téléphone situé en face des toilettes.

– Puis-je avoir une ligne ? demanda-t-elle à l'employée, assise à l'entrée.

Elle composa son propre numéro et fit comme si elle parlait à quelqu'un :

– A la piscine, à 7 heures. Oui, moi aussi, non, 8 heures c'est trop tard. Ciao !

Elle retourna s'asseoir. La blonde l'imita. Boris Plioutch, lui, n'était pas revenu... Une demi-heure plus tard, il n'était toujours pas là. Une grande frayeur la saisit, et elle examina les visages des clients une nouvelle fois, certaine que personne n'avait bougé. Le barman, un Italien aux cheveux gominés, appela alors le patron et désigna du menton la place où était assis Plioutch en lui chuchotant quelque chose à l'oreille. Pierre, inquiet, se dirigea vers les toilettes. Il ressortit visiblement furieux et fit un geste négatif en direction du barman, en haussant les épaules.

Eva, impatiente de sortir, régla l'addition de bon cœur. En passant devant le bar, elle remarqua la note impayée de Boris.

10 septembre.

La radio venait d'annoncer la disparition de l'inspecteur Boris Plioutch. Eva sauta de son lit et augmenta le son. Il était 7 heures du matin. D'après le journaliste, l'inspecteur souffrait de dépression depuis un certain temps. Il avait quitté sa maison le 8 septembre, en même temps que sa femme, vers 8 heures du matin. Il l'avait accompagnée jusqu'à la station de métro Paveletskaïa et devait passer la journée à la Bibliothèque nationale. Le couple était même convenu de déjeuner ensemble. Mais l'ancien inspecteur n'était pas venu au rendez-vous. A 2 heures du matin, sa femme donnait l'alerte.

« Des recherches ont été immédiatement entreprises », poursuivait le journaliste. La femme de Plioutch avait expliqué qu' « il devait se rendre à Odessa pour quelque temps, mais qu'il avait décidé de reporter son voyage d'une semaine. Non, il n'avait aucune raison de se suicider, il était un peu fatigué, mais pas déprimé ». Pierre, pour éviter une publicité malencontreuse, n'avait sans doute rien dit à la milice.

Eva entra comme une somnambule dans la salle de bains. Boris disparu, cela signifiait qu'on ne l'avait pas assassiné dans les toilettes du restaurant. A moins que ses ravisseurs ne l'aient obligé à sortir par l'issue de secours avant de l'emmener dans un parking souterrain et de le liquider selon la méthode Müller, comme Alexandre.

Il fallait à tout prix qu'elle se débarrasse de ses suiveurs pour entrer en contact avec Nelson. Cela devenait trop dangereux. Les recherches allaient s'intensifier.

Une idée folle germa dans son cerveau. Elle introduisit ses clés dans la serrure de la porte, à l'extérieur, puis renversa la commode et entra dans la salle de bains. Elle arracha le rideau de la douche et se mit à tout casser en poussant des cris, des gémissements, comme si elle était en train d'affronter un agresseur : « Vous êtes fou! Non, je vous en supplie, je suis enceinte... je suis... Ah! » Elle tomba à terre, se releva, courut bruyamment dans l'appartement, revint dans la salle de bains et finit par claquer violemment la porte en sanglotant.

Enfin elle composa le numéro de Piotr au KGB. Malgré l'heure matinale, elle espérait qu'il serait là avant tout le monde, comme d'habitude. On décrocha. C'était Karstov.

– Je vais aller à l'hôpital, cria-t-elle, j'ai peur!

– Que se passe-t-il?

Il l'entendit sangloter et soudain hurla :

– Ne bouge pas! J'arrive.

Il entra dix minutes plus tard comme un ouragan. Il l'aperçut recroquevillée dans un coin du salon; il l'enveloppa de son manteau et la releva. La porte s'ouvrit et un homme en pyjama apparut :

– Il y a eu un accident?

Il n'avait pas reconnu le maréchal Karstov avec son chapeau et ses lunettes noires.

Piotr lui ordonna de déguerpir et entraîna Eva dans l'escalier. Tous les locataires de l'immeuble étaient réveillés et se perdaient en conciliabules. Dehors, Piotr installa Eva dans sa Zil blindée avant de faire signe à la Volga beige, garée au bout de la rue, de les suivre.

– Que s'est-il passé? Eva, réponds-moi!

Mais Eva regardait droit devant elle, le visage brouillé par les larmes.

– Quelqu'un est entré chez toi. Qu'a-t-il fait?

– Je te déteste, Piotr! Je te déteste! Tu es un monstre, un monstre! hurla-t-elle soudain.

Piotr sentit une douleur terrible lui serrer la poitrine et voulut poser la main sur son ventre. Elle le repoussa violemment :

– Ne me touche pas, ne me touche plus! Tu es un monstre, je veux partir d'ici!

Elle éclata brusquement en pleurs. Elle se prenait au

jeu. Elle cria, déchira les rideaux de la voiture officielle, tapa sur la vitre et sur l'épaule de Karstov. Elle voulut ouvrir la porte et se jeter au-dehors, mais il l'arrêta au dernier moment, évitant de justesse un camion. Affolé, il arrêta la voiture, pâle comme la mort.

– Je t'en supplie, Eva...

Il essaya de la serrer contre lui. Elle le repoussa violemment :

– Ne me touche plus, tu m'entends? cria-t-elle. Je veux aller à l'ambassade de France. Je veux rentrer chez moi!

Impuissant à la calmer, Piotr redémarra sur les chapeaux de roue.

– Eva, reprends-toi, je t'en supplie. Je t'emmène à l'hôpital du KGB, tu y seras en sécurité. Tu fais une crise de nerfs, tout va s'arranger, tu verras, ma petite Eva, ma vie!

Sa voix tremblait et tout son visage exprimait le désarroi.

– Lâche-moi le bras, tu me fais mal! Je ne veux pas aller à l'hôpital et surtout pas au KGB! Ramène-moi chez moi.

Elle semblait calmée. Ils roulaient sur l'avenue Sretenka. Il fit demi-tour. Dix minutes plus tard, il stoppait la Zil noire devant son appartement de la rue Novokouznetskaïa.

Le médecin de la Poliklinnika réservée aux diplomates arriva cinq minutes après le coup de fil de Piotr. La clinique était située à quelques centaines de mètres de là, rue Dobryninski. Il examina Eva sous le regard inquiet de Piotr et lui administra un calmant. D'après lui, tout semblait normal, mais elle avait subi un choc et avait besoin de repos. Il affirma qu'il n'y avait pas de trace de viol et que l'enfant bougeait normalement. Quand le médecin fut parti, Karstov s'effondra sur le lit à côté d'Eva, qui dormait déjà. Piotr passa quelques coups de fil à ses collaborateurs pour leur dire qu'il ne serait pas là une bonne partie de la journée, et veilla sur son sommeil, dévoré d'inquiétude.

Eva ouvrit les yeux vers midi. Piotr lui tendit un verre d'eau.

– Bois un peu, lui dit-il. Tiens.

Il lui leva la tête, et elle but une gorgée, l'air étonné.

– Que s'est-il passé? Qu'est-ce que tu fais là?

– Rien de grave, mon cœur. Bois encore un peu.

Piotr lui raconta ce qui s'était passé :

– Tu as laissé les clés sur la porte. Ce n'est pas la première fois. Alors, quelqu'un est rentré chez toi et a cherché à te violer. Tu as dû te débattre et il s'est échappé.

Piotr, pendant qu'elle dormait, avait ordonné une enquête. Le couple affecté à la surveillance n'avait rien remarqué d'anormal. Mais le service d'écoute avait enregistré toute la scène. Ils avaient alerté immédiatement la Volga, mais les suiveurs n'avaient répondu que dix minutes plus tard.

Le couple fut renvoyé sur-le-champ. Les voisins, eux, avaient entendu des cris vers 7 heures. Celui du dessous avait même cru entendre des pas dans l'escalier, comme ceux d'un homme en fuite. Eva recouvrait lentement ses esprits et se décida à parler :

– Je me souviens. J'étais sous la douche quand un homme a arraché le rideau. Il portait un foulard sur le bas du visage. J'ai crié et instinctivement je lui ai donné un coup de pied dans le bas-ventre. Il a trébuché et j'en ai profité pour me sauver. Il m'a rattrapée au salon et je lui ai lancé une chaise, je crois, ou la petite table, je ne sais plus... J'ai continué à hurler et il s'est sauvé... Après, plus rien.

– Pourrais-tu le reconnaître ? Cet homme a dû te suivre. Essaie de te souvenir. Tu n'as pas remarqué son visage les jours précédents, dans la rue par exemple, un type étrange ?

– Non. Mais, depuis quelques jours, il y avait un couple, dans une voiture beige, qui ne me lâchait pas d'un pas. J'ai d'abord voulu te le dire, mais j'ai eu peur de t'inquiéter. Je sais que de temps en temps le KGB, malgré la glasnost, surveille les journalistes. Un collègue de la *Pravda* me l'a dit.

– Qui ?

– Pardon ?

– Qui est cet ami, je veux dire ce collègue ? demanda Piotr d'une voix qui se voulait neutre.

– Le rédacteur en chef de la *Pravda*. (Eva se dressa dans son lit.) Mais...

– Quoi ?

– C'est idiot... Écoute, Piotr, il faut que je te dise quelque chose...

– Parle !

– Egorov, c'est son nom, me poursuit depuis longtemps. Oh! rien de méchant, il essaie, c'est normal. Mais, ces derniers temps, il est devenu très pressant. Il y a deux ou trois jours, je l'ai envoyé balader d'une façon pas très aimable... Or l'homme de ce matin, je ne sais pas, avait quelque chose qui m'a surprise. Sa montre. C'était une Cartier! La même que celle d'Egorov! Quand je l'ai frappé, il a basculé et sa montre est tombée sur le sol. Je l'ai vue. C'était une Cartier. Elle m'a sauvé la vie en quelque sorte, puisqu'il l'a ramassée et que j'en ai profité pour sortir de la salle de bains. Je sais que c'est une accusation grave, mais...

– Eva, c'est une très grave accusation, dit Karstov, ébranlé. Mais je vais retrouver le coupable, le vrai. Comment as-tu pu sentir que tu étais suivie?

– D'abord, j'ai senti une présence autour de moi. Une présence hostile. Le soir, j'ai fait un rêve, un cauchemar plutôt. Une voiture noire me suivait, voulait m'écraser. Le chauffeur, une femme, riait fort, très fort... Le lendemain, en descendant, j'ai vu une voiture beige avec un couple et j'ai reconnu la femme que j'avais vue dans mon rêve.

– Et tu n'as pas eu de vision avant la... tentative de viol?

Eva éclata de rire. Elle savait qu'il lui poserait cette question.

– Tu crois que je vois tout? Non, malheureusement, ce n'est pas aussi simple. (Elle fit mine de réfléchir.) Non, cela je ne l'ai pas vu. C'est que ma vie n'était pas en danger, sinon je l'aurais senti, d'une manière ou d'une autre.

– Eva, écoute attentivement ce que je vais te dire et ne te fâche pas.

Piotr lui expliqua alors les raisons qui l'avaient conduit à la protéger. Puis il évoqua l'affaire Moïse Henkine.

Elle se doutait que le patron du KGB l'apprendrait un jour.

– C'était un coup contre le *New York Times*, avoua-t-elle. Notre agence ne pouvait pas offrir une telle somme, alors j'ai décidé de jouer les espionnes. L'étudiant a enregistré pour moi le premier cours de l'inspecteur.

– Il est mort, Eva.

– Qui? demanda-t-elle, l'air bouleversé.

– L'étudiant. Il a été retrouvé quelques jours plus tard, inconscient, dans sa voiture.

– C'est impossible ! Une agression ?
– Non. Il est mort d'une crise cardiaque.
– Mais il n'avait que...
– Vingt-trois ans, oui. Et en plus l'inspecteur Plioutch a disparu.
– Comment cela, disparu ? Je ne comprends plus rien.
– Moi non plus. J'ai demandé une enquête. Ça a l'air très mystérieux.
– Il est mort, lui aussi ?
– Probablement.

Eva sentit son cœur faire un bond.

– Si le *New York Times* apprend que je les ai doublés, je suis bonne pour la retraite, dit-elle d'une voix cassée.

Piotr l'enlaça.

– N'aie pas peur, ma petite espionne, le patron du KGB est là pour te protéger !

L'annonce de la mort du rédacteur en chef de la *Pravda* fit la une des journaux du lendemain, 11 septembre. Il avait été trouvé mort dans sa salle de bains, la veille, vers 6 heures du soir, par sa femme de ménage. Arrêt du cœur. Il avait quitté le journal à 5 heures pour se rendre à un rendez-vous et comptait revenir une heure plus tard. Sa secrétaire précisa qu'il paraissait en pleine forme.

Eva plia le journal et le posa sur son bureau, quand Martine entra brusquement, un télex à la main, livide :

– On vient de retrouver le corps de l'inspecteur Plioutch !

Elle tendit le télex à Eva. Une terrible douleur frappa Eva de plein fouet. Elle sentit qu'elle ne pourrait contenir longtemps ses larmes et détourna son visage. Martine s'approcha, inquiète.

– Ce n'est rien, la rassura Eva, c'est mon grand-père... Je viens d'apprendre qu'il est entré à l'hôpital. Je m'excuse...

Martine l'enlaça pour la consoler. A travers ses larmes, Eva réussit à lire le texte du télex de l'agence Tass. L'inspecteur Plioutch s'était suicidé d'une balle dans la bouche et son cadavre avait été retrouvé dans une forêt, en dehors de Moscou.

En quittant le bureau le soir, vers 7 heures, Eva se dirigea instinctivement vers le fleuriste de l'hôtel Méridien. La rue Piatnitskaïa était entièrement bloquée par des miliciens qui en contrôlaient l'accès. Poussée par une curieuse impulsion, elle se présenta avec son bouquet et montra sa carte de presse. Le milicien resta de marbre et lui interdit l'entrée de la rue.

– J'étais une grande amie de l'inspecteur.

– Désolé, personne ne passe, excepté les gens qui habitent la rue.

Eva lui glissa discrètement un billet de cent roubles. Il l'enfouit dans sa poche et murmura :

– Ne restez pas trop longtemps, hein! C'est bon, cria-t-il aux autres miliciens postés plus loin.

Eva s'avança vers l'immeuble. Étrangement, elle n'avait pas peur quand elle s'approcha de l'appartement situé au premier étage. La porte était entrouverte. Elle la poussa et entra. La femme de Boris Plioutch était assise sur un divan, le visage enfoui dans ses mains. Quelques têtes se redressèrent quand Eva parut. « La famille, sans doute », pensa-t-elle. Puis elle chercha du regard le corps de Boris. Il n'était pas dans la pièce. Le salon était étroit, sobre, sans luxe. Sur le mur, deux reproductions de tableaux : la première représentait *La Ronde des prisonniers* de Vincent Van Gogh; l'autre, plus petite, fixée au-dessus d'une commode ancienne, était un tableau du peintre romantique russe Pavel Andreïevitch Fedotov : *L'Antichambre du commissaire de police*. Elle s'approcha de la veuve de l'inspecteur et déposa son bouquet de fleurs sur une table. Mme Plioutch leva les yeux et rencontra ceux d'Eva. Elle remercia du regard cette inconnue. Eva ne savait que dire devant cette femme brisée par le chagrin. Elle sortit, comme elle était entrée, en silence.

Plus tard, seule chez elle, Eva analysa à tête reposée la situation. Piotr avait liquidé Egorov. Boris, lui, avait dû être tué par les hommes de Nelson, mais la thèse du suicide serait retenue : le journal télévisé du soir avait fait allusion à un « comportement bizarre ».

De son côté, Piotr avait suspendu sa surveillance. Elle était de nouveau libre.

Le 7 octobre, dans trois semaines, sa mission prendrait

fin. Plus rien ne la menaçait à présent. Elle se sentit comme libérée et se servit un grand scotch, qu'elle avala d'une seule traite. Elle pensa fugacement au bébé qu'elle portait... Piotr lui avait prédit que ce serait un garçon. Elle avala un deuxième verre et s'endormit d'un coup, les poings fermés.

17 septembre.

La grande réunion hebdomadaire réunissant les responsables des dix directions générales du KGB venait de commencer dans la salle souterraine du centre.

Piotr Karstov avait été accueilli avec scepticisme. La venue de ce militaire au passé de héros, ami et protégé de Gorchkov, qui préférait le dialogue au sang et qui, grâce à son charisme, avait stoppé le pape, les avait mis sur le qui-vive. Quand Bogarskii, le numéro deux du KGB, avait été arrêté, l'inquiétude les avait gagnés : chacun attendait son tour avec angoisse.

Assis sous les portraits de Lénine et de Gorchkov, Piotr prit la parole d'une voix mesurée :

– J'ai étudié avec soin le dossier complet de cette maison. Autant vous dire tout de suite que j'ai décidé quelques réformes indispensables à son fonctionnement. A commencer par toi, Smirnov.

Il fixa le visage du directeur de la Troisième Direction, responsable de l'espionnage au sein de l'armée, y compris de l'état-major et du GRU. Ses officiers sévissaient depuis toujours dans les unités de l'Armée rouge. En association avec les officiers politiques, ils avaient mission de purger l'armée de toute dissidence et de garantir sa soumission au parti et au comité central. C'étaient ces hommes qui avaient jugé Karstov avant de l'envoyer en prison après la libération des otages en Afghanistan.

– Votre mission est aujourd'hui terminée, poursuivit Karstov.

Le visage de Smirnov devint livide.

– Nous allons concentrer nos énergies sur l'étranger.

Il regarda le général Timochek, responsable de la Première Direction, la plus importante du KGB. Elle était divisée en trois directions distinctes, la S, chargée des agents illégaux du KGB dans le monde entier, la T, responsable de l'espionnage massif dans les domaines scientifiques et de la haute technologie, enfin la K, connue sur le terrain sous le nom de « Ligne KR », qui pénétrait les services secrets étrangers.

– Général Timochek, vous êtes un incapable! s'écria soudain Karstov. Les résultats de ces dernières années ne sont pas à la hauteur des ressources engagées. Les Américains, malgré tous leurs handicaps – et Dieu sait s'ils en ont –, font presque aussi bien que vous! Cent quatre-vingt-sept espions soviétiques ont été déclarés persona non grata ces trois dernières années et douze de nos meilleurs agents sont passés à l'Ouest. Je sais, trois d'entre eux sont des serpents, mais je crains que vous ne les contrôliez pas aussi bien que vous le prétendez. (Il marqua une pause.) Toutefois, j'ai décidé de vous donner une deuxième chance.

– Merci, maréchal Karstov, dit Timochek, la voix cassée.

– Nous avons l'organisation la plus importante de la planète, des moyens illimités, mais nous assistons à un véritable gâchis! L'armée que j'ai l'honneur de représenter ne fera plus l'objet de surveillance. Elle fera son métier dans l'honneur et vous dans le vôtre!

Il se tourna vers le général Zarkitch, responsable de la Cinquième Direction, connue sous le nom de « Direction de la dissidence » ou de « l'idéologie », créée sous Andropov afin de poursuivre, d'intimider et finalement d'éliminer les non-conformistes. Cette direction était souvent méprisée par les officiers du KGB en raison des méthodes brutales qu'elle employait. Malgré la glasnost, elle continuait à manipuler un grand nombre d'intellectuels et de politiciens.

– Vous, fit-il en désignant Zarkitch du doigt. Vous allez intensifier vos recherches, mais avec plus de discrétion et de finesse. Beaucoup de politiciens conservateurs ou de gauche se font trop... voyants, ces derniers temps.

Les directeurs tombaient des nues. Leur visage exprimait la plus totale confusion. Mais Karstov continua comme si de rien n'était et fixa le général Simonov, chef de la Deuxième Direction qui administrait le vaste appareil de répression interne. Simonov s'occupait aussi de la subversion des étrangers, de plus en plus nombreux, résidant en Union soviétique, et du contre-espionnage.

– Préparez-vous à renforcer vos activités. Je veux un plan précis et détaillé, qui prenne en compte le processus de démocratisation en cours. Et avant la fin du mois!

Il but une gorgée d'eau et observa les visages médusés des apparatchiks. Un silence de plomb régnait dans la salle.

– Dois-je préciser que cette réunion est ultra-secrète et que je ne tolérerai aucune fuite vers la presse ou le comité central?

Karstov se leva et marcha vers la porte. Il l'ouvrit et, se retournant avant de sortir, il ajouta:

– J'allais oublier l'essentiel! Vous êtes tous invités à dîner ce soir, dans ma datcha. Vous aussi, camarade Smirnov!

19 septembre.

Eva Dumoulin était en retard. Elle entra à l'ambassade d'Israël. La réception en l'honneur du Premier ministre israélien avait déjà commencé. L'aboyeur cria son nom, exactement comme il l'avait fait la première fois en écorchant son patronyme. Elle localisa immédiatement son contact, une coupe de champagne à la main, courtisant une journaliste étrangère, de l'agence américaine UPI. Les salons de réception étaient combles. Elle s'approcha de lui, serrant quelques mains au passage. Profitant d'une légère bousculade, il lui glissa dans la main une feuille de papier pliée en deux. Au même instant, Olga Karstov sautait au cou d'Eva.

– J'étais sûre de vous retrouver ici, ma chérie!

Eva sourit. Cette coïncidence lui déplaisait. Elle tenait encore le papier dans sa main, mais l'embrassa à son tour.

– Je n'ai pas voulu vous importuner. Je sais que..., dit Olga avec un grand sourire.

– Je suis heureuse de vous revoir, moi aussi, dit Eva.

– Vous êtes sûre?

– Pourquoi dites-vous cela?

– Oh, pour rien! Venez, prenons un verre. Vous n'avez pas un peu grossi?

– Un peu, la cuisine russe est délicieuse, mais fatale pour le tour de taille.

Eva était furieuse. En se retournant, elle réussit à dissimuler le papier dans la poche intérieure de son pantalon.

– Allez-y, je vais faire un tour aux toilettes et je vous rejoins, dit-elle.

– Revenez vite, je veux vous présenter mon ami.

Elle se fraya un passage à travers la foule et observa Olga de loin. Elle était en compagnie d'un bel homme, brun, à peine la trentaine, l'air très distingué. Tout le contraire de Piotr! Qui était-ce? Un diplomate, un homme du KGB?

Elle décida de quitter les lieux le plus vite possible. Cette femme la mettait mal à l'aise et elle craignait un piège. Aux toilettes, elle lut le message et faillit tomber à la renverse : « Chien pas mort. Cercueil vide. » Eva déchira le petit morceau de papier. Contre toutes les règles de prudence, elle le jeta dans les toilettes et tira la chasse. Elle attendit un instant, tira la chasse une deuxième fois et ressortit.

Elle fila en douce, sans qu'Olga s'en aperçût. Chez elle, elle s'effondra sur son lit. « Impossible, pensa-t-elle. Boris Plioutch n'avait pas pu bâtir toute cette mise en scène. » Elle se remémora le visage défait de sa femme. Le corps n'était pas là, certes, et elle n'avait pas osé demander où il se trouvait. Dans l'autre chambre, à la morgue? Ils avaient pu aussi l'incinérer.

« Chien pas mort » signifiait que les hommes de Nelson ne l'avaient pas tué. Restait l'hypothèse du suicide. Mais elle n'y croyait pas une seconde. Restaient deux hypothèses : comédie ou... KGB. Pourquoi le KGB? Eva eut beau se torturer l'esprit, aucune réponse ne put la satisfaire. Quant à la comédie... Dans quel but? Éloigner les tueurs? Mais combien de temps pensait-il tenir? Où se cachait-il?

Elle se remémora une nouvelle fois sa visite à son domicile. Il n'y avait pas d'enfants, et pourtant sa fille en avait un. D'ailleurs, celui-ci n'était pas là non plus. L'image d'un homme, assis dans le coin du salon, lui revint subitement à l'esprit. Alors que les autres l'avaient tout de suite observée, lui n'avait pas levé la tête. Ce détail ne l'avait pas frappée sur le coup. Il semblait vieux et pauvre, avec ses lunettes noires d'aveugle. Était-ce Boris Plioutch? L'inspecteur pouvait-il être aussi génialement simple?...

Brusquement, elle éclata d'un rire nerveux. Deux ou

trois jours plus tôt, elle avait aidé un vieil aveugle à traverser une rue et lui avait même glissé un billet de cinquante roubles dans la poche...

« Si c'était toi, pensa-t-elle, alors chapeau! Mais n'oublie pas, Boris, il n'y a qu'une seule balle dans le revolver! »

21 septembre.

L'air satisfait, Piotr Karstov referma le dossier. L'enquête qu'il avait entreprise dans le plus grand secret sur Eva correspondait, à quelques détails près, à sa version des faits. Après un moment de réflexion, il ouvrit à nouveau la chemise en carton bleu et tira les six pages du rapport. Il les introduisit l'une après l'autre dans le broyeur installé à sa droite, mais garda les photos d'Eva, enfant. Il les observa tranquillement. Elle était ravissante déjà, même si son nez était un tout petit peu plus droit qu'aujourd'hui. Karstov les rangea dans son coffre personnel et alluma un havane. L'opération de désinformation en cours était en train de réussir au-delà de ses espérances : la presse internationale le présentait maintenant non plus comme « le boucher de Varsovie », mais comme « un modéré, un réformateur de talent, humain, cosmopolite, parlant anglais, suivant des cours de français. Partisan inconditionnel de la perestroïka et de la glasnost, il dansait le tango, buvait du Jack Daniel's et était passionné de jazz »! Karstov était peut-être même, suggérait un article du *Washington Post*, « la meilleure garantie pour le succès de Gorchkov et de la perestroïka ».

Il en avait ri avec le président du Soviet suprême, au cours de leur déjeuner hebdomadaire.

– Cette opération n'était qu'un jeu d'enfant, lui avait dit Gorchkov. On a fait mieux sous mon vieux maître Andropov. On l'avait présenté dans les mêmes termes, en obtenant exactement les mêmes résultats, mais en pleine guerre froide!

Piotr commençait à prendre goût à son nouveau pouvoir. Plus d'une fois, il s'était senti grisé par la gloire et par le respect qu'on lui témoignait. Pour l'armée, il était devenu un mythe vivant et il aimait cela. Pour la nomenklatura, en revanche, il symbolisait l'opportunisme et demeurait la bête noire des néo-staliniens. Le 6 octobre au soir, il devrait passer à l'action. Psychologiquement, il ne se sentait pas encore prêt. Quelque chose le retenait confusément. Il avait pourtant éliminé la plupart de ses ennemis, en particulier Trouchenko. Alors pourquoi aller plus loin? Que vouloir de plus? Il posa son cigare et regarda l'heure sur l'horloge murale : 7 heures du matin.

Il décrocha son téléphone et composa le numéro d'Eva.

– Ce soir, on est ensemble. Va dans la datcha, je te rejoindrai assez tôt.

Il raccrocha.

Eva était déjà debout quand elle reçut l'appel de Piotr. Elle attendait cette soirée avec impatience depuis longtemps. Chaque fois qu'elle lui demandait où il en était dans le plan qu'ils avaient conçu en Pologne, il répondait par des banalités : « Tout va bien, tout se déroule comme prévu... »

La journée passa sans qu'elle s'en rendît compte. A l'agence, on s'interrogea sur sa silhouette un peu épaissie : son visage avait grossi, elle n'arborait plus ces joues creuses qui rehaussaient sa beauté, mais en même temps elle paraissait plus épanouie. Parfois, elle sentait bouger le bébé dans son ventre; cela la rendait furieuse. Elle se sentait humiliée, handicapée. A plusieurs reprises, elle avait failli avorter. Mais elle était prisonnière de Piotr, prise à son propre piège, otage du Mossad et de la CIA.

Le seul qui, contre toute raison, lui apportait quelque réconfort, c'était Boris. Elle ne se l'expliquait pas.

Piotr n'arriva qu'à 10 heures. La nuit était tombée depuis longtemps, et Eva ne se leva même pas pour l'accueillir.

– Tu as mangé, j'espère? demanda-t-il aussitôt en voulant la prendre dans ses bras pour l'embrasser.

Il ne pensait vraiment qu'à son fils!

Elle le repoussa.
– Piotr, je suis mal. Je ne cesse de faire des rêves, des cauchemars, et surtout à ton sujet.
Elle éclata en sanglots et alla se réfugier contre lui.
– Quels genres de rêves? demanda-t-il, apaisant.
D'une voix cassée, elle débita tout ce qu'elle avait sur le cœur : il ne prenait plus ses visions au sérieux, moins qu'avant en tout cas. Le pouvoir lui était monté à la tête. Il se croyait invulnérable. Elle, pendant ce temps, faisait des cauchemars, on allait essayer de le tuer d'un moment à l'autre...
Il essaya de la calmer :
– Ma chérie, je ne suis pas prêt pour le 7 octobre.
Elle faillit exploser tant elle s'attendait à cette phrase. Exactement celle-là. Elle signifiait ni plus ni moins l'échec de sa mission. Un échec retentissant.
Elle le repoussa et alla s'effondrer sur le sofa, mais il la rejoignit aussitôt.
– Tu dois comprendre, Eva, ma chérie. Ce n'est pas un jeu. Tu ne peux pas t'imaginer l'angoisse que je ressens. Toi, tu mènes une vie tranquille. Moi...
Elle enfonça sa tête dans un coussin de soie rouge et pleura sans retenue.
– Je ne suis pas encore sûr de mes hommes, expliqua-t-il. L'un d'eux peut encore me trahir au dernier moment...
– Alors, précise ta pensée! Tu me mets enceinte, tu te fais tuer, et moi? Je reste avec l'enfant? Comme ta mère, c'est cela que tu veux? Écoute-moi bien, Piotr. Je ne mettrai pas au monde un orphelin, jamais, tu m'entends?
Piotr devint rouge de colère; elle crut qu'il allait la gifler. Elle n'avait pas peur et défia son regard avec insolence. Il frappa la table de son poing, puis se mit à marcher nerveusement. Le silence dura plusieurs minutes. Piotr capitula le premier.
– Le 7 novembre. Je serai prêt pour le 7, pas avant. J'ai une autre idée...
Il s'approcha, l'enlaça et lui murmura quelques mots à l'oreille. Eva l'écouta sans l'interrompre. Son plan était génial! Comment Washington et Tel-Aviv n'y avaient-ils pas pensé? Il fallait qu'elle le révèle au plus vite à Nelson. Seule difficulté : elle entrerait alors dans son quatrième mois de grossesse. Cette pensée la torturait. Mais avait-elle le choix? Il ne servirait à rien de précipiter les

choses. Piotr irait droit au désastre! Il fallait que Nelson accepte, quoi qu'il arrive. Elle le savait impatient, dangereusement impatient! Pour le convaincre, un voyage serait nécessaire. Mais si Karstov la faisait suivre?

Elle sentit l'enfant bouger. Elle eut alors un geste qu'elle ne contrôla pas : sa main prit celle de Piotr et la posa sur son ventre. C'était la première fois. Bouleversé, il sentit alors son garçon, son fils vivre... Son fils qu'il avait décidé d'appeler Igor, comme son père.

Piotr Karstov, l'homme le plus puissant de la planète, ne put contenir son émotion; il pleura doucement comme un enfant.

Les lumières de la datcha s'éteignirent exactement à 1 h 13 du matin d'après les chiffres inscrits sur la montre de Boris Plioutch. Il arrêta son puissant capteur orienté vers la maison et décida d'attendre une heure encore. Assis sur une grosse branche d'un arbre centenaire, à deux mètres à peine de la datcha, il était arrivé trois heures avant la Française. Le matin, quand Karstov avait téléphoné à Eva, il se trouvait chez la veuve dont il avait fait son amie et sa complice. Pourquoi se réfugier à des centaines de kilomètres, quand on a la possibilité d'être à deux pas du mystère, de sa proie? Trois personnes seulement étaient au courant de sa fausse mort : sa femme, sa fille et la veuve. Mais de celle-ci, Mme Plioutch ignorait tout.

Catherina était ravissante et il ne voulait pas que sa femme conçoive le moindre soupçon. Brune, de grands yeux noirs, le nez droit, la bouche sensuelle, elle avait quarante-quatre ans. Son mari, géomètre en chef de la ville de Moscou, était mort dans un accident d'avion six ans plus tôt. Une heure après le départ de son mari pour l'aéroport, le médecin lui avait annoncé que les derniers examens étaient positifs : elle pourrait enfin avoir un enfant. Le drame avait brisé ce rêve. Médecin généraliste, elle avait cessé d'exercer le jour même et vivait de son salaire, qu'on lui versait encore par solidarité, et de la retraite de son mari. L'arrivée de Boris Plioutch, qu'elle connaissait de renom, lui redonna goût à la vie. C'est elle qui lui avait donné l'idée de se faire passer pour mort. Boris avait sauté sur ce stratagème comme sur une bouée de sauvetage. Le lendemain, en voyant Eva entrer dans le restaurant, il avait tout de suite improvisé sa disparition : il fallait qu'elle le vît pour la dernière fois. Cela s'était révélé plus simple qu'il ne l'avait imaginé. Chez Pierre, il était le plus simplement du monde sorti par la fenêtre qui donnait sur la cour. De là, il n'avait eu qu'à sauter une barrière pour se retrouver de l'autre côté de la rue. Dix minutes plus tard, il retournait chez Catherina. Eva, il le savait, était suivie par le KGB, donc par son amant, et elle n'oserait pas, pensait-il, aller voir aux toilettes s'il s'y trouvait.

Catherina ignorait tout de l'affaire qui occupait le commissaire. Elle lui avait néanmoins procuré le puissant capteur qui lui permettait de surprendre les conversations à distance. Déguisé en fonctionnaire des postes, il avait percé un petit trou dans le mur, sous la fenêtre d'Eva, et avait installé un minuscule micro émetteur. De l'appartement d'en face, il entendait 50 p. 100 des conversations. C'est Catherina encore qui lui avait fourni ses déguisements, dont le meilleur d'entre eux, celui de l'aveugle. Ainsi grimé, il avait pu observer Eva, le jour de sa propre mort, et, à un autre moment, lui tenir la main plus de trente secondes! Enfin il avait remarqué, dissimulé derrière une tombe du cimetière, le couple de tueurs qu'Eva lui avait signalé à Odessa, occupé à déterrer son cercueil vide...

Mais c'est lui qui avait eu l'idée de se déguiser en pope. Il s'en voulait presque de n'y avoir pas pensé plus tôt. Au début de la rue Piatnitskaïa se dressaient un clocher du XVIIIe siècle et deux églises. L'une, du début du XVIe, était dédiée à saint Jean-Baptiste, l'autre, de la fin du XVIIIe, aux saints princes Michel et à Théodore de Tchernogov. Plus loin, à l'angle de la rue Klimentovski, s'élevait aussi l'imposante église du pape Saint-Clément qui datait du règne de Catherine II. Quelle meilleure façon de se fondre dans le paysage que de se promener en tenue de pope ?

Sa femme, elle, ignorait où il se cachait. Mais, de temps en temps, elle recevait de ses nouvelles à son travail : si son téléphone sonnait trois fois de suite à trois reprises, alors tout allait bien.

Puisant dans les économies de toute une vie, Boris avait acheté une Lada break d'occasion et une chaise roulante pour parfaire son déguisement de handicapé...

Catherina avait réussi à le faire engager comme jardinier dans la datcha du maire de Moscou, un ancien ami de son mari, située à un kilomètre de celle de Karstov.

Boris s'était endormi sur sa branche. Il fut réveillé par la pluie vers 5 heures du matin. Malgré son sac de couchage, il sentit l'humidité pénétrer son corps. Il resta immobile, courbatu et douloureux. Son dos le faisait souffrir, et il aurait tout donné pour être au chaud dans son lit. Il sortit de sa sacoche le Thermos de café et en but une tasse pour se réchauffer. Ce n'était pas le moment d'abandonner.

A 5 h 30, une lumière dans la datcha s'alluma; Piotr Karstov en sortit, grimpa dans sa Zil et démarra. Un kilomètre plus loin, une voiture de la sécurité se joignit à la sienne; ils filèrent en direction de Moscou. Boris reposa ses jumelles à infrarouges et murmura entre ses dents : « Le numéro deux du pays sans sécurité rapprochée. Il est devenu fou ! » Eva partit à son tour vers 6 heures, et Boris put enfin descendre de sa cachette. Il marcha en grelottant jusqu'à la datcha du maire, trempé jusqu'aux os, et se dirigea droit vers le garage.

Le maire sortit au même instant, accompagné d'une ravissante jeune femme.

– Si tôt, monsieur Popov ?

– La nature n'a pas la notion du temps, monsieur le Maire, répondit Boris sur un ton aimablement sentencieux.

– Mais vous êtes tout trempé ! Vous allez attraper un rhume. A votre âge, il faut faire attention.

Boris avait effectivement vieilli depuis qu'il s'était laissé pousser la barbe. Avec ses lunettes rondes sans monture, ses vêtements de jardinier, il n'avait pas besoin de se déguiser. Il était devenu méconnaissable.

– J'ai les os durs, monsieur le Maire !

Quatre heures plus tard, Boris était de retour chez Catherina, écoutant la bande enregistrée la veille. Il entendit distinctement Karstov prononcer les dates du 7 octobre puis du 7 novembre. Le lien était clair. Le 7 octobre était le jour de la Constitution, le 7 novembre l'anniversaire de la révolution d'Octobre. A force d'acharnement, et malgré la piètre qualité du son, il finit par reconstituer l'essentiel de la conversation entre le maréchal et Eva. Il ne lui manquait que les détails. La phrase qu'il avait écoutée le plus souvent et qui l'avait troublé au plus haut point était prononcée par la Française : « Je ne mettrai pas au monde un orphelin. » Il avait bien vu qu'elle était enceinte. Avec ses jumelles à infrarouges, il avait pu, malgré lui, apercevoir sa silhouette nue à travers le voilage des fenêtres. Sa voyante avait dit vrai : il avait la confirmation que l'enfant était de Karstov.

Le 7 et le 8 novembre se déroulait tous les ans un défilé militaire sur la place Rouge. Les membres du Politburo y assistaient dans la tribune du Kremlin. Certes, depuis 1991, le défilé était moins grandiose, mais il demeurait assez impressionnant.

Boris ferma les yeux et essaya de se concentrer. Une succession d'images confuses défila dans son esprit. On frappa à la porte, et il sursauta. Catherina entrait avec un plateau fumant.

– Tenez, commissaire, ce bouillon vous réchauffera.

Il la remercia d'un regard vide. Inquiète, elle s'assit près de lui et lui prit la main.

– Vous êtes malade, commissaire! Vous avez de la fièvre.

– Ce n'est rien. J'ai juste besoin de dormir un peu.

Elle garda sa main entre les siennes et le regarda fixement. Boris baissa les yeux. Cent fois, il avait failli succomber à la beauté sombre de cette femme. Cent fois, il avait repoussé cette pensée. Il avait trop d'estime pour elle. Pourtant, à plusieurs reprises, il avait aperçu son corps, alors qu'elle sortait de la salle de bains, une serviette nouée autour de la taille. A la vue de ses seins, il avait senti le désir l'envahir. Mais Catherina n'était pas femme à coucher pour le seul plaisir. Elle était la femme d'un seul homme. Et cet homme était mort.

Lui aussi se voulait l'homme d'une seule femme. Et la sienne vivait encore, torturée par l'inquiétude, à cinq minutes de là. Catherina finit par lui lâcher la main, et Boris l'en remercia intérieurement. Il avala son bouillon. Épuisé et transi, il se leva et tituba jusqu'à sa chambre.

Bruxelles, le 24 septembre.

– Nous ne pouvons plus attendre ! C'est impossible.

Comme elle s'y attendait, Robert Nelson était fou de rage.

Eva était arrivée la veille, dans l'après-midi. A l'agence, elle avait donné comme prétexte la grave maladie de son grand-père, mais, à Piotr, elle avait simplement laissé un mot : « Je dois rencontrer mon futur adjoint. Je reviens dans deux ou trois jours. Ne t'inquiète pas. »

De l'aéroport de Bruxelles, elle avait appelé Robert Nelson pour lui demander de venir d'urgence à Bruxelles. Il lui avait proposé de prendre le premier avion pour Washington, mais elle avait refusé et demandé d'avertir Claude, le nom de code du patron du Mossad.

Nelson n'arriva que le lendemain à 10 heures du matin, seul et furieux.

– Et Claude ? demanda Eva quand il entra dans la petite villa isolée, dans le Zoute, sur la côte belge, déserte en cette période de l'année.

– Claude ne viendra pas, répondit sèchement Nelson. Madame appuie sur un bouton et nous devons arriver sur commande ? Estime-toi heureuse que je sois là. J'espère que c'est pour m'informer que tout se déroule conformément au plan ? (Il l'observa froidement de haut en bas et arrêta un moment son regard sur son ventre.) Je t'écoute.

Une envie de tuer montait en elle. Ses relations avec Nelson continuaient de se dégrader. Jamais il ne lui pardonnerait de n'en avoir fait qu'à sa tête. Et même si l'opération réussissait, elle n'équivaudrait, pour Nelson, qu'à une demi-victoire, puisque Piotr Karstov resterait sous son contrôle à elle et non sous celui de la CIA. Elle s'assit et parla d'une voix qu'elle tentait de maîtriser. Elle lui confia les craintes et les réticences de Karstov, puis lui communiqua son nouveau plan. Nelson l'écoutait en marchant nerveusement.

Quand elle eut terminé, il ne bougea pas et resta silencieux un long moment. Puis il éclata d'un coup et l'accabla de reproches avec une brutalité inouïe. Depuis le début, elle se fourvoyait! Non, elle n'avait aucune prise sur Karstov, et, le 7 novembre, il prétendrait encore qu'il n'était pas prêt! Plioutch était toujours vivant, lui, et introuvable. Une vraie bombe à retardement. Elle était vraiment inconsciente.

Eva se sentit d'un coup usée, incompétente. Si le patron du Mossad avait été là, il l'aurait soutenue, sans doute possible. Car son idée était bien meilleure que celle des stratèges de la CIA. Objectivement, Nelson aurait dû en convenir. Mais Nelson n'était pas objectif. Il était trop impatient de voir son plan se réaliser, comme s'il voulait entrer dans l'Histoire avec ce coup d'éclat, le couronnement de toute une carrière.

Nelson regarda à nouveau son ventre. Eva détourna le visage. Elle espérait depuis le début qu'il ne l'attaquerait pas sur ce point litigieux.

– Le 7 novembre, le bâtard aura quatre mois? Quelle garantie avons-nous que tu ne tomberas pas amoureuse de Karstov, que tu ne voudras pas garder l'enfant?

Eva se leva et marcha tranquillement vers la fenêtre. Elle ne gardait son sang-froid qu'au prix d'un effort surhumain et, après un long moment, elle se tourna vers lui.

Le visage de Nelson n'exprimait que la haine.

– Cela ne me pose aucun problème. Je maintiens ce que j'ai dit à Haïfa.

– Quatre mois... Tu vas tuer un être vivant?

– Comme tu dis si bien!

Les yeux d'Eva brillaient de colère. Nelson comprit qu'il était allé trop loin et changea subitement de ton.

– Écoute-moi bien, Eva. J'ai les moyens de précipiter les choses, de manipuler Karstov à distance. Je l'ai déjà fait avec l'opération Bogarskii. Continue avec tes rêves et tes cauchemars, moi je vais immédiatement mettre une série d'actions en œuvre. J'ai quelques idées...

– Puis-je savoir lesquelles ?
– Non, ce n'est pas encore tout à fait au point.
– Si tu précipites les choses, tu risques de mener Karstov droit au désastre et moi avec. Je sais que je me répète.

Concentré sur ses pensées, Nelson n'écoutait plus. Eva garda le silence. C'était un véritable coup de poignard dans le cœur qu'il lui avait donné en l'attaquant sur son enfant. Entre Nelson et elle, c'était dorénavant fini. Elle le détesterait à tout jamais. Rien, pas même la réussite de sa mission, ne pourrait les réconcilier. Il venait de lui faire comprendre que sa mission était pratiquement terminée et qu'il prenait les choses en main. Elle devait juste coucher encore avec Piotr quelque temps et l'embobiner avec ses histoires de voyante ! Lui, le génie, recueillerait seul les fruits de la victoire, de cette mission qui devait « changer la face du monde ». L'idée de démissionner effleura Eva l'espace d'une seconde.

– Je dois savoir quels sont tes projets afin d'agir en conséquence, dit-elle, d'une voix qui la trahissait.
– Compte sur moi. Ce n'est pas encore clair, mais cela ne saurait tarder. Tu seras informée par le canal habituel. Je crois qu'il est temps de se quitter.

Il s'approcha et lui tendit la main. Elle ferma les yeux et la serra.

Il partit le premier. Eva s'effondra dans le fauteuil et resta prostrée longuement avant de se décider à partir à son tour.

26 septembre.

Boris Plioutch n'avait pas été surpris en voyant Eva sortir de chez elle, un sac de voyage à la main. « Elle part en Israël », avait-il pensé. Quand elle revint deux jours plus tard, il sourit. « Mission rapide », se dit-il. Mais il n'était toujours pas plus avancé sur ce qui allait se passer le 7 novembre. Quelque chose d'extraordinaire, sans doute, pas une simple explosion... Il y avait déjà eu tant de meurtres! Le dernier en date, celui d'Egorov, l'avait littéralement assommé.

Il se rappela soudain ce que lui avait dit la voyante : Un homme grand, blond et maigre, allait l'entraîner au sommet d'un escalier... et lui tirer dessus à bout portant. Il y aurait du sang... Cet homme allait-il agir le 7 novembre ?

La mort d'Eva l'obsédait et le gênait dans sa réflexion. Malgré les éléments dont il disposait, trois choses restaient obscures : pourquoi Eva lui avait-elle sauvé la vie ? Que se passerait-il le 7 novembre ? Pourquoi l'éliminer, elle ? Et une quatrième question surgissait inévitablement : qui voulait sa mort ? Le Mossad ? La CIA ?

Il savait peu de choses sur le Mossad, sinon qu'il s'agissait des meilleurs services secrets du monde, et que pour eux la vie d'un juif était sacrée. La mort de David et de Moïse lui avait fait penser que, si le Mossad travaillait avec Eva, il n'était pas le seul. La CIA devait aussi jouer un rôle dans l'affaire...

S'il voulait que tous ces innocents ne soient pas morts

pour rien et que les sacrifices qu'il avait consentis ne le soient pas en vain, il devait agir rapidement.

Ses pensées se portèrent de nouveau sur Eva. Il y avait comme un phénomène de télépathie entre eux. Par exemple, il savait qu'elle viendrait chez lui, un bouquet de fleurs à la main, et qu'elle l'aiderait à traverser la rue, dans son déguisement d'aveugle. Il s'était placé à quelques mètres d'elle, et d'autres personnes auraient pu l'aider. Mais c'était Eva qui avait pris son bras. Le billet de cinquante roubles l'avait ému : un tel geste n'était pas celui d'une espionne sans scrupules. Elle était mystérieuse et double, mais probablement sous le contrôle d'hommes sans pitié qui savaient jouer de sa part obscure... Parfois, il avait l'impression de ressentir les angoisses d'Eva.

Catherina le libéra de ses pensées. Elle entra sans frapper, un plateau à la main. Dix fois par jour, un verre d'eau, une tasse de café, un bol de soupe lui servaient de prétexte. Elle s'occupait de lui comme d'un enfant. Depuis quelque temps, Boris comptait les heures qui allaient, inexorablement, les rapprocher physiquement. Bientôt, il ne pourrait plus résister à ce désir qu'elle provoquait en lui et qu'elle attisait savamment...

Eva le sauva une fois de plus : elle venait d'entrer chez elle.

– Elle arrive, dit-il d'une voix étranglée.

Il retourna à son poste d'observation. Depuis plusieurs jours, Eva ne se rendait plus à la piscine. « Elle ne veut pas montrer son ventre », avait-il conclu.

– Commissaire ? dit Catherina d'une voix douce.

Il se tourna :

– Oui, ma fille.

– Je vais dire une bêtise... Puis-je ?

– Mais bien sûr, je sais que cette vie...

– Commissaire...

Elle hésita et resta debout, les yeux baissés. Boris Plioutch s'attendait à une déclaration d'amour. Son cœur battit plus vite.

– Commissaire, n'êtes-vous pas un peu amoureux ?

– Qu'allez-vous chercher là ? Vous êtes comme ma fille, vous le savez bien !

– Je ne pensais pas à moi, commissaire ! Mais à la femme d'en face.

Elle sortit et referma la porte sans bruit.

27 septembre.

La réunion du Politburo venait de s'achever. L'ordre du jour n'avait comporté qu'un seul sujet : la République démocratique allemande. Depuis un mois, le pays était paralysé par des grèves, des manifestations monstres, et les fuites vers l'Ouest qui avaient cessé en 1991 atteignaient de nouveau des proportions inacceptables. La bataille entre les néo-nazis unis aux staliniens et les démocrates, partisans de la réunification, faisait rage. Depuis quelques semaines, le pouvoir, débordé, avait refermé les frontières, violant les accords signés avec le gouvernement de Bonn. La bataille menaçait maintenant de se transformer en une véritable guerre civile. Sous la pression explosive du peuple et pour mettre fin au chaos, le nouveau gouvernement, sans consulter Moscou, avait promis de quitter le pacte de Varsovie le 26 décembre. A la seule condition que l'anarchie cesse immédiatement. L'ultimatum se terminait le 27 septembre au matin. Aux dernières nouvelles, le pays s'était remis au travail le matin même. Gorchkov avait officiellement manifesté sa colère en des termes inhabituels. Au dernier sondage, plus de 97 p. 100 des Allemands de l'Est étaient favorables au départ des troupes soviétiques, ainsi qu'à la rupture de l'alliance militaire avec Moscou.

– J'espère que nous ne serons pas obligés d'intervenir, s'écria Gorchkov en regardant Karstov.

Mais c'est le ministre de l'Économie, l'enfant terrible du Politburo, qui prit la parole.

– J'estime que ce serait une erreur monumentale et en tout cas la fin de la perestroïka. Les jeux sont faits et il ne sert à rien d'empêcher une évolution que vous avez vous-même déclenchée et voulue. De plus, nous n'en avons pas les moyens, et je doute fort que nos soldats enlisés en Azerbaïdjan jouent le jeu.

Pour une fois, Karstov était d'accord avec lui, mais il se garda d'exprimer le même point de vue.

– Nous avons des accords, dit-il. Les soldats américains ne sont plus là. Les trente mille encore stationnés en Allemagne de l'Ouest doivent partir le 20 décembre prochain. Nous pouvons donc intervenir ou menacer de le faire sans problème, et le monde entier nous remerciera. Si nous laissons faire, tous les pays quitteront le pacte de Varsovie dans la minute qui suivra la décision de l'Allemagne de l'Est. L'Alliance atlantique est morte. L'URSS est maintenant la première puissance militaire sur le continent européen : il n'est donc pas question de renoncer à cette carte maîtresse.

Gorchkov, silencieux jusque-là, prit la parole.

– J'ai annoncé en 1989 que toutes nos troupes rentreraient au pays à la fin des années 90. Le maréchal a raison. La seule puissance qui nous reste, c'est l'armée. Si nous perdons cet avantage, l'Union soviétique deviendra inéluctablement une puissance de second rang. Tant que nous n'aurons pas développé notre économie, nos industries et nos technologies, nous serons condamnés à mettre en avant notre puissance militaire. Nous n'avons pas le choix !

Il marqua une pause et ajouta, toujours calme :

– J'espère que l'Allemagne le comprendra.

– Si nous intervenons, les étrangers cesseront d'investir, observa le ministre de l'Économie.

– Les étrangers ne nous ont pas abandonnés quand nous avons dû mettre fin au chaos polonais, répondit Gorchkov en se levant. Cette réunion ultra-secrète est provisoirement terminée.

Conformément à leurs habitudes, Karstov rejoignit Gorchkov dans son bureau.

D'emblée, le Président lui demanda d'élaborer un plan d'invasion rapide et brutal.

– Vous l'aurez, monsieur le Président.

– Quelle sera la réaction des Américains ?

– Comme pour la Pologne, je suppose. Des protestations, des menaces d'embargo, etc. Pour la forme, bien sûr. Ils sont trop occupés par leur guerre économique avec le Japon et la CEE. Pour l'Europe, je pense que les réactions seront ambiguës comme d'habitude. Mais, dans le fond, il y aura approbation ou, disons, compréhension... Je vais sonder nos agents sur place dès aujourd'hui.

Il hésita un instant et ajouta :

– J'estime cependant qu'il vaut mieux attendre que les derniers soldats américains aient quitté le sol allemand avant d'agir...

Gorchkov lui coupa la parole :

– Aucune objection. D'autant plus qu'ils partent quelques jours avant le référendum. Le 20 décembre, n'est-ce pas ?

– Oui. Les boys vont passer Noël en famille...

– Combien de soldats avons-nous en Allemagne ?

– Avec les dernières réductions, nous en sommes à cent vingt mille. C'est plus que suffisant.

Gorchkov se dirigea vers le bar et remplit deux verres de scotch. Il tendit un verre à Karstov en lui demandant pourquoi il lui avait menti à propos de la journaliste étrangère.

– Elle est même enceinte de vous, paraît-il ! A moins que ce ne soit pas de vous ?

Karstov conserva son sang-froid. Gorchkov l'espionnait. C'était évident, et il tenait à le lui montrer.

– C'est exact, je l'ai revue, admit-il, mal à l'aise. Elle est enceinte, c'est vrai aussi, mais de moi.

Gorchkov s'installa devant son bureau et se mit à jouer avec un crayon. « Est-il aussi au courant pour Egorov ? » songea Karstov, figé, tous ses sens en éveil.

Gorchkov cassa le crayon et demanda, d'une voix mielleuse :

– J'attends des explications, maréchal.

– J'ai fait mener une enquête à son sujet. Elle est claire, je peux vous le jurer. J'ai donc décidé de l'épouser.

Gorchkov cassa un deuxième crayon.

– Piotr, je sais que vous avez été malheureux avec Olga. Elle n'était pas digne de vous. En plus, elle avait des liaisons, comme chacun sait.

Karstov feignit la surprise.

– Oui, entre autres avec votre prédécesseur, je croyais que vous étiez au courant !

Le sang de Karstov se glaça. Il répondit :

– Non, je l'ignorais. Je n'étais jamais là, comme vous le savez.

– Piotr, vous devez cesser de voir cette fille!

Gorchkov s'était levé. Il posa une main sur son épaule :

– Le numéro deux ne peut prendre ce risque...

– Mais des dizaines de « dignitaires », y compris le ministre des Transports, sont mariés à des étrangères..., protesta Karstov, irrité et humilié.

– Piotr, vous ne comprenez pas. Vous êtes intelligent, courageux, brillant stratège et fidèle. Oui, vous êtes bourré de qualités. Mais vous avez un défaut, un seul : la naïveté.

Piotr ne dit rien.

– Vous ne comprenez pas qu'un jour vous serez assis là, à ma place, et que le numéro un doit avoir une femme russe ? L'URSS n'est pas une république bananière. Les tsars préféraient les étrangères. Nous, nous devons choisir nos femmes parmi les filles du peuple.

Karstov eut brusquement envie de démissionner.

– Elle porte mon enfant, dit-il d'une voix sourde.

– Faites-la avorter. Et finissez-en avec elle.

Karstov regarda dans le vide, songeur.

– C'est bon. Donnez-moi quelques jours.

– Je savais que vous seriez raisonnable. Il y va de votre propre intérêt. Réglez cette affaire le plus vite possible. Nous avons des priorités plus importantes dans les semaines qui viennent, comme vous vous en doutez. Allez!

D'un signe amical, il lui signifia que leur entretien était terminé.

Karstov passa la journée la plus épouvantable de sa vie. Il ne pouvait imaginer de vivre sans Eva. Une chose était certaine : Gorchkov le faisait surveiller, et donc par le KGB. Était-il lui-même sur table d'écoute? Si oui, Gorchkov savait pour Egorov. Non, il ne regrettait pas de l'avoir éliminé. Pour Eva, il tuerait de nouveau s'il le fallait. « Le numéro un ne peut pas se marier avec une étrangère. » Sornettes que cela! Jamais il ne pourrait la quitter. Quoi qu'en pensait ce cynique de Gorchkov. « Eva sera ma femme, elle est ma femme, sans elle je ne suis plus rien, je cesse d'exister », avait-il murmuré sur le siège arrière de sa Zil qui le ramenait au ministère de la Défense.

29 septembre.

Piotr Karstov l'avait appris presque par hasard. Sur le moment, il avait eu envie d'aller droit au Kremlin et de donner sa démission à Gorchkov. Tard dans la soirée du 28, son adjoint, le général Dimitri Basov, était entré sans frapper dans son bureau.

– Alors, on refait le coup de la Pologne en Allemagne de l'Est?

– J'espère bien que non. La Pologne m'est restée en travers de la gorge!

– On ne pourra pas obliger les Allemands à rester dans le pacte de Varsovie. Mais, comme pour la Pologne, il faudra supprimer le Premier ministre. Qu'en pense le Président?

Sur le coup, Piotr ne comprit pas. En faisant mine de réfléchir, il se remémora les raisons qui avaient conduit à l'intervention en Pologne. Sept mois plus tôt, les élections avaient définitivement mis le parti communiste à la porte du gouvernement. Avec 0,3 p. 100 des voix, il n'avait aucune chance de s'exprimer. Dès lors, le gouvernement social-démocrate polonais avait annoncé son intention de quitter le pacte de Varsovie, dans un délai de huit mois. L'URSS avait très mal réagi à cette déclaration et les premières tueries avaient commencé. Des hommes politiques de tout bord, des journalistes, des prêtres, des membres influents de Solidarité étaient tombés sous les balles de tueurs professionnels jamais identifiés. La crise économique aidant, le pays était arrivé au bord de la guerre civile. Jusque-là, Karstov voyait clair. Puis on avait retrouvé le Premier ministre torturé à mort dans un bois près de la capitale. On avait accusé l'extrême droite, thèse accréditée par l'ensemble de la presse internationale. Ensuite, le KGB, lors d'une formidable opération de désinformation, avait laissé croire que l'armée polonaise s'apprêtait à prendre le pouvoir. Et à l'époque Karstov y avait cru. Et voilà que Basov, le plus naturellement du monde, lui annonçait qu'on recommençait ! Le KGB se trouvait forcément derrière cette opération meurtrière ; pourtant, Karstov n'en avait pas eu connaissance dans ses dossiers confidentiels ! On l'avait trompé ! Trouchenko n'avait pu agir sans l'accord de Gorchkov. C'était impensable. Ou alors Gorchkov l'avait trompé de bout en bout ! Il n'était donc, lui aussi, qu'un homme sanguinaire, camouflé en démocrate ! Karstov se sentit bafoué. Gorchkov avait eu raison de lui dire qu'il était trop naïf.

– Bon, tu as peut-être raison, dit-il. Comment l'as-tu appris ?

– Par hasard, ce matin. J'avoue que sur le moment j'en ai éprouvé une nausée. Mais je suppose que c'est la seule manière de sauvegarder l'empire.

– *Par hasard,* ça veut dire quoi ?

– En étudiant les archives secrètes de Trouchenko, comme tu me l'as demandé, je suis tombé sur un document, signé de la main de Gorchkov et qui, théoriquement, aurait dû finir sa vie dans le broyeur.

– Tu peux me le montrer ? demanda Karstov, soudain excité.

– Tu n'es pas au courant ? Je croyais que le Président, ton ami...

– Oui, il me l'a dit, mais je voudrais quand même y jeter un coup d'œil.

Il grimaça un sourire.

Pendant que Basov allait chercher le document, Karstov, fou de rage, se mit à arpenter le bureau.

Trois minutes plus tard, Basov entrait comme un dément. Son visage était livide, il brandissait une liasse de papiers découpés en lamelles :

– Tiens, c'est tout ce qu'il en reste ! Je l'avais laissé sur mon bureau... Je ne comprends pas.

– Calme-toi, dit Piotr, lui-même au bord de la crise de nerfs.

Le silence s'installa entre eux. La respiration oppressée

de Basov empêchait Karstov de penser. Il s'éloigna et se planta devant la fenêtre. Les propos d'Eva lui revinrent à l'esprit : « Je fais des cauchemars, on va essayer de te tuer, d'un moment à l'autre. Je ne mettrai pas au monde un orphelin ! » Il sentit le froid envahir brusquement tout son corps. C'était toujours la même sensation quand il avait vraiment peur.

Trouchenko, bien sûr ! Il avait encore des hommes à lui dans la maison. Pourquoi Gorchkov avait-il accepté de se séparer de Trouchenko, alors qu'ils étaient amis depuis treize ans et qu'un secret aussi diabolique les unissait pour la vie ?

Il se retourna :

– Cher ami, ne cherche plus à comprendre et oublie ce que tu viens de voir. Il y va de l'intérêt du pays.

– Mais...

– C'est un ordre.

Il lui signifia d'un geste le silence et écrivit quelques phrases sur une feuille de papier. Basov s'approcha et lut : « Passe chez moi à minuit, seul. Fais-moi confiance. »

Le 30 septembre, un article à la une du *New York Times* annonçait « le baptême du patron du KGB par le pape en personne ». Le journal racontait toute l'histoire à quelques détails près... Le soir même, Gorchkov convoqua Piotr Karstov.

– Qu'est-ce que c'est que cette histoire ? demanda-t-il, furieux.

– De la désinformation, sans doute, monsieur le Président.

Eva lui avait fermement déconseillé de le dire à Gorchkov. « Un jour, cela se retournera contre toi. »

– Je n'aime pas cela. Il faut trouver les auteurs de ce canular le plus vite possible. Si l'Église s'y met, elle aussi, où allons-nous ? Je vous ordonne de démentir dès maintenant avec la plus grande fermeté ! Moi, j'appelle le pape pour lui demander d'en faire autant !

– Pardon, président, mais je ne vois pas où est le problème. Laissons l'opinion mondiale croire à ces stupidités. Cela nous sert plus qu'autre chose.

– Non ! Je veux un démenti ! Si l'Église se rangeait à l'opinion du *Times*, ce serait un vrai blasphème !

Gorchkov était dans tous ses états. Il se mit à crier et à parler dans le plus grand désordre :

– On dira de moi que je suis un escroc... que tous les moyens, y compris Dieu, sont bons pour tromper le monde. La Pologne se soulèvera. Le numéro deux baptisé ? Les conservateurs, les staliniens vont nous assassiner !

Piotr n'avait pas pensé à cela. Seule Eva était au courant, si l'on exceptait les deux jésuites qui avaient assisté le pape. L'un d'eux avait vendu la mèche ! Ou le Saint-Père lui-même ! Quoi qu'il en soit, on cherchait à l'atteindre de nouveau. Qui, sinon Gorchkov lui-même... Mais dans quel but ? Sauver sa peau, encore une fois ? Eva devait avoir raison, comme toujours. Il se souvint de ce qu'elle lui avait dit dans sa datcha l'autre nuit, après avoir fait l'amour : « Gorchkov te donne tous les pouvoirs pour mieux te les enlever. D'un coup de hache. Il a toujours besoin de boucs émissaires. C'est grâce à eux qu'il tient encore. Ton tour approche. »

– Je vais immédiatement publier un démenti, annonça Karstov d'une voix calme.

Au moment où il se leva, Gorchkov s'excusa :

– Je suis désolé de m'être emporté. Mais cette affaire, qui, en temps normal, serait effectivement un coup de génie de la désinformation, me semble mal venue. Avant de démentir, vous feriez bien de contacter nos agents du Vatican...

Karstov se rendit directement à son bureau du KGB. Dans la voiture, il faillit téléphoner à Eva, mais il se ressaisit. L'espion qui l'épiait ne pouvait qu'être son chauffeur, bien qu'il l'ait choisi lui-même le jour de sa nomination. Il décida d'en changer. Il prendrait un ancien de ses commandos d'Afghanistan. Piotr sentait l'étau se refermer sur lui.

La veille, vers 18 heures, le jeune Berzine, qui menait l'enquête à propos de la mort de Moïse, lui avait remis un premier rapport. Les agents de la Septième Direction avaient pris l'étudiant en filature dès le lendemain de la discussion qu'Eva avait eue avec ce dernier. Simple mesure de sécurité. Parmi les nombreux clients de Moïse, ils avaient trouvé l'ex-inspecteur Boris Plioutch. Lui aussi avait passé un long moment dans son taxi à l'arrêt. Sur le moment, les enquêteurs n'avaient pas fait le lien. La mère de l'étudiant, domiciliée à Odessa, leur avait raconté qu'une journaliste étrangère avait offert à son fils une somme considérable pour qu'il enregistre les conférences d'un inspecteur très connu à Moscou. Son fils lui avait écrit une lettre dans laquelle il lui promet tait un poste de télévision et un collier en or pour son anniversaire. La disparition de Plioutch, puis son suicide avaient fini par mettre la puce à l'oreille de Berzine. Trois jours plus tôt, il avait donné l'ordre de déterrer son cercueil. Non seulement il était vide, mais quelqu'un était déjà passé avant eux! L'inspecteur était donc vivant et, très probablement, l'assassin de Moïse Henkine! Pour quels motifs? Le rapport retraçait la vie de Plioutch dans ses moindres détails. Des coupures de presse de la *Pravda* annonçaient des conférences où il se proposait de dévoiler un certain nombre d'affaires confidentielles. Une copie du contrat signé par Jan Egorov et lui-même révélait l'importance de l'enjeu : la *Pravda* lui offrait cinquante mille roubles pour obtenir l'exclusivité. Dans son rapport, l'enquêteur concluait en insistant sur le caractère judiciaire de cette mystérieuse affaire et préconisait de confier le dossier à Petrovka... Karstov se souvint subitement d'un détail dont Berzine n'avait pas saisi l'importance : l'inspecteur Plioutch avait été vu pour la dernière fois dans un restaurant français à la mode par les agents qui surveillaient Eva; ils avaient noté en post-scriptum : « La retraite des anciens inspecteurs doit être assez élevée : Boris Plioutch déjeune également ici! »

Karstov, par réflexe, avait demandé au KGB de garder le dossier et avait inscrit à la main : « Ne bougez pas, attendez de nouvelles instructions. »

« Dans quel pétrin Eva s'était-elle fourrée? » avait-il pensé en refermant le rapport. Il comprenait pourquoi, en bonne journaliste, elle s'était intéressée à cette affaire, mais il n'aimait pas du tout la coïncidence qui l'unissait, dans le même restaurant, à Plioutch. Eva lui fournirait certainement une explication, et il n'y pensa plus.

Karstov consulta son agenda et téléphona à Andreï Leonov. On lui répondit qu'il était en Pologne avec les troupes d'occupation. Il demanda son numéro à Varsovie. Une heure plus tard, la voix de son ami résonnait au bout du fil.

– Fais tes valises. Tu rentres immédiatement. J'ai tout arrangé.

L'ancien lieutenant des Spetsnaz qui avait servi sous le commandement du lieutenant-colonel Karstov en Afghanistan était aujourd'hui commandant. Il entra dans le bureau du ministre de la Défense à 5 heures précises. Il était grand, blond, et une petite mèche lui couvrait le front. Karstov l'embrassa chaleureusement. Le jeune commandant était visiblement ému. Piotr lui remit une feuille en lui faisant signe de se taire. Leonov lut sans un mot et son visage s'éclaira.

Puis Karstov l'entraîna dans la cour du ministère, comme deux amis qui se retrouvent. Après avoir rappelé le bon temps, il lui chuchota :

– Tu as carte blanche. On va fêter nos retrouvailles, le 5 octobre ! Tu as tout ton temps.

– Ça ne va pas être facile. Ils sont presque tous restés à l'armée, mais ils sont éparpillés dans toutes les républiques. Sauf le cameraman. Lui, il a complètement disparu. Ils ont dû le tuer !

– Agis dans le plus grand secret. Personne ne doit savoir. (Il le regarda dans les yeux :) Considère ceci comme une opération de commando.

– Nous avons toujours rêvé de nous réunir. Mais je n'ai jamais osé te l'écrire !

– C'est fait maintenant. Plus rien ne nous séparera désormais.

Eva était en train de se préparer à dîner, quand elle entendit un léger bruit en provenance de la porte. Quelqu'un venait de glisser une lettre. Elle l'ouvrit aussitôt.

« A 10 heures, ce soir, Andreï Leonov, un ami, viendra te chercher. Prends quelques vêtements et ne pose pas de question. Piotr. »

Eva regarda l'heure. Il était 20 heures. C'était la première fois en quatre jours que Piotr la contactait et la première fois de cette étrange manière. Était-ce à propos de l'article du *New York Times* ? Un coup de Nelson, sans aucun doute ! Eva avait aussitôt imaginé les réactions de Nadia Sharonski, si elle apprenait que Karstov l'avait trompée. Baptisé en cachette, juif en cachette, si elle révélait, elle aussi, ses informations, c'était la catastrophe assurée.

Le lendemain, elle devait rencontrer le nouveau directeur général de l'Agence de presse européenne en personne. Il avait annoncé son arrivée la veille par fax. Or, Piotr lui demandait de prendre des vêtements et de ne pas poser de questions. Avait-il décidé de précipiter les choses ?

De l'autre côté de la rue, Boris Plioutch l'observait, inquiet. Il avait aperçu un homme garer une Tchaïka noire à quelques mètres de l'immeuble d'Eva. L'homme, un civil, était entré pour en ressortir aussitôt. Et maintenant, Eva tournait en rond dans son salon. Boris comprit que quelque chose d'important allait se passer. Eva posa un sac de voyage sur le sofa du salon et commença à le remplir. Il ne l'avait jamais vue aussi nerveuse.

Boris retrouva Catherina à la cuisine.

– Je dois partir, dit-il. Il se passe des choses étranges. Préparez-moi du café et des biscuits.

– O.K., commissaire !

– Je prends aussi mon sac de couchage.

– Vous allez veiller ?

– Probable. J'emporte aussi la chaise roulante.

Dans la commode du salon, il prit son revolver, le chargea et le passa dans sa ceinture, sous son veston. L'homme qui était entré chez Eva était grand, fort et blond. Était-ce lui que la voyante avait vu ? Elle avait dit : « Grand, blond et maigre. » Mais elle pouvait se tromper !

Quelques instants plus tard, Catherina sortait de l'immeuble, poussant la chaise d'un handicapé jusqu'à la Lada break. Au bout de la rue, il lui demanda de s'arrêter.

– Vous allez prendre des risques, aujourd'hui.

Catherina le regarda, étonnée.

– Tenez, dit-il en lui confiant un petit micro émetteur. Quelqu'un va venir la chercher. Je ne sais pas quand. Vous vous rapprocherez et vous collerez ce machin sur le coffre. Maintenant, retournez à la maison et attendez mon signal.

Plioutch lui donna le talkie-walkie japonais que Catherina avait acheté deux jours plus tôt.

A 10 heures, la Tchaïka noire, rideau baissé, passa

devant lui et continua silencieusement jusqu'à l'immeuble d'Eva. Plioutch appela Catherina :

– Il est là, allez-y, vite!

Au même instant, désespéré, Plioutch vit Eva sortir et monter dans la voiture, qui démarra aussitôt. Catherina n'avait même pas eu le temps de traverser le trottoir! Boris démarra à son tour, ralentit devant Catherina, lui cria de rentrer chez elle et suivit la voiture.

La route les menait hors de la ville. Boris essayait de rester à bonne distance pour ne pas être repéré. Devant lui, le pilote de la Tchaïka roulait sans se préoccuper du code de la route. Il dut, lui aussi, griller deux feux rouges.

Excité par cette course poursuite, il ne parvenait pas à calmer les battements désordonnés de son cœur. La voiture roulait de plus en plus vite. En l'espace de quelques minutes, elle faillit provoquer deux accidents. Contrairement à ce qu'il avait cru, le pilote ne prit pas la direction de la datcha, mais celle de l'aéroport Domodedovo, au sud-est de la capitale. Le risque d'être repéré augmentait à mesure que les kilomètres défilaient. Soudain, la voiture s'arrêta sur le bas-côté. Plioutch n'avait pas le choix. Il avait peut-être été repéré. A deux kilomètres de l'aéroport! Il jura tout haut et ne put que continuer, droit devant lui. Avec un peu de chance, il les retrouverait à l'aéroport. Mais, en regardant dans son rétroviseur, il s'aperçut que la voiture avait disparu dans la nuit... Fou de rage, il donna un violent coup au volant et fit demi-tour. Il n'y avait plus personne. La mort dans l'âme, il renonça et rentra chez Catherina.

Eva monta dans l'hélicoptère militaire garé dans un coin isolé de l'aéroport Domodedovo et dont la masse sombre était à peine visible dans la nuit. Le pilote mit les turbines en marche et décolla. Eva avait repéré la Lada break dès la sortie de Moscou. L'arrêt qu'elle avait proposé n'était qu'une vérification. Andreï Leonov, sur son ordre, avait dissimulé la voiture dans un sentier bordé d'arbres. Deux minutes plus tard, comme elle s'y attendait, la Lada roulait lentement en sens inverse. Eva, cachée derrière un arbre, avait eu le temps de relever quatre des six numéros d'immatriculation. Elle les nota aussitôt sur le dos de son carnet. L'hélicoptère se posa dans un immense champ. Eva se dirigea aussitôt vers une maison dont le rez-de-chaussée était seul éclairé. Elle aperçut quelques Spetsnaz postés sur le chemin, armés jusqu'aux dents. Elle portait l'uniforme des officiers supérieurs du KGB qu'Andreï lui avait remis dans la voiture. Dans l'obscurité, personne ne pouvait deviner qu'il s'agissait d'une femme.

Piotr Karstov l'attendait à l'intérieur. Il éclata de rire à sa vue et l'embrassa avec une violence inhabituelle.

– Tu vas habiter ici quelques jours, dit-il.

Eva voulut protester, mais il la serra plus étroitement contre lui. Dans le creux de l'oreille, il lui souffla :

– Le compte à rebours a commencé...

– Je dois te parler, coupa-t-elle.

– J'ai dix minutes... Il faut que je retourne à Moscou, je reviendrai demain ou après-demain.

Eva secoua la tête.

– Je dois te parler immédiatement. C'est très important.

Karstov accepta de sortir quelques minutes. Ils marchèrent jusqu'à la forêt, derrière la maison. A une distance que Piotr jugea suffisante, il lui expliqua ses soucis.

– J'ai décidé de passer à l'action le 7 octobre. En attendant, tu restes ici. Gorchkov...

Eva l'arrêta :

– Gorchkov le saura. On a été suivis.

– Tu es sûre ?

– Oui. On l'a semé, mais ça ne change rien.

– Une Volga du KGB ? Comme celle qui...

– Non. C'était une Lada.

Piotr réfléchissait.

– Je dois moi aussi rentrer à Moscou. (Elle lui raconta son rendez-vous important du lendemain.) Inutile d'attirer les soupçons. Je vivrai le plus normalement du monde jusque-là ! Trouve-moi seulement un endroit où nous pourrons nous voir sans risque.

– Tu as peut-être raison. Je vais arranger ça dès ce soir. Maintenant regarde-moi bien dans les yeux. Es-tu sûre que tu m'aimes ?

– De toute mon âme.

– Es-tu sûre de vouloir me donner cet enfant ?

– Oui.

– Et tu ne me caches rien dans l'affaire Moïse ?

Eva répondit sans hésiter :

– Je t'ai tout dit, pourquoi me poses-tu encore cette question ?
– Parce que l'inspecteur Plioutch a été vu avec Moïse, puis une dernière fois dans le restaurant où tu te trouvais toi-même.
Karstov lui révéla tous les détails du dossier.
– C'est une histoire de fous! protesta-t-elle. Je te jure que je t'ai dit toute la vérité. Je te le jure sur ton enfant que je porte en moi.
Piotr se radoucit.
– Maintenant, dis-moi ce que tu vois dans tes rêves.
– Ça va marcher. Je le sens.
Une étrange sensation s'empara d'elle. Elle eut comme un malaise, l'impression d'étouffer, comme si des mains invisibles essayaient de l'étrangler. Des images harcelaient son cerveau, sans qu'elle comprenne ce qui lui arrivait. Karstov prit peur.
– Tu te sens mal ?
– Viens, rentrons.
Il accéléra le pas en la soulevant. Eva marchait difficilement. Dès qu'ils furent dans la chambre, il voulut la coucher, mais elle l'étreignit de toutes ses forces.
– Piotr, murmura-t-elle d'une voix faible. C'est le 7 novembre. Pas maintenant!
– Mais...
Elle le secoua brutalement.
– Pas maintenant, Piotr, écoute-moi! Le 7 novembre, c'est la bonne date!
– Tu es sûre ? demanda Karstov, le regard angoissé.
– Oui! Je viens d'avoir une vision très forte, très claire. Il n'y a aucun doute. Je vois l'aigle du nouveau drapeau flotter sur le Kremlin. Oui, c'est ça... Je le vois, Piotr. Je le vois...
Eva se laissa tomber sur le lit.
Karstov faillit s'effondrer à son tour, mais il tint bon. Il lui donna à boire et, quand elle fut calmée, il lui annonça qu'il partait.
Une demi-heure plus tard, Eva retournait à l'hélicoptère et décollait à son tour.

Poussé autant par son instinct que par son refus de l'échec, Boris Plioutch, à peine garé devant l'immeuble de Catherina, était retourné à l'aéroport Domodedovo. Posté dans un chemin de traverse, tous feux éteints, il avait reconnu la Tchaïka noire. Elle roulait lentement en direction de la piste réservée aux hélicoptères militaires. Il était 1 h 30 du matin. Il avait assisté à l'atterrissage et reconnu Eva. Le signal régulier de l'émetteur qu'il avait réussi à coller sous le coffre de la voiture quand Andreï était allé satisfaire un besoin apparemment pressant fonctionnait normalement. Sur le chemin du retour, il avait éprouvé une grande satisfaction d'avoir retrouvé Eva vivante, même si sa tenue du KGB l'avait quelque peu décontenancé...

Boris se gara au bout de la rue et patienta jusqu'à ce que les lumières fussent éteintes chez Eva. Une demi-heure plus tard, il descendit la rue en titubant comme un ivrogne et rentra enfin chez Catherina. Dans le salon, il chaussa ses jumelles et brancha son capteur à distance. Eva dormait; il pouvait donc se coucher lui aussi. Il n'avait pas entendu Catherina. Il sursauta quand elle lui passa la main autour du cou. La faible lumière de la rue qui pénétrait par la fenêtre éclairait la silhouette de son corps nu sous une simple chemise de nuit. Troublé, Plioutch ne put faire un mouvement.

– Je n'en peux plus, commissaire, murmura-t-elle.

Il se leva et elle se colla contre lui de toutes ses forces. Boris sentit qu'il manquait de souffle. Une douleur sourde montait en lui. Il posa ses mains sur ses épaules et les fit lentement descendre le long du dos. Ce moment qu'il avait si longtemps redouté était arrivé. Il sentit le corps de Catherina trembler contre le sien et sa bouche se poser, chaude et douce, sur la sienne. Enivré par ce baiser, toute la tension accumulée depuis des semaines se libéra brusquement, et il ne résista plus quand Catherina l'entraîna dans la chambre.

5 octobre.

Ils étaient tous là, les participants encore en vie de l'opération légendaire du 17 mai 1983. Karstov les avait accueillis en personne. Tous aujourd'hui occupaient des postes clés. Ils étaient vingt-neuf au total. Karstov les recevait dans sa datcha et la fête dura jusqu'à l'aube, ponctuée de rires et de chants. Avant qu'ils fussent tous ivres, Piotr les avait observés un par un au cours de la nuit. Certains n'avaient pas eu l'avancement qu'ils méritaient; il les prit à part et leur promit de corriger cette injustice. Ils n'avaient pas beaucoup changé : ils étaient restés des guerriers exemplaires, fidèlement dévoués au seul chef qu'ils se connaissaient – le maréchal, comme ils l'appelaient. Plus tard, Piotr demanda au chef d'état-major, le maréchal Igor Vassili Nikolaïevitch, de les muter à Moscou avant le 20 octobre.

– Qu'est-ce qui se passe après le 20 ?

– Après le 20, ton vrai destin commence. J'ai de nombreux projets pour toi. Mais garde le secret, Igor, ajouta-t-il gravement en le serrant contre sa poitrine.

Pendant cette nuit de retrouvailles, Karstov réussit l'exploit de répéter la même phrase à chacun de ses invités, sans qu'aucun d'entre eux ne s'en aperçût.

C'est sur un dernier toast, lors duquel tous lui jurèrent fidélité et reconnaissance, qu'ils se séparèrent. Karstov s'endormit sur des visions grandioses.

Washington, 8 octobre.

Robert Nelson fit signe à son visiteur de s'asseoir. Il versa deux whiskies et s'approcha en lui tendant un verre.

– C'est là, dit-il en désignant une enveloppe brune placée en évidence sur la table.

L'homme posa son verre et prit l'enveloppe. Elle contenait plusieurs photos et quelques notes. Il les examina tranquillement et glissa le tout dans la poche intérieure de sa veste. Il but une gorgée de whisky et demanda :

– C'est pour quand ?

– Le 8 novembre. Pas avant. Attention, c'est un agent féroce.

– Agent double ?

– Oui, et protégé par le KGB ! Cette mission est de la plus haute importance. Il y va de la sécurité de notre pays. C'est pour cette raison que je vous ai choisi. Vous commencerez dès que vous aurez franchi cette porte. Personne, pas même moi, ne peut vous donner un contrordre, c'est clair ? Questions ?

L'homme croisa les jambes. Le pli de son pantalon bleu était impeccable, comme le fil d'un rasoir. Impassible, il sortit les photos et les examina une nouvelle fois.

– Non, répondit-il enfin.

Il les rangea, finit son verre et se leva.

A la porte, il se retourna. Nelson eut le sentiment qu'il voulait dire quelque chose.

– Oui ? fit Nelson.

Mais le blond tourna les talons et ferma la porte.

Moscou, 20 octobre.

En rentrant chez elle, le 1er octobre à 2 heures du matin, Eva avait pleuré en silence. Elle en était encore bouleversée : la vision qu'elle avait rapportée à Piotr était authentique. Elle avait subitement ressenti une douleur atroce lui traverser le crâne et avait vraiment *vu* Piotr réussir le 7 novembre. Était-il possible qu'elle fût devenue la voyante qu'elle jouait à être depuis des mois? Cette idée lui était insupportable. Elle ne voulait pas devenir un élément incontrôlable du jeu qu'elle était, en théorie, seule à diriger...

Le lendemain, elle fit une découverte qui la glaça de terreur : en voulant recharger son briquet à gaz, elle trouva par hasard à l'intérieur du couvercle un micro récepteur de la taille d'une mini-puce. Nelson, sans aucun doute. Donc, il détenait le script de sa dernière conversation avec Piotr. Une chose, pourtant, lui échappait. Comment le gadget que Nelson lui avait remis à Bruxelles lors de leur dernière rencontre, un détecteur camouflé dans le talon de sa chaussure, n'avait-il pas capté le micro dissimulé dans le briquet? Elle se souvint alors que le briquet se trouvait avec son paquet de cigarettes sur la table de la maison de Zoute. Nelson avait-il fait l'échange quand elle était allée devant la fenêtre? Tout était possible, et cela expliquait tout... Plus tard, en sortant de chez elle, elle aperçut la même Lada break qui l'avait filée jusqu'à l'aéroport garée au bout de la rue. Elle compara le numéro avec celui qu'elle avait relevé sur le dos de son agenda. Les quatre premiers chiffres étaient identiques. Elle s'arrêta net : elle avait cru jusqu'alors que cette voiture appartenait à la voisine d'en face qui s'en servait pour transporter un handicapé. Mais alors, que faisait-elle derrière elle sur la route ? Eva n'osa y croire. Étaient-ce les hommes de Nelson ? Ou le KGB ? Et si... Son esprit chassa le nom de Boris Plioutch.

Le soir même, en rentrant vers minuit, après un dîner ennuyeux en compagnie du nouveau directeur de l'agence qui s'était permis de lui faire une cour indiscrète, elle remarqua que la voiture n'était plus là. Elle ne la retrouva que deux jours plus tard, repeinte en bleu, mais pareillement immatriculée. La CIA ou le KGB ne commettrait pas une erreur aussi grossière. Elle décida d'en avoir le cœur net.

Le 4 octobre, à 8 heures du matin, elle commanda un taxi par téléphone. Deux minutes plus tard, la femme d'en face sortit avec son handicapé. Soudain, elle reconnut Boris Plioutch, malgré son déguisement. Boris était là, à dix mètres de chez elle !

Andreï la trouva le soir, assise sur une chaise, le visage défait. Il tenta plusieurs fois de la ramener à elle. En vain. Après avoir consulté Karstov, il la fit transporter à la clinique, le lendemain à 7 heures du matin, par une ambulance spéciale. Plioutch observait, abasourdi, la scène par la fenêtre.

Le bouquet de fleurs qu'il lui avait fait parvenir anonymement le jour même l'avait plus que troublée : ce bouquet comptait treize roses rouges, comme celui qu'elle avait laissé chez lui, le jour de sa « mort ». Ils étaient donc quittes.

Eva sortit le 13 octobre de la clinique, après une cure de sommeil ordonnée par le médecin-chef après examen. Le lendemain, Andreï vint la chercher tôt le matin pour la conduire dans une villa située près du parc de l'Académie, sur la route de l'aéroport international Cheremetievo.

Depuis trois jours, Plioutch avait remarqué un étranger de type scandinave qui rôdait à proximité de l'immeuble d'Eva. Sa silhouette correspondait à la description de la voyante. Il l'avait même vu entrer une fois dans l'appartement d'Eva et l'avait entendu jurer en anglais... Boris ne savait toujours pas ce qui allait se passer le 7 novembre, mais, pour retrouver Eva Dumoulin, il n'avait qu'à suivre l'inconnu.

L'homme prenait mille précautions. Mais Boris avait un gros avantage sur lui. Il le connaissait.

30 octobre.

La Zil noire se gara dans le parking réservé aux membres du Politburo. Piotr Karstov en descendit et gravit les marches du perron.

Gorchkov ne lui avait plus reparlé d'Eva. L'affaire du baptême, en revanche, continuait de faire les titres de la presse internationale et les rumeurs se répandaient dans tout le pays, malgré ses démentis formels. Le Vatican préférait garder un silence prudent.

Pour éviter que la situation ne se complique davantage, Karstov rencontra Nadia Sharonski une nouvelle fois. L'ancien porte-parole de « l'été de Moscou » lui promit de garder le secret sur ses prétendues origines juives et tenait parole jusqu'à présent.

Karstov entra dans le bureau de Gorchkov et comprit au crayon que celui-ci venait de casser que c'était le chef d'État et non l'ami qui l'avait convoqué.

– Piotr, tu te trompes pour le KGB.

Il le tutoyait pour la première fois. « Mauvais signe », pensa Karstov.

– Dans quel sens ?

– Dans tous les sens, je le crains. Tu as eu tort de supprimer la Troisième Direction sans me consulter. J'ai d'ailleurs donné des instructions pour maintenir la surveillance de l'armée.

– Mais vous m'aviez confié la tâche de réconcilier armée et KGB. Depuis l'exemple roumain, tous les pays du Pacte ont fait la même chose. C'est une perte d'énergie considérable.

– Tout le système est une perte d'énergie! Mais il tient justement grâce à cela depuis octobre 1917. Notre système repose sur trois piliers : l'armée, le parti et le KGB. Si l'un des trois s'affaiblit, comme c'est le cas pour le parti aujourd'hui, ce n'est pas grave. Les deux autres piliers sont là pour le soutenir. Mais, si l'un des trois s'effondre, le système entier s'écroule. Tu le sais bien, non? Les exemples des pays frères l'ont démontré de manière tragique. Le parti, qu'il soit socialiste ou social-démocrate, ne doit pas disparaître avant la construction de structures démocratiques solides. Or, nous en sommes encore loin.

– Je comprends, concéda Karstov dans l'espoir de le calmer.

– Non, tu ne comprends rien! Tu agis comme un manager américain qui mise sur l'efficacité. C'est stupide! Cela ne vaut que pour l'économie et l'industrie, comme nous l'ont appris les Occidentaux! En attendant l'instauration réelle de la démocratie, les trois piliers doivent rester intacts. L'armée doit continuer à se sentir surveillée. Le parti, bien que nous ayons changé d'étiquette, doit être certain de sa fidélité et de sa loyauté! Sinon, ce sont des gauchistes que nous enverrons rétablir l'ordre dans nos républiques ou chez nos soi-disant alliés. Nous ne pouvons nous permettre ce luxe imbécile!

– Je vais immédiatement remettre les choses en ordre, dit-il d'une voix calme.

– Ce n'est pas tout. L'Allemagne de l'Est... La situation se complique, s'envenime. Dans ton dernier rapport, tu confirmes qu'ils vont quitter le Pacte. Je veux donc un plan pour rétablir la situation dans les deux semaines. Un plan complet, avec une intervention si rapide que nos amis ne pourront réagir. Tu ne le soumettras qu'à moi. Ensuite, nous verrons pour le Politburo.

– J'en ai déjà préparé un, annonça Karstov. Je comptais vous le présenter le 5 ou le 6 novembre.

– Peux-tu m'en donner les grandes lignes maintenant?

– Nous devons intervenir avant les élections, cela ne fait aucun doute. Contrairement à celle de la Pologne, l'économie allemande, inondée par les capitaux ouest-allemands, fonctionne très bien. Les boutiques sont pleines, les gens ne manquent de rien. En Pologne, nous étions intervenus dans un pays en plein marasme économique. Le fait d'avoir emporté du pain dans nos chars nous avait facilité les choses. En Allemagne, nous entrerons chez un allié en pleine crise politique. Nos soldats n'auront donc pas le prétexte de la faim. Il faut organiser une tentative de prise de pouvoir par des Allemands officiellement soutenus par l'Allemagne de l'Ouest. J'ai les hommes qu'il nous faut. Nous créerons ainsi un climat de tension internationale, ce qui nous permettra de justifier des manœuvres aux frontières et maintenir la pression et le doute sur nos intentions. Nous pourrons alors remplacer en douceur les membres de l'état-major de l'armée est-allemande par des hommes qui nous sont proches. J'ai déjà établi une liste. Tout commencera par le plasticage de la voiture du chef de l'État par un authentique espion de l'Allemagne de l'Ouest. Il sera arrêté et avouera le jour même. J'ai personnellement promis à cet agent la somme de dix millions de dollars. Mais, pour ce prix, l'Allemagne de l'Ouest sera accusée par l'ensemble de la communauté internationale. Une crise grave s'instaurera dans ce pays. Pendant ce temps, nous pourrons sans risque reprendre le contrôle de l'Allemagne de l'Est.

Gorchkov avait écouté Karstov sans l'interrompre. Son visage rayonnait de joie.

– Tu es un génie, Piotr. (Et il ajouta :) Je sais que l'Allemagne de l'Est est perdue. Mais c'est la seule carte qui nous reste et je compte la vendre très chère !

Il se planta devant la fenêtre. Il y eut un long silence. Karstov avait les mains moites. Gorchkov se retourna enfin vers lui.

– As-tu réglé ton problème personnel ?

Le maréchal sortit une enveloppe de sa poche et la lui tendit. Gorchkov la parcourut en silence. Le certificat médical confirmait qu'une certaine Eva Dumoulin, de nationalité française, journaliste de profession, avait pratiqué un avortement le 5 octobre à la Poliklinnika du 3, rue Dobryninski.

– Ce n'est pas un faux, j'espère ? s'exclama Gorchkov en riant.

– Elle a quitté le territoire soviétique le 15 octobre. Cette affaire est classée, répondit Karstov, la voix cassée.

– Je suis désolé. Mais, un jour, tu me remercieras.

2 novembre.

Boris Plioutch n'en doutait plus : Eva Dumoulin était bien partie de Moscou. Officiellement... A l'agence, on avait répondu à Catherina que Mlle Dumoulin avait été mutée au siège central à Bruxelles et lui-même avait pu constater que son appartement de la rue Tchekhova était déjà occupé par quelqu'un d'autre. Le ministère des Affaires étrangères avait confirmé son retour à Bruxelles.

Malgré sa liaison avec Catherina, sa femme lui manquait terriblement. Mais il préférait ne pas rentrer, tant que les tueurs restaient à ses trousses. L'homme au type scandinave avait visiblement perdu les traces d'Eva. Mais il était toujours là, menaçant. Pour Boris, c'était la preuve qu'il avait bien pour mission de la liquider...

Grâce au minuscule émetteur collé contre la Tchaïka à l'aéroport, il avait pu enfin localiser l'endroit où se cachait Eva. Il avait attendu plusieurs jours, mais, un matin, Andreï Leonov était venu chercher quelques affaires dans l'immeuble d'en face. Boris n'eut qu'à le suivre. La nouvelle maison où habitait Eva était située à deux kilomètres à l'ouest de l'aéroport international Cheremetievo. La maison, une villa du début du siècle, n'était apparemment pas gardée. Mais Plioutch savait que le chauffeur ne quittait pas Eva d'un pas. Il attendit la nuit pour s'approcher le plus possible de la maison et se dissimula à l'intérieur d'une baraque qui flanquait le logis. De là, il pouvait observer les lumières du salon et de la cuisine. Il sortit son micro-canon et l'orienta dans la direction du salon. Aucun bruit ne lui parvenait. Il resta néanmoins dans cette position avec la patience du pêcheur. Soudain, vers minuit, il entendit la voix d'Eva. Ses propos étaient incompréhensibles :

« Je te revois, Dahlia, tu me poursuis depuis le début, je t'ai reconnue. Que me veux-tu, Dahlia ? Tu veux l'enfant, je sais, tu le veux... Mais tu ne l'auras pas, Dahlia... Je sais que tu l'aimes, toi... mais l'enfant ne doit pas naître. Il faut que tu le saches, je n'ai pas le choix, tu ne peux pas me comprendre... et moi, je ne peux pas t'expliquer, pas maintenant... Je sais aussi que c'est toi qui as sauvé la vie à Plioutch, tu vois, je sais tout. Tu m'espionnes, mais moi aussi... »

Brusquement, elle éclata en sanglots. Boris Plioutch, bouleversé, entendit ensuite un bruit d'eau qui coulait, puis il repartit pour Moscou. Là, toute la nuit, il réécouta la bande, trop concentré sur sa signification pour céder aux avances de Catherina.

6 novembre.

Karstov but une gorgée de café. Il était froid et amer. Dans trois heures, il devait se rendre au Kremlin pour participer à une réunion extraordinaire du Politburo, convoquée à sa demande. Il allait y présenter son plan définitif pour régler le problème de l'Allemagne de l'Est. La veille, il avait soumis deux plans à Gorchkov. Le premier, celui dont il préconisait l'application, éblouit son patron. Le second, plus modéré, avait été préparé à l'intention du Politburo. Depuis le 1er novembre, il avait vu Gorchkov une bonne dizaine de fois dans le plus grand secret pour mettre au point tous les aspects militaires, diplomatiques et politiques de l'opération.

Pendant ce temps, les préparatifs de la commémoration de la révolution d'Octobre s'achevaient dans la hâte. Comme si ce devait être la dernière. Tout était en place pour le plus grand défilé jamais organisé depuis des décennies. Sur les conseils du maréchal Karstov, le Président avait accepté de manifester clairement son autorité devant les Polonais, les Allemands et l'Europe tout entière. La place Rouge était interdite au public depuis le 2 novembre et les rumeurs à propos d'un discours de la plus haute importance prononcé par Gorchkov se répandaient dans la capitale. Il devait le prononcer du haut de la tribune officielle, au-dessus du mausolée de Lénine, le 7 novembre à midi, entouré de tous les membres du Politburo et face à la plus puissante armée du monde.

En attendant, même les vieux Moscovites ne se souvenaient pas d'avoir vu autant de chars, de blindés, d'hélicoptères et de troupes dans les rues de leur ville. A midi, ce jour-là, la radio conseilla aux habitants de rentrer tôt chez eux et d'y rester. Derrière des mots comme « criminalité » et « cambriolage », on laissait entendre qu'il valait mieux regarder le défilé à la télévision. Le 3 et le 4 novembre, la milice avait nettoyé les quartiers dangereux de la capitale et une atmosphère de peur avait peu à peu envahi la ville. Les plus expérimentés s'étaient précipités dans les boutiques pour se ravitailler en prévision d'un éventuel bouleversement.

Le Politburo devait se réunir au complet le soir à 18 heures. Deux heures avant la réception officielle qu'offrait le Président au corps diplomatique dans la salle Saint-Georges.

Karstov regarda l'heure à sa montre : 15 h 30. Il n'avait pas fermé l'œil de la nuit. Le général Basov, aussi pâle que lui, entra sans frapper. De la main, il lui fit signe que tout allait bien et ressortit aussitôt. La veille, Karstov avait trouvé le temps de revoir Eva pour la première fois depuis un mois. S'entourant de toutes les précautions imaginables, il était arrivé à 1 heure du matin, heureux de la retrouver calme et confiante. Son ventre avait grossi et il avait collé sa joue dessus.

– Même si je le voulais, je ne pourrais plus reculer, avait-il murmuré comme s'il parlait à leur enfant.

– Tu réussiras, dit-elle simplement.

Ils firent l'amour en silence. Il s'en alla deux heures plus tard.

Boris était encore sous le choc. Il avait vu Karstov arriver la veille et avait aussitôt branché son micro récepteur. La qualité du son était infecte. Mais il avait pu saisir deux mots : « reculer... réussir ». Rentré une heure après Piotr, il s'était endormi malgré lui dans le fauteuil du salon, où un rêve étrange l'assaillit. Il revit toute la scène du défilé militaire du 6 octobre 1981... en Égypte. La cérémonie s'était soldée par l'assassinat du président Anouar el-Sadate, à la tribune présidentielle! Il se réveilla en sueur à 5 heures du matin, halluciné et tremblant. Il n'avait vu ces images qu'une seule fois à la télévision. Mais, dans son rêve, les images étaient d'une précision peu commune et, surtout, il avait vu ce que la télévision n'avait pas montré : le visage du président égyptien mort! Assis dans le fauteuil, il tourna mille fois dans sa tête les questions sans réponse que ces images mystérieuses y faisaient naître en désordre. Toute la journée, il resta prostré, comme frappé de stupeur, sans parler ni manger. Ce n'est qu'à 16 heures qu'il comprit : ce rêve était la réponse à toutes ses questions.

Mais comment avertir les responsables ? On le prendrait pour un fou. Il était exactement 17 heures quand Boris Plioutch se décida enfin à appeler le Kremlin. L'attente l'irrita. Au bout de la treizième sonnerie, une voix lasse se fit entendre :

– Le Kremlin, j'écoute.

– Inspecteur Boris Plioutch, du commissariat du 1er-Mai. Je désire parler au président Mikhaïl Gorchkov. C'est urgent, très urgent.

– Vous avez dit Plioutch, le fameux inspecteur ?

– En personne! Je vous en prie, faites vite, c'est très important! Chaque minute compte.

– Mais j'ai lu dans les journaux que...

– Je vous expliquerai ça une autre fois. Ne perdez pas de temps, il est précieux.

– J'espère que ce n'est pas une blague ? Il y a tellement de fous qui téléphonent, vous savez.

Boris hurla de toutes ses forces, menaçant la standardiste de toutes les calamités du monde.

– Je vous passe la présidence, ne quittez pas.

Mikhaïl Gorchkov sortit de son bureau et se dirigea d'un pas rapide vers la salle de réunion, au sous-sol de l'aile droite du Kremlin. Sa secrétaire particulière, une blonde aux yeux marron, courut après lui en tenant sa robe des deux mains. Mais, à quelques mètres du Président, elle se tordit la cheville et tomba sur le sol. Gorchkov se retourna, surpris. Son aide de camp essaya de la remettre sur pied pendant qu'il revenait vers elle. Le visage tordu par la douleur, elle lui dit, haletante :

– Excusez-moi, monsieur le Président... mais j'ai eu un appel pour vous. C'est urgent... C'est l'inspecteur Boris Plioutch qui désire vous parler...

– Mais, Tania, il est mort!

– Justement, il prétend que non... Il...
Gorchkov la regarda, perplexe.
– Il dit que c'est extrêmement urgent, insista la jeune femme.
– Bon, soignez-vous. J'espère que ce n'est pas trop grave et dites à ce fantôme que je le rappellerai dans une heure.
Il tourna les talons et trois minutes plus tard il pénétrait dans la salle de réunion. Les douze membres du Politburo étaient déjà installés. Il serra la main à chacun d'eux et s'installa à sa place en bout de table. A peine assis, il déclara en souriant :
– Camarades, l'inspecteur Boris Plioutch est, paraît-il, vivant. Il vient même d'appeler ma secrétaire, qui en est tombée par terre !
– Il s'agit probablement d'un déséquilibré, monsieur le Président. Nous en avons beaucoup en ce moment, dit Vorontsov avec son cynisme habituel.
– Passons aux choses sérieuses. Nous sommes ici à la demande du ministre de la Défense et directeur du KGB, le camarade Karstov. Je suppose que vous avez eu le temps d'étudier le rapport qui vous a été remis cet après-midi.
Il regarda ostensiblement sa montre comme pour signifier que la réunion ne devait pas s'éterniser.
– Quelqu'un d'entre vous a-t-il des observations ou des suggestions à faire ? demanda-t-il en balayant la salle du regard. (Ses yeux croisèrent ceux du ministre de l'Économie et de la Perestroïka :) Allez-y. J'ai le sentiment que quelque chose vous démange, fit-il d'un ton ironique.
Karstov, assis à la droite du Président, semblait de marbre. Pourtant, l'appel de Plioutch avait décuplé son angoisse. Il sentit son estomac se tordre quand le ministre prit la parole, dressant un bilan de la situation économique.
Gorchkov le coupa immédiatement :
– Nous sommes ici pour discuter du rapport que vous avez sous les yeux !
– Tout est lié. Nous avons détourné 70 p. 100 de l'aide occidentale à la Pologne. Grâce à cet argent, nous avons pu...
La porte s'ouvrit alors à toute volée. Deux généraux et six soldats en tenue de combat pénétrèrent à l'intérieur, Kalachnikov munie de silencieux au poing, et fermèrent la porte derrière eux.

– Qu'est-ce que cela signifie ? hurla Gorchkov.
L'un des généraux croisa le regard de Karstov. Il fit un geste affirmatif de la tête.

La voiture de Boris Plioutch roulait à toute allure en direction du Kremlin. Sa montre indiquait 18 h 33. Le Président n'ayant pas rappelé, il avait demandé à parler à l'épouse du Président. Renvoyé de service en service, où il dut à chaque fois convaincre ses interlocuteurs qu'il était bien l'inspecteur Boris Plioutch. En vain. Il appela pour la troisième fois la secrétaire de Gorchkov, qui lui reconfirma que le Président avait promis de l'appeler aussitôt après la réunion du Politburo.
– Le Politburo ? Maintenant ?
– Il s'agit d'une réunion extraordinaire.
Boris avait raccroché brutalement et s'était précipité dans sa voiture. Toutes les rues qui menaient à la place Rouge étaient bouclées. Et aucun des barrages de la milice, épaulée par l'armée, n'accepta de le laisser passer, malgré ses suppliques. Personne ne le reconnaissait et il comprit alors à quel point il avait changé physiquement. Il fit demi-tour, la mort dans l'âme.
– On m'a appelé ? demanda-t-il à Catherina, aussitôt rentré.
– Personne, dit-elle, inquiète de le voir à bout de souffle.
Livide, il resta debout devant le téléphone. A 20 h 4, il comprit que le destin avait dû être plus rapide que lui. Il décida de retourner voir du côté de chez Eva.

Eva faillit s'évanouir quand le téléphone sonna. Il était exactement 20 h 8. Elle s'empara du combiné d'une main tremblante.
– C'est moi. Tu es libre. Tout va bien.
La voix de Piotr était calme; elle éclata en sanglots. Andreï, assis dans la cuisine, accourut vers elle. Elle l'étreignit de toutes ses forces.
– C'est fini, Andreï! s'exclama-t-elle. Nous pouvons partir.
Le téléphone sonna de nouveau. Eva bondit.

– C'est encore moi. Plioutch n'est pas mort... Il voulait parler au Président d'urgence. Ne quitte pas la maison et reste avec Andreï.

Il raccrocha.

Eva sentit soudain une rage féroce monter en elle : « Fils de pute », murmura-t-elle entre ses dents. Elle se tourna vers Andreï.

– Tu me ramènes chez moi. On part tout de suite.

– Vous êtes sûre ? Le maréchal m'a dit de ne pas quitter cet endroit.

– C'est bon, je viens de lui parler. Allons, ne perdons pas de temps.

Elle prit son sac de voyage, y enfouit quelques affaires. Elle se sentait soudain délivrée, heureuse. Dans la voiture, elle demanda à Andreï de la conduire d'abord à l'aéroport pour acheter des journaux.

Dix minutes plus tard, à 20 h 40 précises, la Tchaïka se garait devant l'entrée principale. Andreï voulut l'accompagner, mais Eva lui ordonna de rester.

– J'en ai pour une minute.

Elle se dirigea en courant vers les cabines téléphoniques internationales.

Washington, 13 h 42.

Robert Nelson saisit le combiné à la première sonnerie.

– Allô, papa ? C'est moi. Tout va bien. J'ai réussi mon examen de russe. 20 sur 20. Tu peux le dire à oncle Claude. Il faut que je raccroche, je n'ai plus d'argent. N'oublie pas de m'envoyer un mandat.

Elle raccrocha.

Nelson resta avec le combiné à la main : ce n'était pas le dialogue prévu, mais il avait compris. Avec Eva, tout était imprévisible... Il composa un numéro à Tel-Aviv. La voix grave du patron du Mossad résonna dans son oreille.

– C'est bon, vieux schnock, ton élève a réussi !

Il raccrocha, se leva et sortit sans perdre un instant. Son chauffeur l'attendait dehors.

– A la Maison-Blanche ! lui ordonna-t-il, un sourire aux lèvres.

Eva remonta dans la voiture, quelques journaux à la main.
– On y va, cette fois, Andreï. A la maison!
Pendant que la Tchaïka démarrait, elle se laissa aller contre le siège. Elle n'arrivait pas à croire que c'était fini, cette fois. Elle avait réussi! Folle de bonheur et incapable de raisonner, elle remit à plus tard les questions inévitables que posait le succès de l'opération, Karstov d'une part et... Plioutch de l'autre. Le trajet se déroula sans incident et, à 21 h 12, la voiture se garait devant son immeuble. Elle écarta le rideau de la vitre arrière et jeta un coup d'œil vers la fenêtre de Boris. Le salon était éteint. Elle descendit et rentra chez elle, Andreï sur ses talons.

Maison-Blanche, 6 novembre, 14 heures.

– Monsieur le Président, un coup d'État militaire vient de se produire à Moscou, annonça Nelson d'une voix claironnante, sitôt qu'il eut franchi la porte du bureau ovale.
– Quoi? Qu'est-ce que tu racontes?
Nelson s'assit face au Président, encore sous le choc. D'une voix plus calme, il entreprit de lui raconter l'opération depuis le début, en se gardant bien de mentionner le rôle de ses propres services. A peine eut-il terminé que le Président le bombarda de questions:
– Et Gorchkov?
– Au paradis!
Le Président fronça les sourcils.
– Quand as-tu appris cela?
– Il y a à peine une heure... Le numéro deux du Mossad est venu spécialement pour m'en informer...
– Pourquoi le Mossad a-t-il agi seul? Il n'a donc pas assez de problèmes au Moyen-Orient? Et puis je ne vois pas l'intérêt...
– Il est évident, monsieur le Président. Le Mossad espère que Karstov expulsera manu militari tous les juifs d'URSS vers Israël. 300 000 sont déjà partis. Mais il reste encore plus de deux millions de Juifs soviétiques et la majorité ne veut plus quitter le pays. Israël a besoin de sang neuf, surtout depuis qu'il a, sous la pression internationale, accepté un État palestinien dans les territoires...

– Hum, hum! Et notre intérêt à nous?

– Il est aussi évident, monsieur le Président. Le marxisme est mort. Nous allons très bientôt assister à la renaissance de la Russie. Une Russie libérale, capitaliste, mais exsangue, sous-développée, sans influence. Une puissance de second rang, malgré son formidable arsenal nucléaire. Nous pourrons en faire notre meilleure alliée...

Le Président l'interrompit d'un geste :

– Mais tout cela était en train de se réaliser avec mon ami Mikhaïl Gorchkov, bon Dieu!

– Pas vraiment, monsieur le Président. Le risque que les staliniens, épaulés par les nationalistes, reprennent le pouvoir était grand, permanent, imminent. Seule l'armée pouvait mettre fin à cette diabolique idéologie. C'est fait!

Il marqua une petite pause et reprit de la même voix :

– En outre, nos dernières troupes seront rapatriées dans un mois. Nous n'aurons plus aucune influence en Europe. Nous avons donc tout intérêt à nous rallier à la Russie, à la rendre dépendante de nous. Nous en avons les moyens. Ce sera un contrepoids à la CEE et à l'Allemagne réunifiée qui nous mènent une guerre économique sans merci.

– Karstov... Quel homme est-ce?

– D'après le Mossad, un type bien. Il va annoncer la couleur demain du haut de la tribune, et il y aura des surprises.

– Que va-t-il annoncer?

– Octobre II. Une deuxième révolution. La bonne, cette fois.

Kremlin, 20 h 30.

Karstov pénétra dans la salle Saint-Georges. Tout le corps diplomatique était là. Avec une certaine raideur, il s'approcha du micro et demanda le silence.

– Le président Gorchkov vient d'avoir un malaise. Il vous prie de l'excuser. Les médecins pensent qu'il sera rétabli demain. Tous les membres du Politburo sont à son chevet. Je vous propose de rester ici au cas où il pourrait nous rejoindre. Merci.

Il tourna les talons et sortit. Immédiatement, des chuchotements envahirent la salle.

Quand Boris Plioutch revint chez Catherina, à 22 heures, il eut la surprise de découvrir deux hommes, en treillis de combat et l'arme à la bretelle, postés devant l'entrée de l'immeuble d'Eva. Il gara sa Lada quelques mètres plus bas et leva les yeux vers les fenêtres éclairées de la Française. Il s'en voulait. Au lieu de faire tous ces kilomètres pour rien, il aurait mieux fait de rester à son poste d'observation d'où il aurait pu la voir rentrer. Il ne faisait aucun doute que les soldats assuraient sa protection. Mais sa présence inattendue prouvait que « ça » s'était passé. Désespéré, il remonta chez Catherina et s'effondra dans le fauteuil du salon. Il avait échoué et il ne savait même pas contre quoi...

7 novembre.

Il était 10 heures précises quand dix hommes en uniforme firent leur apparition à la tribune officielle. Le défilé militaire commença aussitôt dans un vacarme d'enfer.

Les caméras de télévision du monde entier filmaient, mais les premiers commentaires témoignaient de la confusion totale qui s'était emparée de la presse internationale. L'Agence de presse européenne était là, elle aussi, et le jeune John fit pivoter sa caméra munie d'un puissant téléobjectif vers les hommes qui se tenaient, raides, sur la tribune. Une voix off s'éleva :

– Vous êtes en train d'assister en direct à une seconde révolution, un second Octobre, un Octobre II. Les militaires que vous voyez sur la tribune forment l'équipe de l'URSS nouvelle. Ce 7 novembre 1994 est une date historique. Elle signifie ni plus ni moins la fin, la mort définitive de toute idéologie communiste.

Le visage d'Eva Dumoulin apparut dans le champ de la caméra. Elle rayonnait.

– Oui, il s'agit bien d'un second Octobre, et de la mort du parti communiste. Le nouveau Président, le maréchal Piotr Karstov, prononcera bientôt un discours où il annoncera lui-même, officiellement, l'ère nouvelle. Selon nos propres sources, il s'agirait là du testament de Mikhaïl Gorchkov, mort cette nuit d'une crise cardiaque.

A quatre mètres d'elle, le correspondant de CBS News s'arrêta net et se mit à bégayer :

– Excusez-moi, chers concitoyens. J'apprends à l'instant...

Il regarda Eva Dumoulin.

– Quoi ? Qu'est-ce que tu racontes, Eva ? Tu es sûre de ce que tu dis ?

Eva ne répondit pas. Elle continuait, concentrée sur son propre commentaire.

La rumeur circula à la vitesse de la lumière. Les confrères d'Eva, affolés, essayaient de rattraper l'information et, dans une panique indescriptible, se mirent à répéter dans leur micro :

« Gorchkov est mort... Il serait mort d'une crise cardiaque cette nuit, semble-t-il... Cela reste à confirmer, mais selon nos sources... Non, il n'est pas dans la tribune, il ne figure pas parmi les officiels... »

Jamais, depuis la mort du président John Kennedy, le monde n'avait assisté à une telle confusion dans les rangs des journalistes.

Eva était pressée de questions par ses confrères qui voulaient savoir d'où elle tenait ces informations; certains allaient jusqu'à la menacer. La pagaille s'accrut jusqu'au moment où Piotr Karstov s'approcha du micro : alors, un silence de plomb tomba sur la place Rouge.

Eva colla son œil contre la caméra pour voir Karstov de près. Le maréchal avait les yeux cernés. Son visage était creusé, et ses rides plus visibles que d'habitude. Mais, de loin, sa silhouette au physique de baroudeur, son beau visage russe et sa fameuse mèche rebelle demeuraient identiques. Il ajusta son uniforme et s'éclaircit la voix. Dans quelques secondes, il ferait un discours de portée historique. Le moment était solennel, mais Karstov n'avait pas peur. Il connaissait son texte par cœur. Depuis des semaines, il se le récitait, sans trop y croire.

À 6 heures du matin, il avait fait un dernier bilan de la situation avec ses généraux. L'opération avait été menée de main de maître, avec une facilité déconcertante. Tous les membres du Politburo et du comité central étaient déjà, à cette heure, disséminés aux quatre coins du pays, en lieu sûr et sous bonne garde. Le corps diplomatique attendit en vain l'apparition de Gorchkov et quitta la salle Saint-Georges vers minuit.

– Chers compatriotes, commença Karstov. Notre cher et très aimé président est mort ce matin à 3 h 47 d'une crise cardiaque. Conformément à ses dernières volontés ainsi qu'à son testament, je déclare solennellement la fin du communisme dans notre pays.

Il marqua une pause. Le silence était lourd. Il reprit, d'une voix vibrante :

– L'URSS a perdu soixante-dix-sept ans, et des millions de ses meilleurs enfants. Elle a subi dans son corps et dans son âme la plus grande terreur de son histoire et de l'histoire de l'humanité. Privée de ses droits les plus élémentaires, elle a connu la faim, la misère, l'angoisse, l'humiliation, les délations les plus odieuses. Des générations entières ont été sacrifiées au nom du parti communiste, de cette utopie qui nous a gouvernés et tyrannisés pendant si longtemps. Gorchkov voulait mettre un terme à ce cauchemar. Les staliniens, les profiteurs de la nomenklatura, les fascistes de tout poil ont tout fait pour l'en empêcher. L'armée que j'ai l'honneur de représenter ici va veiller à ce que ce bien dont on nous a si longtemps privés advienne au plus vite : la démocratie ! Aucun peuple au monde n'a mérité autant que le nôtre la liberté, l'égalité et la fraternité. La démocratie, la vraie, sera instaurée dès que nous aurons mis en place les structures nécessaires. Jusque-là, le pays sera temporairement dirigé par l'autorité militaire.

Il marqua une nouvelle pause et se tourna vers la tribune diplomatique :

– Quant à vous, pays de l'Est européen, je déclare solennellement la fin du pacte de Varsovie ! Au moment où je vous parle, l'ordre a été donné à toutes nos troupes de regagner le pays dans les plus brefs délais. Cela vaut aussi pour certains pays qui continuent d'opprimer leur peuple au nom de cette idéologie diabolique que nous enterrons aujourd'hui !

Les ambassadeurs du Viêt-nam, de la Chine, de Cuba et du Nicaragua quittèrent aussitôt la tribune diplomatique sous les huées des représentants des pays de l'Est.

– Et vous, peuples de nos républiques du Sud, un référendum vous permettra bientôt de décider en toute liberté si vous voulez partager le destin de la grande Russie, ou assumer le vôtre tout seuls.

Il marqua une dernière pause et, d'une voix grave et tremblante, qui résonna sur toute la place Rouge, il ajouta :

– L'URSS est morte. Vive la Russie éternelle !

Eva Dumoulin traduisait au fur et à mesure, d'une voix

douce, le discours de Karstov. Soudain, elle s'interrompit. Une main invisible était en train de faire descendre le drapeau rouge frappé de la faucille et du marteau du mât qui se dressait derrière Karstov, et l'immense drapeau rouge, sur lequel un aigle noir à deux têtes déployait ses ailes au-dessus de la croix traditionnelle de la Russie éternelle, le remplaça. Un silence respectueux tomba sur la grand-place. Puis une immense ovation monta des rangs de l'armée. Quelques instants plus tard, la pluie se mit à tomber.

Avant de partir, Eva avait tenu à rendre hommage à l'agence. Pour la deuxième fois en neuf mois, elle lui offrait un deuxième scoop de portée historique. Grâce à elle, l'Agence de presse européenne, à laquelle personne ne croyait quand elle avait été créée deux ans auparavant, avait gagné le respect de la presse internationale.

La veille, à 11 heures du soir, Piotr lui avait téléphoné et, devant son insistance, lui avait laissé faire son métier une dernière fois. Le lendemain, toujours sous protection, discrète cette fois, elle entrait dans son bureau et rédigeait son papier. Pour dissimuler sa grossesse, elle avait revêtu une ravissante robe bleue de la même couleur que ses yeux et un manteau de fourrure. Tout le personnel de l'agence l'avait accueillie avec chaleur, et son remplaçant n'avait pas osé lui interdire le reportage sur la place Rouge.

Tout le pays était à l'image de Moscou : désert et silencieux. La population respectait les consignes données à la radio.

Ce que Piotr Karstov n'avait pas dit du haut de la tribune, les Soviétiques l'avaient compris sans peine : la loi martiale était déclarée de facto. Il suffisait de mettre le nez dehors pour s'en apercevoir. L'armée était partout et les blindés patrouillaient dans chaque avenue, chaque rue.

Eva regagna sa voiture sous les insultes de certains de ses confrères. L'un d'eux, un Américain de la chaîne NBC, la prit violemment par le bras et la traita de tous les noms. Elle se retourna, furieuse, et, sans qu'il ait eu le temps de comprendre, le saisit brutalement à la gorge.

– Demande-moi pardon, haut et fort, sinon je serre et dans dix secondes tu seras handicapé à vie!

L'Américain tenta de se débattre, mais il étouffait déjà sous sa poigne. Tout le monde regardait, hébété. Eva serra plus fort. Le visage du journaliste devint cramoisi. Un collègue de l'Américain s'approcha pour l'aider. Eva lui décocha un terrible coup de pied dans le bas-ventre. Il pivota sur lui-même et tomba en hurlant. L'autre finit par capituler. Eva le lâcha et le propulsa d'un geste violent contre la voiture. Il s'effondra.

– Maintenant, tu vas demander pardon. A trois, je te tue.

– Je m'excuse... pardon..., murmura le journaliste d'une voix à peine audible.

Satisfaite, Eva monta dans sa voiture et démarra sous les regards ahuris de ses collègues. Pendant ce temps, Boris Plioutch, déguisé en prêtre, avait réussi à se glisser près de la tribune réservée à la presse. Il l'avait vue à la télévision soviétique à 9 heures et s'était précipité vers la place Rouge. La chance était avec lui. Les miliciens l'avaient laissé passer sans protester. Un autre homme avait repéré Eva Dumoulin à la télévision. Il était grand, blond, et avait lâché sa tasse de café en la découvrant sur l'écran.

8 novembre.

De nombreux journaux européens reprirent l'analyse qu'Eva Dumoulin développait dans un long papier envoyé la veille à son agence de Bruxelles. Tout y était, sauf l'expression « coup d'État militaire ».

L'article d'Eva, repris par la *Pravda* avec autorisation spéciale de la nouvelle censure militaire, instituée le 7 novembre à 10 heures, fut lu et relu par Boris Plioutch.

La fin du parti en soi était une bonne chose pour lui. Il n'avait jamais voulu y adhérer, malgré les pressions constantes dont il avait été l'objet. Il n'avait jamais, à vrai dire, caché son mépris pour la nomenklatura et les apparatchiks. Plusieurs fois, il avait dû renoncer à une enquête pour « raisons de sécurité nationale ». Dans la plupart des cas, il s'agissait d'un membre plus ou moins influent de la classe dirigeante ou de l'un de ses proches impliqué dans une affaire de drogue, un trafic de devises, voire un assassinat crapuleux. Un jour, il avait été directement menacé par un général du KGB. Une prostituée avait été retrouvée morte, une balle dans la tête; il avait identifié le coupable : un officier supérieur du KGB. Il dut évidemment abandonner. Aussi, dans l'inconscient de Boris, l'affaire Eva Dumoulin était-elle devenue une revanche contre le système qui l'avait étouffé si longtemps. Évidemment, il ne croyait pas une seconde à la crise cardiaque de Gorchkov et avait compris que ce coup d'État militaire qui n'osait pas dire son nom était l'œuvre de l'étranger. Il savait qu'Eva était une espionne de grande envergure. Il l'avait vue à l'œuvre pendant plusieurs semaines. La veille encore, elle avait terrassé sous ses yeux deux hommes dans la force de l'âge, sans être apparemment gênée par sa grossesse.

Boris avait bien observé son visage pendant l'incident : tendu, impitoyable. Celui d'une professionnelle de haut niveau, d'une tueuse.

Le personnage d'Eva fascinait plus que jamais l'ex-inspecteur. Il aurait pu écrire un livre sur elle tant il la connaissait. Il avait deviné son incroyable itinéraire. Recrutée trop jeune grâce à son formidable quotient intellectuel et à sa beauté, elle était devenue cette impitoyable machine à séduire et à tuer qu'il avait voulu combattre. Mais, lui, pauvre flic de Moscou, n'était vraiment pas de taille...

En revanche, quelque part dans la ville, un homme menaçait de la tuer d'un instant à l'autre. Comme on tue les espions qui en savent trop, ou qui, comme Eva, risquent de ne pas jouer le jeu jusqu'au bout. Ses chefs, à coup sûr, les Américains, devaient se méfier de cette femme qui échappait à leur contrôle. Sans compter que toute l'histoire pouvait remonter un jour à la surface. Un risque impossible à prendre. Et puis Eva n'était pas un roc : elle avait déjà craqué plus d'une fois, en lui sauvant la vie, à lui, Boris Plioutch, puis en faisant une dépression, enfin devant son miroir, comme il en avait été témoin.

Il était convaincu de la justesse de son analyse. Autre question : comment Karstov réagirait-il s'il apprenait qu'il avait été manipulé ? Et que deviendra-t-il lorsque la femme de sa vie l'abandonnera ?

Eva n'était pas sortie de la journée. Alors qu'il aurait dû rentrer chez lui et oublier toute l'affaire, Boris était resté posté devant la fenêtre pour voir une dernière fois la jeune Française, celle qui l'avait écrasé dans ce combat inégal. Elle avait gagné, certes, mais elle demeurait menacée... Ce n'est que le soir, vers 8 heures, qu'il sortit de sa torpeur. Il venait d'apercevoir la Lada rouge de location, qui se gara à dix mètres de chez Eva. Au volant, il reconnut l'homme blond.

A cette minute, Eva sortit avec Andreï. Ils discutèrent

quelques instants avec les deux soldats qui montaient la garde devant la porte de l'immeuble. Puis ils se serrèrent la main et Andreï monta dans sa Tchaïka avec ses hommes. Eva fit semblant de rentrer dans l'immeuble et ressortit aussitôt. La voiture avait disparu au bout de la rue. Elle se précipita vers la Lada rouge du blond et sauta à l'intérieur. Ils partirent en direction de la place Dobryninskaïa. Plioutch se leva d'un bond. Sans prendre la peine de se déguiser – ce n'était plus nécessaire, à présent –, il prit son revolver dans la commode et sortit précipitamment. Il arracha presque la portière de sa Lada garée à quelques mètres de la maison et démarra.

La Lada rouge tourna à droite, dépassa la place Oktiabrskaïa et s'engagea dans la grande avenue Leninski. Boris ralentit. Il n'avait pas besoin de les suivre de si près. Le micro émetteur, discrètement collé sous le coffre de la Lada dix jours plus tôt, fonctionnait normalement. Pourquoi était-elle montée avec cet homme ? Lui avait-il fait croire qu'il était porteur d'un message pour elle... ?

La Lada dépassa le Musée de géologie et de paléontologie, puis son feu droit se mit à clignoter ; elle s'engagea dans la Vorobievskoïe Chaussée, vers les monts Lénine. Étrangement, cela rassura Boris. Il avait craint que le blond ne continue l'avenue Leninski et ne se dirige vers l'aéroport Vnoukovo, à trente kilomètres de Moscou. Peu après, un barrage militaire les arrêta. Eva montra une carte, et l'un des soldats, Kalachnikov en bandoulière, la salua. Ils repartirent aussitôt. Boris fut arrêté à son tour. Il coupa le son de l'émetteur et, d'un geste autoritaire, tendit sa carte d'inspecteur, que le soldat examina minutieusement.

– Je suis en service commandé ! Ne me faites pas perdre de temps !

Le soldat ignora son ordre et lui demanda d'attendre. Il devait vérifier son identité. Boris ne pouvait pas savoir que le maréchal Karstov avait signé lui-même l'ordre d'arrêter l'inspecteur Boris Plioutch, mort ou vif...

Boris crut défaillir en voyant trois officiers s'avancer vers lui, l'air menaçant. Il n'avait plus le choix. Il tenta le tout pour le tout et démarra à toute allure, défonçant la barrière. Immédiatement, il entendit des tirs d'armes automatiques et roula en zigzag pour éviter les balles, pied au plancher. Il sentit une atroce douleur dans son bras gauche. Le sang commença à couler abondamment. Il appuya sur le bouton de l'émetteur. Il resta silencieux. La Lada s'était donc arrêtée.

Il roula à fond de train pour rattraper la Lada qui avait disparu au loin. Quelques secondes plus tard, il l'aperçut devant le débarcadère des monts Lénine, vide. Il freina et sauta dehors en laissant sa voiture en travers du trottoir. Il se mit à courir, mais dut observer une pause pour reprendre son souffle. Le sang continuait de gicler. Il souffrait atrocement, mais réussit à se faire un garrot avec son écharpe. Le parc, faiblement éclairé, était presque vide. Seuls quelques jeunes couples inconscients avaient osé s'y aventurer, malgré la loi martiale qui régnait dans le pays depuis la veille.

Boris courait un peu au hasard, le souffle court. Il se souvint que la voyante avait parlé d'un escalier et il prit la direction des monts Lénine. Au pied de l'édifice, tremblant de tous ses membres, il crut que son cœur allait lâcher. Il fit un dernier effort et avança vers le grand escalier en titubant. Il leva la tête vers le sommet et commença l'ascension. Jamais il n'arriverait à gravir ces soixante-quinze marches. Derrière lui, les sirènes des voitures de l'armée se rapprochaient. Dans quelques minutes, ils seraient là et l'achèveraient comme un chien... A la dixième marche, il trébucha et tomba jusqu'en bas, la cheville foulée, le dos paralysé par la douleur.

– Les monts Lénine étaient autrefois appelés « monts des Moineaux ». Savez-vous qu'ils marquaient les limites de la ville avant la révolution ?

La voix d'Eva résonnait dans la nuit. Le regard vide, elle racontait l'historique des lieux à son confrère de la CIA. Ils admiraient les lumières de Moscou. Elle reprit, d'une voix fatiguée :

– C'est ici qu'Ivan le Terrible s'est réfugié lors de l'incendie qui a détruit Moscou en 1547 et c'est de là que Napoléon a suivi le déroulement des opérations avant de pénétrer dans la ville, en 1812. D'ici aussi que l'artillerie communiste a bombardé le Kremlin en 1917.

L'homme s'éloigna dans l'obscurité pendant qu'Eva continuait son discours et sortit un colt à silencieux dissimulé à l'intérieur de son manteau. Au même moment, Eva se retourna.

– Il se passe des choses bizarres ici, j'ai l'impression que l'armée est dans les parages. Mais...

Une voix lui cria soudain de se jeter à terre; au même instant, un coup de feu retentit. Le blond s'effondra, une balle en pleine poitrine. Il réussit pourtant à tirer dans la direction de son agresseur, puis se releva et tira deux balles vers Eva qui courait vers l'escalier. Elle tomba à son tour. Le blond voulut fuir, mais une balle l'atteignit en plein front et il s'écroula en vidant son chargeur. Boris se traîna vers Eva et se pencha sur elle. Une balle l'avait touchée à la cuisse gauche, une autre avait effleuré son cou. Ils se regardèrent en silence. Un sourire apparut sur les lèvres du Russe; Eva sourit aussi, mais une atroce douleur lui serra le ventre. Elle était en train de perdre son enfant...

10 novembre.

Une main lui tapota le visage avec douceur. Elle souleva les paupières et découvrit Boris qui lui tendait un verre de lait.

– Buvez, vous en avez besoin.

Il lui souleva la tête et l'aida à boire.

– Où suis-je ?

– En sécurité.

Eva n'entendit pas sa réponse. Elle s'était rendormie aussitôt. C'était la première fois qu'elle ouvrait la bouche depuis la nuit du 8 novembre. Depuis deux jours, elle végétait dans un semi-coma.

Le matin, vers 9 heures, elle s'éveilla de nouveau et, peu à peu, recouvra sa lucidité. Plioutch était toujours assis près d'elle. Une heure plus tard, il lui racontait ce qui s'était passé.

Il avait fait appel à ses dernières forces pour atteindre le sommet des monts Lénine. Il y était parvenu au moment où le blond sortait son revolver. Il avait tiré le premier, mais l'homme était costaud et expérimenté. Il lui avait fallu encore deux balles pour l'envoyer en enfer. Après s'être emparé des clés de la Lada dans la poche du cadavre, il y avait glissé sa carte d'inspecteur avant de jeter le corps dans le vide. Sa chute avait détourné l'attention des soldats qui s'étaient précipités sur lui. Boris en avait profité pour prendre Eva sur ses épaules et descendre de l'autre côté. Il avait réussi à atteindre la voiture du tueur quelques minutes plus tard. Peu après, alors que le parc était envahi par l'armée, ils roulaient vers le centre-ville. Au premier barrage, à peine consciente, Eva avait tendu son laissez-passer. La porte de Catherina franchie, ils s'étaient évanouis presque en même temps.

L'ancien médecin s'était mis aussitôt au travail. Elle avait nettoyé les plaies, extrait les balles.

Dès le lendemain, Boris avait retrouvé toutes ses forces.

Catherina se pencha vers Eva et lui dit d'une voix douce :

– Cinq minutes de plus et vous perdiez votre bébé. Heureusement, vous avez une constitution exceptionnelle.

Eva l'écoutait en silence. Boris savait à quoi elle pensait : exactement à la même chose que lui.

– Et maintenant ? s'enquit-elle.

– Merci, répondit Boris.

Eva ne comprenait pas.

– Merci, répéta Boris.

Il se tourna vers Catherina et la supplia du regard. Elle sortit en fermant doucement la porte.

Boris se pencha sur Eva. Il prit sa main et la caressa d'un geste paternel.

– Merci, dit-il pour la troisième fois. Grâce à vous, j'ai passé les plus angoissants, les plus terribles, les meilleurs moments de ma vie. J'ai affronté le plus grand défi de ma carrière. J'ai approché la femme la plus extraordinaire qu'il soit donné à un homme de rencontrer. Oui, merci, Eva.

Elle voulut parler, mais il l'en empêcha :

– Non, ne dites rien. Vous risqueriez de détruire le puzzle que j'ai mis si longtemps à reconstituer.

Il se redressa et sortit un paquet de sa poche. Eva le fixait d'un air interrogateur. Maladroitement, comme il l'y invitait, elle ouvrit la boîte en carton. Un sourire fragile se dessina sur ses lèvres quand elle découvrit sa montre, intacte, dans un écrin de velours bleu.

– Regardez-moi, Boris, finit-elle par dire.

Il releva la tête et ils restèrent un long moment à se regarder. Leurs yeux exprimaient le même désarroi, la même fatigue, le même épuisement.

Eva eut soudain un sursaut : son père. Son vrai père... Elle avait vu une photo de lui, une fois, une seule fois. Comme Boris lui ressemblait ! Elle ferma les yeux.

– Tenez, Boris. Reprenez cette montre. Je ne l'aime pas. Elle est... comment dire, trop encombrante et vous l'avez bien méritée.

Boris sourit.

– Dites-moi, Dahlia...

Elle se redressa d'un coup. Boris la dévorait du regard. Il sentit comme une décharge électrique parcourir le corps de la jeune femme.

– Dites-moi, Dahlia, répéta-t-il, qu'avez-vous l'intention de faire maintenant ?

Dahlia se mit à respirer très fort. Des gouttes de sueur perlèrent à son front, mais les traits de son visage se radoucirent peu à peu. Elle venait de sentir un petit coup de pied à l'intérieur de son ventre. Elle ferma les yeux et dit, d'une voix faible qui semblait venir du fond des ténèbres :

– Rejoindre mon mari. Il doit être terriblement inquiet.

Achevé d'imprimer en avril 1992
sur les presses de l'Imprimerie Bussière
à Saint-Amand (Cher)

PRESSES POCKET - 12, avenue d'Italie - 75627 Paris Cedex 13
Tél. : 44-16-05-00

— N° d'imp. 717. —
Dépôt légal : avril 1992.

Imprimé en France